BASTEI
LÜBBE
TASCHENBUCH

Über die Autorin:

Marie Merburg ist im Süden Deutschlands aufgewachsen und lebt auch heute noch mit ihrer Familie in Baden-Württemberg. Für ihren Roman »Wellenglitzern« hat sie sich aber die deutsche Ostseeküste als Setting ausgesucht. Sie lässt ihre Heldin von der beeindruckend schönen Landschaft Rügens bezaubern und ihr bei einem Segelkurs salzige Meerluft um die Nase wehen. Ein weiterer Roman ist bereits in Vorbereitung.
Unter dem Namen Janine Wilk schreibt die Autorin auch erfolgreich Kinder- und Jugendbücher.

Marie Merburg

WELLEN-GLITZERN

Ein Ostsee-Roman

BASTEI LÜBBE
TASCHENBUCH

BASTEI LÜBBE TASCHENBUCH
Band 17 489

Dieser Titel ist auch als E-Book erschienen

MIX
Papier aus verantwortungsvollen Quellen
FSC® C014496

Originalausgabe

Dieses Werk wurde vermittelt durch die
Michael Meller Literary Agency GmbH, München

Titelillustration: © getty-images/Arnt Haug/LOOK-Foto;
© shutterstock/alexnika; © shutterstock/Eisfrei
Umschlaggestaltung: Kirstin Osenau
Satz: Urban SatzKonzept, Düsseldorf
Gesetzt aus der Garamond
Druck und Verarbeitung: GGP Media GmbH, Pößneck
Printed in Germany
ISBN 978-3-404-17489-8

5 4 3 2 1

Sie finden uns im Internet unter www.luebbe.de
Bitte beachten Sie auch: www.lesejury.de

1. Kapitel

Es war schrecklich, einfach schrecklich.

Vor mir lag die pure Idylle: Ein romantisches Bauernhaus mit Reetdach und weißen Sprossenfenstern, die Vögel zwitscherten, Rosensträucher und Sanddorn rahmten den Garten ein. In Kübeln neben dem Kiesweg zur Haustür blühten Margeriten und Hortensien, ein Windspiel gab glöckchenartige Töne von sich, und im Licht der Abendsonne lud ein blau-weiß gestreifter Strandkorb zum Ausruhen ein. Eine geschnitzte Holztafel neben dem Gartenzaun hieß mich herzlich willkommen in der Pension ›Meeresruh‹.

Ich fuhr über meine geschwollenen Augenlider, putzte mir die Nase und zupfte meine widerspenstigen Haare zurecht. Es änderte nichts – ich war hier so fehl am Platz wie ein Furunkel an Heidi Klums Hintern. Ein verheulter Trauerkloß inmitten dieses wundervollen Paradieses. Irgendwie fühlte ich mich durch die schöne Umgebung nur noch schlechter. Ich schniefte.

Der Taxifahrer, der mich vom Bahnhof zur Pension gefahren hatte, warf mir einen mitleidigen Blick zu und tätschelte meine Schulter.

»Wird schon wieder!«, murmelte er.

Da ihm während der Fahrt kein einziges Wort über die Lippen gekommen war, wandte ich mich überrascht zu ihm um. Es musste schlimm um mich stehen, wenn selbst ein zurückhaltender Inselbewohner sich zu einer Äußerung des Mitgefühls hinreißen ließ.

»Danke!«, erwiderte ich hastig, doch er war schon wieder eingestiegen und fuhr davon.

Da stand ich nun mutterseelenallein mit meinem Koffer im hübschen Vorgarten einer Pension in Glowe, einem Dorf im nordöstlichen Zipfel der Insel Rügen. Mein Leben lag zerstört hinter mir, und meinen Kater Prinz Charles hatte ich in der Obhut meines Mannes dem sicheren Tod überlassen. Ich war ein schreckliches Frauchen, ach was, ein schrecklicher Mensch, durch und durch egoistisch, herzlos, unberechenbar und ...

Mein Handy klingelte, und ich zuckte erschrocken zusammen. Eigentlich hatte ich gehofft, die Errungenschaften der modernen Technik wären noch nicht bis in dieses entlegene Dörfchen vorgedrungen, aber mein Handy zeigte einwandfreien Netzkontakt an. Das hatte zwar den Vorteil, dass ich meine depressive Stimmung notfalls mit wahllosem Internetshopping verbessern konnte, doch wenn ich für alle erreichbar war, würde mein Versuch, vor allen Problemen zu fliehen, sehr viel schwieriger werden.

Meine beste Freundin Annika hielt sich gar nicht erst mit einer Begrüßung auf. »Sophie, ich wette, dass du dich gerade im Selbsthass suhlst und dir einredest, du wärst der schlechteste Mensch, den die Welt je gesehen hat, stimmt's?«, fragte sie in besserwisserischem Tonfall. »Und als wäre das noch nicht schlimm genug, bist du vermutlich immer noch gänzlich ungeschminkt und hast zwei verschiedene Paar Socken an.«

Ich kontrollierte schnell meine Socken. Verflixt, Annika hatte tatsächlich recht!

»Lässt du mich etwa durch einen Privatdetektiv überwachen?«

Ich blickte mich unwillkürlich nach allen Seiten um. Annika traute ich alles zu. Was Verrücktheiten anbelangte, konnte ihr keiner das Wasser reichen.

»Ich weiß, wie du in sämtlichen Lebenslagen aussiehst, Schatz! Schließlich kennen wir uns seit fast vierzig Jahren«, erinnerte sie mich. »Außerdem warst du heute Morgen, als ich dich zum Bahnhof gefahren habe, schon völlig durch den Wind.«

Stimmt, das hatte ich ganz vergessen. Das erklärte immerhin ihr Wissen über meine missglückte Socken-Auswahl.

»Im Moment bist du ein Bild des Jammers mit fahlem Teint, rotgeweinten Glubschaugen, und deine Haare stehen vor lauter Schock über deine mutige Tat in alle Richtungen ab.«

Ich seufzte gequält auf und stapfte mit dem Handy am Ohr auf die Eingangstür der Pension zu, wobei ich meinen Rollkoffer über den Kiesweg zerrte, was die beschauliche Ruhe rund um die Pension ›Meeresruh‹ unangenehm störte.

»Du findest das, was ich getan habe, mutig? Momentan halte ich es eher für überstürzt, total verrückt und hysterisch.«

Immerhin hatte ich gerade meinen Ehemann verlassen, weil er sich partout geweigert hatte, mit mir einen romantischen Urlaub auf Rügen zu verbringen und bei dieser Gelegenheit unseren schon seit Jahrzehnten gehegten Traum, den Segelschein zu machen, endlich in die Tat umzusetzen. Anscheinend handelte es sich dabei jedoch nur noch um meinen eigenen Traum, und wie sich gestern Abend herausgestellt hatte, gab es auch sonst nicht mehr viel, was Felix und mich miteinander verband.

»Du wirst es dir doch jetzt nicht anders überlegen?«, kreischte Annika, offenbar ehrlich schockiert. »Dann wärst du meiner Meinung nach tatsächlich verrückt. Mal ehrlich, diese Trennung war längst überfällig. Nein, nein, das war alles absolut richtig so.«

»Wenn du meinst ...«, murmelte ich unsicher.

Immerhin sprachen wir von einer fast fünfundzwanzigjährigen Ehe, die ich gerade von einem Tag auf den anderen für unerträglich befunden und weggeschmissen hatte – und zwar ohne moralisch triftigen Grund. Ich hatte meinen Mann Felix weder mit einer vollbusigen Blondine im Bett erwischt, noch war er mir gegenüber gewalttätig geworden. Ebenso wenig hatte er hinter meinem Rücken unser Vermögen verspielt oder mir schweren Herzens gestanden, dass er eigentlich auf Männer stehe und mein latenter Damenbart seine Fantasie einfach nicht mehr genügend anrege.

»Natürlich meine ich das!«, beharrte Annika. »Schon allein, wenn ich die sexuelle Komponente eurer Beziehung betrachte, dann ist es erschreckend – nein, was sage ich – *unzumutbar*, was er …«

»Sei mir nicht böse, Annika«, unterbrach ich sie und fuhr mir erschöpft über das Gesicht. »Aber mir fehlt heute wirklich die Energie, um mich mit einer sexuellen Komponente zu befassen.«

Ich zerrte meinen Koffer das letzte Stück bis zur Tür der Pension, ließ ihn dann kurzerhand dort stehen und schleppte mich so schwerfällig zum blaugestreiften Strandkorb, dass selbst eine gichtgeplagte Achtzigjährige neben mir wie eine grazile Leistungsturnerin ausgesehen hätte. Aber immerhin hatte ich eine durchwachte Nacht und eine neunstündige Bahnfahrt hinter mir.

Eigentlich hatte ich vorgehabt, gemeinsam mit Felix in diesem Strandkorb zu sitzen und harmonische Stunden mit meinem Gatten zu verbringen, denn noch vor zwei Tagen hatte ich voller Enthusiasmus Pläne für unsere Zukunft geschmiedet. Ich hatte wirklich gehofft, dass zwischen uns wieder alles so werden könnte wie früher – bis zu jenem fatalen romantischen Abendessen gestern Abend.

Immerhin war Annika dazu bereit, von der Analyse meines

Sexuallebens abzusehen. »Hast du dich schon im Internet in allen gängigen Partnerschaftsportalen angemeldet?«, fragte sie stattdessen.

»Natürlich nicht!«, entgegnete ich empört. »Schließlich habe ich mich heute erst von Felix getrennt.«

»Aber du wirst auch nicht jünger, Sophie. Es dauert, bis man einen neuen Partner gefunden hat, und deshalb darfst du keine Zeit verlieren!«

Ich atmete einmal tief durch, um nicht loszubrüllen. Herrgott noch mal, ich hatte mich heute – h-e-u-t-e – erst von meinem Mann getrennt, da war ich nun wirklich noch nicht bereit, über einen neuen Partner nachzudenken.

»Ich will aber gar keine neue Beziehung!«, gab ich scharf zurück.

»Du hast recht«, lenkte Annika zu meiner Überraschung sofort ein. »Such dir erst mal was zum Poppen! Danach kannst du immer noch an eine Beziehung denken. Oft genug vernebelt einem die Lust den Verstand, und ehe du dich versiehst, bist du mit einem Idioten verheiratet, und das nur, weil du wuschig warst.«

Bei jedem anderen hätte ich spätestens an dieser Stelle wortlos aufgelegt. Doch ich kannte Annika genauso gut wie sie mich und wusste, dass dieser ganze Unsinn, den sie von sich gab, nur lieb gemeint war. Es war ihre eigene, ganz spezielle Art, mich zu unterstützen und von meinem Kummer abzulenken.

Manchmal fragte ich mich, wie mein Leben wohl verlaufen wäre, wenn wir uns am Einschulungstag in der ersten Klasse nicht nebeneinandergesetzt hätten. Bestimmt um einiges langweiliger. Sie hatte mich damals mit ernster Miene angesehen und mir mitgeteilt, dass sie Annika sei und ich ab sofort ihre beste Freundin, weshalb ich meine Haare umgehend rot färben und zu zwei hochstehenden Zöpfen flechten sollte. Ich entgegnete, dass die Sache mit der besten Freundin für mich grundsätzlich okay sei, aber ich nie und nimmer mit lächerlichen Pippi-Langstrumpf-Zöpfen zur Schule gehen würde. Da ich im Gegensatz zu ihr blond war und sie einen deutlichen Rotstich in den braunen Haaren hatte, schlug ich vor, dass wir die Rollen einfach tauschen könnten. Aber natürlich hatte Annika keine Ruhe gegeben. Am Ende hatten wir schlimmen Ärger mit unseren Müttern und beide hässliche Kurzhaarfrisuren, weil wir uns rote und gelbe Plakafarben in die Haare geschmiert hatten. Seither waren wir durch dick und dünn gegangen, hatten uns bei Schularbeiten geholfen, bei Liebeskummer getröstet, Hochzeiten geplant und Schwangerschaften überstanden.

Mit einem Stich im Herzen stellte ich fest, dass ich jetzt sehr viel lieber bei Annika in der Küche anstatt allein in einem fremden Strandkorb sitzen würde.

»Ich wünschte, du wärst bei mir«, sagte ich schniefend.

»Ich weiß, Schätzchen, ich weiß«, entgegnete sie mit belegter Stimme. »Wenn ich könnte, würde ich sofort zu dir kommen.«

Während um mich herum leise die Hummeln brummten und in der Ferne das Geschrei der Möwen zu hören war, krachte es bei Annika laut im Hintergrund, und zwei Kinder begannen sich im übelsten Teenager-Jargon anzubrüllen. Annika hatte sich mit dem Kinderkriegen Zeit gelassen, und während mein Jüngster kürzlich das heimische Nest zum Studieren verlassen hatte, plagte sie sich noch mit Elternabenden, schlechten Noten und Pubertätsakne herum.

»Warte mal einen Moment, Sophie!«

Während Annika die Hand vor den Hörer hielt, um ihrerseits die beiden Streithähne anzuschreien, kam mir ein unangenehmer Gedanke. Was würden wohl meine beiden Jungs von meinem Entschluss und meiner Flucht nach Rügen halten? Mir wurde abwechselnd heiß und kalt. Für meine Söhne musste es den Anschein haben, dass ich ihren Vater ohne triftigen Grund verlassen hatte und nun einen Egotrip durchzog. Ob Felix die beiden wohl darüber informierte? Allerdings gehörte mein Ehemann eher zu der schweigsamen Sorte Mensch, und heute früh hatte er nicht den Eindruck gemacht, dass eine Welt für ihn zusammenbrechen würde, nur weil ich mit gepackten Koffern im Flur stand und ihm sagte, dass ich in unserer Beziehung zutiefst unglücklich war und mich von ihm trennen wollte. Auf der einen Seite war ich erleichtert darüber gewesen, dass er mir keine Szene gemacht hatte und mich einfach ziehen ließ, aber ein kleiner Teil von mir hatte eigentlich gehofft, dass er mir bei dieser Gelegenheit endlich seine Gefühle offenbaren würde – egal, ob sie nun positiver oder negativer Natur gewesen wären. Aber anscheinend bedeutete ich ihm noch weniger, als ich vermutet hatte. Er hatte meine Entscheidung einfach schulterzuckend hingenommen, als würde in seinem penibel geführten Terminplaner der Tagesordnungspunkt ›Von Frau verlassen werden‹ gleich unter ›Neue Fußmatten fürs Auto kaufen‹ stehen, und beides ließe sich genauso problemlos abhaken.

Auf alle Fälle hatte Felix wohl Besseres zu tun, als die ganze Familie darüber zu informieren, dass ich gerade komplett durchgeknallt war und ihn als armes Opfer allein zu Hause zurückgelassen hatte. Nein, beschloss ich, mit unseren Söhnen über die ganze Sache zu sprechen, hatte eindeutig noch Zeit!

»So, jetzt bin ich wieder für dich da«, riss Annikas Stimme mich aus meinen Gedanken. »Sag mal, wann fängt eigentlich dein Segelkurs an?«

»Morgen Nachmittag«, antwortete ich, dankbar um den Themenwechsel. »Ich freue mich schon auf den Unterricht, und die Ausfahrten werden bestimmt klasse. Am Telefon klang der Segellehrer ganz nett, er hat eine sympathische Stimme.«

»O-ho, o-ho!«, stieß Annika in einem melodischen Singsang aus. »Das fängt doch schon vielversprechend an.«

Ich schüttelte lachend den Kopf und erschrak eine Sekunde später selbst darüber. Noch vor fünf Minuten hätte ich geschworen, dass ich für die nächsten zwei Wochen keinen einzigen Laut zustande bringen würde, der einem Lachen auch nur ähnlich klang.

»Mir sind schon einige Segellehrer begegnet«, erklärte ich Annika meine Erheiterung. »Nicht zuletzt, als ich damals den Sportbootführerschein gemacht habe. Entweder sind die Typen grün hinter den Ohren oder steinalt oder es zieht sie nur deshalb hinaus aufs Wasser, weil sie an Land keine Freunde haben und die Schüler an Bord nicht davonlaufen können.«

Doch meine Freundin war eine Optimistin durch und durch. »Abwarten und Tee trinken!«, gab sie fröhlich zurück. »Vielleicht ist er die große Ausnahme von der Regel? Bis zum Beginn des Kurses solltest du die Zeit jedenfalls nutzen und etwas für dich tun, meine Liebe! Dank deines latenten Helfersyndroms hast du dich jahrelang für Felix und deine Söhne aufgeopfert, und die drei testosterongesteuerten Faulsäcke haben das keine Sekunde lang gewürdigt. Jetzt bist du mal an der Reihe, Sophie!«

Ob ich tatsächlich an einem Helfersyndrom litt, konnte ich nicht beurteilen – mein Beruf in der Krankenpflege sprach jedenfalls dafür. Doch Annikas Vorschlag klang durchaus verlockend, denn ich konnte mich nicht einmal mehr daran erinnern, was ich früher in meiner Freizeit gerne unternommen hatte. In den letzten Jahren waren all meine Tage mit Terminen, Arbeiten und Pflichten gefüllt gewesen.

Gerade als ich überlegte, ob ich als Mutter und Noch-Ehefrau dazu verpflichtet war, mir die Bezeichnung ›testosterongesteuerte Faulsäcke‹ für meine Familie zu verbieten, krachte es bei Annika im Hintergrund erneut. Dieses Mal klang es nach einer Tür, die mit Schmackes zugeworfen worden war, danach setzte umgehend das Geschrei wieder ein.

»Tut mir leid, Sophie, aber ich muss mich um meine zwei Nervensägen kümmern, bevor sie sich gegenseitig umbringen.«

Ich wollte spontan vorschlagen, dass sie sich genau deshalb noch ein paar Minuten Zeit lassen sollte – ich würde ihr bei der Polizei auch ein spitzenmäßiges Alibi liefern –, klappte dann jedoch den Mund wieder zu. Wenn es um das Thema Erziehung ging, sollte sich selbst die beste Freundin mit Ratschlägen zurückhalten. Das hatte ich spätestens ab dem Zeitpunkt gelernt, als ich Annika ein halbes Jahr nach der Geburt ihrer ältesten Tochter vorsichtig fragte, ob sie ihr krabbelndes Baby nicht davon abhalten sollte, weiter vom Hundefutter zu kosten – der Hund guckte nämlich schon ganz sauer. Danach hatte Annika mir einen halbstündigen Vortrag darüber gehalten, dass man Kindern ihre Freiheiten lassen musste und sie nur auf diese Weise aus ihren Fehlern lernen konnten. In Erziehungsfragen vertraten wir radikal unterschiedliche Ansichten, was ein schönes Beispiel dafür war, dass es keine neunundneunzigprozentige Übereinstimmung geben musste, um ein perfekter Partner beziehungsweise eine perfekte Freundin zu sein.

»Könntest du dich bitte trotzdem wie abgesprochen um Prinz Charles kümmern und ihm etwas zu fressen geben?«, fiel mir in diesem Moment zum Glück noch ein. »Auch wenn Felix jetzt zu Hause geblieben ist. Ich glaube, er weiß nicht einmal, dass wir überhaupt einen Kater haben.«

»Das ist kein Kater, sondern ein Hase mit einem ungewöhnlich langen Schwanz.« Annika stieß ein abfälliges Schnauben aus.

Solche Frotzeleien musste ich mir ständig anhören. Prinz Charles hatte seinen Namen nämlich aufgrund seiner erstaunlich großen Ohren erhalten.

»Aber natürlich schaue ich nach ihm, keine Sorge! Ich habe ja euren Ersatzschlüssel, und wenn ich Felix mit einer Geliebten im Ehebett erwische, mache ich gleich ein paar schöne Fotos für deinen Scheidungsanwalt. Tschüssi!« Und weg war sie, wie üblich, ohne auf meine Verabschiedung zu warten.

Ich steckte das Handy ein und ließ mich zurücksinken. Felix im Bett mit einer anderen Frau? Da ich ihn verlassen hatte, könnte ich ihm wohl kaum einen Vorwurf machen. Ich versuchte, mir die Szene bildlich vorzustellen und dabei meine Gefühle auszuloten. Spürte ich da einen kleinen Stich von Eifersucht? Nein, es handelte sich wohl eher um verletzten Stolz bei dem Gedanken, so schnell ersetzt zu werden. Bedeutete das nicht, dass meine Entscheidung richtig gewesen war? Andererseits ... konnte man Eifersucht einfach so in der Theorie abrufen? War es nicht eher die Art von Gefühl, das einen erst dann mit überwältigender Kraft erfasste, wenn die Situation tatsächlich eingetreten war?

Eine Windböe, die den frischen, salzigen Geruch des Meeres mit sich trug, strich über mein Gesicht, und ich beschloss, noch heute an den Strand zu gehen. Bestimmt würde sich das Chaos in meinem Kopf wie von allein ordnen, wenn ich das Meer und den weiten Horizont der Ostsee vor Augen hatte. Schon seit ich ein Kind war, konnte ich Stunden damit verbringen, im weichen Sand zu sitzen und dem gleichmäßigen Singsang der Wellen zu lauschen. Das Meer wirkte einfach beruhigend – ganz egal wie schlecht es mir auch ging. Sicherlich würde mir das auch heute helfen! Ich putzte mir noch einmal die Nase und stand auf.

Die Pension trug ihren Namen ›Meeresruh‹ tatsächlich zu

Recht, denn bisher war mir weder vor dem Haus noch im Garten jemand begegnet. Ich hätte wohl keinen besseren Ort finden können, um mein bisheriges Leben zu überdenken und herauszufinden, wie ich mir meine Zukunft vorstellte. Ich ging ein paar Schritte in den Garten hinein und entdeckte schräg hinter dem Haus einen großen, mit Schilf bewachsenen Teich, über dem Libellen schwirrten. Am gegenüberliegenden Ufer machte sich gerade eine kleine Entenfamilie auf den Weg ins Wasser. Immer wieder stieß die Entenmama einen Lockruf aus und achtete darauf, dass keines ihrer Kinder den Anschluss verlor. Ein herzerwärmender Anblick. So ganz anders als eine Mutter, die ihre Familie aus rein egoistischen Gründen verließ.

Und schon schniefte ich wieder.

Diese perfekte Idylle machte mich wirklich fertig!

2. Kapitel

Im Eingangsbereich der Pension lag ein Geruch in der Luft, der mich an meine Kindheit und an die Besuche bei meiner Großmutter erinnerte, doch es dauerte einen Moment, ehe ich ihn zuordnen konnte.

»Bohnerwachs!«, entfuhr es mir erstaunt.

Kein Wunder, dass der Dielenboden so gepflegt glänzte. An den Wänden hingen stimmungsvolle Bilder der Insel zu verschiedenen Jahreszeiten, und auf einer Kommode lagen Muscheln, Schneckenhäuser und kleine Bernsteinstücke, während am Fenster ein gemütlicher Schaukelstuhl zum Entspannen einlud.

Erst durch ein gedämpftes Murmeln wurde ich auf die in einem fröhlichen Sonnengelb gestrichene Nische aufmerksam, die wohl die Rezeption darstellte. Dahinter entdeckte ich ein etwa fünfzehnjähriges Mädchen mit langen braunen Haaren und dem obligatorischen Smartphone am Ohr.

»Ich sage es dir doch«, raunte sie im Verschwörertonfall, während sie gleichzeitig ihre Fingernägel in einem aparten Metallicgrün lackierte. »Die beiden sind nicht mehr zusammen, das hat mir heute Morgen Katharina aus der Elften erzählt, und die muss es schließlich wissen, da …«

»Entschuldigung?«, wagte ich zu unterbrechen.

Der genervte Blick, den ich mir daraufhin einfing, gab mir zu verstehen, dass mein aufdringliches Verhalten mich sofort zur Persona non grata degradiert hatte.

»Wart mal kurz, Tine, da ist ein Gast, der etwas von mir

will!« Das Mädchen schraubte die Nagellackflasche zu und befreite mit spitzen Fingern ihr Handy aus der Ohr-an-Schulter-Position. »Ja?«

»Ich habe ein Zimmer auf den Namen Sophie Lehmann reserviert.«

Seufzend kontrollierte sie das Buch mit dem recht übersichtlichen Zimmerbelegungsplan, bis sie mit dem Zeigefinger auf einen Namen tippte. »Hier ist Ihre Reservierung – Lehmann, Sophie. Aber Sie haben für zwei Personen gebucht.« Sie verlagerte ihr Gewicht auf dem Stuhl, sodass sie an mir vorbeischauen konnte. Vielleicht vermutete sie, dass sich mein Ehemann hinter meinem Rücken versteckt hielt.

»Das ist richtig, aber ich bin allein gekommen«, entgegnete ich mit belegter Stimme. Ich räusperte mich und fügte in normalerem Ton hinzu: »Die andere Person hatte keine Lust, mit mir in Urlaub zu fahren.«

Das Mädchen sah aus, als könne es das voll und ganz nachvollziehen. Sie machte gelangweilt eine Notiz im Reservierungsbuch und pfefferte danach einen Schlüssel und ein Anmeldeformular auf den Tresen.

»Bitte ausfüllen! Das Zimmer und den Frühstücksraum zeigt Ihnen meine Mutter. Sie will die neuen Gäste immer persönlich begrüßen.« Sie schüttelte verständnislos den Kopf, als hielte sie das für völlig schwachsinnig.

»Dabei nimmst du doch die Neuankömmlinge so herzlich in Empfang«, murmelte ich leise vor mich hin.

Ihre Augen verengten sich zu Schlitzen. »Das war sarkastisch gemeint, oder?«

Aha, vermerkte ich in Gedanken, sie war unfreundlich, aber nicht blöd. Und hatte gute Ohren.

Da es mir etwas peinlich war, dass sie mich gehört hatte, und ich mich wohl besser nicht mit der Tochter meiner Gastgeber anlegte, ruderte ich zurück. »Nein, nein, ganz und gar nicht. Du machst das super!« Okay, so ganz glaubwürdig klang das nicht.

»Wenn Ihnen meine Art nicht passt, können Sie sich gerne beschweren.« Sie deutete auf ein Holzkästchen mit der Aufschrift ›Kritik & Anregungen‹.

Ich zuckte unverbindlich mit den Schultern. Eigentlich konnte ich die Arbeitsunlust des jungen Mädchens durchaus nachvollziehen, schließlich war ich auch einmal in ihrem Alter gewesen. Bestimmt musste sie ihre Nachmittage unentgeltlich in der elterlichen Pension absitzen, während ihre Freundinnen ins Kino oder shoppen gingen. Das konnte einem als Teenager die Laune ganz schön vermiesen.

Für mich hatte das Ganze auch etwas Positives, denn zumindest verflog langsam das Gefühl, in einer surrealen Idylle gelandet zu sein.

»Mamaaa!«, rief das Mädchen über ihre Schulter hinweg in Richtung einer geschlossenen Tür mit der Aufschrift ›Privat‹.

Keine Antwort. Niemand kam.

»Mamaaa!«

Immer noch keine Reaktion. Das Mädchen wandte sich wieder ihrem Handy zu und nahm das Gespräch mit ›Tine‹ wieder auf.

Fünf Minuten später kannte ich den Aufsteller mit den überraschend günstigen Wellness-Angeboten auswendig, hatte meine persönlichen Angaben im Anmeldeformular drei Mal kontrolliert und die i-Punkte zu kleinen Ufos ausgemalt. Ob ein Psychologe dies als weiteres Anzeichen für meinen Wunsch zur Flucht aus der Ehe interpretiert hätte?

Die Tochter der Pensionsinhaber hatte mich anscheinend komplett vergessen. Dafür wusste ich nun, dass sich ein gewisser Motorrad fahrender Finn gestern Abend von der doofen

Inken getrennt hatte und sämtliche Mädels der Umgebung im Alter zwischen vierzehn und achtzehn in heller Aufregung über diesen Glücksfall waren – insbesondere die Pensionstochter.

Doch auch mein Verständnis für ausgebeutete Teenager hatte irgendwann ein Ende, schließlich hatte ich noch wichtige Dinge zu erledigen: Ich musste duschen, ans Meer und mich noch mehrere Stunden mit Selbsthass geißeln. So eine Trennung setzte einen ziemlich unter Stress.

»Entschuldigung?«, wagte ich noch einmal zu unterbrechen.

»Was denn?«, wurde ich entnervt angeblafft.

»Weißt du, das Praktische an diesen Handys ist ja, dass man beim Telefonieren aufstehen und herumlaufen kann. Vielleicht könntest du deine Mutter suchen gehen? Ich würde nun wirklich gerne mein Zimmer beziehen.«

Ohne das Gespräch zu unterbrechen oder mich eines weiteren Blickes zu würdigen, stand sie auf und verschwand in den Privaträumen.

Das würde wohl noch einige Zeit dauern! Ich lehnte mich an den Tresen und formulierte in Gedanken schon einmal meine Beschwerde für den ›Kritik & Anregungen‹-Kasten, irgendetwas in die Richtung ›Selbst von einer giftigen Qualle würde der Gast mit mehr Begeisterung empfangen werden‹, ›Habe beim Warten vor der Rezeption Staub angesetzt‹ oder ganz gemein: ›Finn + Inken in love forever‹.

Doch schon zwei Minuten später wurde schwungvoll die Tür aufgestoßen, und eine Frau mit einem Kleinkind auf dem Arm kam freudestrahlend auf mich zu.

»Frau Lehmann? Herzlich willkommen in unserer Pension ›Meeresruh‹! Wie schön, dass Sie hier sind. Ich bin Jutta Plümer, aber Sie können gerne Jutta zu mir sagen.«

»Vielen Dank! Ich bin Sophie.«

Sie hob den etwa zweijährigen Jungen ein Stück höher auf die Hüfte, um mir die Hand zu schütteln. »Ich freue mich, Sophie!«

Ich brachte nur ein knappes Lächeln zustande, weil ich etwas perplex über Jutta Plümers überschwängliche Begrüßung war, die überraschenderweise überhaupt nicht aufgesetzt wirkte. Das widersprach nicht nur dem Ruf der zurückhaltenden Inselbewohner, sondern passte auch so gar nicht zum mürrischen Auftreten ihrer Tochter.

Jutta Plümer musste etwa Mitte dreißig sein und trug ihre rotblonden Haare in einem aparten Kurzhaarschnitt. Irgendwie hatte sie das Wunder fertiggebracht und ihre Leinenhose und die geblümte Bluse von dem nutellaverschmierten Mund und den ebenso schokoladigen Händen ihres Sohnes ferngehalten.

So hatten meine Jungs damals auch immer ausgesehen, wenn sie geübt hatten, allein zu essen. Ein Anflug von Wehmut ergriff mich. War das tatsächlich schon so lange her? In meiner Erinnerung schienen seither erst wenige Jahre vergangen zu sein.

»Oh, passen Sie ...« Doch es war schon zu spät. Der Junge putzte sich seine Hand an der schönen Bluse seiner Mutter ab und hinterließ einen schokoladenbraunen Abdruck. Anscheinend hatte auch Jutta Plümer kein Geheimrezept gegen schmutzige Kinderhände gefunden.

Sie sah mit einem leisen Seufzer an sich herab. »Jonas, du wolltest wohl nicht länger warten, dass ich dich abwasche, oder?« Sie warf ihm einen ernsten Blick zu. »Das nächste Mal sagst du vorher was, okay?«

Jonas stülpte reumütig die Unterlippe vor. »Ja, Mama«, sagte er nuschelnd.

Jutta strahlte eine unerschütterliche Ruhe aus und gehörte wohl zu den wenigen Menschen, die sich nur über die *wirklich* wichtigen Dinge aufregten. Wahrscheinlich würde die Pensionsbesitzerin erst dann einen Anflug von Nervosität zeigen, wenn ein Ostsee-Tsunami direkt auf sie zuraste.

Das machte sie mir sofort sympathisch, denn in meinem Job im Krankenhaus musste ich mich bei all den Beschwerden und Streitigkeiten, die ich zu regeln hatte, auch stets gelassen und beherrscht geben. Dabei war es eben nicht immer leicht, es allen Parteien recht zu machen und zwischen dem Personal und der Klinikleitung zu vermitteln. Wobei Annika angemerkt hatte, dass meine Art von Ruhe weniger natürlich, sondern eher gezwungen wirkte.

»Wenn du von der Arbeit kommst«, so hatte sie mir erklärt, »spürt man immer, dass es tief in dir drin brodelt. Du schluckst deinen ganzen Ärger nämlich einfach runter, aber das geht auf Dauer nicht gut, mein Schatz.«

Anscheinend hielt mich meine beste Freundin für eine potentielle Amokläuferin. Womit sie nicht mal ganz unrecht hatte, denn meine Flucht nach Rügen war schon so was wie ein Amoklauf, nur statt mit Waffen mit Rotz und Schnodder.

Jutta Plümer räusperte sich. »Für das Verhalten meiner Tochter Leonie muss ich mich entschuldigen«, sagte sie, während sie von irgendwo hinter dem Tresen ein Feuchttuch hervorzog und mit routinierten Bewegungen begann, den nutellaverschmierten Jonas zu säubern. »Ich weiß zwar nicht, wie sie sich dir gegenüber benommen hat, aber aus leidvoller Erfahrung muss ich davon ausgehen, dass der Empfang frostig ausgefallen ist.« Sie blickte mich mit fragender Miene an und schien in echter Sorge zu sein.

»Ach nein, Leonie war ganz nett und zuvorkommend«, log ich reflexartig.

Jutta blinzelte erst ungläubig, dann breitete sich ein erleichtertes Lächeln auf ihrem Gesicht aus. »Das ist toll! Ich spanne sie zwar nur ungern in der Pension ein, aber wenn ich zu viel um die Ohren habe, lässt es sich leider nicht vermeiden.«

»Ach, Arbeit hat noch keinem geschadet!«, erwiderte ich fröhlich und hätte mich im nächsten Moment für diesen dämlichen Spruch am liebsten selbst geohrfeigt. Wie alt war ich denn, siebzig? Mit den vielen Tränen, die ich während der Zugfahrt vergossen hatte, musste ich wohl auch ein paar Gehirnzellen rausgeheult haben.

Jutta warf einen Blick aufs Anmeldeformular. »Oh, du kommst aus dem sonnigen Süddeutschland. Es ist ein ganz schön weiter Weg von Freiburg bis hierher. Ich hoffe, du hattest eine gute Anreise?«

»Danke, alles bestens«, log ich erneut. Allerdings konnte man der Deutschen Bahn für meinen instabilen Gemütszustand nun wirklich keinen Vorwurf machen.

Sie beugte sich tiefer über das Formular. »Was sind denn das für i-Pünktchen?«, fragte sie irritiert. »Ufos?«

»Ähm … schön, dass man es erkennt.« Ich hüstelte verlegen. »Könnte ich bitte mein Zimmer sehen? Ich würde mich wirklich gerne frisch machen.«

»Natürlich, entschuldige bitte! Du bist bestimmt erschöpft von der Reise. Du kannst deinen Koffer hierlassen, mein Mann bringt ihn dir nachher aufs Zimmer. Komm mit, ich zeige dir alles!«

Sie kam mit dem inzwischen sauberen Jungen hinter dem Tresen hervor und bedeutete mir, ihr zu folgen. Wir liefen einen Flur entlang, in dem bemalte Steingutvasen mit getrockneten Gräsern standen und die Sprossenfenster hinaus auf den Vorgarten zeigten. An der Wand hingen alte Schwarz-Weiß-

Aufnahmen, die den Hof und seine Bewohner zu früheren Zeiten zeigten.

»Wir haben das Anwesen von meinen Schwiegereltern übernommen, weil ihnen die Arbeit zu viel geworden ist und sie auf ihre alten Tage noch etwas von der Welt sehen wollen«, erzählte Jutta. »Für sie als waschechte Insulaner bedeutet das allerdings, dass sie lediglich ein bisschen öfter aufs Festland fahren. Momentan machen sie gerade eine Gruppenrundreise durch Mecklenburg-Vorpommern. Hier ist der Frühstücksraum!«

Sie blieb an der Tür zu einem geräumigen Zimmer stehen, in dem sechs Tische mit bequemen Rattanstühlen standen. Die hintere Wand war von breiten Panoramafenstern durchbrochen, sodass man einen wunderschönen Ausblick auf den Teich hatte.

»Wie schön«, entfuhr es mir bewundernd.

»Danke!« Sie warf mir einen erfreuten Blick zu. »Die Umbauten hat mein Mann Mattes ganz allein gemacht. Ein Handwerker wäre zwar schneller fertig gewesen, aber das hätte unser Budget gesprengt.«

Das konnte ich mir vorstellen. Eine kleine Pension wie diese warf bestimmt nicht viel ab, besonders die Wintermonate mussten für die Familie schwierig sein.

»Neben der Pension und dem Garten haben wir noch einen Stall mit vier Pferden und einen Fahrradverleih. Und ein bisschen Landwirtschaft betreiben wir auch. Wenn du die Insel bei einem Ausritt erkunden willst, musst du nur etwas sagen!«

Ich schüttelte den Kopf. »Tut mir leid, mit Pferden habe ich es nicht so. Aber was das Fahrrad betrifft, komme ich gerne auf das Angebot zurück.«

Wir liefen weiter, und Jutta führte mich in den ersten Stock. »Du kannst jederzeit in den Garten gehen, überall stehen Liegestühle und Strandkörbe zur freien Verfügung – und natürlich bringe ich dir auch gerne einen Kaffee oder ein kühles Getränk raus. Schließlich sollst du dich hier entspannen!«

Bei den Plümers erhielt man wirklich eine Rundumglücklich-Versorgung. Mehr konnte ich mir eigentlich nicht wünschen. Hätten sie jetzt noch eine Gruppentherapie à la ›Frisch getrennt und trotzdem fröhlich‹ angeboten, wäre mein Glück perfekt.

Jutta blieb schließlich vor einer der Türen stehen, öffnete sie und machte eine einladende Handbewegung. »Hier bitte, dein Zimmer! Ich hoffe, es gefällt dir.«

Es war mit hellen Möbeln gemütlich eingerichtet, die beiden Sprossenfenster gingen ebenfalls auf den Garten hinaus, und die Vorhänge waren meerblau mit kleinen Leuchttürmen und Möwen. Der Geruch von frischer Wäsche und Lavendel stieg mir in die Nase. Ich starrte auf das große Doppelbett mit den himmelblauen Bezügen, in dem ich eigentlich mit Felix hatte schlafen wollen. Doch statt bei diesem Gedanken wieder loszuheulen, wurde mir plötzlich klar, dass der gemeinsame Urlaub, den ich mir ausgemalt hatte, in der Realität längst nicht so romantisch gewesen wäre. Das liebende Ehepaar, das sich auf die Zeit zu zweit freute, existierte schon lange nicht mehr.

»Dann muss ich's mir wohl allein gemütlich machen«, entfuhr es mir, den Blick immer noch auf das großzügige Doppelbett gerichtet.

»Leonie hat erzählt, dass dein Mann dich nicht wie geplant begleitet hat. Das tut mir leid!«

Ich zwang mich zu einem Lächeln. »Man muss es positiv sehen: So habe ich beim Schlafen wenigstens viel Platz, und ich muss keine Angst haben, nachts aus dem Bett zu fallen. Das ist mir schon zwei Mal passiert. Anscheinend verliert mein Unterbewusstsein in fremden Betten leicht die Orientierung.«

Sie grinste verständnisvoll. »So ähnlich geht es mir auch,

wenn ich woanders übernachte. Nur suche ich dann schlaftrunken unser Badezimmer und finde es partout nicht.«

Ihrem Sohn Jonas wurde es wohl langsam zu langweilig, denn das bisher vorbildlich ruhige Kind begann auf ihrem Arm unruhig auf und ab zu wippen. »Quak, quak«, sagte er. »Quak, quak.«

»Er ist völlig vernarrt in die Entenküken«, erklärte Jutta, »und ich habe ihm vorhin versprochen, dass er sie heute noch besuchen darf.«

Sie nickte mir noch einmal mit einem Lächeln zu, ehe sie das Zimmer verließ. »Melde dich, wenn du etwas brauchst!«

Als ich allein war, ließ ich mich mit ausgestreckten Armen aufs Bett fallen und genoss das Gefühl, endlich angekommen zu sein. Durch das gekippte Fenster hörte ich leises Stimmengemurmel im Garten und das Zwitschern der Vögel. Ich war froh, dass ich mich für diese kleine Pension und nicht für irgendeine anonyme Bettenburg entschieden hatte. Die Pensionswirtin Jutta Plümer war mir auf Anhieb sympathisch, auch wenn ich mich eben vermutlich nicht besonders offen und zugänglich verhalten hatte. Aber ich hatte auch zwei harte Tage hinter mir und war sowohl körperlich als auch seelisch nicht gerade auf der Höhe. Bei der nächsten Begegnung würde ich mich zusammenreißen und etwas mitteilsamer sein.

Ich trat mir die Schuhe von den Füßen und kuschelte mich richtig ins Bett. Wie auf Kommando wurden meine Augenlider schwer. Kein Wunder, da ich in der vergangenen Nacht kaum geschlafen und die Anreise ewig gedauert hatte. Ich war schon dabei, wegzudösen, als mich ein Klopfen wieder hochschrecken ließ.

»Frau Lehmann?«, fragte eine volltönende Männerstimme.

Ich rollte mich ächzend aus dem Bett und ging zur Tür. Meine Hand fuhr automatisch zu meiner Frisur, um sie zurechtzuzupfen, doch ein Blick in den Spiegel verriet mir, dass das auf die Schnelle ohnehin hoffnungslos war.

»Ja, bitte?«

»Moin, moin!« Der Mann war Ende dreißig, trug saubere Arbeitskleidung, und sein hellbraunes Haar lichtete sich bereits über der Stirn. Seiner wettergegerbten Haut sah man an, dass er viel im Freien arbeitete, und seine breiten Schultern verrieten, dass er ordentlich zupacken konnte. Da er meinen Koffer bei sich hatte, schloss ich messerscharf, dass es sich um Mattes Plümer handeln musste.

»Willkommen in unserem trauten Heim«, begrüßte er mich in einem plattdeutsch eingefärbten Akzent. »Tut mir leid, dass ich es nicht eher geschafft habe, den Koffer hochzubringen.«

Ich winkte ab. »Kein Problem. Es hatte keine Eile.«

»Ich soll Sie von meiner Frau fragen, ob Sie noch etwas brauchen. Und ich soll schauen, ob sie auch nicht vergessen hat, den Obstkorb und das Wasser auf den Tisch zu stellen.«

Ich warf einen demonstrativen Blick über die Schulter. »Alles da! Sie können ihr ausrichten, dass das Zimmer wunderbar ist. Ihre Frau ist wirklich sehr fürsorglich und herzlich!«

Er nickte, und in seine Augen trat ein Strahlen. »Meine Jutta ist eine wahre Perle. Ich wüsste nicht, was ich ohne sie tun würde!«

Zum Abschied tippte er sich mit den Fingern an eine imaginäre Mütze, drehte sich um und verschwand die Treppe hinunter, während ich immer noch die Türklinke in der Hand hielt, reglos wie eine Statue. In diesen zwei Sätzen, die Mattes Plümer gerade gesagt hatte, schwang so viel tief empfundene Zuneigung und Liebe zu seiner Frau mit, dass es mich tief berührte. Wie kam es, dass ich bei einem mir völlig fremden Mann mehr echte Gefühle wahrnehmen konnte als bei meinem eigenen Ehemann? Ob Felix anderen Menschen gegenüber je so von mir geschwärmt hatte? Ich versuchte ihn mir vorzustellen, wie er mit diesem Strahlen in den Augen sagte: »Meine Sophie ist eine wahre Perle!«. Doch es ging nicht. Das Bild wollte sich einfach nicht einstellen.

Felix war der lebende Beweis dafür, dass *nomen est omen* nicht immer zutreffend war, denn obwohl sein Name übersetzt ›der Glückliche‹ bedeutete, hatte ich ihn in diesem Gemütszustand relativ selten erlebt. Nur, wenn er seinem liebsten Hobby frönte und mit seinen Kollegen im Club eine Partie Golf spielte, blitzte so etwas wie Zufriedenheit in seinen Augen auf. Selbst auf dem Höhepunkt der Ekstase erinnerte mich Felix' Gesichtsausdruck eher an jemanden, der gerade einen üblen Wadenkrampf losgeworden war. Laut meiner Erinnerung jedenfalls, denn unser ›letztes Mal‹ war schon so lange her, dass mir mein Unterbewusstsein vorgaukelte, es wäre richtig guter Sex gewesen. Man kannte das ja: Je länger ein Ereignis zurücklag, umso schöner kam es einem vor.

Die mangelnde Initiative meines Ehemannes war ein schwerer Schlag für mein weibliches Selbstwertgefühl gewesen. Annika hatte versucht, mich aufzubauen, indem sie erklärte, dass es lediglich auf die richtige Sichtweise ankam. Sie war beispielsweise überglücklich, dass ihr Gatte Henning sie nicht mehr mit seinen Annäherungsversuchen behelligte. Laut Annikas Aussage war das eheliche Liebesspiel mit Henning nämlich so langweilig wie ein vierstündiger Vortrag über Verbrennungsmotoren, nur komprimiert auf fünf Minuten. Kein Wunder, denn angeblich hatte man nach fünfzehn Jahren Beziehung im Durchschnitt schon beachtliche zweitausend Mal miteinander geschlafen – und sowohl Annika als auch ich waren schon bedeutend länger mit unseren Partnern zusammen. Das sei einfach zu viel des Guten, meinte Annika. »Spätestens wenn du im heimischen Schlafzimmer gähnend am selbstgebastelten Andreaskreuz hängst, weißt du, dass die Luft raus ist«, hatte sie noch seufzend hinzugefügt. Annika machte das Beste aus ihrer eingeschlafenen Beziehung, vor allem natürlich den Kindern zuliebe.

Insgeheim war ich etwas neidisch, weil Felix und ich leider nie das Stadium erreicht hatten, in dem wir gemeinsam in der Garage SM-Möbel zusammengezimmert hätten, aber im Grunde hatte Annika recht: So lange wie Felix und ich schon ein Paar waren, konnte man wohl kaum erwarten, dass er sich vor Leidenschaft nach mir verzehrte. Dummerweise hatte diese Einsicht nicht die Stimme in mir zum Verstummen gebracht, die immer wieder fragte, ob ich auf diese Art und Weise tatsächlich den Rest meines Lebens verbringen wollte.

Früher, als wir uns ineinander verliebt hatten, war Felix ganz anders gewesen. Begeisterungsfähig, voller Träume, mitteilsam und immer auf der Suche nach Nähe. Was war nur geschehen, dass wir uns als Paar derart verändert hatten? War ich eine so schreckliche Ehefrau und Partnerin? Immerhin wäre dies eine plausible Erklärung dafür gewesen, weshalb Felix sich von mir zurückgezogen und seine Zeit anstatt mit mir lieber in der Kanzlei oder auf dem Golfplatz verbracht hatte. Ehe ich diese Überlegung weiterspinnen konnte, zog mich das Brummen meines Handys zurück in die Gegenwart. Es war eine Nachricht von Annika, und wie üblich hatte sie ein fast schon unheimliches Gespür für meine düsteren Grübeleien: *»Hör sofort damit auf, die Schuld bei dir zu suchen! Stell das Handy aus, genieße die Zeit und finde dich selbst!! PS: Hast du dich endlich frisch gemacht und dir die Trauermiene abgewaschen? Dicker Drücker, Annika«*.

Mit einem Schmunzeln steckte ich das Handy weg, nicht jedoch, ohne vorher ihren Ratschlag zu beherzigen und es auszustellen. Also, ab unter die Dusche und dann ans Meer!

3. Kapitel

Das Dörfchen Glowe war klein und beschaulich, doch es gab alles, was man zum Leben brauchte – einen Bäcker, Supermarkt, Friseur und natürlich einige Gästehäuser, Kneipen, Restaurants und Eiscafés. Viele der reetgedeckten Häuser hatten klangvolle Namen, die auf einem Stück Treibholz prangten oder in geschwungenen Buchstaben direkt neben dem Hauseingang aufgemalt worden waren – wie ›Inselwind‹, ›Klabautermann‹, ›Seestern‹ oder ›Kliffkieker‹. Ich entdeckte schöne Villen im Stil der Bäderarchitektur, einen Kurpark, und die lange Strandpromenade lud zu einem gemütlichen Spaziergang ein. Auf Anhieb fühlte ich mich hier wohl.

Die meisten Urlauber hatten sich schon vom Strand verzogen oder waren gerade dabei, ihre Sachen zusammenzupacken und mit ihren Taschen, Luftmatratzen und Kühlboxen davonzustapfen.

Ich setzte mich ein paar Meter vom Wassersaum entfernt auf mein Handtuch, schlug meine Hosenbeine hoch und bohrte wie ein kleines Kind meine Füße in den Sand. Er war herrlich warm, fein und hell, und das Meer leuchtete in Blau und Türkis wie in der Karibik. Ich konnte kaum glauben, dass ich mich noch in Deutschland befand. Weshalb war ich nur nicht schon viel früher hierhergekommen?

Das Kindergeschrei, die Musik und das unstete Stimmengemurmel nahmen mit der Zeit immer weiter ab, bis nur noch ich, das Rauschen der Wellen und ein paar Spaziergänger übrig blieben. Die Möwen kreisten über mir und suchten laut kreischend nach essbaren Überresten. So hungrig wie sie sich gaben, konnte ich nur hoffen, dass sie nicht anfingen, an mir herumzupicken.

Die Sonne näherte sich dem Horizont, und einige Segelboote drehten eine letzte Runde, ehe sie für die Nacht zum Hafen zurückkehrten. Die Ostsee und der weite Himmel lagen vor mir, und ich wartete auf die Entspannung, das Einswerden mit dem Meer und die Ausgeglichenheit. Doch Pustekuchen – dieses Mal wollte sich nichts davon einstellen. Stattdessen verspürte ich eine beklemmende Ruhelosigkeit, die mich kaum still sitzen ließ. Ich zwang mich immer wieder dazu, tief durchzuatmen, mich auf das Geräusch der Wellen zu konzentrieren und ›mich selbst zu finden‹, so wie Annika es mir geraten hatte. Doch schon wenige Minuten später ertappte ich mich dabei, wie ich in Gedanken wieder zu Felix und unserer Trennung zurückkehrte.

Um mich abzulenken, lockte ich schließlich sogar mit dem Rest eines Schokoriegels, den ich in meiner Handtasche gefunden hatte, eine Möwe zu mir. Für einen Vogel war das ernährungstechnisch vermutlich bedenklich, aber immerhin hatte ich jetzt einen Freund.

»Na, bleibst du bei mir?«, fragte ich, während die Möwe immer zutraulicher wurde und sich näher an mich heranwagte. »Du könntest mein zweites Haustier sein. Was hältst du davon?«

Die Möwe hüpfte auf mich zu und stieß einen Schrei aus, was ich als Zustimmung wertete.

»Dann taufe ich dich hiermit auf den Namen Camilla Parker Bowles, passend zu meinem Kater Prinz Charles. Äh ... das ist wirklich nicht beleidigend gemeint, und hat auch nichts mit deinem Aussehen zu tun«, beteuerte ich.

Camilla, die auf dem ansonsten schneeweißen Kopf einen

ungewöhnlichen schwarzen Fleck besaß, starrte mich lange und vorwurfsvoll an, ehe sie das letzte Stück des Riegels verputzte. Kaum hatte sie jedoch begriffen, dass bei mir nichts mehr zu holen war, verlor Camilla schlagartig das Interesse an ihrem neuen Frauchen und erhob sich in die Lüfte. Undankbares Viech!

Nun gut, dann konnte ich mich wenigstens wieder der Meditation und inneren Einkehr widmen. Ich starrte so lange auf das Meer hinaus, bis meine Augen tränten. Verdammt, es half einfach nichts. Ich fühlte mich einsam und verloren, und hier allein im Sand zu sitzen machte das nur noch schlimmer. Wenn ich darüber nachdachte ... Ich war tatsächlich noch nie allein im Urlaub gewesen. Immer nur mit meinen Eltern, Annika oder meiner Familie. War das zu fassen?

Meine Mutter hatte einmal behauptet, sie hätte nur deshalb ein zweites Kind bekommen, weil ich es nicht ertragen konnte, ein Einzelkind zu sein. Ständig hätte ich um eine kleine Schwester oder einen Bruder gebettelt, bis meine bemitleidenswerten Eltern sich schließlich meinem Willen fügten. Ich hielt das für eine unverschämte Lüge. Seit ich zurückdenken konnte, ging mir meine Schwester auf die Nerven, und ich hatte jede Gelegenheit ergriffen, um sie loszuwerden. Unsere Streitereien erreichten jedes Jahr ihren Höhepunkt auf Sylt, wo wir mit unseren Eltern den Sommer verbrachten. Wir stritten uns um das bequemere Bett, den besten Platz zur Errichtung einer Sandburg, die größere Schippe und später um den bestaussehenden Jungen am Strand, obwohl wir den selbstverständlich nur aus der Ferne anschmachteten. Man konnte allerdings sagen, was man wollte – langweilig waren unsere Urlaube nie gewesen. Das Highlight war immer, wenn Papa am Ende des Urlaubs ein Segelboot mietete und wir für einen Tag in See stachen. Ich liebte den Wind in den Haaren, die Geschwindigkeit, mit der das Boot durch die Wellen pflügte, und wie die Gischt zu beiden Seiten in die Höhe spritzte, während Papa hinter dem Steuerrad wie ein Fels in der Brandung stand und lachte. Damals hatte ich mir fest vorgenommen, selbst den Segelschein zu machen, und als ich Felix zu Beginn unserer Beziehung davon erzählte, war er von der Idee begeistert. Wir schlossen sogar den Pakt, irgendwann einmal gemeinsam mit unserem eigenen kleinen Boot die Weltmeere zu erkunden. Doch bis heute war es nur ein gemeinsamer Traum geblieben, und als ich heimlich den Segelkurs auf Rügen gebucht hatte, um Felix damit zu überraschen, wollte ich an diese früheren Zeiten anknüpfen. Auch hatte ich mich ganz bewusst gegen Sylt und für die Ostsee entschieden. Ich wollte keine Reise in meine Vergangenheit unternehmen – Rügen sollte ein Neuanfang für uns werden! Dass er so radikal werden würde, hatte ich natürlich nicht geahnt.

Meine Gedanken schweiften zum gestrigen Abend. Gott, was war das für eine Katastrophe gewesen.

Felix hatte mich über den feierlich gedeckten Tisch wütend angefunkelt und immer wieder den Kopf geschüttelt. »Erwartest du wirklich, dass ich mich über diese sogenannte Überraschung freue, Sophie? Ich hoffe, du hast eine Reiserücktrittsversicherung abgeschlossen, damit wir wenigstens einen Teil des Geldes zurückbekommen.«

Seine graublauen Augen schienen mit den Jahren ihre Farbe verloren zu haben, und sein wässriger Blick kam mir fast schon gespenstisch vor. Wegen seiner Geheimratsecken hatte Felix sich die Haare komplett abrasiert, und da er weder eine Brille noch einen Bart trug, glich er einer sehr konservativen und deutlich weniger aufregenden Version von Bruce Willis im Steuerberater-Anzug. Allein die leichte Bräune, die Felix durchs Golfspielen bekam, zauberte etwas Leben in sein Gesicht.

»Überleg es dir bitte noch mal!«, flehte ich. »Erinnerst du

dich nicht an unseren Pakt? Wir wollten gemeinsam den Segelschein machen und die Weltmeere mit unserem eigenen Boot befahren.«

Ich hatte alles bis ins kleinste Detail vorbereitet, und Thomas König, der mit Felix zusammen die Kanzlei für Steuerrecht leitete, hatte sogar zugesagt, für die nächsten zwei Wochen die Termine von Felix zu übernehmen.

Er zog ungläubig eine Augenbraue in die Höhe. »In so einer kleinen Nussschale aufs offene Meer hinauszufahren, ist wirklich das Letzte, was ich will.«

»Aber jetzt, wo Max zum Studieren ausgezogen ist, kann das für uns ein Neubeginn sein. Wir können doch nicht einfach so weitermachen und nebeneinanderher leben! Ich kenne dich überhaupt nicht mehr.«

»Ich bin der Gleiche, den du geheiratet hast«, entgegnete er verständnislos. »Nein, du musst die Reise sofort canceln! Wir bleiben hier.«

Er machte sich nicht einmal die Mühe, mir zuzuhören! Insgeheim hatte ich gehofft, dass Felix seinen Gefühlspanzer endlich ablegte und ich ihm auf Rügen helfen konnte, wieder mit seinen Emotionen in Kontakt zu treten. Dass die Spezies Mann allerdings durchaus damit zufrieden war, in diesem gleichbleibend neutralen Gemütszustand vor sich hin zu vegetieren, war mir überhaupt nicht in den Sinn gekommen!

Mich beschlich die Ahnung, dass ich in dieser Ehe die Einzige war, die litt. Felix sehnte sich überhaupt nicht nach einer Veränderung, denn für ihn war alles gut so, wie es war. Und wenn ich jetzt den Mund hielt und tat, was er sagte, würde unsere Beziehung bis zum Rest unseres Lebens in genau dem gleichen Schema verlaufen.

»Nein, ich storniere die Reise nicht«, brachte ich zwischen bebenden Lippen hervor.

Doch Felix reagierte überhaupt nicht und tippte ungerührt auf seinem Handy herum.

Ich begann am ganzen Körper zu zittern, und die Wut, die ich so lange unterdrückt hatte, kochte in die Höhe. Ehe ich mich versah, hatte ich eine Silbergabel in der Hand und pfefferte sie an Felix' Kopf. Gezielt hatte ich natürlich auf das Handy, aber was die Treffsicherheit beim Werfen anbelangte, erfüllte ich leider voll und ganz das weibliche Klischee. Eigentlich hatte ich erwartet, dass mein Wurfgeschoss wie üblich mindestens einen Meter am Ziel vorbeiflog.

Mit einem Schmerzenslaut ließ Felix das Handy fallen und fasste sich an die Stirn, wo sich schon einige Blutstropfen sammelten. »Spinnst du, Sophie?«

Endlich hatte ich seine Aufmerksamkeit, und mit klopfendem Herzen stellte ich die alles entscheidende Frage: »Felix, liebst du mich überhaupt noch?«

»Du hast mir gerade eine Gabel an den Kopf geworfen«, bemerkte er unnötigerweise.

»Ja, das habe ich, und es tut mir aufrichtig leid. Aber ich möchte jetzt und hier von dir wissen, ob du mich noch liebst.«

»Ich blute, Herrgott noch mal!«

Obwohl es in Wahrheit schon längst wieder aufgehört hatte zu bluten und die Wunde wirklich winzig war, warf ich ihm meine Serviette zu. Sie verfehlte Felix um knapp einen Meter und fiel auf den Boden. Wie hieß es so schön: Ausnahmen bestätigen die Regel.

»Ich entschuldige mich in aller Form, es war ein Unfall«, beteuerte ich. »Aber bitte beantworte meine Frage: Liebst du mich?«

Schon glaubte ich, mein Ehemann würde sich weiterhin in Schweigen hüllen, doch dann sah ich es: Felix wich meinem

Blick aus und zuckte mit den Schultern. Die Antwort war ein Schulterzucken!

Dabei war er ansonsten nie um eine Bemerkung verlegen. Man musste nicht Psychologie studiert haben, um diese Geste richtig zu interpretieren.

Zwischen uns gab es nichts mehr wiederzubeleben oder zu retten, denn plötzlich wurde auch mir etwas klar. »Den Mann, der gerade vor mir sitzt, liebe ich auch nicht mehr«, sagte ich leise.

Mein Traum von einem gemeinsamen Neubeginn platzte wie eine Seifenblase. Ich hatte es erzwingen wollen, wegen unserer Familie und den vielen gemeinsamen Jahren, die wir Seite an Seite verbracht hatten. Ohne das Vorhandensein von Liebe fühlten sie sich leer und vergeudet an.

Und nun saß ich hier allein im Sand, ohne meinen Mann, und nicht einmal Camilla Parker Bowles leistete mir noch Gesellschaft. Was hatte ich eigentlich vorzuweisen? Meine Jugend lag hinter mir, meine Kinder waren erwachsen, und ich hatte in einer Klinik eine leitende Position als Fachwirtin für Krankenpflege. Was leider besser klang, als es war. Tagein, tagaus saß ich hinter meinem Schreibtisch, organisierte Dienstpläne, bearbeitete Beschwerdeformulare des Pflegepersonals, stritt mit den Krankenkassen herum und musste Urlaubsanträge ablehnen.

Hmpf! So viel zum Thema ›mich selbst finden‹. Ich warf Camilla, die am Himmel ihre Kreise zog, noch einen bösen Blick zu und ging zurück in die Pension.

4. Kapitel

Ugh! Als ich am nächsten Morgen aufwachte, klebte meine Zunge am Gaumen, und im Mund hatte ich den Geschmack von alten Socken. Ich lag komplett angezogen quer über dem Bett, und mein Magen begrüßte mich mit einem hungrigen Grummeln. Ein Blick auf die Uhr verriet mir, dass es sieben Uhr morgens war und ich fast elf Stunden geschlafen hatte. Kein Wunder, dass ich das Gefühl hatte, jeden Moment zu verhungern!

Ich fuhr mir über die Augen, setzte mich auf und stellte dankbar fest, dass ich meine Haare am Abend zuvor noch zu einem Zopf geflochten hatte. Ansonsten hätten sie jetzt wahrscheinlich einem zersausten Vogelnest aus Haarknoten geglichen. Nachdem ich vom Strand zurück in die Pension gekommen war, hatte ich mich nur kurz ausruhen wollen, ehe ich mich auf den Weg zu einem Restaurant fürs Abendessen machte. Ich schüttelte ungläubig den Kopf, da ich mich nicht daran erinnern konnte, wann ich das letzte Mal so lange geschlafen hatte. Dafür fühlte ich mich aber auch deutlich frischer und erholter.

Ich putzte mir die Zähne, schminkte mich und zog frische Sachen an, während mein Magen immer lauter knurrte. Meine Gedanken wanderten zum Segelkurs, der heute Nachmittag beginnen würde. Wer wohl die anderen Kursteilnehmer waren? Ich hoffte inständig, dass außer mir noch andere Frauen dabei waren und ich nicht nur von Männern umgeben sein würde, die wahrscheinlich schon Wochen vorher alle

Fachbegriffe auswendig gelernt hatten. Na ja, immerhin kannte ich mich dank meines Vaters ebenfalls ein wenig mit dem Segeln aus. Ob der Lehrer Ole Jansen tatsächlich so sympathisch war, wie er am Telefon geklungen hatte?

Obwohl mein Magen mich lautstark dazu drängte, in den schönen Frühstücksraum hinunterzugehen, mir einen Platz am Panoramafenster zu sichern und das Buffet zu plündern, hielt ich kurz inne und schaltete mein Handy wieder an. Ein aufgeregtes Vibrieren war die Folge, und mir wurden neun Kurzmitteilungen und dreizehn verpasste Anrufe angezeigt. O Gott! War einem meiner Söhne etwas zugestoßen? Doch dann atmete ich tief durch. In einem solchen Fall hätten Felix oder Annika direkt in der Pension angerufen. Somit hatte ich beim Öffnen der ersten Nachricht wenigstens noch das Gefühl, dass im Vergleich dazu alles nur halb so schlimm sein konnte. Einen irrwitzigen Moment lang hoffte ich sogar, dass es sich um Gratulationen handeln könnte, in denen mir unsere Bekannten Glückwünsche zur Trennung aussprachen und mich für meinen Mut lobten. Immerhin war es nicht einfach, sich nach fast fünfundzwanzig Jahren das Scheitern einer Beziehung einzugestehen und wieder ganz von vorne anzufangen. *Besonders als Frau in deinem Alter*, flüsterte mir eine fiese Stimme in meinem Kopf zu.

Die erste Nachricht stammte von Maximilian, meinem Jüngsten: *»Habe versucht, dich zu erreichen. Stimmt das, was Papa erzählt hat? Er meint, du bist hysterisch geworden und hättest ihn verlassen. Ruf mich an! LG, Max«*

Verdammt, fluchte ich innerlich. Felix hatte also doch umgehend zum Telefon gegriffen und unsere Kinder informiert. Da hatte ich meinen Gatten wohl völlig falsch eingeschätzt.

Die nächste Nachricht stammte von Bastian, meinem Erstgeborenen. Sie klang schon deutlich vorwurfsvoller: *»Wie* *konntest du Papa das nur antun? Hast du ihn wirklich mit einer Gabel verletzt? Er ist ganz außer sich. Warum gehst du nicht ans Telefon???«*

Ich biss mir schuldbewusst auf die Unterlippe. Dass mich die Sache mit der Gabel noch verfolgen würde, hatte ich irgendwie schon geahnt. Beim besten Willen konnte ich mir jedoch nicht vorstellen, dass Felix wegen der Trennung ›ganz außer sich war‹. Allerdings schien mir mein Ehemann im Allgemeinen völlig fremd zu sein. Niemals hätte ich für möglich gehalten, dass er so wenig Stolz besaß und seinen Kindern gegenüber das arme Opfer mimte. Unglücklicherweise war mein Verhältnis zu Bastian schon immer etwas schwierig gewesen. Er war Papas Liebling und auf dem besten Weg, sich in eine jüngere Version seines Vaters zu verwandeln.

Es folgten noch drei weitere Mitteilungen meiner Söhne mit ähnlichem Inhalt, dann hatte mir zur Abwechslung Annika geschrieben. Meine Hoffnungen, dass sie sich lediglich nach meinem Befinden erkundigte, wurden leider enttäuscht, denn auch bei ihr ging es um die neuesten Vorkommnisse an der Heimatfront: *»Dein Arsch von Ex hat mich aus dem Haus geschmissen, als ich nach dem Hasen schauen wollte. Dieser Mistkerl hat mir den Schlüssel abgenommen und Hausverbot erteilt. HAUSVERBOT! Kannst du dir das vorstellen? Stehe neben seinem Angeber-Mercedes und lasse ihm jetzt die Luft aus seinen scheiß Reifen. DD, Annika«.*

Das Problem bei Annika war, dass man nie sagen konnte, ob sie es ernst meinte oder lediglich einen Scherz machte.

Hastig schrieb ich zurück: *»Das hast du doch nicht tatsächlich getan, oder?? Dicker Drücker zurück, Sophie. PS: Prinz Charles ist immer noch ein Kater!«*

Zu meiner Überraschung stammten die nächsten beiden Nachrichten von meiner Schwiegermutter – und das war wirklich eine *gewaltige* Überraschung, schließlich hatte ich, als Felix und ich ihr ein Smartphone geschenkt hatten, unter meinem Namen extra eine falsche Handynummer abgespeichert. Die erste Nachricht enthielt die gängigen Vorwürfe und abfälligen Bemerkungen über meinen Charakter, die in solch einer Situation für eine Schwiegermutter üblich waren. In der nächsten stand lediglich: *»Ich verlange umgehend meine goldene Folklorebrosche zurück, die ich dir in meiner Gutmütigkeit geschenkt habe!«*

Das war mal eine gute Neuigkeit – endlich wurde ich dieses hässliche Ding wieder los. Es war das Broschenäquivalent zu dem Bild ›Der röhrende Hirsch‹ und bestimmt das einzige Schmuckstück auf der Welt, das durch die verwendeten Diamanten, die in die Tieraugen und Blumen eingelassen waren, sogar noch hässlicher wurde. Maximilian hatte mir einmal mit zehn Jahren zu Weihnachten eine Kette mit einem riesigen selbstgebastelten Spongebob-Schwammkopf-Anhänger geschenkt, aber vor die Wahl gestellt, hätte ich in der Öffentlichkeit lieber diese Kette getragen.

Schon deutlich optimistischer öffnete ich die letzte Nachricht. Sie kam wieder von Bastian und war um 0:47 Uhr verschickt worden. Da er immer früh zu Bett ging, um seinen Biorhythmus nicht durcheinanderzubringen, musste ihn diese Sache ernsthaft beschäftigen. Seine Worte klangen so kalt und brutal, dass mir vor Schreck fast das Herz gefror: *»Papa meint, du hättest wohl einen Geliebten. Wenn das stimmt, dann bist du für mich gestorben.«*

Langsam ließ ich das Handy sinken. Ich schluckte mehrmals hintereinander, um meine aufsteigenden Tränen zurückzuhalten. Eigentlich hätte ich wütend auf Felix sein müssen, weil er diese völlig aus der Luft gegriffene Lüge über mich verbreitete, doch ich fühlte nur einen tiefen, stechenden Schmerz.

Immer wieder hallte der letzte Satz in meinem Kopf nach: … *dann bist du für mich gestorben.*

Wie konnte Bastian nur so etwas schreiben? Ich war doch seine Mutter, und er hatte sich meine Seite der Geschichte nicht einmal angehört!

Nun hatten mich die Folgen meines Tuns unwiderruflich eingeholt. Selbstverständlich war ich nicht so naiv gewesen zu glauben, dass meine Söhne sich freuten, aber mit solch einer heftigen Reaktion hatte ich nicht gerechnet. Genauso wenig hatte ich geahnt, dass Felix die Trennung zum Anlass nahm, seine Gleichgültigkeit abzulegen und sich anderen gegenüber zu öffnen. Als ich mit meinem Koffer das Haus in Richtung Rügen verlassen hatte, schien er so gefasst, ja beinahe gelangweilt gewesen zu sein. Was hatte er wohl unseren Söhnen und seiner Mutter alles erzählt?

Ich schüttelte, verärgert über mich selbst, den Kopf. Gott, war ich naiv gewesen. Niemals hätte ich den Fehler begehen dürfen, mein Handy auszuschalten.

Obwohl sich mein Hunger inzwischen verflüchtigt hatte und mir stattdessen speiübel war, stand ich auf und verließ mein Zimmer. Wie in Trance lief ich die Treppe hinunter zum Frühstücksraum und ließ mich auf den nächstbesten Stuhl fallen. Erst als Jutta Plümer mich ansprach, bemerkte ich, dass sie neben meinem Tisch stand und mich besorgt musterte. Bis auf ein älteres Ehepaar, das in ein Gespräch vertieft am Panoramafenster saß, schienen die anderen Gäste noch zu schlafen.

»Entschuldige bitte«, murmelte ich. »Ich war gerade in Gedanken.«

»Eigentlich wollte ich wissen, ob ich dir Kaffee oder Tee bringen soll. Du siehst mir jedoch eher danach aus, als könntest du einen Schnaps vertragen.«

Ich lächelte matt. »So wie mein Morgen begonnen hat, sogar einen doppelten. Ich hätte mein Handy für den Rest des Urlaubes besser ausgeschaltet gelassen.«

»Schlechte Nachrichten?«

Ich nickte und stützte kraftlos meine Ellbogen auf den Tisch, wobei ich das Gedeck verschob. »Das kann man wohl sagen!«

»Warte, ich bring dir etwas zur Stärkung der Lebensgeister«, versprach sie und verschwand.

Ich fuhr mir über die Augen und massierte meine Schläfen, da sich in meinem Kopf ein unangenehmes Spannungsgefühl aufbaute. Wahrscheinlich verschmierte ich dabei das leichte Make-up, das ich für den Tag aufgelegt hatte, aber das war mir gleichgültig.

Jutta kam mit zwei gefüllten Schnapsgläsern wieder zurück. »Sanddornlikör«, erklärte sie. »Hat mein Schwiegervater selbst angesetzt. Wenn wir Glück haben, werden wir davon nicht blind.«

Noch nie hatte ich um diese Uhrzeit Alkohol getrunken, aber dies war wohl der richtige Moment, um damit zu beginnen. Wenn ich schon Kopfschmerzen bekam, dann war Alkoholkonsum eindeutig der angenehmere Grund.

»Na dann, Prost!«, sagte ich. »Viel schlimmer kann's nicht mehr werden.«

Jutta erhob ihr Glas. »Nich' lang schnacken, Kopp in'n Nacken!«

Todesmutig kippten wir den Sanddornlikör hinunter und verzogen beide hustend das Gesicht, sodass wir unwillkürlich lachen mussten. Das ältere Ehepaar unterbrach sein Gespräch und musterte uns mit hochgezogenen Augenbrauen.

Jutta erklärte ihnen grinsend: »Ein Notfall! Wir mussten dringend Frau Lehmanns Kreislauf in Schwung bringen.«

Die beiden rümpften synchron die Nase, und der Mann sagte: »Meine Frau trinkt dann immer ein Glas Cola.«

»Dagegen ist Frau Lehmann allergisch«, behauptete Jutta schlagfertig und wandte sich mir wieder zu. »Und? Siehst du mich noch?«

»Ja, klar und deutlich.«

»Dann ist dein Morgen zumindest nicht so schlimm, wie er hätte sein können«, meinte sie und zwinkerte mir aufmunternd zu. »Immerhin hast du den Likör meines Schwiegervaters überlebt!«

Leider konnte ich ihr Lächeln nicht erwidern, und meine Schultern sackten sogar noch tiefer herab. »Tod durch Schnaps wäre nicht mal die schlechteste Option. Mein Leben ist das reinste Chaos.«

Dann passierte es. Alles, was in den letzten Tagen geschehen war, sprudelte einfach so aus mir heraus. Vielleicht lag es am Sanddornlikör oder daran, dass ich ganz allein auf Rügen war, doch ich erzählte Jutta Plümer von meinem ganzen Leben, angefangen bei meiner Familie, über meine wachsende Unzufriedenheit, bis hin zu der geplanten Überraschung mit dem Segelkurs, Felix' Schulterzucken, meiner Abreise und sogar – ich konnte es selbst kaum glauben – meinem seit Jahren nicht mehr existenten Sexleben. Dabei war das eigentlich gar nicht meine Art, schließlich kannte ich Jutta kaum. Doch sie hörte mir aufmerksam zu, und wenn neue Frühstücksgäste den Raum betraten, verließ sie mich zwar kurz, kam dann aber so schnell wie möglich an meinen Tisch zurück.

»Bin ich ein schlechter Mensch, weil ich auf mein Herz gehört und mich von meinem Mann getrennt habe?«, fragte ich sie schließlich. »Im Grunde stimmt es ja, dass Felix nichts falsch gemacht hat. Kein Wunder, dass meine Söhne so wütend auf mich sind.«

»Aber die kennen nur die Version deines Mannes, und du darfst nicht vergessen, dass er ihnen sogar eine handfeste Lüge aufgetischt hat. Außerdem haben deine Jungs bestimmt keine Ahnung davon, dass du schon seit Jahren unglücklich bist und leidest.«

Damit hatte sie allerdings recht. Ich hatte mir große Mühe gegeben, so zu tun, als ob alles in bester Ordnung wäre. Nur Annika und meine Mutter hatten gewusst, wie es um meine Ehe wirklich stand und wie sehr ich meinen Kummer in mich hineinfraß. Meine Mutter hatte mir immer wieder prophezeit, dass so etwas die Probleme nur verschlimmerte und es irgendwann zum großen Knall kommen würde. Sie hatte allerdings gut reden, denn schließlich führten sie und Papa eine glückliche Ehe, was nicht zuletzt daran lag, dass Papa sie vergötterte und auf Händen trug. Die beiden waren schon über siebzig und warfen sich immer noch verliebte Blicke zu. Mit so einem schrecklich perfekten Vorbild vor Augen war es nicht verwunderlich, dass meine eigene Ehe zum Scheitern verurteilt gewesen war. Na bitte, da hatte ich doch die Lösung: Meine Eltern waren schuld!

»Ich finde es nur seltsam, dass Felix mir weder eine Nachricht geschrieben noch angerufen hat – wenn er angeblich doch so sehr leidet. Offenbar hat er nicht vor, um mich zu kämpfen.«

»Dann kann es nicht so schlimm um ihn stehen, wie es in den Nachrichten deiner Söhne rübergekommen ist«, meinte Jutta. »Wäre sein Herz gebrochen, könnte er gar nicht anders, als sich bei dir zu melden – und sei es nur, um dir Vorwürfe zu machen.«

Da war etwas Wahres dran. Wenn es einem vor Liebeskummer fast das Herz zerriss, tat man die unsinnigsten Dinge. Sich mit keinem einzigen Wort bei dem Objekt seiner Begierde zu melden, gehörte allerdings nicht dazu.

»Wahrscheinlich ist dein Mann nur in seinem Stolz gekränkt«, fuhr Jutta fort. »Am besten, du rufst gleich deine Jungs und deine Schwiegermutter an und klärst die Sache auf.«

Ich machte eine wegwerfende Handbewegung. »Meine Schwiegermutter ist mir wurscht. Ich war ohnehin nie gut genug für ihren Goldjungen. Ich frage mich nur, ob ich sofort heimfahren und persönlich mit meinen Söhnen sprechen sollte.«

»Du willst Rügen schon wieder verlassen?« Jutta sah mich ehrlich überrascht an.

»Meinst du nicht?«, fragte ich verunsichert.

»Ich finde, ein Telefongespräch ist völlig ausreichend. Du scheinst mir dringend eine kleine Auszeit zu brauchen. Als Mutter muss man ab und zu auch mal an sich denken. Sonst macht das nämlich niemand. Das hat rein gar nichts mit Egoismus zu tun.« Sie beugte sich verschwörerisch vor. »Ich weiß, wovon ich rede. Wenn ich mir nicht ein Mal pro Woche einen freien Abend von Mattes, den Kindern und der Pension nehmen würde, wäre ich schon längst durchgedreht.«

Sie blickte auf, weil ein junges, sichtlich verliebtes Pärchen den Raum betrat und sich suchend umschaute.

»Die Arbeit ruft!«, sagte sie mit einem leichten Seufzen, setzte ihren Gästen gegenüber aber sofort ein freundliches Lächeln auf.

Ich ließ mir ihre Worte durch den Kopf gehen. Etwas Ähnliches hatte mir auch Annika geraten, aber die Angst, meine Söhne zu verlieren, konnte ich nicht einfach ignorieren. Was sollte ich jetzt tun? Was sagte mir meine innere Stimme?

Während ich an dem leckeren Schwarztee nippte, den mir Jutta gebracht hatte, fühlte ich in mich hinein:

Ich wollte unbedingt diesen Segelschein machen, das war

schon seit Langem ein Traum von mir. Und ich wollte den allerersten Urlaub, den ich allein machte, nicht gleich am zweiten Tag abbrechen. Ich freute mich darauf, mir die Insel anzusehen, auf Spaziergänge über die langen Strände, auf die Kreidefelsen, aufs Segeln und die Freiheit des Meeres. Wenn ich jetzt zurückfuhr, wenn ich jetzt wieder nachgab, dann konnte ich mich auch genauso gut für den Rest meines Lebens mit meiner unglücklichen Ehe arrangieren!

Eine Hand legte sich auf meine Schulter, und Jutta beugte sich zu mir. »Tut mir leid, aber können wir später weiterreden? Ich muss mich um die anderen Gäste kümmern.«

Tatsächlich war nun jeder Tisch belegt, und der Raum wurde von morgendlichem Stimmengewirr erfüllt.

»Natürlich!« Sofort packte mich das schlechte Gewissen. »Tut mir leid, dass ich dich so lange aufgehalten habe.«

»Ach, Quatsch.« Sie schüttelte entschieden den Kopf. »Ich habe gerne zugehört und hoffe, ich konnte dir ein bisschen weiterhelfen.«

»Das hast du! Ich habe nämlich gerade den Entschluss gefasst, auf Rügen zu bleiben«, verkündete ich. »Ich werde versuchen, von hier aus alles zu klären. Und wer weiß, vielleicht haben sich in ein paar Tagen die Wogen schon wieder geglättet.«

Wenn nicht, konnte ich immer noch kurzfristig abreisen.

»Das ist eine gute Einstellung. Schön, dass du uns erhalten bleibst! Ich würde mich freuen, wenn wir uns in einer ruhigen Minute noch mal zusammensetzen und miteinander plauschen.« Sie blickte mich etwas verunsichert an. »Natürlich nur, wenn du Lust hast?«

»Auf jeden Fall!«

Mit einem warmen Gefühl in der Brust sah ich Jutta hinterher. Ihre Anteilnahme und ihr Mitgefühl hatten unglaublich gutgetan. Vielleicht hatte ich in meinem Leben doch irgendwas richtig gemacht, dass mich das Schicksal nicht nur vor einer Methanolvergiftung bewahrt, sondern mir auch eine neue Freundin genau zur rechten Zeit geschickt hatte.

5. Kapitel

Mit einem himmelblauen Damenrad vom Fahrradverleih Plümer fuhr ich am Nachmittag durch Glowe in Richtung Hafen. Der Wind wehte kräftig aus Richtung Meer, doch der graue Himmel und die frische Brise hielt die Urlauber nicht von ihrem geplanten Tag am Strand ab. Von der Strandpromenade aus konnte ich all die belegten Strandkörbe sehen, in denen Tee oder Kaffee aus Thermoskannen getrunken wurde und man sich dicke Schmöker vor das Gesicht hielt, denn die dienten nicht nur zur Unterhaltung, sondern gleichzeitig auch als Windschutz. Wer auf Rügen Urlaub machte, ließ sich offensichtlich nicht durch eine hinter den Wolken versteckte Sonne abschrecken.

Meine derzeitige Gefühlslage passte perfekt zu dem eher durchwachsenen Wetter. Immerhin hatte ich mittlerweile mit meinem jüngsten Sohn Max gesprochen, und er war weder wütend auf mich, noch hatte er vor, mich ab sofort mit Missachtung zu strafen. Das Gespräch lief sogar erfreulich unproblematisch ab, denn er hörte sich meine Sicht der Dinge kommentarlos an und murmelte danach: »Na, wenn du meinst, dass du das jetzt tun musst, dann mach es eben. Du bist schließlich erwachsen.« Max hatte an seinem neuen Studienort offenbar ziemlich viel um die Ohren, und nachdem die Trennung seiner Eltern schon länger als vierundzwanzig Stunden zurücklag, war sie für ihn wohl schon nicht mehr brandaktuell. Beneidenswert, wie schnell die Jugend von heute schlechte Nachrichten verarbeiten und abhaken konnte.

Meinen Ältesten Bastian hatte ich trotz regelmäßiger Versuche nicht erreicht, sodass ich ihm nur eine Nachricht auf der Mailbox hinterlassen konnte, mit der Bitte, mich baldmöglichst zurückzurufen. Was er bisher nicht getan hatte, und jetzt fing gleich der Segelkurs an. Ein drittes Telefonat hätte ich eigentlich auch noch in Angriff nehmen müssen, doch der Gedanke daran lag mir so schwer im Magen, dass ich es so lange vor mir hergeschoben hatte, bis es zu spät war.

Ich trat noch etwas kräftiger in die Pedale und atmete dankbar die frische Luft ein. Die Bewegung tat mir gut, und als der Hafen in Sicht kam, bedauerte ich es fast ein wenig. Zu gerne hätte ich noch ein wenig das Dorf mit seinen einladenden Pensionen, gepflegten Gärten und beschaulichen Nebenstraßen erkundet.

Da der Hafenbereich von Glowe klein und übersichtlich war, fand ich die ›Segelschule Jansen‹ auf Anhieb. Es war ein einstöckiges Gebäude, und außer mir schien noch niemand hier zu sein: Innen brannte kein Licht, und die Tür war verschlossen. Von hier aus hatte ich einen perfekten Blick auf die Motorboote, Segelyachten und Jollen im Hafen, und bei dem Gedanken daran, dass ich eines dieser Schiffe bald selbst steuern würde, beschleunigte sich sofort mein Herzschlag. Ein aufgeregtes Kribbeln breitete sich in meinem Körper aus wie früher als Kind, wenn ich mich vor einem unbekannten Abenteuer wähnte. Damals ging es jedoch um recht überschaubare Dinge wie die erste Busfahrt allein zum Freibad oder Kirschenklauen bei Herrn Kratzmeier, dessen Westhighlandterrier Scottie in der ganzen Nachbarschaft gefürchtet war. Manche hatten damals steif und fest behauptet, es handelte sich bei Scottie um einen Kampfhund mit weißer Perücke, und ich hatte noch heute an meiner rechten Wade eine kleine gezackte Narbe, die diese Annahme untermauerte.

Auch wenn in Glowe alles harmlos und friedlich wirkte, schloss ich mein geliehenes Fahrrad sicherheitshalber ab und sah auf die Uhr. Da ich mich hier nicht auskannte, war ich zeitig losgefahren und nun fast zwanzig Minuten zu früh. Ich nahm die unvorhergesehene Wartezeit als Wink des Schicksals und gab mir einen Ruck. Mit einem tiefen Seufzer zog ich mein Handy aus der Tasche, wählte Felix' Nummer und wartete nervös, bis er schließlich abnahm.

»Wo ist meine Leberwurst?«, fuhr mich eine Stimme in vorwurfsvollem Tonfall an.

Irritiert starrte ich auf mein Handy, bevor ich es wieder ans Ohr presste. »Felix? Bist du das?«

»Natürlich bin ich es!« Er stieß einen ebenso tiefen Seufzer aus wie ich vor wenigen Augenblicken. »Du verschwindest einfach von einem Tag auf den anderen und lässt mich mit einem leeren Kühlschrank zurück. Du weißt doch, dass ich abends gerne ein Leberwurstbrot esse!«

In der Tat war der Kühlschrank fast leer, immerhin hatte ich damit gerechnet, dass Felix und ich gemeinsam nach Rügen fahren würden.

»Meine Güte, dann geh eben einkaufen!«, gab ich genervt zurück. »Das macht man in diesen großen Läden, wo kleine Häuschen mit Einkaufswagen davorstehen.«

»Natürlich war ich schon im Supermarkt«, gab er in ätzendem Tonfall zurück. »Aber dort hatten sie nicht die Leberwurst, die ich sonst immer esse. Meine lässt sich leicht verstreichen, hat keine Fettklumpen und ein schönes Wurstaroma.«

»Felix, ich habe dich nicht angerufen, um mit dir über Wurstwaren zu diskutieren«, presste ich hervor. »Ich will wissen, weshalb du nach meiner Abreise nichts Besseres zu tun hattest, als umgehend unsere Kinder anzurufen und sie gegen mich aufzuhetzen! So ein niederträchtiges Verhalten hätte ich dir nicht zugetraut. Du legst doch sonst immer so viel Wert auf rationales Handeln und deine emotionslose Fassade.«

Er schwieg, und für einen Moment herrschte Stille in der Leitung. Fühlte Felix sich etwa schuldig? Bereute er, was er getan hatte? Dann schüttelte ich, verärgert über mich selbst, den Kopf. Ich hatte einen Großteil unserer Ehe damit zugebracht, positive Interpretationen für sein Verhalten zu finden, und es war ein für alle Mal genug.

»Ich hatte gehofft, Bastian und Max bringen dich wieder zur Vernunft«, gab er schließlich zu. »Auf mich hättest du kaum gehört.«

Daher wehte also der Wind! Er hatte unsere Söhne dazu benutzen wollen, mein schlechtes Gewissen zu schüren, damit ich Rügen auf schnellstem Weg wieder verließ und nach Hause zurückkehrte. Und wenn Jutta Plümer nicht gewesen wäre, hätte sein Plan wahrscheinlich sogar funktioniert.

»Und dafür musstest du einen Geliebten erfinden? Anstatt die Kinder gegen mich aufzuwiegeln, hättest du mich auch einfach anrufen können!« Ich schüttelte verständnislos den Kopf.

Wie immer, wenn ich ein unerfreuliches Telefonat führte und die angestaute Energie loswerden musste, begann ich herumzulaufen und ging in Richtung Kai. »Weshalb hast du nicht selbst versucht, mich umzustimmen? Wir hätten miteinander reden können, denn so etwas tun Ehepaare für gewöhnlich. Jedenfalls in einer funktionierenden Beziehung.«

Die Bohlen des Stegs knarrten unter meinen Füßen, während ich die Schiffe passierte, die zu beiden Seiten friedlich auf dem Wasser schaukelten.

»Das hätte doch nichts gebracht, Sophie! Bei deinem hysterischen Abschied hast du mir schließlich schon deine absurden Gründe für unsere Trennung genannt, und ich verstehe sie nach wie vor nicht«, entfuhr es Felix verärgert. »Ich will nur, dass du wieder zur Vernunft kommst und aufhörst, dich mit diesem unnützen Segelkurs lächerlich zu machen.«

So sah für Felix also die Lösung unserer Probleme aus: Ich sollte reumütig heimkehren, und alles würde wie gehabt weitergehen. Nach wie vor konnte er weder nachvollziehen, wie unglücklich ich in unserer Beziehung war, noch wie wichtig eine offene Aussprache zwischen uns gewesen wäre. Für ihn nahm ich als seine Ehefrau wahrscheinlich den Stellenwert einer Haustür oder einer Rolle Toilettenpapier ein: notwendig, aber nichts, womit man sich auseinandersetzen musste.

Natürlich hätte ich mich an den Gedanken klammern können, wie wichtig solche alltäglichen Dinge im Grunde waren, aber sollte ich mich damit wirklich abfinden? Dass mein Ehemann mich nicht liebte, aber brauchte? Dass ich eben die Klorolle an seiner Seite war?

»Felix, ich kann so nicht mehr weitermachen.« Ich blieb am Ende des Stegs stehen und blickte auf das weite Meer hinaus. Am Horizont verschmolzen Himmel und Wasser zu einer grauweißen Masse, und die Sonne war nur als ein schwach leuchtender Kreis hinter den Wolken auszumachen.

»Wenn ich nachts im Dunkeln neben dir liege, weiß ich genau, in welcher Stellung du schläfst und wie sich dein Schnarchen im Laufe der Nacht verändert. Aber ich weiß nicht, wovon du träumst. Neben mir liegt ein Fremder. Das ist mir einfach nicht genug. Ich will mehr.«

Selbst über das Telefon und das Wasserplätschern am Hafenbecken hinweg hörte ich, wie Felix unwillig mit den Zähnen knirschte.

»Ich wusste doch, dass es keinen Sinn hat, mit dir zu reden«, knurrte er. »Melde dich, wenn du deinen Egotrip beendet hast und wieder in der Realität angekommen bist! Bis dahin rate ich dir dringend, zu einem Arzt zu gehen. In deiner Situation würden Antidepressiva sicher nicht schaden. Oder Hormone gegen die Wechseljahre. Irgendetwas, das dich wieder in die Frau verwandelt, die ich geheiratet habe.«

Pling! Ich konnte förmlich hören, wie mir der Geduldsfaden riss. Natürlich war ich für ihn die ›Böse‹, weil ich ihn verlassen hatte, doch deswegen musste ich mich noch lange nicht von ihm beleidigen lassen! Ich hatte schon den Mund zu einer scharfen Erwiderung geöffnet, da fiel mir ein, dass ich noch ein Anliegen an ihn hatte und mir leider Gottes auf die Zunge beißen musste. »Da du Annika den Hausschlüssel abgenommen hast, musst du dem Kater jeden Tag frisches Wasser und Futter geben, Felix!«

»Er ist ein Kater, der kann sich sein Essen selbst besorgen«, wiegelte er in gleichgültigem Tonfall ab.

»Es wird doch nicht zu viel verlangt sein, dass du Prinz Charles für ein paar läppische Tage versorgst?«

Er stöhnte genervt auf. »Mach es doch selbst, wenn dir dieses räudige Viech so wichtig ist! Aber du hockst ja lieber an der Ostsee rum und lässt alles und jeden im Stich.«

Ich schnappte empört nach Luft. Jetzt war er zu weit gegangen! »Wenn der Kater bei meiner Rückkehr nicht wohlauf ist, wirst du mich von einer ganz anderen Seite kennenlernen, das schwöre ich dir!« Mit wütenden Schritten marschierte ich den Steg zurück in Richtung Segelschule, während meine Stimme immer lauter wurde. »Du hast nur ein läppisches Schulterzucken für mich übrig, aber er liebt mich wenigstens. Und dafür liebe ich ihn! Merkst du, wie einfach ich diese Worte über die Lippen bringe? Ich schaffe das, ohne zu stottern, und in einem Atemzug: Ich L-I-E-B-E Prinz Charles!« Die letzten Worte hatte ich fast geschrien.

Ich beendete entschlossen das Telefonat. Erst jetzt bemerkte ich, dass mir vor Wut, Hilflosigkeit und Enttäuschung die Tränen über die Wangen liefen. Dieses Gespräch war in die ganz falsche Richtung gelaufen, und anstatt die Situation zwischen Felix und mir wenigstens ansatzweise zu klären, hatte es alles nur noch verschlimmert. Gerade als ich mit zitternden Fingern das Handy in die Tasche stecken wollte, glitt es mir aus der Hand und fiel mit einem lauten Knall zu Boden.

»Scheiße!«, entfuhr es mir lautstark.

Das Display zierten spinnennetzartige Risse – nun hatte ich auch die berühmt-berüchtigte ›Spider-App‹ auf dem Handy.

»Kann ich vielleicht helfen?«

Ertappt schoss ich in die Höhe. Auf dem Segelschiff neben mir war ein Mann aufgetaucht. Er musterte mich mit hochgezogenen Augenbrauen, während er sich seine ölverschmierten Hände an einem alten Handtuch abrieb. Er war wahrscheinlich nur ein paar Jahre älter als ich, sein leicht gelocktes, braunes Haar war an den Schläfen von silbernen Strähnen durchzogen, und obwohl er mit Jeans und einem dunkelblauen Pullover eher leger gekleidet war, strahlte er mehr Gelassenheit und Selbstvertrauen aus als ein Manager im Armani-Anzug.

»Ich tue gerne, was ich kann. Obwohl es nicht ganz so einfach werden dürfte, Sie einem Mitglied des britischen Königshauses vorzustellen«, fügte er schmunzelnd hinzu.

Seine Haut war leicht gebräunt, wahrscheinlich, weil er viel Zeit auf dem Schiff verbrachte, und um seine Augen zeichneten sich freundliche Lachfältchen ab. Es war das Strahlen dieser blauen Augen, das mich sofort in seinen Bann zog. Es erinnerte mich an die auffrischende See an einem drückend heißen Sommertag, und ich fragte mich, ob diese Augen genau wie das Meer je nach Laune ihre Farbe wechseln konnten.

Leider erreichte mein Hirn erst jetzt die Information, dass er irgendetwas zu mir gesagt hatte. Ich blinzelte irritiert. »Äh … was?«

»Na ja, der komplette Hafen weiß seit Ihrem Telefongespräch, dass Sie bis über beide Ohren in Prinz Charles verliebt sind.«

Meine Augen verengten sich. Ich mochte durch dieses unerwartete Zusammentreffen und die Diskussion mit Felix etwas durcheinandergeraten sein, aber dass der Typ sich über mich lustig machte, registrierte ich sehr wohl – und dafür war ich gerade wirklich nicht in Stimmung. Daran änderte auch seine angenehm tiefe Stimme nichts, die gleichzeitig männlich als auch sanft klang. Außerdem kam sie mir seltsam bekannt vor.

»Prinz Charles ist mein Kater«, gab ich so würdevoll wie möglich zurück.

Ich hatte ja nicht ahnen können, dass mein Gespräch belauscht worden war, ansonsten hätte ich besser darauf geachtet, was ich von mir gab.

Er zog die Augenbrauen hoch. »Dann gehören Sie zu den Frauen, die ihre Katze mehr lieben als alles andere?« Seinem Tonfall war zu entnehmen, dass er fanatische Katzenliebhaberinnen ebenso fragwürdig fand wie Prinz-Charles-Fans.

»Nein, zu denen gehöre ich nicht! Ich möchte nur nicht, dass mein Kater qualvoll verhungert und verdurstet, weil mein Ehemann sich nicht um ihn kümmern will.«

Er legte mit einem Schulterzucken das Handtuch beiseite. »Ich verstehe.«

»Nein, Sie verstehen überhaupt nicht!«, zischte ich. »Ich habe hier nur herumgebrüllt, dass ich Prinz Charles liebe, weil mein Mann seit Jahren kein einziges Wort der Zuneigung für mich übrig hat und ich ihm zeigen wollte, wie einfach einem so etwas über die Lippen gehen kann.« Wütend kickte ich einen kleinen Stein ins Wasser. Weshalb versuchte ich eigentlich, einem wildfremden Mann meine Probleme zu erklären? Es konnte mir schließlich völlig egal sein, was er von mir dachte. Aber ich war innerlich so aufgewühlt, dass ich mir die nächsten Worte trotzdem nicht verkneifen konnte: »Mein Gatte scheint nicht einmal nachvollziehen zu können, wieso mir das so wichtig ist. Oder warum ich mit ihm gemeinsam einen Segelkurs machen wollte und ich ihn verlassen habe, als er sich geweigert hat.«

Der Fremde runzelte die Stirn, und seine Miene wirkte mit einem Mal kalt und abweisend. »Nur weil er einen Segelkurs nicht mitmachen wollte, haben Sie sich von ihm getrennt?«

»Ja. Nein. Ach, verdammt!« Ich warf ihm einen ärgerlichen Blick zu. »Wissen Sie, das geht Sie eigentlich gar nichts an. Nur weil Sie ein paar Dinge belauscht haben, die aus dem Zusammenhang gerissen ein völlig falsches Bild ergeben, können Sie noch lange kein Urteil über mich fällen.« Ich richtete mich kerzengerade auf. »Oder tun Sie's doch. Mir ist es völlig gleichgültig, was Sie von mir halten. Sie kennen mich nicht, und ich kenne Sie nicht – und dabei sollte es auch bleiben!«

Ich drehte mich um und wollte meiner Botschaft entsprechend entschlossen von dannen ziehen, doch er hielt mich zurück.

»Warten Sie!«

Mit einem geschmeidigen Satz sprang er über das Geländer des Segelschiffs auf den Steg. Wenn ich diesen Stunt versucht hätte, wäre ich wahrscheinlich mit dem Gesicht voraus auf den Holzbohlen gelandet, weil ich mit den Füßen am Geländer hängen geblieben wäre – vorausgesetzt natürlich, ich hätte meinen Hintern aus dem Stand heraus überhaupt in diese Höhe gebracht. Meine sportlichen Aktivitäten hatten sich in den letzten Jahren darauf beschränkt, meinen To-do-Zettel ›Joggen gehen!!!‹ auf dem Schreibtisch regelmäßig abzustauben.

Der frische, angenehme Duft des Fremden hüllte mich ein, doch um meine Verärgerung beizubehalten, befahl ich meinem Riechorgan, sich auf den Geruch des Maschinenöls an seinen Händen zu konzentrieren.

»Sie haben recht. Ich muss mich bei Ihnen entschuldigen!«, lenkte er zu meiner Überraschung ein. »Ich hätte Ihr Gespräch nicht mithören sollen, und es steht mir auch nicht zu, über Sie zu urteilen.«

Er streckte mir seine Hand hin, die ich reflexartig ergriff. Dank der Reste des Maschinenöls fühlte es sich an, als würden unsere Hände umgehend zusammenkleben. Trotzdem ließ ich mit klopfendem Herzen meine Finger genau dort, wo sie waren; ein Verhalten, das ich gar nicht von mir kannte. Das sind die Wechseljahre, zischte mir Felix' Stimme in meinem Kopf zu. Nichts da, du bist einfach rollig, hörte ich gleich darauf Annikas süffisante Stimme erwidern.

»Darf ich mich vorstellen? Ich bin Ole Jansen, und ohne wieder voreilige Schlüsse ziehen zu wollen, gehe ich davon aus, dass ich für die nächsten vierzehn Tage Ihr Segellehrer bin.«

Was? Ole Jansen? Mein Segellehrer?

Oh nein! Das konnte doch nicht sein, schließlich war er weder steinalt noch ein Freak, der sich auf dem Meer in die Einsamkeit flüchten musste!

Ich zwang mich dazu, meinen vor Überraschung geöffneten Mund wieder zu schließen, und musste gegen den Impuls ankämpfen, wortlos ins Hafenbecken zu springen. Ole Jansen hatte intimste Dinge über mein Privatleben mitbekommen, ich hatte ihn rüde angepflaumt, und ab sofort war er dafür verantwortlich, dass ich nicht mit der Segeljolle am tiefsten Grund der See versank. Ich zog eine Grimasse, die hoffentlich an ein Lächeln erinnerte, und versuchte zu retten, was zu retten war.

»Hallo, ich bin Sophie Lehmann. Und bitte glauben Sie mir: Normalerweise bin ich nicht so unhöflich und aufbrausend!«

Er zwinkerte mir zu. »Ich schätze, das werden wir in den nächsten zwei Wochen herausfinden.«

6. Kapitel

Meinen Plan, mich während der ersten Unterrichtsstunde in der hintersten Reihe zu verstecken, um weiteren Peinlichkeiten aus dem Weg zu gehen, konnte ich leider nicht in die Tat umsetzen, da unsere Segelklasse aus einer recht übersichtlichen Teilnehmerzahl bestand. Außer mir nahmen nur noch fünf Männer an dem Kurs teil. Meine Hoffnung, nicht die einzige Frau zu sein, hatte sich also zerschlagen. Ich gab mich stattdessen der Vorstellung hin, dass die fünf wenigstens Gentlemen waren und nicht gleich vor Lachen vom Stuhl fielen, wenn ich versehentlich Luv und Lee verwechselte.

Wir saßen im Halbkreis in einem hellen, luftigen Unterrichtsraum, an dessen Wänden Knotentafeln, Seekarten und Fotos von Segelregatten hingen, und lauschten gebannt Oles Vortrag. Er schien das Segeln zu lieben, und seine Begeisterung für diesen Sport war ansteckend. Vor meinem inneren Auge sah ich mich schon beim Ostsee-Cup als Vorschoter über den Wellen hängen, ein glückseliges Lächeln auf den Lippen und im Rausch der Geschwindigkeit. Nach einem harten, aber fairen Kampf auf See würde unser Schiff das Rennen mit einer Bootslänge Vorsprung gewinnen, ich würde den Siegerpokal zusammen mit Ole Jansen in Empfang nehmen, und dann würden wir … Hoppla, wieso hatte sich denn mein Segellehrer plötzlich in diesen Tagtraum eingeschlichen?

Ich schüttelte verärgert über mich selbst den Kopf und konzentrierte mich wieder auf Oles Einführungsrede.

Er lehnte sich lässig an den Tisch und deutete auf den Bildschirm hinter sich, auf dem gerade eine Segelmannschaft ein perfekt einstudiertes Mann-über-Bord-Manöver durchführte.

»... aber so weit sind wir leider noch nicht! Wir haben ein straffes Programm vor uns, und wie ihr in dem Plan, den ich ausgeteilt habe, sehen könnt, werdet ihr auch am Wochenende nicht frei haben. Zwar habt ihr schon alle den Sportbootführerschein gemacht, aber jetzt werden wir trotzdem erst einmal euer Wissen über Knotentechnik, Seekarten, Gezeiten und Gesetzeskunde auffrischen.«

Ein Stöhnen ging durch die kleine Runde.

»Ich glaube, das habe ich alles vergessen«, raunte ich Björn neben mir zu. »Die Prüfung habe ich vor Ewigkeiten abgelegt. Mit etwas Glück kriege ich vielleicht noch einen Palstek geknotet.«

Björn war Anfang dreißig, und ich hatte mich schon vor Beginn der Stunde mit ihm unterhalten. Er lebte in Hamburg und wollte seinem Freund zuliebe den Segelschein machen, der regelmäßig an Regatten teilnahm.

»Keine Sorge, ich kann dir helfen«, flüsterte er in beruhigendem Tonfall. »Ich habe den Schein erst vor ein paar Wochen gemacht.«

Ich lächelte ihn an und formte mit den Lippen ein lautloses Danke. Björn war mir sofort sympathisch gewesen, was man von dem Mann zu meiner Rechten nicht behaupten konnte. Er hieß Carsten, war Anfang fünfzig und hielt sich offensichtlich für den geborenen Skipper, jedenfalls nach der Kapitänsmütze zu urteilen, die er schräg auf dem Kopf trug. Seiner legeren Freizeitkleidung war anzusehen, dass Carsten sich über Geld keine Sorgen zu machen brauchte. Nebenbei hatte ich mitbekommen, dass er sich nach dem Kurs ein eigenes Segelboot kaufen wollte – aber keine olle Schaluppe, es müsste schon mindestens eine halbe Million aufwärts kosten. Angeber!

»Natürlich gibt es beim Segeln auch einiges an Theorie zu lernen, das kann ich euch leider nicht ersparen«, teilte uns Ole mit. »Zu segeln ist etwas komplett anderes als zu motoren, das merkt ihr sofort, wenn ihr die erste Praxisstunde auf der Jolle am Breeger Bodden absolviert. Erst wenn alle die Grundlagen beherrschen, werden wir den Unterricht auf der Ostsee mit der Segelyacht fortsetzen. Wer möchte und sich dazu bereit fühlt, kann am Ende des Kurses eine Prüfung ablegen, um den Segelschein zu bekommen.«

Helmuth, ein behäbiger Frührentner aus Bottrop mit einer üblen Schuppenflechte im Gesicht, hob die Hand und schnipste aufgeregt.

»Du musst dich nicht melden, Helmuth. Sag einfach, wenn du etwas auf dem Herzen hast!«

»Werden wir den dreitägigen Segeltörn vor oder nach der Prüfung machen?«

»Danach! Es soll eine ganz entspannte Tour werden, bei der jeder Spaß hat.«

Eifrig notierte Helmuth sich diese Auskunft in seinem großen ledernen Filofax. Man musste nicht Psychologie studiert haben, um zu erkennen, dass er der Streber des Kurses war. Wahrscheinlich hatte er schon sämtliche Fachliteratur auswendig gelernt.

»Kann man die Prüfung auch schon früher ablegen?«, fragte Carsten neben mir und rückte den goldenen Wappenring zurecht, den er am kleinen Finger trug. »Ich habe schon einige Segeltörns in der Karibik mitgemacht und bin mir sicher, dass ich die Grundlagen ausreichend beherrsche.«

Ole schüttelte den Kopf. »Tut mir leid, aber der Termin ist für alle der gleiche.«

»Schade.« Carsten seufzte bedauernd auf. »Aber man kann ja nicht erwarten, dass alle auf demselben Niveau anfangen. Andere hier haben den Unterricht bestimmt nötiger als ich.«

Natürlich warf er an dieser Stelle einen vielsagenden Blick auf die einzige Frau des Kurses – auf mich. Da ich leider erst vor einer halben Stunde Ole Jansen gegenüber behauptet hatte, ich sei normalerweise weder unhöflich noch aufbrausend, verkniff ich mir jegliche Bemerkung. So ein Blödmann!

Carsten erinnerte mich in unangenehmer Weise an den reichen Schnösel, mit dem zusammen Felix und ich damals den Sportbootführerschein gemacht hatten. Ich hatte den Kerl nicht ausstehen können, aber er war bald nach dem Kurs der wichtigste Klient meines Mannes geworden. Ohne das Geld, das Felix durch diesen Kontakt verdiente, wäre er damals mit seiner Steuerkanzlei wohl nicht so schnell erfolgreich gewesen. Oh ... oh! Reichlich spät begann ich einen Zusammenhang herzustellen. Hatte uns Felix etwa deshalb vor zwanzig Jahren in dieser exklusiven Bootsschule angemeldet? Weil er Kunden-Akquise betreiben wollte? Und ich dumme Kuh hatte geglaubt, dies wäre der erste Schritt zur Verwirklichung unseres gemeinsamen Traumes. Wie oft hatte er mich im Laufe unserer Ehe wohl noch benutzt, ohne dass ich es bemerkt hatte?

Zum Glück hatte ich mir mit meinen vierundvierzig Jahren genug Selbstkontrolle angeeignet, um nicht sofort nach meinem Handy zu greifen und mitten im Unterricht eine Nachricht mit üblen Beschimpfungen zu verschicken. Ich atmete tief durch.

Ruhe und Gelassenheit erfüllen mich, sagte ich mir in Gedanken. Ruhe, Gelassenheit und tiefer Frie...

Ach, was soll's! Ich griff in meine Tasche, wandte mich in meinem Stuhl zur Seite und hatte gerade *»Du Mist...«* eingetippt, als Oles Stimme in mein Bewusstsein drang.

»… uns doch, weshalb du segeln lernen möchtest, Sophie!«

Blitzartig fuhr ich herum. »Weil, weil ich … äh …«, stammelte ich ertappt.

Das hatte er doch mit Absicht gemacht! Bestimmt hatte er gesehen, dass ich auf meinem Handy herumgetippt hatte. Oles fragender Blick war direkt auf mich gerichtet. Diese strahlend blauen Augen brachten mich völlig aus der Fassung. Es war doch nicht normal, dass jemand so leuchtende Augen hatte. Vielleicht trug er ja farbige Kontaktlinsen? Das musste es sein – bestimmt steckte hinter Oles entspannter, selbstsicherer Fassade ein völlig oberflächlicher Typ, der zwei Mal pro Woche ein Gesichtspeeling machte und sich seine Brusthaare mit Aloe-vera-Kaltwachsstreifen entfernte.

»Ich bin hier, weil ich eben segeln lernen möchte«, brachte ich es auf den Punkt.

»Ach was?«, ätzte Carsten neben mir. »Und wir dachten, du bist hier, um dein Schwimmabzeichen zu machen!«

»Da habe ich einen besseren Grund«, half mir Enrico aus der Patsche. Er war ein fescher, aber leider etwas zu klein geratener Italiener Ende zwanzig. »Ich möchte mich als Schlepper selbständig machen und Flüchtlinge nach Lampedusa bringen. Bestimmt zahlen mir die Flüchtlinge mehr Geld, wenn ich den amtlichen Segelschein habe, was meint ihr?«

Alle starrten ihn fassungslos an, während er laut auflachte. »Nur ein Scherz, *amici!* Natürlich brauche ich den Schein, damit es bei einer Routinekontrolle keine Probleme gibt, wenn ich für die Mafia Drogen schmuggle.«

Immer noch starrten ihn alle an, während er sich prustend auf die Schenkel klopfte.

»Keine Sorge, ich habe nichts mit *la familia* zu tun«, sagte er, nachdem er sich wieder beruhigt hatte. Er räusperte sich und setzte eine gleichmütige Miene auf. »Mein Onkel hat eine

Pizzeria am Wannsee und möchte für die Segler am Wochenende einen ›Pizza-Lieferservice per Boot‹ anbieten.«

Wir warteten auf einen weiteren Lachanfall, doch dieses Mal blieb er aus. Enrico zuckte mit den Schultern, als sich ein unangenehmes Schweigen ausbreitete. Bei dieser absurd klingenden Geschichte handelte es sich offenbar um die Wahrheit.

Während Björn als Nächstes von seinem segelbegeisterten Freund erzählte, mit dem er durch ein gemeinsames Hobby mehr Zeit verbringen wollte, steckte ich mein Handy zurück in die Tasche. Wahrscheinlich war es besser, wenn ich während des Unterrichts darauf verzichtete, beleidigende Kurznachrichten an meinen Ehemann zu verfassen. Aus irgendeinem Grund war es mir wichtig, einen guten Eindruck bei Ole zu machen, und ich wollte nicht erneut auf frischer Tat ertappt werden.

»Und was ist mit dir, Ben?«, fragte Ole den jüngsten Teilnehmer unseres Kurses.

Ben war Mitte zwanzig, und ich hatte ihn bisher noch kein Wort sagen hören. Er war einer dieser hochgewachsenen, hageren Typen, die immer ein bisschen zu groß geraten aussahen. Als ob sie in ihrer Pubertät zu lange in einem Topf mit Hochleistungsdünger gestanden hätten. Bis man den Blick endlich so weit erhoben hatte, dass man sein Gesicht sah, stellte man fest, dass es so durchschnittlich war, dass man sich die Mühe auch hätte sparen können.

Kaum richtete sich die Aufmerksamkeit der Anwesenden auf Ben, fing sein linkes Auge an, unkontrolliert zu zucken.

»M-meine Eltern sind der M-meinung«, stotterte er, und das Augenzucken wurde dabei immer schlimmer, »das Segeln würde mir g-guttun.«

Mein Herz zerfloss vor Mitleid. Dieser arme Junge! Am liebsten hätte ich mich neben ihn gesetzt und ihn in den Arm genommen.

»V-vollidioten!«, fügte Ben bitter hinzu. »Die haben doch k-keine Ahnung. Ich bin nur hier, damit ich diese zwei K-klugscheißer daheim nicht sehen muss.«

Mein Mitleid verflüchtigte sich schlagartig. Was für ein Herzchen!

Ich warf Ole Jansen einen mitfühlenden Blick zu. So wie es aussah, würde er die nächsten zwei Wochen mit einem Haufen Spinner verbringen – und nach unserem ersten Aufeinandertreffen musste ich mich selbst wohl auch in diese Kategorie zählen.

»Es geht mich natürlich nichts an, aber deine Eltern könnten sogar recht haben«, meinte Ole mit verständnisvollem Lächeln. »Ich habe schon oft erlebt, dass das Segeln die Menschen verändert. Da draußen auf dem Meer, wenn du nichts hörst außer dem Wind und den Wellen, die an den Bug klatschen, spürst du eine ganz neue Freiheit. All die Probleme, die dich gequält haben, lässt du zurück an Land, und es gibt nur noch dich, das Meer und den Horizont. Das rückt vieles gerade.«

Ben wirkte nicht gerade überzeugt, aber immerhin hatte sein Augenzucken aufgehört.

»In 20 Jahren wirst du mehr enttäuscht sein über die Dinge, die du nicht getan hast, als über die Dinge, die du getan hast. Also löse die Knoten, laufe aus aus dem sicheren Hafen. Erfasse die Passatwinde mit deinen Segeln. Erforsche. Träume«, zitierte Ole und lächelte verschmitzt. »Da die Passatwinde, von denen Mark Twain spricht, in Äquatornähe aufeinandertreffen, werden wir sie in diesem Kurs wohl eher nicht mit unseren Segeln erfassen, aber ich denke, ihr wisst, was damit gemeint ist.«

Eine feierliche Stimmung erfasste unsere kleine Runde. Auf zu neuen Abenteuern!

7. Kapitel

Einige Stunden später lag ich völlig erledigt auf einem Liegestuhl im Garten meiner Pension. Die Sonne verschwand gerade hinter den Kirschbäumen und tauchte den Himmel in ein zartes Abendrot, aber trotzdem war es noch angenehm warm. Um meine Liege hatte ich in Greifnähe mehrere Bücherstapel und Arbeitsblätter zum Thema Segeln deponiert, aber bisher hatte ich nicht die Energie aufbringen können, mich ernsthaft damit zu beschäftigen. Dass der Anfang eines Abenteuers aus Lernen, einer Unmenge an Fachliteratur und einem brummenden Schädel aufgrund akuter Informationsüberlastung bestand, war etwas ernüchternd. Der heutige Unterricht war schon anstrengend genug gewesen, da Ole wie angekündigt die Grundlagen abgefragt hatte und uns die wichtigsten Knoten so lange üben ließ, bis wir sie wieder im Schlaf beherrschten. Björn hatte mir wie versprochen hilfreich zur Seite gestanden, und mit dem Training kam auch meine Erinnerung zurück.

Mein Magen grummelte, obwohl ich eigentlich schon zu Abend gegessen hatte. Nach dem Unterricht war ich spontan mit Björn in das hübsche Fischrestaurant in der Nähe der Segelschule gegangen und hatte dort einen leckeren überbackenen Lachs in Sahnesoße bestellt. Die Portion war riesig gewesen, doch ehe ich mich versah, hatte ich alles verputzt. Wie konnte ich da jetzt schon wieder Hunger haben?

Ich versuchte mich auf die Blätter zu konzentrieren, die Ole uns mitgegeben hatte. Bis morgen sollten wir uns den Aufbau eines Segelbootes und die dazugehörigen Fachbegriffe einprägen. Großsegel und Ruderblatt waren natürlich einfach, aber solche Dinge wie Vorstag, Achterliek und Talje kannte ich bisher nicht. Ein Pfeil mit der Beschriftung ›Verklicker‹ zeigte auf den Mast des Schiffes – wozu man das wohl brauchte? Ich ließ das Blatt sinken und warf einen gequälten Blick auf das ›Segelhandbuch für Einsteiger‹, das neben dem Liegestuhl im Gras lag. Nein, ich konnte mich einfach nicht dazu aufraffen, das Verklicker-Dingens nachzuschlagen.

»Na, bist du fleißig am Lernen?«, hörte ich Jutta Plümers Stimme hinter mir.

»Ich versuche es, aber ich bin dankbar für jede Unterbrechung«, sagte ich grinsend und deutete auf den Liegestuhl neben mir. »Also setz dich ruhig zu mir und lenk mich ab.«

»Gerne!« Jutta legte den Stapel Handtücher, den sie im Arm hatte, ab und ließ sich mit einem wohligen Seufzen auf die Liege sinken. Ihr Blick schweifte über die friedliche Gartenidylle. »Manchmal vergesse ich selbst, wie schön es hier ist. Wenn ich jetzt noch Mattes dazu überreden könnte, uns einen Cocktail zu mixen und herzubringen, wäre der Moment perfekt.«

»Dein Mann kann Cocktails mixen?« Mattes Plümer entsprach mit seinem wettergegerbten Gesicht und den breiten Schultern nicht gerade dem Klischee eines typischen Barkeepers.

»Und ob! Der ›Rügen-Spezial‹ ist seine eigene Kreation und schmeckt absolut göttlich. Im Sommer veranstalten wir zwei Mal im Monat ein Garten-Grillfest, du kannst den Cocktail also nächste Woche selbst ausprobieren. Aber auf eigene Gefahr!« Sie hob warnend den Zeigefinger. »Wir hatten schon Gäste, die nach mehreren Cocktails unfreiwillig im Teich schwimmen gegangen sind.«

Ich schmunzelte. »Das würde ich der armen Entenfamilie niemals antun.«

Jutta warf einen Blick auf meine Bücher. »Apropos schwimmen gehen: Wie war die erste Segelstunde?«

»Von einem Ausflug aufs Wasser sind wir noch weit entfernt. Erst mal ist Theorie angesagt.« Ich stieß frustriert die Luft aus. »Dass ich den Sportbootführerschein schon gemacht habe, hilft mir nicht so viel, wie ich geglaubt habe. Das Segeln scheint mir mit all den neuen Fachbegriffen und Manövern um einiges komplizierter zu sein.«

»Das schaffst du schon«, meinte Jutta zuversichtlich. »Ole ist ein toller Lehrer, und soweit ich weiß, ist bei ihm noch kein Schüler durch die Prüfung gefallen. Abgesehen davon ist er auch ein ganz netter Anblick, findest du nicht?« Sie zwinkerte mir verschwörerisch zu, was mich unwillkürlich an meine Freundin Annika erinnerte.

»Ach ja? Ist mir gar nicht aufgefallen«, log ich schamlos. »Momentan ist ein gutaussehender Mann in meiner Nähe ohnehin die reinste Verschwendung, schließlich habe ich mich gerade erst von Felix getrennt.«

»Deswegen bist du doch nicht gleich blind geworden, oder?« Jutta zog amüsiert die Augenbrauen in die Höhe. »Übrigens: Wenn du beim Lernen Probleme oder Fragen hast, kannst du dich jederzeit an Leonie wenden.«

Der unhöfliche Pubertätsgnom?

Meine Überraschung sah man mir offensichtlich an, denn Jutta fügte hinzu: »Sie ist eine leidenschaftliche Seglerin und hat sogar den regionalen Junior-Cup gewonnen. Von ihren Großeltern hat sie eine gebrauchte Jolle zur Konfirmation bekommen, und obwohl die ›Viktoria‹ etwas angeschlagen aussieht, ist sie Leonies größter Schatz.«

»Und du meinst, deine Tochter würde mir tatsächlich

helfen?«, fragte ich unsicher. »Sie hat doch bestimmt anderes im Kopf, als mir Nachhilfeunterricht zu geben.«

»In diesem Fall geht es um ihr Lieblingsthema. Wenn man sie aufs Segeln anspricht, plappert sie ohne Punkt und Komma drauflos.« Jutta zupfte ein paar unsichtbare Fussel von ihrer Hose. »Aber ich muss zugeben, dass meine Tochter zurzeit etwas schwierig ist. Heute hatten wir einen schlimmen Streit, weil sie unbedingt auf eine Party gehen will, die erst um zehn Uhr abends losgeht – und das nur wegen irgendeines Typen, den sie anhimmelt.«

Ich erinnerte mich an das Telefongespräch, das ich bei meiner Ankunft mitgehört hatte. »Lass mich raten: Es geht um einen gewissen Finn?«

Jutta sah mich erstaunt an. »Stimmt! Aber dieser Finn ist schon siebzehn, und Leonie will einfach nicht verstehen, dass sie mit ihren fünfzehn Jahren nicht tun und lassen kann, was sie will.«

Wenn Finn sich tatsächlich gerade von seiner Freundin getrennt hatte, konnte ich Leonies Sturheit sehr gut nachvollziehen. Sie musste Finn auf sich aufmerksam machen, bevor eine andere sich ihn schnappte.

»Deine Tochter ist davon überzeugt, dass ihr ganzes Lebensglück von dieser Party abhängt. Natürlich nimmt sie es dir übel, dass du dich ihrer großen Liebe in den Weg stellst. Das geht vorbei. Wir waren als Teenager unseren Eltern gegenüber auch nicht anders!«

Jutta verzog den Mund und blickte seufzend in den Abendhimmel, der inzwischen ein intensives Dunkelblau angenommen hatte. »Gott, ich habe meine eigene Mutter sogar noch im Ohr: Ich hab doch nur dein Bestes im Sinn, Kind.« Sie wandte sich mit schuldbewusster Miene zu mir um. »Stell dir vor, dasselbe habe ich heute zu Leonie gesagt. Das wäre mir gar nicht aufgefallen, wenn du mich nicht daran erinnert hättest. Wie scheußlich ist das denn? Ich komme mir plötzlich schrecklich alt und vertrocknet vor.«

»Was soll ich da erst sagen? Meine Kinder sind schließlich schon ausgezogen. Wenn die eine Dummheit vorhaben, kann ich sie ihnen nicht einmal mehr verbieten.«

Sie wechselten einen solidarischen Mütterblick und begannen beide zu lachen.

»Hast du eigentlich schon mit deinen Söhnen gesprochen?«, fragte Jutta. »Hast du ihnen deine Sicht der Dinge erklärt?«

Ich berichtete ihr sowohl von dem recht positiven Telefonat mit Max als auch von dem weniger erfreulichen Gespräch mit meinem Ehemann. Meinen Ärger darüber, dass Felix meinen Traum dazu genutzt hatte, um beim Kurs für den Sportbootführerschein Klienten für sich zu gewinnen, schien Jutta nicht ganz nachvollziehen zu können.

»Wahrscheinlich hat er damals geglaubt, er schlägt zwei Fliegen mit einer Klappe. Mattes hat mir zum Beispiel mal einen Wellnesstag in Binz geschenkt«, erzählte sie. »Das hätte mich wirklich gefreut, wenn ich ihn nicht gemeinsam mit meiner Schwiegermutter hätte verbringen müssen. Mattes hat nämlich auch ein Geschenk für seine Mutter gebraucht, und der Partner-Tarif war billiger.« Jutta schüttelte fassungslos den Kopf. »Männer denken nun mal praktisch.«

Ich musste zugeben, da war was Wahres dran. Nun war ich erleichtert, meine wutentbrannte Nachricht nicht abgeschickt zu haben. Trotzdem blieb das unangenehme Gefühl bestehen, dass Felix mir nicht nur dieses eine Mal etwas vorgemacht hatte.

Erneut knurrte mein Magen, dieses Mal so laut, dass ich beschämt die Arme vor dem Bauch verschränkte. »Ich weiß gar nicht, was los ist. Eigentlich habe ich auf dem Heimweg schon zu Abend gegessen.«

»Das ist ganz normal«, meinte Jutta grinsend. »Die Meerluft macht hungrig und müde. Viele Urlauber tun in den ersten Tagen hier nichts anderes als schlafen und essen. Nach ein paar Wochen gewöhnt man sich daran.«

Toll, bis dahin war ich sicherlich fett wie eine Tonne.

»Iss doch mit uns noch einen Happen!«, lud mich Jutta ein. »In der Pension ist jetzt kaum etwas zu tun, da die meisten Gäste zum Abendessen unterwegs sind. Allerdings gibt es nur Aufschnitt und geräucherten Fisch. Aber immerhin mit echtem Rügener Rauchkornbrot. Das wird vor dem Backen auf Holz aus den Buchenwäldern geräuchert.«

Sofort lief mir das Wasser im Mund zusammen. Wahrscheinlich sollte ich mir gleich morgen Hosen aus dem Übergrößenshop besorgen.

»Das klingt lecker! Danke für die Einladung.« Ich hielt besorgt inne. »Aber ich will mich nicht aufdrängen. Bestimmt ist euch die Zeit mit der Familie wichtig.«

»Deswegen biete ich das auch nur Leuten an, die mir besonders sympathisch sind.« Jutta zwinkerte mir zu und erhob sich. »Sagen wir in zwanzig Minuten?«

»Gerne!«

Ich sah ihr hinterher, wie sie beschwingt über den Rasen zurück zum Haus lief, und beschloss, vor dem Essen noch schnell auf mein Zimmer zu gehen und mich umzuziehen. Mittlerweile war es etwas frisch geworden, und es fröstelte mich in meiner ärmellosen Bluse. Mit dem Anflug eines schlechten Gewissens packte ich meine Segelunterlagen zusammen und nahm mir vor, vor dem Schlafengehen noch etwas zu lernen, als mein Handy klingelte. Ich klemmte mir die Bücher unter einen Arm und zog das Telefon aus der Tasche. Es war mein ältester Sohn Bastian.

»Hallo, mein Schatz.«

»Ich sollte dich zurückrufen, Sophie.«

Auweia. Nicht nur der frostige Unterton in seiner Stimme war mir eine Warnung, sondern auch die Tatsache, dass er mich Sophie anstatt Mama nannte. Offensichtlich nahm er sich meinen ›Egotrip‹ deutlich mehr zu Herzen als sein Bruder Max. Sofort war meine entspannte Stimmung dahin, und ich stellte mich auf ein anstrengendes Gespräch ein. Aber nach seinen entrüsteten Kurznachrichten hatte ich ohnehin schon so etwas erwartet.

»Ich wollte mit dir über das reden, was zwischen deinem Vater und mir vorgefallen ist«, begann ich mit betont ruhigem Tonfall. »Und eins möchte ich gleich vorwegnehmen: Ich habe keinen Geliebten! Felix hat das nur behauptet, um euch gegen mich aufzubringen.«

Bastian stieß ein sarkastisches Schnauben aus. »Das würde ich an deiner Stelle auch sagen.«

Unser Verhältnis war schon immer etwas schwierig gewesen, doch so abweisend hatte er sich mir gegenüber noch nie verhalten. Er benahm sich ja fast noch schlimmer als Felix!

»Ich kann dich nicht zwingen, mir zu glauben, Bastian. Wenn dir mein Wort als deine Mutter nicht genügt, bedaure ich das sehr.«

Für einen Moment herrschte Schweigen, denn ich hatte nicht vor, ihn anzuflehen oder meine Unschuld zu beteuern. Seit heute Morgen hatte ich darüber nachgedacht, wie ich mich ihm gegenüber verhalten sollte, und ich war zu dem Schluss gekommen, dass ich mich nicht verbiegen oder um seine Gunst betteln würde. Natürlich liebte ich meine Söhne, aber die beiden waren schließlich erwachsen, und ich hatte meine Rolle als selbstlose Mutter lange genug gespielt. Es war an der Zeit, ihnen zu zeigen, dass auch in mir ein eigenständiger Mensch mit Träumen und Wünschen steckte.

»Gut«, lenkte er schließlich ein, »nehmen wir an, du hast tatsächlich keinen Geliebten. Dann verstehe ich erst recht nicht, was dieses ganze Theater soll. Papa nur deshalb zu verlassen, weil er nicht bei diesem Segelkurs mitmachen will, ist doch wohl mehr als kindisch.«

»Das war nur der Auslöser«, verteidigte ich mich. »Der Tropfen, der das Fass zum Überlaufen gebracht hat. Ich war schon lange nicht mehr glücklich in dieser Ehe, Bastian! Natürlich tut es mir leid für deinen Vater, aber willst du denn, dass ich für den Rest meines Lebens …«

»Es tut dir leid für Papa?«, fiel er mir ins Wort. »Er hat bis zum Umfallen gearbeitet, um uns ein gutes Leben zu ermöglichen. Und du beschwerst dich jetzt, dass er sich nicht genug um dich gekümmert hat? Stattdessen solltest du lieber dankbar sein!«

Empört schnappte ich nach Luft. Pah! Als ob Felix aus reiner Selbstlosigkeit ständig gearbeitet hätte. Und Bastian tat gerade so, als hätte ich faul auf meinem Hintern gesessen und mir die Nägel maniküren lassen, während Felix all die Jahre als Sklave in einem Steinbruch geschuftet hatte.

»Du hast recht, ich schäme mich!«, erwiderte ich, nun leider nicht mehr ganz so ruhig und besonnen. »Nämlich dafür, dass ich dich offenbar zu einem Chauvi erzogen habe. Seit wann ist meine Arbeit denn weniger wert als die deines Vaters? Machst du deinen Abschluss etwa im Hauptfach ›Das gute alte Patriarchat‹?«

»Helena ist auch der Meinung, dass dein Verhalten für eine Frau deines Alters absolut peinlich ist«, fauchte er. »Und sie kannst du wohl schlecht als Chauvi bezeichnen!«

Helena war seine Freundin und meine Schwiegertochter in spe. Sie passte zu Bastian wie die Faust aufs Auge. Helena studierte ebenfalls BWL und liebte feste Gewohnheiten genauso sehr wie mein Sohn. In der Küche ihrer gemeinsamen Wohnung hatte sie neben dem Kühlschrank eine Excel-Tabelle aufgehängt, in der sie alles eintrug, was verbraucht wurde – jeden Apfel, jede Wurstscheibe und jedes Gramm Zucker, damit sie ihren Vorrat beim nächsten Einkauf wieder akkurat aufstocken konnte. Ich verstand einfach nicht, wie man mit Mitte zwanzig schon so pingelig sein konnte. Ich dagegen erledigte meine Einkäufe spontan, aus dem Bauch heraus, und wenn irgendwo ›Neu‹ draufstand, wurde das umgehend ausprobiert.

»Wenn *peinlich* in eurer Welt bedeutet, dass ich den sicheren Hafen verlassen habe, die Welt erforschen und meine Träume verwirklichen will, na schön, dann bin ich eben peinlich. Doch das ändert meine Meinung nicht. Am Ende meines Lebens werde ich mehr enttäuscht sein über die Dinge, die ich nicht getan habe, als über die Dinge, die ich getan habe.«

Hoppla, hatte ich da etwa spontan Ole Jansens Zitat aufgegriffen? Mein Segellehrer schien mich mehr beeindruckt zu haben, als ich mir eingestehen wollte.

»Wenn du das tatsächlich durchziehen willst – bitte schön! Aber Helena und ich sind uns einig, dass wir auf Papas Seite stehen. Du kannst dich jederzeit bei uns melden, wenn du wieder zur Vernunft gekommen bist.«

Auf Papas Seite? Befanden wir uns etwa in einem Krieg? Der schmerzhafte Stich in meinem Herzen brachte mich kurzzeitig ins Wanken. Wollte ich auf diesem Weg tatsächlich bleiben? Doch ich rief mir hastig die Alternative ins Gedächtnis: nach Hause zurückkehren und für alle Zeit so weitermachen wie bisher. Ohne Liebe, angepasst und innerlich abgestorben.

»Das Angebot gilt auch für dich, Bastian«, gab ich selbstbewusster zurück, als ich mich fühlte.

Ohne ein Wort des Abschieds legte er auf.

Ich schluckte schwer. Obwohl ich wusste, dass ich das Richtige getan hatte, tat es weh, dass mein Sohn nicht einmal den Versuch unternommen hatte, meine Beweggründe nachzuvollziehen. Allerdings musste ich mir eingestehen, dass ich an seinem absoluten Unverständnis wohl nicht ganz unschuldig war. Jahrelang hatte ich funktioniert, alles für die Familie gegeben und nach außen hin Fröhlichkeit verbreitet, während ich im Stillen immer unglücklicher geworden war. Wahrscheinlich wäre es besser gewesen, wenn ich ehrlicher gewesen wäre und gezeigt hätte, dass auch ich Bedürfnisse hatte. Doch erst jetzt, nachdem ich aus meinem Gefängnis ausgebrochen war und die Freiheit spürte, bemerkte ich die Gitter, die ich mir selbst errichtet hatte. Aber in diese Falle würde ich nicht noch einmal gehen.

8. Kapitel

Mit einem Brötchen in der Hand und meiner Tasche mit den Segelunterlagen unter dem Arm stürmte ich aus der Pension, lief in großen Schritten über den Kiesweg und hinaus zum Fahrradständer. Ich hatte verschlafen! Da der Unterricht heute schon um neun Uhr begann, würde ich nun garantiert zu spät kommen.

Gestern Abend war ich länger als geplant bei Jutta und Mattes gewesen. Ihr Sohn Jonas schlief bereits, als ich kam, und Leonie hatte sich beleidigt in ihrem Zimmer verbarrikadiert, sodass wir in entspannter Atmosphäre in der Küche gegessen hatten. Danach waren wir mit einem Gläschen Rotwein auf die Terrasse umgezogen. Irgendwann hatte sich Mattes verabschiedet und war zu Bett gegangen, aber Jutta und ich klönten noch weiter, und ehe wir es uns versahen, war es weit nach Mitternacht gewesen. Doch nach Bastians Anruf hatte mir das unglaublich gutgetan, und es war die kurze Nacht eindeutig wert gewesen.

Auf dem Weg durch den Garten wehte mir eine laue Meeresbrise sanft die Haare aus dem Gesicht, und die Sonne strahlte vom Himmel herab. Eigentlich war es das perfekte Wetter, um Rügen zu erkunden und einige der Sehenswürdigkeiten zu besuchen. Etwas wehmütig dachte ich daran, dass ich mir heute die wunderschöne Seeliner Seebrücke ansehen oder von einer Fähre aus die berühmten Kreidefelsen bewundern könnte. Doch anstatt einer interessanten Inseltour erwartete mich ein langer Tag im Unterrichtsraum.

Ich biss in mein Brötchen, um beide Hände frei zu haben, und öffnete das Fahrradschloss. Ein wenig fühlte ich mich wieder in meine Schulzeit zurückversetzt, nur dass ich mir mit Mitte vierzig keine Sorgen um eine mögliche Strafarbeit machen musste. Obwohl ... vielleicht würde mich Ole Jansen ja nachsitzen lassen? Er könnte ... oh nein, keine Fantasien über meinen Segellehrer! Ich vertrieb diese lasterhaften Gedanken sofort wieder. Da sogar der glücklich verheirateten Jutta Oles gutes Aussehen aufgefallen war, hatte er bestimmt unzählige Verehrerinnen, und ich brauchte mir gar nicht erst Hoffnungen zu machen. Davon abgesehen war mein Leben schon kompliziert genug, auch wenn Annika der Meinung war, dass ein kleiner Urlaubsflirt genau das Richtige für mich wäre.

Wie aufs Stichwort klingelte mein Handy, und Annikas Name leuchtete auf dem Display. Eilig nahm ich das trockene Brötchen aus dem Mund, das mittlerweile schon an meinem Gaumen pappte.

»Hallo, Annika.«

»Hallo, Süße!«, flötete sie ins Telefon. »Rate mal, was ich gerade mache?«

Ihr triumphierender Tonfall führte dazu, dass ich mich alarmiert aufrichtete. Bei Annika wusste man nie. »Du verscharrst gerade die Leiche meines Mannes im Wald, weil er dir Hausverbot erteilt hat?«

»Keine schlechte Idee«, entgegnete sie. »Aber nein. Ich breche nur gerade bei euch ein.«

»Nur? *Nur?*« Ich fuhr mir übers Gesicht und schüttelte entgeistert den Kopf. »Und warum, wenn man fragen darf?«

Anstatt einer Antwort hörte ich Annika lautstark ächzen und keuchen. Offenbar quetschte sie sich irgendwo hinein. Nach einigen Sekunden klirrte etwas, und Annika fluchte leise.

»Sag mal, diese rote Vase in eurem Hobbyraum – magst du die eigentlich?«, fragte sie bemüht locker.

»Ja, sie … ach, egal!« Ich winkte ab, auch wenn sie mich nicht sehen konnte. »Ich wiederhole meine Frage noch einmal: Weshalb brichst du in unser Haus ein?«

»Du hast mir den Auftrag erteilt, mich um Prinz Charles zu kümmern, und ich lasse meine beste Freundin nicht im Stich! Heute Nacht ist mir eingefallen, dass du dich immer über das Kellerfenster beschwert hast, das nicht richtig schließt. Aber zu deiner Beruhigung kann ich dir sagen: Das müssen schon sehr schlanke und gelenkige Einbrecher sein, um durch dieses Fenster zu passen.«

»So wie du beispielsweise?«

»Nett von dir, dass du mich als schlank bezeichnest«, erwiderte Annika fröhlich. »Ich bin jetzt übrigens oben in der Küche. Wo steht das Katzenfutter?«

»Im Apothekerschrank, unterstes Fach.«

Annika war tatsächlich eine Freundin, mit der man Pferde stehlen konnte. Ich wusste nicht, ob ich dazu bereit gewesen wäre, heimlich in ihr Haus einzusteigen, wenn dort womöglich ein angriffslustiges Ehemann-Monster auf mich lauern würde. Im Hintergrund miaute Prinz Charles schon erwartungsvoll.

»Du siehst ja völlig verhungert aus, mein Häschen!«, murmelte sie besorgt. »Du willst bestimmt etwas Besseres als fades Trockenfutter, oder?«

»Das ist völlig in Ordnung für ihn«, versicherte ich ihr. »Jetzt füll den Napf und hau wieder ab, Annika!«

»Ich werfe nur einen kurzen Blick in den Kühlschrank«, sagte sie. »Oh, da haben wir doch etwas: Premium-Leberwurst.«

Schade, dann hatte Felix seine Lieblingswurst doch noch aufgetrieben. Eine dunkle Seite in mir fand die Vorstellung, dass mein Gatte an trockenen Brotkanten herumnagen musste, irgendwie befriedigend.

»Lass das bitte, Annika! Dann merkt Felix doch, dass jemand im Haus war.«

»Zu spät! Prinz Charles ist völlig aus dem Häuschen vor Begeisterung – er haut ordentlich rein«, berichtete sie zufrieden. »Ich mach mich mal lieber aus dem Staub, bevor ich noch erwischt werde.«

Ich stöhnte gequält auf. »Musste das sein? Felix wird ausrasten, und drei Mal darfst du raten, wer den Ärger abkriegen wird!«

Annika schien meine Befürchtungen überhaupt nicht ernst zu nehmen. »Reg dich nicht auf! Es ist doch überhaupt nichts Schlimmes passiert.«

»Genau!«, ächzte ich. »Felix wird dir nur die Polizei auf den Hals hetzen, was soll daran schon schlimm sein?«

Ich warf entnervt einen Blick auf die Uhr. Nun würde ich garantiert zu spät zum Unterricht kommen. Ob die Entschuldigung, dass ich meiner Freundin bei einem Einbruch seelisch zur Seite stehen musste, wohl sehr unglaubwürdig klang?

»Ach, Quatsch. Das ist Felix viel zu peinlich. Was soll er der Polizei denn sagen: Die Freundin meiner Frau hat meine Leberwurst an den Kater verfüttert?«, antwortete Annika unbeeindruckt. »Und selbst wenn. Ein Plausch mit der Polizei wäre nicht so schlimm wie das, was gestern bei uns daheim passiert ist.«

»Wieso? Was war denn?«

»Weißt du noch, wie wir vor drei Wochen unseren toten Mops Bobby zusammen mit seinem Lieblingsspielzeug im Garten beerdigt haben?«

»Natürlich. Es war eine sehr bewegende Zeremonie.«

Ich hatte Annika und ihren Kindern zuliebe an der Beerdigung teilgenommen, obwohl ich es etwas übertrieben fand, dass ich dabei schwarze Kleidung tragen musste. »Ich fühle mit euch, Annika, aber der Tod eines uralten, inkontinenten Hundes wird doch wohl nicht so schlimm sein wie ein Besuch auf dem Polizeirevier.«

»Warte es ab, der schlimme Teil kommt noch! Gestern Abend ist nämlich unser neuer Mops Charlie mit dreckverschmierten Pfoten und Bobbys altem Lieblingsspielzeug im Maul aus dem Garten gekommen.«

»Igitt!« Ich verzog das Gesicht. »Charlie hat doch nicht etwa ...«

»Doch, hat er! Die Kinder waren völlig fertig.« Ich brauchte kein Skype, um zu wissen, dass Annika sich gerade angewidert schüttelte. »Bis ich das Loch wieder zugeschaufelt hatte, habe ich bestimmt noch drei Mal reingekotzt. Hätte Bobby schon bei der Beerdigung so eklig ausgesehen, hätte ich bestimmt nicht so viel geheult.«

Ich kam schnell zu dem Schluss, dass dieses Erlebnis tatsächlich schlimmer war, als sich mit Felix und ein paar Polizisten über geklaute Leberwurst zu streiten. »Okay, du hast gewonnen!«, gab ich nach. »Aber konnte Henning nicht für dich die Zweit-Bestattung übernehmen?«

»Er ... er ist in letzter Zeit selten daheim«, sagte Annika seltsam zögernd. »Du weißt schon, er macht ungewöhnlich viele Überstunden, ist nicht auf dem Handy erreichbar, benimmt sich zu Hause komisch und so ...«

Mir stockte der Atem. »Willst du damit andeuten, dass er eine Geliebte hat?«

»Na, und wenn schon?«, gab sie gereizt zurück. »Im Grunde könnte ich mich glücklich schätzen, wenn es so ist! Seit dieser Sache mit dem Andreaskreuz ist bei Henning und mir ohnehin die Luft raus. Sex ist nur noch eine sportliche Pflichtübung, da könnten wir genauso gut gemeinsam zur Wassergymnastik gehen. Falls Henning tatsächlich eine Geliebte hat, würde mir das in Zukunft erspart bleiben.«

»Es ist wirklich okay für dich?« Bei Annika war es manchmal schwer zu sagen, ob sie etwas ernst meinte oder ihre wahren Gefühle lediglich hinter sarkastischen Sprüchen versteckte.

»Natürlich! Vielleicht mache ich Hennings Geliebte sogar ausfindig und frage sie, ob sie mit uns in Urlaub kommen will. Sie könnte sich im Nachbarhotel einmieten, und wenn sie wuschig ist, stellt sie für Henning einfach ein rotes Lämpchen an ihr Zimmerfenster. Dann würde ich auch in den Ferien von lahmen Annäherungsversuchen verschont bleiben.«

»Das ist nicht witzig, Annika! Ich weiß, dass dir das nicht so gleichgültig ist, wie du behauptest. Du liebst deinen Mann und willst nur …«

»Reden wir über etwas anderes!«, unterbrach sie mich und stieß ein angestrengtes Ächzen aus. »Äh … momentan habe ich ohnehin ein dringenderes Problem, Sophie. Dein Mann hat die Haustür abgeschlossen, und das Kellerfenster scheint während unseres Gesprächs rapide geschrumpft zu sein. Kennst du dieses Phänomen, dass man in eine enge Parklücke hineinkommt, aber seltsamerweise nicht mehr heraus?«

Ich seufzte.

Abgesehen von meiner beträchtlichen Verspätung lief der Segelunterricht heute erheblich besser. Das Baucheinziehen und gleichzeitig Ole Jansen schmachtend an den Lippen zu hängen, klappte jedenfalls ganz hervorragend. Bildete ich mir das nur ein oder sah er tatsächlich ziemlich oft in meine Richtung? Jedes Mal, wenn sich unsere Blicke trafen, begann es in meinem Magen aufgeregt zu kribbeln. Helmuth, den behäbigen Frührentner aus Bottrop, würdigte er im Gegensatz dazu kaum eines Blickes. Das konnte jedoch auch daran liegen, dass Helmuth mit seiner schorfigen Schuppenflechte im Gesicht kein besonders ästhetischer Anblick war.

Leider wurde meine Konzentration auf Ole – ich meine natürlich, auf den Unterrichtsstoff – durch Annikas Vermutung ziemlich beeinträchtigt. Ich war überzeugt, dass sie einen großen Fehler machte, wenn sie Henning gegenüber ihren Verdacht nicht ansprach und sich einredete, dass alles in bester Ordnung sei. Wenn ich meine Gefühle nicht so lange verleugnet, mir meine Bedürfnisse früher eingestanden und sie meiner Familie mitgeteilt hätte, wer weiß, ob Felix und ich dann jetzt nicht zweite Flitterwochen machen würde. Wenn Annika alles in sich hineinfraß, machte sie damit doch denselben Fehler wie ich. Aber wie konnte ich ihr das nur klarmachen? Na ja, erst mal würde ich abwarten, bis sie sich von den Folgen ihres Einbruchs beziehungsweise Ausbruchs erholt hatte. Annika hatte sich fluchend durch das ›geschrumpfte‹ Kellerfenster gezwängt und sich – während ich am anderen Ende der Leitung vor Sorge fast umkam – mehrere Schürfwunden und eine verdrehte Schulter zugezogen. Sie hatte mir vor ein paar Minuten die Nachricht geschrieben, dass sie von der Arztpraxis endlich nach Hause gekommen war und es ihr gut ging.

»Kommt der Wind beispielsweise aus dieser Richtung«, erklärte Ole gerade und zeichnete einen Pfeil auf die Tafel, der auf das kleine Magnetschiffchen zeigte, »dann können rechts und links davon 45 Grad nicht besegelt werden. Denken wir uns also einen Vollkreis, können insgesamt 90 Grad nicht besegelt werden. Was macht man in diesem Fall?«

Trotz Oles Hinweis vom ersten Tag hob Helmuth wie ein

Musterschüler die Hand und schnippte eifrig. »Wir müssen kreuzen.«

»Sehr gut, Helmuth.« Ole schenkte ihm ein anerkennendes Lächeln.

Pah! Das hätte ja selbst ich gewusst. Mir war es nur zu mühsam gewesen, auf so eine läppische Frage zu antworten. Ich sah neugierig zu Björn, der gerade damit beschäftigt war, ein sinkendes Segelschiff zu zeichnen, das auf einen Felsen aufgelaufen war – weil dem Skipper die übergroße Kapitänsmütze über die Augen gerutscht war. Ich schielte zu Angeber-Carsten hinüber, der auch heute nicht auf seine maritime Kopfbedeckung verzichtet hatte, und kicherte in mich hinein.

»Du hättest Künstler werden sollen«, lobte ich Björn leise.

Überrascht blickte er auf. »Findest du? Ich zeichne eigentlich nur zur Entspannung.«

»Ich wünschte, ich wäre so begabt wie du.«

»... am Ende eines jeden Kreuzschlages steht eine Wende«, belehrte Ole uns weiter. »Unser Boot geht dabei mit dem Bug durch den Wind. Durch das Dichtholen der Segel ...«

Hmpf, war das langweilig! Ob Ole wohl verheiratet war? Er hatte jedenfalls keinen Ehering am Finger. Heute trug unser Segellehrer ein hellblaues Hemd, das seine Augenfarbe perfekt betonte und dessen oberste Knöpfe offenstanden. Ich konnte nicht umhin zu bemerken, dass darunter ganz dezent ein paar Brusthaare hervorlugten. Also entfernte er sie sich doch nicht mit Aloe-vera-Kaltwachsstreifen. Gut so. Mir gefielen Männer, die auch wie Männer aussahen und sich nicht jedes Körperhaar unterhalb der Kopfregion radikal ausrupften. Wenn im Gegenzug in Mode kommen würde, dass Frauen sich Brusthaartoupets anklebten, würde ich das schließlich auch nicht mitmachen. Allerdings hätten solche Toupets den großen Vorteil, dass sich keine Frau mehr Sorgen um ungleiche oder hängende Brüste machen müsste – man könnte einfach alles unter einem dicken Büschel falscher Haare verstecken. So gesehen wäre das wiederum äußerst praktisch. Gerade als ich Gefallen an dieser genialen Idee fand, hörte ich Ole meinen Namen sagen. Offenbar war ich schon längere Zeit weggetreten, denn nun deutete er auf den Bildschirm, der ein Segelschiff in Großaufnahme zeigte.

»... Sophie? Könntest du uns bitte sagen, was ein Lümmelbeschlag ist?«

Oh, oh, die Hausaufgaben wurden abgefragt! Natürlich hatte ich mir gestern nach meinem Abend mit Jutta und Mattes die Arbeitsblätter nicht mehr angesehen, sondern war nur noch angesäuselt ins Bett gefallen. Björn knuffte mich freundschaftlich in die Seite, weil er mich offenbar aus meiner Starre reißen wollte.

»Äh ...«, brachte ich wenig intelligent hervor.

Ungute Erinnerungen an Schulzeiten stiegen in mir auf. Weshalb hatte ich mir diesen Kurs mit vierundvierzig Jahren noch einmal angetan? Ach ja, ich hatte mich nach aufregenden Erlebnissen, Freiheit und Abenteuer gesehnt. Nun gut, aufgeregt war ich tatsächlich, jedenfalls nach meinem trockenen Mund und meinen schweißnassen Händen zu urteilen.

Ohne weiteres Nachdenken sagte ich das Erstbeste, was mein Gehirn auf die Frage ›Was ist ein Lümmelbeschlag?‹ ausspuckte.

»Vielleicht ein Intimpiercing für Männer?«

Leider war mir meine Unsicherheit deutlich anzuhören, sodass jedem im Raum sofort klar war, dass das kein cooler Spruch meinerseits sein sollte.

Meine männlichen Mitschüler brüllten los vor Lachen – sogar der stille Ben, der sich bis eben noch im Halbschlaf in seinem Stuhl gefläzt hatte. Selbst mein neuer Kumpel Björn hatte seinen Stift fallen lassen und hing japsend an meiner Schulter, während er sich bei mir für seine Lachattacke entschuldigte.

Okay, das war wohl die falsche Antwort gewesen. Welch Überraschung!

Ich warf meinem Segellehrer einen hilfesuchenden Blick zu. Ole versuchte anscheinend verzweifelt, sich zusammenzureißen, doch ich sah deutlich, wie seine Mundwinkel zuckten und seine Schultern verdächtig bebten. So viel zu meinem Vorhaben, einen guten Eindruck bei ihm zu hinterlassen. Das hatte ich nun davon, dass ich keine Hausaufgaben machte und während des Unterrichts über Brusthaartoupets für Frauen nachgrübelte.

Ich rechnete es Ole allerdings hoch an, dass er der Erste war, der sich wieder fing und mit erhobenen Händen um Ruhe bat.

»Vielen Dank, Sophie!« Er drehte sich zu mir und zwinkerte mir verschwörerisch zu. »Ich mache mir oft Sorgen, dass dieser trockene Stoff für euch langweilig ist, aber solche kreativen Kommentare lockern das Ganze wunderbar auf.«

»Ja, ein Hoch auf Sophie!«, stimmte Enrico ihm sogleich zu. »Witzige Frauen sind *bellissima*.«

Ich hätte die beiden vor Dankbarkeit küssen können. Vorsichtig lugte mein Ego wieder aus dem Loch heraus, das es in aller Eile in den Fußboden gebuddelt hatte.

»Die korrekte Antwort ist leider weniger amüsant«, fuhr Ole fort. »Der Lümmelbeschlag ist nämlich …«

»… die bewegliche Verbindung zwischen Segelmast und Großbaum«, fiel ihm Streber-Helmuth ins Wort.

»Das gilt nicht!«, rief Björn grinsend. »Der Helmuth hat nämlich vergessen, sich zu melden.«

Erneut prusteten alle los. Die Stimmung im Kurs war schlagartig lockerer und freundschaftlicher geworden.

9. Kapitel

Nach der Mittagspause schlug Ole vor, das schöne Wetter zu nutzen und zum Hafen zu gehen, um den Theorieunterricht vor Ort auf der Segelyacht fortzusetzen. Wir nahmen den Vorschlag begeistert auf und strömten hinter unserem Lehrer plaudernd über den Steg zur ›Seeadler‹, auf der wir am Ende des Kurses die Prüfung ablegen sollten. Zum jetzigen Zeitpunkt erschien mir das völlig utopisch. Aber hatte Jutta nicht gesagt, dass bisher alle Schüler von Ole die Prüfung bestanden hatten? Es gab also keinen Grund für mich, in Panik zu verfallen – damit konnte ich ruhig noch ein paar Tage warten.

Kaum waren wir an Bord, nutzte Carsten, der sich bisher erfreulicherweise im Hintergrund gehalten hatte, sofort die Gelegenheit und baute sich wie ein Profi hinter dem Ruder auf. Während er den anderen prahlerisch von seinem letzten Segelabenteuer erzählte, sah ich mich neugierig auf dem Schiff um.

Aha, da war ja dieser doofe Lümmelbeschlag! Ich strafte das kleine und so unscheinbar wirkende Teil mit einem Todesblick. Als Nächstes entdeckte mein ungeschultes Auge eine Seilwinde. Ha, und ich kannte sogar den richtigen Begriff dafür: Das war eine Winsch. Ich ging in die Knie und suchte die dazugehörige Kurbel, doch die war natürlich aufgeräumt worden. Ich spürte, wie jemand hinter mich trat, und aus dem frischen männlichen Duft, der mich einhüllte, schloss ich, dass es Ole sein musste.

»Werden die Winschkurbeln nicht gerade benutzt«, dozierte er im Lehrertonfall und hielt mir besagte Kurbel hin, »sind sie in den dafür vorgesehenen Köchern nahe der Schotwinschen zu verstauen.«

»Ah ja? Danke, gut zu wissen.«

Gerade als ich die Hand danach ausstrecken wollte, kam er näher und griff um mich herum. Natürlich steckte er lediglich die Kurbel in die Winsch, doch als ich seine Brust an meinem Rücken spürte und sein Atem über meine Wange streifte, beschleunigte sich unwillkürlich mein Herzschlag.

Ich räusperte mich. »Und … jetzt kann ich theoretisch loslegen?«

»Das Kurbeln an sich ist nicht schwer, aber nach einem Tag auf See hat man trotzdem einen kräftigen Muskelkater. Die Winsch musst du übrigens immer im Uhrzeigersinn belegen, sonst kannst du das Segel nicht bedienen.«

»Ich werde es mir merken«, gelobte ich, obwohl ich mir nicht sicher war, ob das tatsächlich der Wahrheit entsprach. Ein Großteil meiner Gedanken war nämlich mit dem attraktiven Mann hinter mir beschäftigt. Wie sollte man sich da denn bitte schön konzentrieren? Es wäre mir um einiges leichter gefallen, wenn mein Segellehrer hässlich, fett und stinkig gewesen wäre.

»Wenn schon zu viel Spannung auf der Schot ist, weil das Segel voll im Wind steht«, fuhr er fort, »musst du beim Belegen mit den Händen Abstand zur Winsch halten, ansonsten kannst du dich verletzen.«

Hastig durchforstete ich mein Gehirn nach dem Begriff ›Schot‹, und tatsächlich war etwas vom heutigen Unterricht bei mir hängengeblieben: Die Schot war die Leine, mit der man die Segel in die richtige Stellung zum Wind brachte. Und mit Belegen war das Umwickeln der Winsch mit der Leine gemeint.

»Ist dir das schon einmal passiert?« Ich drehte den Kopf zu

Ole und sah fragend zu ihm. Seine blauen Augen waren plötzlich direkt vor mir, und wir waren uns so nahe, dass unsere Lippen sich berührt hätten, wenn ich mein Gewicht nur ein klein wenig verlagert hätte.

Ruckartig entfernte er sich von mir, erhob sich und kontrollierte die Knoten der Fender.

»Ich habe mir tatsächlich einmal den Daumen zwischen Schot und Winsch eingeklemmt«, gestand er mir mit einem schiefen Grinsen. »Das war ganz schön peinlich, vor allem, weil ich damals kein Segelanfänger mehr war. Der Finger war gebrochen, aber da wir gerade mitten in einem Wettkampf waren, musste ich die Zähne zusammenbeißen und weitermachen.«

Ich musste zugeben, dass ich beeindruckt war. Hätte Felix sich bei einem Golfturnier den Daumen gebrochen, würde er sich vermutlich laut jammernd auf einer Bahre zum Krankenhaus transportieren lassen. Na ja, das war vermutlich etwas übertrieben, aber mein Mann hatte sich in der Vergangenheit beim Thema Schmerzen wenig heldenhaft gezeigt.

»Dann hast du also auch an Regatten teilgenommen?«, fragte ich neugierig und setzte mich auf eine Bank.

Das Holz unter mir hatte sich angenehm aufgewärmt, die Sonne schien strahlend vom Himmel herab, und durch den Wellengang schaukelte das Schiff sanft auf und ab.

Ole setzte sich neben mich, lehnte sich vor und stützte locker die Ellbogen auf den Knien ab. »Ich war früher viel unterwegs. Lange Zeit habe ich Schiffe überführt, und einige Jahre war ich auch Teil eines Segelteams«, erzählte er in einem so beiläufigen Tonfall, als wäre es nichts Besonderes. »Wir haben an internationalen Regatten teilgenommen. Zwar waren wir oft vorne dabei, aber für den ersten Platz hat es meistens nicht gereicht. Es war aufregend und interessant, aber jetzt ...«

Er hielt inne und fasste sich übertrieben stöhnend ins Kreuz, »... bin ich zu alt für dieses Abenteuerleben.«

Ich lachte auf. »Wer's glaubt!«

Ole musste schon viel von der Welt gesehen haben. Ich dagegen hatte immer nur davon geträumt, mir ferne Länder und fremde Kulturen anzusehen. Es versetzte mir einen leichten Stich, dass ich mit meinen vierundvierzig Jahren so wenig erlebt hatte, dabei hatte ich als junge Frau fest vorgehabt, die Welt zu erkunden. Doch dann waren mir Heirat und Familie dazwischengekommen.

Ole musterte mich neugierig. »Du siehst plötzlich so ernst aus. Habe ich etwas Falsches gesagt?«

»Nein, es liegt nicht an dir. Es ist nur ...« Ich machte eine kurze Pause und stieß die Luft aus. »Nach allem, was du auf deinen Reisen erlebt haben musst, hast du bestimmt viele spannende Geschichten zu erzählen. Dagegen wirkt mein eigenes Leben wie ein langweiliger Drei-Minuten-Kurzfilm.«

Nun war er es, der lauthals lachte. »Nach dem, was ich bisher von dir mitbekommen habe, ist dein Leben ganz und gar nicht langweilig.«

Ich bemerkte, wie sein Blick zum Mast wanderte, und kniff die Augen zusammen. »Du hast gerade zum Lümmelbeschlag hingesehen, oder?«

Ole hob mit unschuldiger Miene die Hände. »Mir ist nur aufgefallen, dass da etwas ... äh ... locker ist.« Er räusperte sich. »Ich hoffe, Prinz Charles lebt noch?«

»Meinem Kater geht es gut, danke der Nachfrage. Meine Freundin Annika ist heute bei uns eingebrochen, um ihn zu füttern.«

Hm, diese Formulierung war wohl etwas unglücklich gewählt. Das bemerkte ich jedenfalls an Oles hochgezogenen Augenbrauen.

»Keine Sorge, sie ist nur durchs Kellerfenster eingestiegen«, fügte ich hastig hinzu. »Aber geklaut hat sie natürlich nichts – abgesehen von einer Dose Premium-Leberwurst.«

»Aha.« Ein amüsiertes Lächeln zuckte um seine Mundwinkel. »Das klingt wirklich nach einem ungeheuer langweiligen Leben, Sophie.«

»Ole?«, rief Björn aufgeregt.

Ich sah mich nach meinen männlichen Mitschülern um, deren Gespräche ich bis eben ausgeblendet hatte. Helmuth und Ben redeten beruhigend auf Enrico und Carsten ein, die sich beide wütend anfunkelten und offenbar kurz davor waren, sich zu prügeln. Aus dem Stimmengewirr schallte nacheinander *»Merda!«*, »Blödmann!« und *»Stupido!«* zu uns herüber.

Björn kam zu uns gelaufen. »Ole, komm mal bitte! Enrico und Carsten haben sich in die Haare bekommen. Carsten behauptet, er hätte mal seiner fünfköpfigen Besatzung das Leben gerettet, weil er die im Sturm gekenterte Yacht wieder aufgerichtet hat, indem er sich ans Schwert gehängt hat.«

»Ganz allein?« Ole schüttelte schmunzelnd den Kopf. »Respekt!«

Man musste seine Ruhe und Gelassenheit bewundern. Ich an seiner Stelle wäre schon längst ausgeflippt, wenn ich jeden Tag so einen Haufen Spinner unterrichten müsste.

Während Ole und Björn in Richtung der beiden Streithähne liefen, blieb ich auf meinem schönen Plätzchen sitzen und streckte entspannt mein Gesicht in die Sonne. Herrlich, genau so hatte ich mir den Segelkurs vorgestellt!

Nachdem sich alle wieder beruhigt hatten, lernten wir noch alles über die wichtigsten Hilfsmittel und Geräte, die uns das Leben als Skipper erleichtern sollten. Zudem machten wir einige ›Trockenübungen‹, was bedeutete, dass jeder von uns eine ihm zugeteilte Position einnehmen und auf die Befehle des Skippers pantomimisch reagieren musste. Das scheiterte allerdings daran, dass außer Helmuth noch niemand die korrekten Befehle konnte und Ole nicht damit zufrieden war, wenn man zum Beispiel brüllte: »Du, Björn, mach mal schnell das Dingsbums hier vorne los!«

Bis wir wieder in der Segelschule ankamen, dämmerte es, und wir waren alle ziemlich erledigt. Irgendwer schlug vor, essen zu gehen und den Tag gemeinsam ausklingen zu lassen. Eigentlich sehnte ich mich nach einer heißen Dusche und meinem Bett, doch als Ole sich bereitwillig der Gruppe anschloss, änderte ich spontan meine Meinung. Schlafen konnte ich auch noch später! Mit Ole hatte das rein gar nichts zu tun. Das versicherte ich mir jedenfalls selbst äußerst glaubwürdig.

Die Kneipe ›Zum Wellenbrecher‹ war genauso urig, wie ich mir eine Dorfkneipe auf Rügen immer vorgestellt hatte. An den mit dunklem Holz vertäfelten Wänden hingen Fischernetze und ausrangierte Bootsutensilien, am Tresen saßen ein paar vollbärtige Stammgäste, und im Hintergrund war ein Shanty-Chor zu hören.

»... das kann doch einen Seemann nicht erschüttern, keine Angst, keine Angst, Rosmarie! Wir lassen uns das Leben nicht verbittern ...«, sang ich grinsend mit. Dieser Seemann hatte genau die richtige Einstellung.

Der ältere, beleibte Mann hinter dem Tresen nickte uns grüßend zu. »Na, Ole, wieder eine neue Truppe?«

»Du hast es erfasst, Hinnerk! Zwei Wochen Intensivkurs für den Segelschein.«

Der Mann lachte. »Na, da habt ihr bestimmt viel Spaß!«

»Hat er das ironisch gemeint?«, fragte ich Ole misstrauisch.

»Nein, warum denn?«, entgegnete er überrascht. »Wir haben doch viel Spaß, oder nicht?«

Wir nahmen an einem der blankpolierten Tische Platz, wobei eine kurze Rangelei entstand, weil niemand neben Carsten sitzen wollte. Wie es der Zufall wollte, landete ich genau zwischen Björn und Ole – besser hätte ich es nicht treffen können.

»Ich schmeiß eine Runde«, verkündete Carsten. Offenbar wollte er nach dem Streit auf dem Schiff wieder ein paar Sympathiepunkte sammeln. »Lasst uns auf unsere Truppe anstoßen!«

Er wartete gar nicht erst unsere Antwort ab und gab Hinnerk ein Zeichen. »Sieben Mal das Störtebeker Starkbier mit sieben Kurzen!«

Oh weh. Hätte ich geahnt, dass das in ein Besäufnis ausartete, wäre ich doch lieber zu Jutta in die Pension gegangen. Aber nun wollte ich mir auch nicht die Blöße geben, zu kneifen. Schnell griff ich nach dem kleinen Aufsteller und studierte die recht übersichtliche Speisekarte. Ich brauchte unbedingt etwas im Magen, wenn ich den Abend mit einem Schnaps beginnen sollte!

Björn beugte sich mit unglücklicher Miene zu mir und flüsterte: »So 'n Mist! Ich vertrag keinen Alkohol, und das ist keine Übertreibung. Schon von einem Glas Bier bin ich sturzbetrunken.«

»Wir nippen einfach nur dran«, raunte ich zurück. »Aber da wir beide in diesem Kurs die Minderheiten darstellen, müssen wir mitmachen – sonst können wir uns das die nächsten zwei Wochen täglich anhören!«

Er seufzte gequält auf. »Na schön.«

Als der Schnaps kam, bestellte ich das in allen deutschen

Kneipen obligatorische Schnitzel mit Pommes und stieß mit den anderen an.

»Auf einen tollen Kurs und immer eine Handbreit Wasser unterm Kiel!«, verkündete Enrico.

Ich würgte das bittere Gesöff herunter. Igitt! Da lobte ich mir doch den süffigen Sanddornlikör von Juttas Schwiegervater. Ich schielte zu Björn rüber, der verzweifelt versuchte, einen Hustenanfall zu unterdrücken.

Ich tätschelte ihm mitfühlend die Schulter und wandte mich an Ole. »Du hast mich heute Mittag neugierig gemacht. Ich würde gerne eine Geschichte aus deiner Seglervergangenheit hören.«

Er grinste mich an, und mir wurde plötzlich ganz flau im Magen. Aber das lag bestimmt nur am Schnaps.

»Was soll ich denn erzählen – etwas Abenteuerliches oder lieber etwas Anrüchiges?«

Ich runzelte gespielt nachdenklich die Stirn. »Wie schlimm sind denn die anrüchigen Geschichten? Ich halte ja einiges aus, aber ich möchte nicht, dass du unser Küken Ben in Verlegenheit bringst.«

Ben, der rechts von Ole saß, hatte wohl zugehört, denn prompt setzte sein Augenzucken wieder ein.

Ole verzog das Gesicht. »Offen gestanden sind die anrüchigen Geschichten gar nicht so anrüchig. Ich wollte nur ein bisschen angeben.«

»Okay, dann entscheide ich mich für etwas Spannendes!«, sagte ich lachend.

Ole fuhr sich durch sein dichtes Haar und überlegte einen Moment. »Im Grunde ist jede Überfahrt ein kleines Abenteuer. Vor einem plötzlichen Wetterumschwung ist man nie gefeit, und gerade als erfahrener Segler weiß man, dass man niemals den Respekt vor dem Meer verlieren darf.«

Ich nickte, da mir klar war, dass das Segeln kein ungefährliches Hobby war.

»Einmal sind ich und mein Kumpel Markus bei einer Schiffsüberführung vor der Westküste Mexikos in einen heftigen Sturm geraten«, fuhr Ole fort. »Die Wellen bauten sich um uns herum zu meterhohen Wasserbergen auf, und der Regen war so dicht, dass man kaum die Hand vor Augen sehen konnte. Als dann noch unser Motor ausfiel, dachte ich, unser letztes Stündlein hätte geschlagen. Wir waren den Gewalten der Natur auf Gedeih und Verderb ausgeliefert …«

Ole verstand es, so lebendig zu erzählen, dass ich das kleine Segelschiff in Seenot förmlich vor mir sah. Gebannt hing ich an seinen Lippen, lauschte seinen Geschichten und merkte nicht einmal, als Hinnerk unser Essen brachte.

»Und wo ist es deiner Meinung nach am schönsten?«, fragte ich ihn irgendwann.

Er breitete die Arme aus. »Na, hier natürlich! Oder was denkst du, weshalb ich auf Rügen meine Segelschule eröffnet habe?«

Ich seufzte. »Ich finde die Insel auch traumhaft. Ich könnte mir gut vorstellen, hier zu leben. Aber wenn ich mich zwischen Rügen und zum Beispiel den Florida Keys entscheiden müsste …« Ich ließ das Ende des Satzes offen und hob in einer zweifelnden Geste die Schultern.

»Das Klima ist hier auf alle Fälle angenehmer, würde ich sagen. Die hohe Luftfeuchtigkeit in Florida muss man mögen. Aber ich gebe zu, dass es mich schlussendlich einfach zurück in die Heimat gezogen hat.«

Ich sah ihn überrascht an. »Du kommst von hier?«

»Ich bin ein echter Rüganer!«, bestätigte er nicht ohne Stolz. »Hier geboren und aufgewachsen.«

»Ich dachte, das heißt Rügener?«

Er deutete auf mich. »Wenn *du* herziehen würdest, ja. Doch alle, die auf der Insel das Licht der Welt erblickt haben, dürfen sich Rüganer nennen. Na ja, es sei denn man trifft auf jemanden von der strengen Sorte, für die nur Inselbewohner der zweiten oder dritten Generation echte Rüganer sind. Aber selbst das würde bei mir zutreffen.«

»Ich verstehe: Rüganer sind *Eingeborene*.«

»Korrekt!« Er beugte sich verschwörerisch zu mir, und sein Atem kitzelte mich am Ohr. »Und ein Mal im Monat bei Vollmond treffen wir uns am Strand und kochen ein paar Touristen über dem Lagerfeuer.«

Seine Nähe brachte mich für ein paar Sekunden völlig aus der Fassung. »Genau so etwas habe ich vermutet«, gab ich mit heiserer Stimme zurück.

Ich hätte mich doch lieber neben Carsten setzen und mir seine dämlichen Angeber-Sprüche anhören sollen, dann wäre ich am Ende des Abends wenigstens lesbisch gewesen, und Oles Charme wäre an mir abgeprallt wie ein Flummi.

»Wie wäre es mit einem Trinkspiel?«, schlug Enrico in diesem Moment vor.

»Ich weiß ein gutes«, rief Helmuth begeistert. »Wir fragen uns Manöverbefehle ab, und jeder, der falsch antwortet, muss einen Schnaps trinken.«

Ich und Björn seufzten gleichzeitig gequält auf.

Im Laufe des Abends wurde die Stimmung an unserem Tisch immer besser. Sogar der stille Ben wurde redselig, nachdem er die ersten paar Runden verloren hatte. Er erzählte uns, dass er Computerlinguistik studierte und sich selbstständig machen wollte, doch von seinen Eltern das Startkapital nur unter der

Bedingung erhielt, dass er diesen Segelkurs erfolgreich abschloss. Sie waren wohl der Meinung, er saß zu viel in seinem Zimmer vor dem Computer und das wahre Leben würde an ihm vorüberziehen. Ben wiederum meinte, dass er mit Menschen einfach nicht viel anfangen könnte und er nur in seiner Computerwelt glücklich war. Schwer zu sagen, wer von beiden nun recht hatte.

Carsten schlug irgendwann vor, dass wir alle ins nächste Piercingstudio gehen und fragen sollten, was es kosten würde, sich einen *Lümmelbeschlag* stechen zu lassen. Er lachte über seinen eigenen Witz so lange, bis er davon Schluckauf bekam.

Zwei Stunden später saßen wir schunkelnd an der Bar, und ich gab gerade ein lautstarkes Solo von Caterina Valentes »Ein Schiff wird kommen« zum Besten:

»... und liebe den Hafen, die Schiffe und das Meer. Ich lieb das Lachen der Matrosen und Küsse, die schmecken nach See, nach Salz und Teer ...«

Küsse, die nach Teer schmeckten? Wer hatte sich denn diesen Text ausgedacht?

Meine Gesangseinlage war wohl schlimmer als gedacht, denn prompt kippte Björn neben mir benommen vom Barhocker. Besorgt beugte ich mich über ihn, da er wie eine Tatort-Leiche mit seltsam verdrehten Gliedern auf dem Boden lag.

»Björn, hascht du dir wehgetan?«

Was war denn plötzlich mit meiner Zunge los? Ich atmete tief durch und riss mich zusammen.

»Wie geht es dir? Alles gut?«

Die Antwort war ein Stöhnen. Zum Glück, er lebte noch! Ich half ihm, sich aufzusetzen, und Björn klammerte sich mit beiden Händen am Fuß des Barhockers fest.

»Schlecht«, brachte er nur hervor.

»Die Po-poschitsion ist schlecht? Oder dir?«

Ich machte mir eine Gedankennotiz: Schwierige Wörter wie ›Position‹ im angetrunkenen Zustand in Zukunft vermeiden.

»Schlecht«, wiederholte Björn störrisch.

Ole kniete sich neben uns und musterte Björn kopfschüttelnd. Natürlich war Ole nicht die Spur betrunken, schließlich hatte er beim Trinkspiel kein einziges Mal verloren. Wäre es anders gewesen, hätte ich morgen mein Geld zurückverlangt und mir einen anderen schnuckeligen Segellehrer gesucht.

»Ich bring ihn besser mal nach Hause! Das Hotel, in dem er wohnt, ist zum Glück in der Nähe.« Ole wandte sich an mich. »Schaffst du es allein, Sophie?«

Ich winkte mit einem empörten »Pfff« ab.

»Klar! Ich komm heim, kein Ding, ich hab doch kaum was getrunkn.«

Ich war mir nicht sicher, ob das der Wahrheit entsprach. Wie oft hatte ich verloren? Ein oder zwei Mal ... hatte ich die Antwort gewusst, genau! Jedenfalls erforderte es meine allerhöchste Konzentration, Ole dabei zu helfen, Björn auf die Füße zu stellen, ohne dabei selbst umzukippen.

»Also dann ...« Ole nickte mir zu.

»Schlecht«, murmelte Björn, dieses Mal etwas eindringlicher.

»Moment, Ole! Ich muss disch noch was fragen.«

Ich blickte ihm tief in die Augen, was eine ungeahnte Herausforderung darstellte. »Du bis' doch ein Matrose. Schmecken deine Küsse auch nach Teer?«

»Ich hoffe nicht.«

»Das is' gut.« Ich nickte erleichtert. »Teer mag ich nämlich nicht. Bäh! Ne ganz eklige Geschmackschrichtung. Dann hättes'u niiiiemals 'nen Kuss von mir bekommn.«

Er warf mir einen unergründlichen Blick zu. »Gute Nacht, Sophie.«

»Gut's Nächtle!«

Ich sah den beiden nachdenklich hinterher. Hatte Ole mich komisch angeguckt? War ich ihm mit meiner Frage etwa zu nahe getreten? Dabei hatten wir uns doch den ganzen Abend über so gut verstanden. Und als wir von unserem Tisch zu Hinnerk an die Theke gegangen waren, hatte Ole sich wieder direkt neben mich gesetzt, was ich als positives Signal gewertet hatte. Auf der anderen Seite: Irgendwohin musste er sich ja setzen. Nun war ich froh, dass ich mir den spontanen Teer-Kusstest verkniffen hatte, den mein alkoholisiertes Ich sofort hatte durchführen wollen.

In diesem Augenblick erhielt ich eine Nachricht, und nach einigem Gefummel schaffte ich es auch, sie zu lesen. Sie kam von Felix: *»Wer hat meine Leberwurst aus dem Kühlschrank geklaut??? Damit hast du doch bestimmt etwas zu tun!«*

Oha, gleich drei Fragezeichen! Offenbar war Herr Lehmann zu Hause sauer. Ich zuckte mit den Schultern. Im Gegensatz zu heute Vormittag sah ich die Sache plötzlich vollkommen entspannt.

»Scholl er doch. Mir egal!«

10. Kapitel

Der nächste Morgen war schlimm. Richtig schlimm.

Mir ging es elend, mein Magen rebellierte, und die Kopfschmerzen waren mörderisch. Oder um Björn zu zitieren: Schlecht!

Mein innerer Schweinehund wollte mich vehement davon überzeugen, dass ich im Bett liegen bleiben und mich auskurieren sollte, doch ich widerstand der Versuchung. Irgendwie schaffte ich es, mich anzuziehen und mein Zimmer zu verlassen. Da schon der Gedanke an Essen dazu führte, dass ich nach dem nächsten Klo oder notfalls auch einem günstig positionierten Blumenkübel Ausschau hielt, würdigte ich den Frühstücksraum keines Blickes. Ich schlurfte nach draußen und radelte etwas unsicher in Richtung Segelschule. Unterwegs musste ich allerdings in einem der Souvenirshops haltmachen, um mir dort die dunkelste Sonnenbrille zu kaufen, die sie vorrätig hatten. War der Himmel über Rügen eigentlich schon gestern so schrecklich hell gewesen? Die Sonnenbrille machte das fiese Licht ein wenig erträglicher – auch wenn ich mit dem riesigen runden Ding wahrscheinlich wie ein großes unfrisiertes Insekt aussah.

Unser gemeinsames Kurs-Besäufnis hatte wenigstens nicht nur bei mir Spuren hinterlassen, was ich sehr beruhigend fand. Björn und Carsten erschienen gar nicht erst zum Unterricht, weshalb ich mir selbst großzügig einen Fleißpunkt für meine bloße Anwesenheit verlieh. Helmuth, Enrico und ich saßen regungslos auf unseren Stühlen und gaben ein Bild des

Jammers ab. Ben schien als Einziger relativ fit zu sein, was mich ein bisschen neidisch machte. Die Vorzüge der Jugend ... lange war es her, dass ich sie genießen durfte.

Ole schien mit unserer dezimierten Gruppe allerdings äußerst unzufrieden zu sein. Als er in den Raum kam, stemmte er die Fäuste in die Seite und musterte uns kritisch. »Dass Björn nicht hier ist, wundert mich nicht. Aber weiß jemand, wo Carsten bleibt?«

»Vielleicht war er gestern Abend doch noch im Piercingstudio und hat jetzt Schmerzen im Schritt?«, stellte ich eine Vermutung an.

Niemand lachte. Die gute Stimmung von gestern war dahin.

»Könntest du während des Unterrichts bitte die Brille abnehmen, Sophie?«, bat mich Ole.

Auch mein Bestreben, anderen Menschen zu helfen und ihren Wünschen nachzukommen, hatte Grenzen. Von meiner Insektenbrille würde ich mich heute garantiert nicht trennen.

»Das geht leider nicht.« Ich deutete auf die Neonröhren an der Decke. »Zu hell.«

Ole seufzte gequält auf und sortierte seine Unterlagen, als die Tür aufging und zwei Superbrüste den Raum betraten. Zumindest nahm man im ersten Augenblick nicht viel mehr wahr als ein ausladendes Dekolleté in einem hautengen Oberteil. Beim zweiten Blick sah man dann eine Frau Anfang dreißig mit langen blonden Haaren, einem ungeheuer kurzen Jeans-Minirock und einem dicken, fast maskenartigen Makeup.

Sofort kam Bewegung in die anwesenden Männer. Während Enrico eben noch mit schmerzverzerrter Miene seine Schläfen massiert hatte, saß er nun kerzengerade auf seinem Stuhl und versprühte italienischen Charme.

»*Ciao, bella mia!* Gerade ist die Sonne aufgegangen. *Sei fantastico!*«

Unser Frührentner Helmuth beschränkte sich wenigstens darauf, sie mit geöffnetem Mund anzustarren, während Ben ungläubig blinzelte, als wäre ihm gerade ein Engel erschienen.

Meine Laune sank auf den Nullpunkt. Männer waren ja so was von oberflächlich! Wäre George Clooney hier im Minirock hereingewackelt, wäre ich absolut cool geblieben.

»Was gibt es denn, Meike?«, fragte Ole.

»Entschuldige, dass ich den Unterricht störe, Chef!« Meike verzog den dunkelrot geschminkten Mund zu einem bedauernden Lächeln.

Was hätte ich in diesem Moment darum gegeben, wenn der Lippenstift auf ihre Vorderzähne abgefärbt hätte, aber so etwas passierte offenbar nur mir.

»Ich brauche eine Unterschrift von dir.«

Anscheinend war sie sich ihrer Wirkung sehr wohl bewusst, denn nun warf sie effektvoll ihre blonde Mähne zurück und klimperte mit den falschen Wimpern.

Ole winkte sie zu sich. »Kein Problem, wir haben noch gar nicht angefangen.« Er warf einen unzufriedenen Blick in die Runde. »Und so wie es aussieht, ist heute sowieso niemand aufnahmefähig.«

»Ole, willst du uns deine entzückende Angestellte denn nicht vorstellen?«, bettelte Enrico.

Ole zog erstaunt die Augenbrauen hoch, doch er kam der Bitte höflich nach. »Das ist Meike – wenn Not am Mann ist, übernimmt sie für mich einen Teil der Büroarbeit. Meike – das ist das bemitleidenswerte Grüppchen, das von meinem Segelkurs übrig geblieben ist. Der Rest liegt noch volltrunken im Bett.«

»Wahnsinn!«, hauchte Ben neben mir.

Er starrte unentwegt auf Meikes Vorbau und machte ein Gesicht, als sei ihm noch nie zuvor ein weibliches Wesen begegnet. Na, vielen Dank auch!

»Wir haben gestern den ganzen Abend zusammen gelernt«, verteidigte Helmuth unsere Ehre.

»Das stimmt! Wir waren mit großem Engagement bei der Sache.« Ich nickte eifrig, was ich sofort wieder bereute. Wann wirkten denn endlich diese doofen Kopfschmerztabletten?

»Wenn das so ist«, Ole machte eine Pause und setzte seine Unterschrift unter das Formular, das Meike ihm hinhielt, »dann können wir doch gleich mal testen, ob etwas davon hängengeblieben ist. Wie wäre es mit einer kleinen Fragerunde?«

Was für eine fiese Socke! Ole wusste doch genau, dass wir in unserem Zustand kläglich versagen würden. Weshalb war er denn heute so schlecht drauf? Der Ole von gestern gefiel mir eindeutig besser.

»Na, dann wünsche ich euch noch viel Spaß!«, hauchte Meike und blickte Ole dabei tief in die Augen. Es fehlte gerade noch, dass sie sich mit der Zunge lasziv über die Lippen fuhr.

»Ohne dich, *bella*, wird das schwer!«, rief Enrico bedauernd aus, doch die Schöne beachtete ihn überhaupt nicht.

Ich hätte ihm sagen können, dass er seinen italienischen Charme nicht zu verschwenden brauchte. Meike hatte sich schon längst ein potentielles Opfer ausgesucht: Ole.

»Meike, einen Moment noch«, hielt Ole sie da auch schon auf.

O Gott, wenn die beiden jetzt anfingen zu turteln, würde ich mich definitiv übergeben müssen.

»Hast du die neuen Segel für die Jolle bestellt?«, fragte Ole jedoch ungerührt. »Ich habe dich letzte Woche schon darum gebeten.«

»Segel?«, wiederholte Meike mit einem Anflug von Panik. Für einen Moment verlor sich ihre selbstbewusste Haltung. »Nein, äh ... das habe ich vergessen, tut mir leid! Ich rufe den Händler sofort an.«

Er nickte knapp. »Mach das! Es ist dringend.«

Seine Unzufriedenheit konnte man ihm deutlich anmerken, und ich bekam sogar fast ein wenig Mitleid mit Meike.

»Natürlich, Chef!« Sie stöckelte in ihrem kurzen Röckchen hastig aus dem Zimmer.

Kaum war sie entschwunden, sanken Enrico und Helmuth wieder in sich zusammen wie zwei Ballons, aus denen man die Luft herausgelassen hatte. Nur Ben starrte immer noch verzückt auf die Stelle, wo sich eben noch Meikes Riesenbrüste befunden hatten.

Ole klatschte in die Hände. »So, dann beginnen wir mal mit der Fragerunde.«

Ich stöhnte gequält auf. Hätte ich doch nur auf meinen inneren Schweinehund gehört und wäre im Bett geblieben. Ich blickte nach oben zur Decke und schickte ein Stoßgebet gen Himmel: *O Herr, bitte erlöse mich!*

Aber solche spontan-religiösen Bittgesuche hatten schon damals in der Schule nicht funktioniert, und so überraschte es mich nicht, dass rein gar nichts passierte. Ich machte mich auf das Schlimmste gefasst und harrte der Dinge, die nun kommen ... In diesem Moment klingelte mein Handy.

»Mein Handy klingelt«, rief ich völlig perplex aus. »Ich glaub es nicht – mein Handy klingelt!«

»Ja, das hören wir alle«, bestätigte Ole säuerlich.

Meine Bitte wurde erhört, daran gab es keinen Zweifel! Ohne auf das Display zu schauen, verkündete ich: »Da muss ich ran, tut mir leid, das ist wichtig.«

Das Handy wie einen Schatz an mein Herz gepresst, hastete

ich aus dem Unterrichtsraum, während Enrico, Helmuth und Ben mir neidisch hinterhersahen.

Draußen in der frischen Luft atmete ich erst einmal tief durch und besann mich meiner spirituellen Pflichten. Ich blickte nach oben zum wolkenlosen Himmel. »Danke, danke, danke!«

Erst dann ging ich ans Telefon. »Ja, bitte?«, meldete ich mich frohgemut.

»Ich wollte schon auflegen«, meldete sich mein Gatte. »Bist du gerade im Unterricht?«

Felix? Trotz des gerade erlebten Wunders sank meine Laune schlagartig. Allerdings wirkte mein Ehemann nicht so gereizt und vorwurfsvoll wie bei unserem letzten Gespräch, weshalb ich beschloss, dass ein Telefonat mit ihm immer noch besser war als Oles Fragerunde.

»Eigentlich ja, aber das ist kein Problem. Was gibt es?«

»Nach unserem SMS-Austausch vergangene Nacht wollte ich noch einmal mit dir sprechen.«

»Unser ... SMS-Austausch?«, stammelte ich überrascht.

Ach du lieber Himmel, davon wusste ich überhaupt nichts mehr. Ich ließ mich auf die im Schatten liegende Holzbank vor der Segelschule sinken und blickte entgeistert auf die Schiffe am Hafen. Was zum Teufel hatte ich ihm geschrieben?

»Du hast ja kein Blatt vor den Mund genommen«, meinte Felix, »und obwohl ich am Anfang wütend auf dich war, denke ich jetzt, dass es vielleicht ganz gut so war. Es hat mir die Augen geöffnet.«

»Ah ja?«

Ich versuchte mich zu erinnern. Nichts, nur Leere. Ich presste die Augen zusammen und ging noch mal das Ende des Abends durch. Ich hatte eine Nachricht von Felix wegen der geklauten Leberwurst bekommen – und dann? Nach und nach tauchten in meinem Kopf ein paar Satzfetzen aus der Versenkung auf, die ich gestern auf dem Weg zur Pension benebelt in mein Handy getippt hatte:

Wir leben seit Jahren nur noch nebeneinanderher ... Du liebst deine Leberwurst mehr als mich ... Ich will keinen Mann, der mich nicht einmal mehr berührt ... Offenbar bin ich für dich so sexy wie ein paar alte Socken ... Sei doch mal ehrlich zu dir selbst, Felix: Bist du in unserer Ehe etwa glücklich?

Ich hatte mir alles von der Seele geschrieben, ohne ein Blatt vor den Mund zu nehmen. Es wunderte mich allerdings, dass ich in meinem Zustand überhaupt noch grammatikalisch korrekte Sätze hatte tippen können. Aber in diesem Punkt konnte meine Erinnerung mich natürlich auch täuschen. Dank Autokorrektur waren bestimmt einige kryptische Nachrichten dabei gewesen, à la *So sexy wie ein paar alte Rochen.*

Leider spuckte mein Hirn keine Informationen darüber aus, was mir Felix darauf geantwortet hatte. Aber er hatte schließlich gerade selbst gesagt, dass er am Anfang wütend gewesen war.

Ich hörte im Hintergrund Prinz Charles laut miauen. »Du bist daheim? Um diese Zeit?«, entfuhr es mir überrascht.

»Na ja, du hast wegen Rügen schließlich schon meinen Urlaub organisiert, und nach der vergangenen Nacht dachte ich, ich nutze die Gelegenheit und nehme mir tatsächlich ein bisschen frei. Um mir über einiges klar zu werden.«

Für einen Moment war ich sprachlos. Das war überhaupt nicht seine Art, denn eigentlich ging Felix die Arbeit in der Kanzlei über alles. »Und über was genau willst du dir klar werden?«

»Vielleicht ...« Er stieß die Luft aus und machte eine längere Pause. Seine nächsten Worte schienen ihm nicht leichtzufallen. »Vielleicht hast du nicht ganz unrecht damit, dass unsere Ehe nicht mehr funktioniert.«

Moment mal, wenn ich ›nicht ganz unrecht‹ hatte, dann wollte er damit doch eigentlich sagen, dass ich im Recht war, oder? Ich hatte schon das Klingeln des Handys kurz vor Oles Fragerunde für ein kleines Wunder gehalten, doch Felix' Meinungsumschwung war definitiv eins. Offenbar kamen wir endlich vorwärts! Adrenalin schoss durch meinen Körper, und selbst meine Kopfschmerzen wurden plötzlich erträglicher. Ich besann mich auf die Grundregeln einer konstruktiven Diskussion und verkniff mir wohlweislich eine bissige Bemerkung wie ›Na endlich ist der Groschen auch bei dir gefallen!‹.

»Jetzt, wo unsere Jungs aus dem Haus sind, gibt es nur noch uns beide, und es scheint so, als hätten wir nicht mehr viel gemeinsam«, sagte ich stattdessen diplomatisch.

Schon wartete ich auf den obligatorischen Widerspruch, doch er kam nicht.

»Ehrlich gesagt habe ich mir nie wirklich Gedanken um unsere Beziehung gemacht«, gab Felix zu. »Ich dachte, ich mache alles richtig und bin dir ein perfekter Ehemann. Ich habe gut für dich und die Kinder gesorgt, war dir niemals untreu und habe immer an deinen Geburtstag gedacht.«

Das stimmte sogar. Praktisch wie Felix nun mal veranlagt war, hatte er schon vor über einem Jahrzehnt einen Floristen damit beauftragt, mir jedes Jahr an meinem Geburtstag zwei Dutzend rote Rosen zu liefern. Natürlich gab es dazu immer eine Karte, in der jedes Mal in einer mir fremden Handschrift stand: ›Herzlichen Glückwunsch, Schatz!‹. Ich wollte natürlich nicht undankbar erscheinen, aber mit jedem Geburtstag wurde meine Enttäuschung etwas größer. Selbst über ein total unsensibles Geschenk wie ein Rührgerät oder einen Gutschein für ein Facelifting hätte ich mich mehr gefreut, denn dann hätte Felix sich wenigstens die Mühe gemacht, selbst etwas zu besorgen. Aber wie hatte es Annika mal ausgedrückt: »Nun ja. Besser als nix, oder?«

»Das weiß ich auch zu schätzen«, versicherte ich ihm. »Aber vielleicht war das einfach nicht genug. Damit eine Beziehung gesund bleibt und funktioniert, braucht es leider etwas mehr. Vor allem muss man Zeit miteinander verbringen.«

»Genau da liegt das Problem«, konterte Felix sofort, als hätte er nur auf dieses Argument gewartet. »Du gehst mir nämlich ziemlich auf die Nerven, Sophie, und ich möchte offen gestanden nicht mehr Zeit als notwendig mit dir verbringen. Das ist mir klar geworden, als du mich gestern Nacht gefragt hast, ob ich eigentlich in unserer Ehe glücklich bin.«

Für einen Moment saß ich wie vom Donner gerührt auf der Bank, unfähig, einen klaren Gedanken zu fassen, dann schnappte ich empört nach Luft. »Wie bitte? Ich gehe dir *auf die Nerven?*«

Da versuchte ich, unsere Differenzen so sensibel und neutral wie möglich auszudiskutieren, doch Felix wurde gleich beleidigend.

»Mich stört ungemein, dass du so viel redest, andauernd, plapper-plapper-plapper«, erklärte mir Felix in unbekümmertem Tonfall. »Was du tagsüber erlebt hast, wie es unserer Nachbarin Frau Eisele mit ihrer neuen Hüfte geht, welche Filme gerade im Kino kommen oder ob du das Wohnzimmer in einer anderen Farbe streichen sollst – eine belanglose Information nach der anderen. Ist es da ein Wunder, dass ich dir meistens gar nicht zuhöre?«

Ich schluckte schwer. Redete ich tatsächlich so viel unnützes Zeug, wie Felix behauptete? Plötzlich kam ich mir unglaublich dämlich vor.

»Außerdem hat Annikas Verrücktheit leider stark auf dich abgefärbt. Ständig habt ihr beiden irgendeinen infantilen Blödsinn im Kopf – man könnte meinen, ihr seid noch im Kindergarten.«

»Ah ja? Zum Beispiel?«, entfuhr es mir gereizt.

»Das kann ich dir sagen ...«

Natürlich hatte Felix sofort ein Beispiel parat. Wieso klappte das nie bei mir?

»Beispielsweise vor drei Wochen, als du dich für eine Beerdigung fein gemacht hast und ich schon dachte, es sei jemand gestorben.«

»Es ist ja auch jemand gestorben – Bobby!«

»Bobby war ein *Mops*«, sagte er zähneknirschend. »Und ein Tier im Garten zu vergraben ist illegal. Er hätte zur Abdeckerei gebracht werden müssen.«

Im Nachhinein betrachtet hätte Annika diese Variante wohl auch Bobbys Erst- und Zweit-Beisetzung vorgezogen.

»Diese Beerdigung war für Annikas Kinder wichtig, um Abschied zu nehmen.«

»Aber von der Ehefrau eines erfolgreichen Steuerberaters mit eigener Kanzlei erwarte ich ein anderes Verhalten«, beharrte er stur. »Und weshalb mischst du dich eigentlich immer in das Leben anderer Menschen ein, kannst du mir das mal sagen? Frau Eisele von nebenan klingelt ständig Sturm, weil du ihr offenbar seit ihrer OP so oft hilfst und sie dasselbe nun von mir erwartet.«

Okay, das hatte gesessen. Natürlich war mir klar, dass Felix nicht allein an unseren Problemen schuld war, aber seine Vorwürfe trafen mich tief.

»Das sagt man nicht«, entgegnete ich trotzig. »Laut den Grundregeln einer konstruktiven Diskussion vermeidet man absolute Ausdrücke wie ›immer‹ oder ›nie‹. Außerdem sollte man Kritik mithilfe von Ich-Botschaften äußern – und nicht durch beleidigende Aussagen.«

»Siehst du, genau so etwas meine ich! Ich will über unsere Ehe sprechen, und du kommst mit so einem Unsinn daher. Woher hast du denn dieses fundamentale Wissen über Kommunikationstechniken? Aus der Gala?«

Nun war er endgültig zu weit gegangen. »Ich lese doch keine Gala!«, empörte ich mich.

Er stieß einen gequälten Seufzer aus und machte eine Pause, wohl um seine Fassung zurückzugewinnen.

Ich nutzte sein Schweigen und kam auf das eigentliche Thema zurück. Eine weitere Aufzählung meiner Charakterfehler wollte ich mir wirklich nicht mehr anhören. »Was schlägst du also vor, wie es weitergehen soll?«

Trotz dieser erwachsenen Worte hatte meine Stimme einen schneidenden Unterton angenommen. Anscheinend verkraftete ich verbale Angriffe auf meine Person und mein Verhalten nicht so gut, wie ich immer behauptet hatte.

»Da wir keinen Ehevertrag haben, werden wir alles gleichmäßig und gerecht aufteilen«, antwortete Felix, ohne zu zögern. »Außerdem sollten wir uns überlegen, ob wir das Haus verkaufen. Natürlich könnte einer von uns den anderen auch auszahlen, aber da die Jungs ausgezogen sind, wäre das ökonomisch gesehen absoluter Unsinn. Und da der Immobilienmarkt momentan ...«

Ich hörte ihm überhaupt nicht mehr zu, da ich mich fühlte, als wäre ich gerade von einem Laster überfahren worden. Die ganze Zeit hatte sich Felix geweigert, die Trennung zu akzeptieren, und nun hatte er nicht nur seine Meinung geändert, sondern plante auch schon unsere Scheidung? Das ging mir alles zu schnell. Hätte er an dieser Stelle nicht erst einmal eine persönliche Aussprache, eine längere Auszeit oder eine Ehetherapie vorschlagen sollen? Eben all die Dinge, die man nach so vielen Ehejahren normalerweise als letzten verzweifelten Versuch unternimmt. Nicht, dass ich all dies für besonders sinnvoll gehalten hätte, aber meiner Meinung nach hätten wir wenigstens darüber sprechen sollen. Es fühlte sich falsch an, es nicht zu tun.

»Wenn ich es richtig verstehe, willst du dich also endgültig trennen?«, fiel ich ihm ins Wort, da er noch immer über Grundstückspreise und mögliche Kaufinteressenten palaverte. »Wir machen einen radikalen Schnitt, ohne Wenn und Aber?«

»Sophie, was soll denn diese Frage jetzt? Du klingst ja völlig fassungslos.« Er stieß ein ungläubiges Schnauben aus. »Das ist doch genau das, was du wolltest, oder nicht? Sei lieber froh, dass ich zum selben Schluss gekommen bin wie du! Und du kennst mich – wenn ich eine Entscheidung gefällt habe, fackle ich nicht lange herum. Oder hast du deine Meinung plötzlich geändert?«

11. Kapitel

Natürlich hatte ich meine Meinung nicht geändert. Besonders nicht nach all den Vorwürfen, die Felix mir an den Kopf geworfen hatte.

Obwohl wir unser Gespräch schon vor über einer halben Stunde beendet hatten, saß ich immer noch draußen vor der Segelschule auf der Holzbank. Ich versuchte, meine Gedanken zu ordnen. Mal sehen, ich war also tendenziell verrückt, zu neugierig, zu geschwätzig und benahm mich nicht Felix' gesellschaftlichem Stand entsprechend. Ach ja, fast hätte ich es vergessen: Und ich mischte mich in das Leben fremder Leute ein.

Ich konnte nicht mal leugnen, dass an all dem etwas Wahres dran war, auch wenn ich selbst es natürlich erheblich positiver formuliert hätte: Ich war offen, lebenslustig, interessiert an meinen Mitmenschen und neuerdings auch abenteuerlustig. Aber ... das war ich! Natürlich war ich nicht mehr dieselbe, die Felix geheiratet hatte. Damals war ich eine etwas schüchterne junge Frau gewesen – nicht so selbstsicher und stark wie heute. Doch es schien meinem Mann nicht zu gefallen, wie ich mich entwickelt hatte. Diese Meinung musste ich ihm zugestehen, denn schließlich ging es mir mit Miesepeter-Felix auch nicht anders. Trotz seiner harschen Kritik wurde mir klar, dass ich um nichts in der Welt wieder diese junge Frau von früher sein wollte. Kinder zu bekommen und großzuziehen, beruflich erfolgreich zu sein, schwere Zeiten durchzustehen, einen Haushalt zu führen, Freundschaften zu pflegen – all das hatte mich reifen lassen. Und das fühlte sich gut an. Sollte Felix sich doch eine neue Frau suchen, die genauso langweilig und konservativ war wie er, und mit ihr gemeinsam ein Schweigegelübde ablegen!

Ich warf einen Blick auf die Uhr. Bald war Mittagspause, und auch wenn Oles Fragerunde sicherlich schon vorbei war, lohnte es sich im Grunde nicht mehr, zurück in den Unterricht zu gehen. Das befand jedenfalls mein innerer Schweinehund, und ich hatte heute schon einmal den Fehler gemacht, nicht auf ihn zu hören. Inzwischen ging es mir körperlich wieder besser, und ich hatte Lust auf einen schönen starken Kaffee und etwas zu essen. Gestern war ich an einem hübschen Bistro an der Strandpromenade vorbeigekommen, und es hatte mich in den Fingern gejuckt, mich in einen der gemütlichen Korbsessel zu setzen und es mir gut gehen zu lassen. Das würde ich nun nachholen!

Entschlossen stand ich auf und ging los. Gerade überlegte ich, ob ich mich sicherheitshalber wie ein Spion in gebückter Haltung an den Fenstern zum Unterrichtsraum vorbeischleichen sollte, als ich Oles Stimme hörte. Sie klang viel zu nah, um aus dem Inneren der Segelschule zu kommen. Wie von selbst verlangsamten sich meine Schritte, und ich lugte vorsichtig um die Hausecke.

Ole hatte mir den Rücken zugekehrt, sein Handy an das Ohr gepresst, und obwohl er leise sprach, war seine Verärgerung nicht zu überhören.

»... ich habe dir heute Morgen schon gesagt, dass ich dafür absolut kein Verständnis habe, Giulia ...«

Oha, ich war wohl nicht die Einzige mit Beziehungsproblemen! Dass ein Mann wie Ole schon vergeben war, überraschte mich kaum. Trotzdem versetzte mir diese Entdeckung einen kleinen Stich. Er hatte in mir etwas zum Klingen gebracht, das schon seit vielen Jahren tief geschlummert hatte. Nun ja, jedenfalls bevor er sich heute im Unterricht so muffig verhalten hatte.

»... na schön, dann bin ich eben ein Spießer! Aber in meiner Welt steht man zu seinen Versprechen und tut nicht immer nur das, was einem ...«

Ole ein Spießer? Gerade rechtzeitig konnte ich mir ein bitteres Lachen verkneifen. Was war denn dann Felix? Der ehrwürdige Stammesvater aller Spießer?

Ole sprach wieder etwas leiser, und von Neugierde getrieben wagte ich mich etwas weiter vor, obwohl er mich jetzt sehen würde, wenn er sich umdrehte.

»... ich dachte wirklich, dir läge etwas mehr an deiner Tochter, Giulia! Sie ist nach deinem Anruf in Tränen ausgebrochen, und ich kann mich nach der Schule nicht einmal um sie kümmern, weil ich noch unterrichten muss.«

Ole hatte bisher mit keinem Wort erwähnt, dass er Vater war, und so wie es sich anhörte, war seine Tochter auch noch nicht besonders alt.

»... mach doch, was du willst! Aber wem sage ich das? Das tust du ja ohnehin. Wundere dich aber nicht, wenn sich Emma über deinen nächsten Besuch nicht mehr freut. Sie ist kein kleines Kind mehr und verzeiht dir nicht mehr alles.«

Giulia versuchte sich offenbar zu verteidigen, denn Ole schwieg verbissen.

»Na schön. Bis dann!«, knurrte er schließlich und beendete abrupt das Telefonat. Er hatte den Hörer noch am Ohr, als er sich auch schon umdrehte.

Damit hatte ich leider überhaupt nicht gerechnet – zum Verstecken war es nun zu spät. Plötzlich beobachtete ich sehr interessiert die Möwen am Himmel, die über uns aufgeregt ihre Kreise zogen.

»Ach guck, da ist ja Camilla!«, murmelte ich scheinbar fasziniert und winkte den Vögeln zu. »Das ist aber ein Zufall. Juhu, Camilla!«

Ich spürte, wie Ole neben mich trat, doch ich übte mich weiter in meinen ornithologischen Betrachtungen, während meine Wangen zu glühen begannen.

»Du hast mein Gespräch belauscht«, stellte er fest.

Sofort fühlte ich mich an unser erstes Zusammentreffen am Hafen erinnert, nur dass wir dieses Mal die Rollen vertauscht hatten.

»Nein, ich beobachte Möwen!«, behauptete ich. »Dabei wurde ich allerdings durch dein Geschrei gestört. Da konnte man bedauerlicherweise schlecht weghören.«

Ich warf ihm einen vorsichtigen Blick zu, doch Ole machte zu meiner Überraschung keinen besonders verärgerten Eindruck.

»Ich verstehe, Möwen beobachten ... Das sind aber auch so ungemein seltene Tiere.« Zuckte da ein spöttisches Lächeln um seine Mundwinkel?

Ich verschränkte trotzig die Arme vor der Brust. »In der Tat! Jedenfalls wenn man so wie ich aus Süddeutschland kommt. Dort sind Möwen ungemein selten.«

»Dann tut es mir leid, dass du gänzlich unfreiwillig Zeugin meines Gesprächs geworden bist.« Er steckte sein Handy in die Hosentasche und musterte mich fragend. »Hast du denn etwas Interessantes mitbekommen?«

Ich zuckte unschlüssig mit den Schultern, doch dann gab ich mir einen Ruck. Ole hatte mich ohnehin längst durchschaut. »Deine Ex hat einen Besuch bei eurer Tochter kurzfristig abgesagt?«

»Ja, heute Morgen.« Seine Miene verdunkelte sich wieder. »Und das nicht zum ersten Mal. Seit Giulia nach Berlin gezogen ist, kommt sie immer seltener, dabei vermisst Emma ihre Mutter schrecklich. Seit Tagen hat sie Pläne geschmiedet, was die beiden gemeinsam unternehmen können. Als Giulia heute früh angerufen und ihren Besuch abgesagt hat, konnte ich regelrecht sehen, wie es Emma das Herz brach.«

Nun verstand ich auch, weshalb Ole im Unterricht so gereizt gewesen war. Bestimmt war es ihm nicht leichtgefallen, seine Tochter in solch einem Moment allein zu lassen.

»Wie alt ist Emma denn?«

»Im November wird sie elf. Wenn ich arbeite und keine Schule ist, passen meine Eltern auf sie auf. Und verhätscheln sie.«

Er zog eine unglückliche Grimasse, und ich lachte auf.

»Das ist doch ganz normal für Großeltern! Sie geben heute bestimmt ihr Bestes, um Emma aufzumuntern. Wahrscheinlich kaufen sie ihr gleich nach der Schule einen riesigen Eisbecher, oder sie darf sich eine neue Barbie aussuchen.«

»Bei Emma wäre es wohl ein neues Lego-Set. Barbies sind nicht so ihr Fall.« An seinem liebevollen Lächeln erkannte ich, wie viel ihm seine Tochter bedeutete.

»Meine Jungs haben auch stundenlang damit gespielt. Du wirst sehen, heute Abend geht es ihr schon besser, und dann kannst du noch einmal in Ruhe mit ihr sprechen.«

Ole blickte nachdenklich auf die schaukelnden Schiffe im Hafen und nickte dann. »Wahrscheinlich hast du recht, und ich sollte mir nicht so viele Sorgen machen. Meine Eltern kennen Emma und wissen, wie sie ihr eine Freude machen können.«

Wehmütig dachte ich an die Zeit zurück, als meine Jungs in diesem Alter gewesen waren. Wenn mich damals jemand von meinen Kindern hätte trennen wollen, hätte ich mich mit Industrieklebstoff an ihnen festgeklebt.

»Darf ich dich etwas fragen? Du musst auch nicht antworten, wenn du nicht möchtest! Aber wieso ist deine Frau von hier weggezogen?«

»Giulia ist Künstlerin«, antwortete Ole nach kurzem Zögern. »Sie hat in ihrer Heimat Italien Kunst studiert und malt hauptsächlich abstrakte Gemälde. Nicht unbedingt das, was Rügentouristen gerne kaufen. Giulia hat es hier im Dorf einige Zeit versucht, doch dann hat sie einen bekannten Galeristen aus Berlin kennengelernt, und er hat angeboten, sie zu protegieren.« Er stieß einen Seufzer aus. »Und zack, weg war sie. Giulia wollte es nicht einmal mit einer Fernbeziehung probieren und hat gleich einen klaren Schnitt gemacht.«

Ich warf ihm einen mitfühlenden Blick zu. Obwohl mir Felix vorgeworfen hatte, mich ständig überall einzumischen, war ich klug genug, jetzt meine Klappe zu halten und keine Stellung zu beziehen. Ich kannte Ole kaum, Giulia überhaupt nicht, und wie ihre Beziehung vor der Trennung ausgesehen hatte, wusste ich auch nicht. Stattdessen blieb ich lieber bei den Fakten. »Wollte sie Emma denn nicht mitnehmen?«

»Das war eigentlich Giulias Plan. Sie wollte sich in Berlin einleben und Emma später nachholen. Das war vor zweieinhalb Jahren.«

Okay, das war in der Tat schon ein Weilchen her. Damit konnte man Ole wohl tatsächlich als alleinerziehenden Vater bezeichnen.

Er fuhr sich in einer frustrierten Geste über die Wangen, auf denen sich heute der Schatten eines Dreitagebartes abzeichnete. Ein primitiver weiblicher Urinstinkt in mir fand das äußerst ansprechend und männlich. Wirklich schade, dass ich mir gestern Abend meinen Kusstest verkniffen hatte, dann wüsste ich jetzt nämlich, ob Oles Lippen tatsächlich so weich und verführerisch waren, wie sie aussahen. Ups, wo kam denn dieser Gedanke plötzlich her?

»Im Grunde bin ich darüber ganz froh«, fügte Ole hinzu und lächelte liebevoll. »Ich würde meine Tochter schrecklich vermissen, und wahrscheinlich würde ich wegen ihr jedes Wochenende nach Berlin pendeln. So gesehen muss ich Giulia dankbar sein.«

Er sah mich an, und der gefühlvolle Ausdruck in seinen Augen raubte mir für einen Moment den Atem. Ole legte mir die Hand auf den Rücken, und die Wärme seiner Fingerspitzen drang durch mein T-Shirt. Seine leichte Berührung fuhr wie ein elektrischer Schlag durch meinen Körper, und erneut hielt ich reflexartig die Luft an. Es war wirklich peinlich, wenn man nicht mehr Herr über seine körperlichen Reaktionen war! Ich war so darauf konzentriert, mir nichts von all dem anmerken zu lassen, dass mir gar nicht auffiel, wie Ole mich zurück zum Eingang der Segelschule dirigierte. Moment mal, da wollte ich doch gar nicht hin! Verdammt, damit war mein schöner Plan, mich in das Bistro zu flüchten und den Unterricht zu schwänzen, wohl dahin.

Im Flur blieb Ole noch einmal stehen und sah mich mit einer Mischung aus Verlegenheit und Dankbarkeit an. »Es hat gutgetan, sich einmal alles von der Seele zu reden. Danke, dass du mir zugehört hast!«

»Das … das habe ich doch gerne gemacht«, stammelte ich. Er wusste schließlich nicht, dass ich während unseres Gesprächs über seine verführerischen Lippen nachgedacht hatte und allein schon von seinen flüchtigen Berührungen Schnappatmung bekam. Hastig wich ich seinem Blick aus und starrte auf ein hölzernes Fischerboot hinter ihm an der Wand, an dessen Haken offenbar die Schlüssel für Oles Schiffe hingen. Jedenfalls ließen die Anhänger ›Jolle101‹ und ›Seeadler‹ darauf schließen.

»Vielleicht fragst du deine Tochter, was sie für das Treffen mit ihrer Mutter geplant hatte«, schlug ich vor, »und holst es dann mit ihr am Wochenende nach. Das ist vielleicht nicht das große Highlight, das sie sich gewünscht hat, aber immerhin ein schöner Ersatz.«

»Das ist eine gute Idee.« Seine blauen Augen waren direkt auf mich gerichtet. »Darf ich dir auch einen Rat geben, Sophie?«

Ich erwiderte seinen Blick und hielt unwillkürlich die Luft an. Schon wieder. »Ja?«, hauchte ich.

»Zieh bitte diese hässliche Sonnenbrille aus!«

Ich stieß die Luft lautlos aus. Okay, so viel zur romantischen Stimmung. Aber die hatte ich mir wahrscheinlich ohnehin nur eingebildet.

»Ein hübsches Gesicht wie deines sollte man nicht hinter einer monströsen Sonnenbrille verstecken«, fügte er hinzu.

Was? Ich sah ihn völlig perplex an. War das etwa ein Kompliment? Ich hatte schon so lange keines mehr bekommen, dass ich mich nicht mehr daran erinnern konnte, wie man nonchalant darauf reagierte. Von einer Sekunde auf die andere rot anzulaufen gehörte bestimmt nicht dazu.

12. Kapitel

An diesem Abend saß ich bei Plümers in der Wohnstube, und Leonie blickte mich mit fassungsloser Miene an. »Du weißt ja überhaupt nix.«

Jutta, die gerade hereinkam, runzelte die Stirn. »Leonie, sei nicht so unhöflich!«

»Schon gut, sie hat absolut recht«, wiegelte ich den drohenden Streit ab. »Ich habe bisher viel zu wenig gelernt.«

»So schaffst du den Schein garantiert nicht«, prophezeite Leonie und hielt mir ihre Zeichnung unter die Nase. Das Blatt Papier zierte ein Segelboot, in dem ein Strichmännchen mit einem übergroßen Busen und Sturmfrisur saß. Diese Details lenkten mich leider zusätzlich ab, denn ich fragte mich, zu welchen körperlichen Attributen Leonie wohl bei einem männlichen Strichmännchen gegriffen hätte.

»Also noch mal«, sagte sie in genervtem Tonfall. »Das bist du in der Jolle, und der Wind kommt von hier. Wie müssen die Segel dann stehen?«

»Äh … Ganz senkrecht?«

»Dann killen die Segel. In diesem Fall musst du kreuzen!«

Jetzt, wo sie es sagte, fiel mir auch wieder ein, dass wir das schon im Unterricht gehabt hatten. »Aber du musst den Riesenbusen bedenken!«, verteidigte ich mich und deutete auf das Strichmännchen. »An dem prallt der Wind nämlich ab und wird im genau richtigen Winkel auf das Großsegel gelenkt.«

Leonie ließ seufzend das Blatt sinken. »Und ihr habt morgen wirklich schon eure erste Praxisstunde?«

Ich nickte unglücklich. »Bestimmt werde ich das Boot im Breeger Bodden versenken.«

Mein Kommentar entlockte Leonie ein weiteres Stöhnen. »Eine Jolle geht normalerweise nicht unter, man kentert höchstens. In diesem Fall stellst du dich auf das Schwert, und das Boot richtet sich wieder auf. Bei einer kleinen Jolle reicht das Gewicht einer Person, zur Not brauchst du Hilfe. Bist du dann wieder an Bord, öffnest du die Lenzöffnungen im Heck, und das Wasser fließt von allein ab – genau wie beim Stöpsel in der Badewanne. Die Lenzklappen sorgen bei der Fahrt dafür, dass das Wasser, das hereinschwappt, auch wieder abläuft.«

Ich war ehrlich beeindruckt. Jutta hatte nicht übertrieben, was die Fähigkeiten ihrer Tochter anbelangte. Ich musste Leonie unbedingt als Zweitlehrerin gewinnen, um mich auf die Prüfung vorzubereiten! Bei ihr wurde ich wenigstens nicht durch peinliche Tagträume vom Lehrstoff abgelenkt und musste auch meinen Bauch nicht dauernd einziehen.

»Ich werde die Grundlagen noch einmal durcharbeiten und fleißig lernen«, gelobte ich feierlich. »Könntest du mich dann noch einmal abfragen?«

Leonie wirkte wenig begeistert. Ich musste wohl in die Charmeoffensive gehen. »Du weißt unglaublich viel übers Segeln, und man merkt gleich, dass du ein Profi bist. Doch dabei wirfst du nicht mit Fachausdrücken um dich, sondern erklärst die Sachen so, dass selbst ich sie verstehen kann.« Ich zog eine unglückliche Grimasse. »Heute Mittag hat Ole zum Beispiel von einem Dirk gesprochen, und seine ganze Informationsflut ist an mir abgeprallt, weil ich mich dauernd nur gefragt habe, von welchem Dirk er redet. Ich kenne schließlich überhaupt keinen Dirk.«

Leonie und Jutta prusteten los vor Lachen. Kein Wunder, denn wie ich mittlerweile herausgefunden hatte, war ›die Dirk‹

die Leine, die den Baum horizontal hielt, wenn das Segel nicht gesetzt war.

»Wenn ich den Segelschein schaffe, dann bestimmt nur mit deiner Hilfe!«, setzte ich flehentlich hinzu.

Leonies Wangen nahmen einen zarten Rotton an, und zum ersten Mal seit unserem Kennenlernen zeichnete sich ein freundliches Lächeln auf ihrem Gesicht ab. Erst jetzt fiel mir auf, dass sie sogar ein ausgesprochen hübsches Mädchen war – wenn sie nicht diese abweisende Miene aufgesetzt hatte, um cool zu wirken.

»Also gut, ich helfe dir«, sagte sie zu meiner Erleichterung. »Vielleicht legen wir auch eine Praxisstunde auf meiner ›Viktoria‹ ein. Zwar muss man das Grundlagenwissen beherrschen, aber meiner Meinung nach lernt man Segeln auf dem Wasser und nicht, indem man seine Nase in ein Buch steckt.«

»Siehst du, genau das meine ich!«, jubelte ich. »Du bist eine super Lehrerin, Leonie.«

Jutta warf ihrer Tochter einen stolzen Blick zu. »Ich wusste schon immer, was für ein tolles Mädchen in dir steckt. Du solltest offener zu den Leuten sein und dich nicht immer hinter dieser ruppigen, unhöflichen Art verstecken!«

Ich stöhnte innerlich auf. Diesen mütterlichen Besserwisser-Spruch hätte sich Jutta besser verkniffen! Prompt verschwand das Lächeln aus Leonies Gesicht.

»Hast du dir mal überlegt, ob diese ruppige und unhöfliche Art vielleicht mein wahres Ich ist?«, gab sie patzig zurück. »Ich verhalte mich so, wie es mir passt!«

Sie pfefferte die Zeichnung auf den Tisch und marschierte aus dem Zimmer. Jutta sah ihr unglücklich hinterher. »Schiet, ich Döspaddel! Manchmal redet mein Mund wie von allein, und das Denken erledige ich erst nachträglich.«

»Sie regt sich schon wieder ab!«, beruhigte ich sie und musterte sie neugierig. »Weshalb hast du dich eigentlich so schick gemacht?«

»Gefällt es dir?« Jutta strich ihren schwingenden knielangen Sommerrock zurecht. »Ich habe dir doch erzählt, dass ich mir ein Mal pro Woche einen freien Abend nehme, und das ist heute.«

»Das hellblaue Oberteil steht dir wirklich gut.«

»Vielen Dank!« Sie blickte mich unsicher an. »Eigentlich wollte ich dich fragen, ob du mitkommen möchtest, aber natürlich will ich dich nicht vom Lernen abhalten.«

Jutta hatte mich sofort am Haken. »Was hast du denn vor? Wir könnten ins Kino gehen. Oder wir machen in Sellin einen kleinen Bummel über die Strandpromenade zur Seebrücke? Bei einem Cocktailabend muss ich allerdings passen. Ich habe gerade erst aufgehört, den Alkohol von gestern Abend auszudünsten.«

»Nein, keine Sorge! Heute Abend gibt's nur Yogi-Tee. Ich habe schon Pläne, aber die sind nicht wirklich spannend.« Sie hielt kurz inne und ergänzte grinsend: »Obwohl es für einen Außenstehenden dort wahrscheinlich recht skurril und fremdartig zugeht.«

Ich richtete mich interessiert auf. »Skurril und fremdartig? Auf Rügen? Jetzt hast du mich neugierig gemacht.«

»Es ist ein Treffen unserer UGLY-Frauengruppe«, erklärte Jutta. »Sie wurde von Gertrud Peters gegründet, um den Zusammenhalt unter den Rügener Frauen zu stärken. Seit Gertrud allerdings vor einem Jahr in Indien bei einem Guru war, nennt sie sich ›Shanti‹ und fühlt sich berufen, unseren Seelen zu einer kosmischen Weiterentwicklung zu verhelfen. Davon lassen wir anderen uns jedoch nicht beirren – wir treffen uns weiterhin bei ›Shanti‹, sitzen zusammen, klönen und ziehen über unsere Männer her.«

Eine durchgeknallte Einheimische, Yogi-Tee und eine lockere Frauenrunde – das würde bestimmt lustig werden.

»Und? Kommst du mit?«, fragte Jutta.

Ich sah von ihr zu den Segelunterlagen, die ich mitgebracht hatte, und dann wieder zu Jutta, die mich mit erwartungsvoller Miene anblickte. Ach, verdammt!

»Selbstverständlich«, verkündete ich.

Es war mir schleierhaft, wie ich mit so einer miserablen Lerneinstellung überhaupt die Schule geschafft hatte.

Gertrud Peters' Haus lag am Jasmunder Bodden, und wir machten uns zu Fuß auf den Weg. Nach etwa 10 Minuten erreichten wir das Gewässer und liefen auf einem ausgetretenen Trampelpfad am Ufer entlang. Ein altes Holzboot, dessen blaue Farbe abgeblättert war, lag an einem kleinen Anlegesteg und schaukelte auf den Wellen, während das Schilfgras sich sanft im lauen Abendwind wiegte. Der Jasmunder Bodden war größer, als ich erwartet hatte – das andere Ufer war von hier aus lediglich ein einheitlicher dunkler Waldsaum.

»Das ist Shantis Kate!« Jutta verlagerte den mitgebrachten Salat auf einen Arm und deutete mit dem anderen auf ein längliches, weißgetünchtes Haus mit dunklem Reetdach, romantischen Gauben und blühenden Rosenbüschen. Es lag etwas erhöht, wurde eingerahmt von alten Laubbäumen und war der Inbegriff meines ganz persönlichen Traumhauses.

Ich seufzte sehnsüchtig auf. »Bedeutet Kate nicht Hütte? Das ist wohl die Untertreibung des Jahres.«

»Ja, es ist eher eine Nobel-Kate«, sagte Jutta mit einem zustimmenden Nicken. »Gertruds Mann ist vor zehn Jahren gestorben, und er hat ihr einen ordentlichen Batzen Geld hinterlassen. Zum Glück scheint sich das Vermögen nicht negativ auf ihre spirituellen Schwingungen auszuwirken.«

»Ihre Ehe scheint wenigstens zu etwas gut gewesen zu sein«, entfuhr es mir bitter.

»Oh, der Spruch würde Gertrud gefallen!« Jutta öffnete schmunzelnd das Gartentor. »Den hättest du dir für nachher aufheben sollen, wenn sie einen ihrer obligatorischen Vorträge über die ›befreite Frau‹ hält.«

Schon von Weitem hörten wir das Gelächter und Geplapper aus dem hinteren Teil des Gartens. Ganz stilecht hing eine Messingglocke neben der Eingangstür, und Jutta bimmelte Sturm. Schon nach einem kurzen Augenblick öffnete uns eine ältere Frau, und ich wäre sofort jede Wette eingegangen, dass es sich bei ihr um Shanti handelte. Sie war ungeschminkt, um die sechzig, und ihre struppigen graumelierten Haare hatten wohl seit Längerem keine Haarkur mehr gesehen. Am auffälligsten an ihrer Erscheinung war jedoch ihr unförmiger brauner Kaftan, der aussah, als sei er aus Mehlsäcken zusammengenäht worden. Oh ja, Jutta hatte nicht übertrieben: skurril und fremdartig!

»Willkommen, ihr Lieben!«, begrüßte sie uns in einem melodiösen Singsang und kam mit ausgebreiteten Armen auf uns zu. Dabei gaben ihre Jesuslatschen auf dem Marmorboden klatschende Laute von sich. Für jeden von uns gab es eine herzliche Umarmung und ein Küsschen auf die Stirn beziehungsweise das dritte Auge.

»Eine neue Seele gesellt sich zu uns«, stellte Shanti-Gertrud mit einem begeisterten Blick auf mich fest. »Jutta, weshalb hast du mich denn nicht vorgewarnt? Jetzt habe ich gar nichts für den Einführungsritus vorbereitet.«

Jutta verdrehte hinter Gertruds Rücken die Augen. »Sophie hat sich spontan entschieden mitzukommen. Sie ist Gast bei uns in der Pension und passt bestimmt hervorragend in unsere Runde. Können wir auf den Einführungsritus nicht ausnahmsweise verzichten?«

Gertrud stemmte die Hände in die Taille und schnappte empört nach Luft. »Wo denkst du hin? Ohne den Ritus wären wir lediglich ein stinknormaler Weiberabend – nur ein paar Frauen, die sich ein Mal pro Woche treffen, Yogi-Tee trinken und miteinander klönen. Nein, bevor Sophie sich uns anschließt, muss sie wissen, was das spirituelle Fundament unserer UGLY-Frauengruppe ist.«

Sie musterte mich einige Sekunden lang schweigend, und mir wurde etwas unwohl in meiner Haut. Hätte ich von dem drohenden Einführungsritus gewusst, hätte ich mir offen gestanden zwei Mal überlegt, ob ich Jutta begleite. Was ich jetzt wohl für kosmische Yogi-Aufgaben absolvieren musste?

Shanti-Gertrud schloss die Augen, hob die Hände und zeichnete mit einer Handbreit Abstand meine Konturen nach. »Ich sehe, deine Aura ist gut – du bist ein warmherziger und aufgeschlossener Mensch, der das Leben liebt«, sagte sie mit geheimnisvoller Stimme. »Doch deine Aura ist auch von den dunklen Wolken des Aufruhrs durchzogen: Du durchlebst eine Zeit des Umbruchs und der Neuorientierung. Dein Herz hat zum ersten Mal seit langer Zeit deinen Verstand zum Schweigen gebracht, denn es ...«

Sie zog blitzartig ihre Hand zurück, riss die Augen auf und betrachtete mich voller Mitgefühl. »Es ist so einsam, dass es selbst mir einen Stich versetzt.« Sie stieß einen erstickten Schluchzer aus und umarmte mich gleich noch einmal.

Von dem theatralischen Gehabe einmal abgesehen, musste ich zugeben, dass ich beeindruckt war. Zwar stand ich dem ›Aura-Lesen‹ skeptisch gegenüber, aber eins war offensichtlich: Gertrud besaß eine wahnsinnig gute Menschenkenntnis, und ihre Analyse traf erschreckend genau zu. Meine Neugier war geweckt.

»Ich sollte lernen, spontaner zu sein«, verkündete Gertrud. »Wir improvisieren einfach und führen den Einführungsritus ohne Vorbereitung durch. Oh, das wird ein Spaß!« Sie schnappte sich meine Hand und zog mich ins Haus.

»Ach, Gertrud«, stöhnte Jutta. »Lass es doch gut sein! Wir wollen nur einen schönen Abend haben.«

Die Hausherrin reagierte überhaupt nicht auf ihren Einwand.

»Bring den veganen Kichererbsensalat bitte schon mal in die Küche!«, rief sie ihr stattdessen über die Schulter zu.

Jutta seufzte erneut auf. »Ist gut, mach ich. Du wirst überrascht sein, wie lecker der ist!«

Ich konnte mir ein Grinsen nicht verkneifen, denn ich wusste, dass ihr Salat nur zu geringen Teilen aus Kichererbsen bestand – der Rest waren Nudeln, Schinken, Erbsen und viel Mayonnaise.

Gertrud lotste mich quer durchs Wohnzimmer, das überwiegend in weißen, goldenen und beigefarbenen Tönen gehalten war. Die hochwertigen Rattanmöbel wirkten gemütlich, und selbst der Altar, auf dem eine große Buddhastatue thronte, fügte sich perfekt ins Bild. Am meisten fasziniert war ich jedoch von dem Ausblick, denn die Fenster zeigten direkt auf den Jasmunder Bodden. Wie schön wäre es, im Winter hier am Kamin zu sitzen, auf das Wasser zu schauen und seine Gedanken treiben zu lassen.

Gertrud ließ mir jedoch keine Zeit, ihr Haus zu bewundern, denn nun wurde ich in ein Nebenzimmer gezogen, das wie ein professionelles Yoga-Studio aussah. Himmel, sollte ich jetzt etwa eine Sportprüfung absolvieren? Den ›Baum‹ würde ich vielleicht noch schaffen, aber beim Versuch, einen Kopfstand zu machen, würde ich mir wahrscheinlich den Nacken stauchen.

Vorausgesetzt ich konnte meine Beine überhaupt dazu überreden, sich in solch luftige Höhen zu schwingen. Ich nahm meinen unteren Extremitäten diesen schwerkraftbedingten Widerstand nicht übel. Es war für sie auratechnisch bestimmt schwer zu verkraften, von einer Sekunde auf die andere plötzlich das obere Ende von 1,68 Meter zu sein. Ich würde Gertrud einfach sagen, dass meine Beine Höhenangst hatten und ich deswegen beim Kopfstand leider passen müsste!

»Keine Sorge, wir machen jetzt kein Yoga«, beruhigte mich Gertrud, der meine sorgenvolle Miene aufgefallen sein musste. »Heute kümmern wir uns um deine seelische Weiterentwicklung.«

Wir erreichten den hinteren Bereich des Raums, der durch eine Trennwand abgeteilt war. Dahinter kam eine Art Nähzimmer zum Vorschein. Überall stapelten sich Stoffreste und Kleiderkisten, und eine in die Jahre gekommene Schneiderpuppe trug einen großen, mit Taschentüchern ausgestopften Büstenhalter. Vermutlich die Größe von Gertruds Vorbau, schätzte ich.

»Als Erstes müssen wir dir die passende Kleidung verpassen!« Zielstrebig lief sie zu einer wuchtigen Kiste und begann, darin herumzuwühlen.

Ich sah an mir herab, doch ich konnte an meiner cremefarbenen Caprihose und der enggeschnittenen schwarzen Sommerbluse nichts Falsches finden. »Was ist denn mit meinen Klamotten nicht in Ordnung?«

»Die sehen viel zu gut aus.«

Ich konnte an ihrem Tonfall erkennen, dass dies nicht als Kompliment gemeint war. Mir schwante Übles.

»Irgendwo habe ich noch einen Kaftan, der mir zu eng ist«, murmelte sie. »Wo steckt der nur?«

Ich hatte es geahnt: Sie wollte mir auch so ein Mehlsack-

Kleid verpassen. Hoffentlich gab es in Shanti-Gertruds Garten ein Handyverbot. Ansonsten konnte Jutta mich morgen mit den Fotos dieses Abends erpressen.

»So ein Mehlsack kann zu eng sein?«, entfuhr es mir erstaunt.

»Mein Busen hat sich zu vorteilhaft darunter abgezeichnet«, erklärte sie.

Zu vorteilhaft? Ich versuchte, den Sinn hinter dieser Aussage zu ergründen. Äh ... nein, keine Chance, ich kapierte es nicht.

»Da! Ich hab ihn gefunden«, jubelte sie und zog einen Kaftan hervor, der mit ihrem eigenen Exemplar identisch war.

Sie befahl mir, ihn anzuziehen – unter der strikten Auflage, nur meine Unterwäsche anzubehalten. Während ich mich umzog, holte sie Abschminktücher, damit ich mein Make-up entfernen konnte.

»Das Ding kratzt extrem«, beschwerte ich mich, nachdem ich all ihren Anweisungen nachgekommen war.

»Das soll so sein«, sagte Gertrud zufrieden. »Durch das unangenehme Gefühl bist du völlig im Hier und Jetzt. Das ist eine Achtsamkeitsübung, mit der du deinen Fokus wieder auf deinen Körper und seine Bedürfnisse richtest. Wir sind alle viel zu sehr Kopfmenschen geworden.«

Ich fragte mich, weshalb es gerade bei unangenehmen Gefühlen so einfach war, im Hier und Jetzt zu leben. Wenn ich zum Beispiel auf dem Behandlungsstuhl meines Zahnarztes lag und er in der Nähe eines Nervs herumbohrte, hatte ich überhaupt keine Probleme damit, den Augenblick mit all meinen Sinnen zu erleben.

»Der Kaftan ist ein Geschenk, den jede Novizin mit nach Hause nehmen darf.« Gertrud deutete auf die alte Nähmaschine. »Ich habe ihn übrigens selbst zusammengenäht.«

»Danke! Den werde ich daheim bestimmt des Öfteren ...« Ich stockte, denn diese Lüge war mir für mein Karma dann doch zu heftig. »... ab und an, von Zeit zu Zeit mal tragen.«

Dieser permanente Juckreiz machte mich jetzt schon wahnsinnig. Ich kratzte mich leidenschaftlich am Hals, gleich darauf am Rücken und dann am linken Arm. Diese Achtsamkeitsübung klappte wirklich ganz hervorragend. »Bereit? Dann fangen wir jetzt mal an!« Gertrud rieb sich schon voller Vorfreude die Hände.

Sie stellte sich selbstbewusst vor mir auf und brüllte mich voller Inbrunst an: »Ich bin hässlich!«

Was sollte das denn jetzt? Ich blickte Shanti-Gertrud völlig verdattert an.

»Nun ja, *so* extrem würde ich das jetzt nicht sagen«, antwortete ich zaghaft. »Ohne diesen Kaftan und mit einer guten Haarkur würdest du ...«

»Ich bin hässlich«, wiederholte sie lautstark und breitete dabei glückselig die Arme aus. »Damit befreie ich mich, verstehst du? Ich befreie mich mit einem Schlag von diesen einzwängenden Schönheitsidealen, die mich unter Druck setzen und meine Aufmerksamkeit ständig auf meine vermeintlichen Fehler lenken: Eine Frau darf keine Falten haben, keine Cellulite, ihr Po darf nicht hängen, und sie muss immer topgestylt sein!«

Klar, welche Frau kannte das nicht? Jedes Mal, wenn man kritisch an sich herabsah, sah man eine Baustelle nach der anderen.

»Doch ich lasse mein zerstörtes Selbstwertgefühl und all die Selbstzweifel hinter mir«, sagte Gertrud eindringlich. »Ich nehme mich an, genau so wie ich bin. Ich bin hässlich.«

Sie packte mich an den Armen und sah mir fest in die Augen. »So wie du jetzt und hier vor mir stehst, Sophie, bist du nämlich perfekt. Ganz egal, ob hübsch oder hässlich. Das bist du – und das ist ein Geschenk, das du nicht schlechtmachen, sondern wertschätzen solltest.«

So langsam verstand ich das Konzept der UGLY-Frauengruppe. Umgekehrte Psychologie. Wer hässlich war, brauchte sich nicht um oberflächliche Schönheitsideale zu kümmern. Und konnte sich deshalb schön fühlen.

Tja, zumindest Punkt eins bekam ich mit Sicherheit hin. Ich kratzte mich verstohlen am Hintern. Wenn ich diesen Kaftan noch lange tragen musste, würde meine Haut bestimmt feuerrot werden, und Ole konnte mich morgen im Breeger Bodden zur Fahrwassermarkierung als rote Tonne im Wasser aussetzen.

»Äh«, sagte ich, weil Gertrud offensichtlich auf eine Reaktion wartete.

»Äh … ich soll Frieden mit meinem Körper schließen und glücklich sein, so wie er ist.«

»Du sollst nicht nur, du wirst auch«, prophezeite Shanti-Gertrud. »Los, sag es!«

»Ich soll nicht nur, ich werde auch?«, wiederholte ich irritiert.

»Nein, du sollst unser Mantra sagen!«, befahl sie.

Ich stöhnte innerlich auf. Mir blieb aber auch gar nichts erspart.

»Ich bin hässlich«, verkündete ich wenig enthusiastisch.

»Genau«, jubelte meine spirituelle Lehrerin. »Und jetzt lauter!«

Von draußen aus dem Garten hörte ich fröhliches Gelächter. Oh Mann, das war wirklich die schwerste Hürde, die ich je für einen Frauenabend auf mich nehmen musste.

13. Kapitel

Gertrud hatte in ihrem Garten bunte Lampions aufgehängt, die sich wie kleine, farbige Monde von der Dunkelheit abhoben und ein warmes Licht verbreiteten. Ich schlürfte zufrieden meinen aromatischen Yogi-Tee, der lecker nach Zimt und Blütenhonig schmeckte. Den Kaftan hatte ich endlich ausziehen dürfen, nachdem ich Gertrud die roten Pusteln auf meinem Körper gezeigt hatte. Offensichtlich reagierte meine Haut allergisch auf grobe Naturfasern. Unfassbar, wie glücklich man über die simple Tatsache sein konnte, wieder seine eigene, nicht kratzende Kleidung tragen zu dürfen.

Nun saß ich auf der Hollywoodschaukel zwischen Jutta und ihrer fünf Jahre jüngeren Schwester Ariane, die sich gerade darüber beschwerte, dass sich ihr Freund, seit sie zusammengezogen waren, zu einem grässlichen Stubenhocker entwickelt hatte und kaum noch aus dem Haus zu bekommen sei.

»Das ist typisch!«, meinte Trudi, die mit über achtzig Jahren die älteste Teilnehmerin der Runde war und schon seit ihrer Geburt auf Rügen lebte. »Frauen sind von Abenteuerlust beseelt, Männer vom Fernsehprogramm.«

Trudis Gesicht war so faltig wie eine Walnussschale, und sie hörte auch nicht mehr besonders gut, behauptete aber, das läge nur an der rosa Watte, die sie sich als Schutz gegen den ständigen Wind in ihre empfindlichen Ohren stopfte. Deswegen redeten ihr zuliebe alle etwas lauter, auch weil Trudi einem ansonsten immer wieder ins Wort fiel und brüllte: »Was hast du gesagt?«.

»Kinder, habe ich euch schon erzählt, dass ich mich auf meine alten Tage selbstständig machen will?«, wechselte sie nun das Thema und drehte versonnen an einem Wattefetzen, der aus ihrem rechten Ohr hing. »Ich werde nämlich Erfinderin. Und meine erste Erfindung sind schwarze Klobürsten. Mir ist es ein Rätsel, weshalb die immer weiß sind. Letztens habe ich nämlich das Klo geputzt, und nachdem ich unter dem Rand geschrubbt habe, hing der weiße Paddel voll mit …«

»Trudi!«, rief Jutta empört. »So was will ich echt nicht hören! Was soll denn Sophie von uns denken?«

Ich dachte mir überhaupt nichts, denn so ganz ohne Juckreiz war ich eins mit der Welt und ruhte vollkommen in mir. »Also ich würde so eine schwarze Klobürste sofort kaufen«, versprach ich Trudi, die zufrieden nickte.

»Siehst du, Jutta!«, sagte sie. »Wir sind alle nur Menschen, und jeder von uns schlägt sich mehr oder weniger mit denselben Problemen herum.«

Der Rest des Einführungsrituals war erfreulicherweise überhaupt nicht mehr schlimm gewesen. Gertrud hatte mir sogar ein wenig über ihre Ehe und ihre Zeit in Indien erzählt, was sehr interessant gewesen war. Sie hatte mir anvertraut, dass sie früher eine dieser neureichen Schickimicki-Tanten gewesen war und während ihrer ganzen Ehe immer eine halbe Stunde vor ihrem Mann aufgestanden war, damit er sie nicht ungeschminkt zu Gesicht bekam. Sein Tod hätte sie zwar schwer getroffen, aber gleichzeitig hatte sie sich auch ein wenig erlöst gefühlt, denn plötzlich musste sie niemandem mehr gefallen und konnte endlich sie selbst sein.

»Trudi, dann erfinde doch auch mal etwas, das eigensüchtige Biester in nettere Menschen verwandelt«, schlug Christina vor, die von den anderen nur Nane genannt wurde und die Runde komplett machte.

Sie war etwas älter als Gertrud, schien aber im Gegensatz zu ihr nicht viel von diesem Aura-Hokuspokus zu halten. »Heute habe ich mich so aufgeregt, dass ich fast geplatzt wäre. Mein Blutdruck war vermutlich hoch genug dafür.«

Shanti-Gertrud legte ihr mitfühlend die Hand auf den Arm. »Lass mich raten: Deine Fast-Schwiegertochter hat sich mal wieder selbstsüchtig und rücksichtslos verhalten?«

Bestimmt saß meine eigene Schwiegermutter gerade irgendwo in einem Garten in Süddeutschland und beschwerte sich in ähnlicher Weise über mich. Am besten hielt ich bei diesem Thema die Klappe.

Nane nickte mit betrübter Miene. »Sie hat schon wieder kurzfristig ihren Besuch abgesagt. Du kannst dir nicht vorstellen, wie enttäuscht Emma ist. Es zerreißt mir das Herz.«

Emma? Ein abgesagter Besuch ihrer Mutter? Um ein Haar hätte ich mich an meinem Yogi-Tee verschluckt. Christina war doch nicht etwa Oles Mutter?

Ich sah sie mir noch einmal genauer an. Ihre weißen Haare hatte sie zu einem gepflegten Kurzhaarschnitt schneiden lassen, außer einem rötlichen Lippenstift trug sie kein Make-up, und ihr Kleidungsstil ähnelte mit der beigefarbenen Stoffhose und der ärmellosen Bluse meinem eigenen: elegant, aber praktisch. Doch sie hatte eindeutig dieselben strahlend blauen Augen wie Ole. Wieso war mir das nicht schon früher aufgefallen? Jutta hätte mich ruhig vorwarnen können, dass ich auf die Mutter meines Segellehrers treffen würde.

Trudi runzelte nachdenklich die Stirn, und ihre Falten schienen sich zu verdreifachen. »Fahr doch einfach zu ihr nach Berlin und bring sie um, Nane!«, schlug sie vor.

»Dann wäre wenigstens Ruhe!« Nane schnaubte. »Allerdings möchte ich wegen Giulia auf meine alten Tage nicht ins Gefängnis wandern.«

Gertrud blickte Trudi entrüstet an. »Bring Nane doch nicht auf dumme Gedanken! Ein Mord wäre ganz schlecht für ihr Karma. Dann würde sie bestimmt als Kakerlake wiedergeboren werden. Oder als Mann.«

»Man müsste es natürlich aussehen lassen wie einen Unfall«, sinnierte Trudi unbeeindruckt weiter. »Man könnte Giulia vergiften, ihre Leiche vor einem ihrer Bilder platzieren und dann behaupten, dass die Abscheulichkeit ihrer Kunst sie umgebracht hat. Das würde sofort jeder glauben.«

Alle lachten – selbst Jutta, die herzensgute Seele.

»Sind ihre Bilder denn so schlimm?«, fragte ich neugierig. Ole hatte ja angedeutet, dass Giulias Werke hier in der Region nicht sonderlich gut angekommen waren.

»Wer ein Kenner und Liebhaber abstrakter Kunst ist, wird es wohl mögen«, räumte Juttas Schwester Ariane versöhnlich ein.

»Oder wer eckige Brüste mag«, murmelte Gertrud.

»Erinnert ihr euch noch an den zwei Meter hohen Obelisken, der vor Giulias Laden stand und aussah wie ein ... wie ein ...« Ariane suchte nach einem unverfänglichen Wort und lief dabei rot an.

»Schniedelwutz«, half Trudi.

»Ich glaube, das sollte auch einer sein«, knurrte Nane. »Ein scheußliches Ding, daran hat selbst die bunte Farbe nichts geändert.«

Okay, eine Frage noch, dann würde ich mich wirklich raushalten. »Bist du denn früher besser mit der Ehefrau deines Sohnes ausgekommen?«

»Zum Glück waren die beiden nie verheiratet«, korrigierte mich Nane mit erhobenem Zeigefinger. »Das war Giulia nämlich zu spießig. Aber nein, wir lagen nie auf einer Wellenlänge. Ich gebe zu, dass ich nicht traurig über ihren Umzug war.

Leider Gottes geht es in dieser Angelegenheit nicht nur um mich.« Sie stieß einen tiefen Seufzer aus. »Meine Enkeltochter vermisst ihre Mutter sehr, und meinem Ole hat Giulia das Herz gebrochen. Seit die Beziehung in die Brüche gegangen ist, hat er keine Frau mehr angeguckt.«

»Und dabei strengt die arme Meike sich nach Kräften an, seine Aufmerksamkeit zu erregen«, fügte Trudi in spitzem Tonfall hinzu.

Oh ja, das konnte ich bestätigen! Meike gab sich wirklich große Mühe. Bei ihrem Kleidungsstil hätte sie ohne Weiteres die einleitenden Szenen für einen Softporno drehen können.

»Meine Güte, da war mir ja noch Giulia lieber«, räumte Christina unwillig ein. »Aber nach dieser Enttäuschung scheint mein Sohn den Frauen ein für alle Mal abgeschworen zu haben. Dabei wäre es auch für Emma gut, wenn er eine neue und stabile Beziehung hätte.«

Gertrud tätschelte aufmunternd ihren Arm. »Das wird schon alles werden, Nane. Mach dir nicht so viele Sorgen! Das Universum wird ihm schon zur richtigen Zeit die richtige Frau schicken. Jeder von uns wird auf den Weg geführt, der ihm vorbestimmt ist, und erst die schlechten Zeiten lassen uns das Gute erkennen.«

Reflexartig blickte ich zum sternenübersäten Nachthimmel und fragte mich, was sich das Universum wohl für mich ausgedacht hatte. Ich wusste nicht, ob mich Gertruds Lebensphilosophie eher mit Vertrauen oder mit Sorge erfüllen sollte.

»Du hast recht!« Christina lächelte Gertrud dankbar an. »Ich wünschte nur, unsere Emma müsste wegen ihrer Mutter nicht so viel durchmachen. Die Kleine hat doch schon genug Leid ertragen müssen, das reicht eigentlich für ein ganzes Leben.«

Ich hätte zwar gern gewusst, was sie mit ihrer letzten Bemerkung gemeint hatte, beschloss aber, es dabei zu belassen. Oles Mutter war schon niedergeschlagen genug, und Emmas Probleme gingen mich nun wirklich nichts an.

»Wisst ihr, was mir letztens passiert ist?«, fragte Trudi in die Stille hinein und grinste verschmitzt. »Ihr kennt doch den Enno vom Köster-Hof draußen, oder? Dieser alte Schwerenöter hat mir letztens hinterhergepfiffen.«

»Respekt, Trudi!«, sagte Jutta anerkennend.

Gertrud zog skeptisch eine Augenbraue in die Höhe. »Bist du sicher? Der Enno ist mindestens zehn Jahre jünger als du, und seine Frau ist erst Mitte sechzig. Du könntest auch nur einen Tinnitus im Ohr gehabt haben.«

»Bei so etwas täusche ich mich nicht«, gab Trudi eingeschnappt zurück. »Außerdem hatte ich meine gute Kittelschürze an. Mit der habe ich ein Eins-a-Fahrgestell.«

Um mein Grinsen zu verbergen, hielt ich mir die Hand vor den Mund, doch schon nach wenigen Sekunden prusteten wir alle los – selbst Trudi.

Wir genossen den lauen Sommerabend und futterten uns durch das kalte Buffet, das überraschend lecker war. Wie sich nämlich herausstellte, war nichts von dem, was die anderen mitgebracht hatten, vegan. Das kam wohl öfter vor, denn Gertrud murmelte beim Anblick ihres fast leeren Tellers nur: »Immer das Gleiche!«

Ich fühlte mich in der Runde richtig wohl, und alle gaben mir das Gefühl, ein willkommener Teil der Gemeinschaft zu sein. Als ich meine aktuelle Trennungskrise zum Besten gab, hörten sie mir aufmerksam zu und gaben mir Tipps. Sogar Oles Mutter zeigte sich solidarisch, was mich aus irgendeinem Grund besonders freute.

»Also hatte ich tatsächlich recht«, sagte ich, als ich abschließend von dem heutigen Telefonat berichtete. »Felix hat mir im

Laufe unserer Ehe so einiges verheimlicht. Das fing damit an, dass er den Sportbootführerschein damals allein zur Klientengewinnung mitgemacht hat, und endet darin, dass ich ihm mittlerweile total auf die Nerven gehe und er mich im Grunde überhaupt nicht mehr leiden kann.«

»Das ist auch ein Punkt, der mir am Konzept der Ehe missfällt«, meinte Gertrud nachdenklich. »Sie dauert viel zu lange. Ein Mensch verändert sich im Laufe seines Lebens nun mal, und man ist mit zwanzig eine völlig andere Person als mit vierzig oder fünfzig. Das sieht man doch schön an eurem Beispiel, Sophie! Eigentlich sollte eine Ehe immer auf zehn Jahre beschränkt werden, und dann können sich beide Partner entscheiden, ob sie verlängern wollen.«

»Die Idee gefällt mir.« Ich nickte bekräftigend. »Das sollte mal jemand durchsetzen!«

»Ich hätte deinem Felix diese Geburtstagsrosen schon längst um die Ohren gehauen«, sagte Nane inbrünstig. »So eine lieblose Ehe hätte ich nicht ertragen. Mein Lorenz ist da ganz anders, der trägt mich auf Händen.«

Trudi bot sich sogleich an, Felix elegant aus dem Weg zu räumen. Sie würde es so aussehen lassen, als hätte er sich umgebracht, aber in Wahrheit würde sie ihn bei sich in der Scheune gefangen halten, dort könnte er dann für alle im Ort kostenlos die Steuererklärung machen. Ich lehnte dankend ab.

Gegen Mitternacht brachen wir alle gemeinsam auf, und ich musste versprechen, nächste Woche wiederzukommen. Zum Abschied umarmte mich Gertrud noch einmal und blickte mir mit ernster Miene in die Augen.

»Höre nicht nur auf deinen Verstand, Sophie! Er kann dir nicht alle Antworten geben. Du bist schon auf dem richtigen Weg, das spüre ich. Trau dich, ihn weiterzugehen!«

Ich nickte ermutigt. »Das werde ich.«

Sie wandte sich an alle. »Das Motto dieser Woche lautet: Übt euch in Herzlichkeit!«, verkündete sie. »Denn es ist nicht unser Körper, sondern unsere Seele, die uns wahrhaftige Schönheit verleiht. Seid mutig und geht offen auf andere Menschen zu!«

»Om«, raunte Jutta mir schmunzelnd zu.

»Ich will beim nächsten Treffen wie immer eure Geschichten dazu hören!«, setzte Gertrud nachdrücklich hinzu.

»Sehr wohl, Shanti!« Trudi salutierte vor ihr. »Ich werde dann mal offen und herzlich auf Enno zugehen und ihn fragen, ob ich letztens einen Tinnitus im Ohr hatte oder er mich wirklich scharf findet.«

»Und was machst du, wenn er dir tatsächlich hinterhergepfiffen hat?«, fragte Ariane.

Trudi zuckte wortlos, dafür aber mit einem süffisanten Grinsen die Schultern und verschwand pfeifend in der Dunkelheit.

Vor dem Älterwerden hätte ich garantiert weniger Angst, wenn ich wüsste, dass ich mit über achtzig auch noch so fit und so herrlich kauzig sein würde.

14. Kapitel

Ich stand mit Björn und Enrico auf dem Steg und blickte auf die drei Jollen, die in einiger Entfernung von Helmuth, Carsten und Ben gesteuert wurden – mehr oder weniger erfolgreich. Dummerweise schlug sich Carsten am besten, seine Erfahrung als Skipper war ihm deutlich anzumerken. Aber auch Ben schien Talent zu besitzen. Wahrscheinlich hätten seine Eltern einiges dafür gegeben, wenn sie jetzt das selbstbewusste Strahlen in seinem Gesicht hätten sehen können.

Das Jollentraining fand nicht im Hafen von Glowe, sondern im Nachbarort Breege statt, da am Bodden der Wind schwächer war als auf dem offenen Meer und die Jollen somit leichter zu kontrollieren waren. Zum Glück für mich gab es einen schönen Radweg entlang der Schaabe, des schmalen Landstreifens, der zwischen Meer und Bodden lag. Der Weg führte durch einen idyllischen Dünenwald von Glowe über Juliusruh nach Breege und erinnerte mich an einen Urlaub mit Annika in Südfrankreich. Die Vielseitigkeit dieser Insel war wirklich unglaublich.

Es war der perfekte Tag für unsere ersten Segelversuche: Die Sonne schien, und es wehte ein lauer Wind, der sanfte Wellen auf das Wasser zauberte. Vorsorglich hatte ich mich mit Sunblocker eingerieben. Zum Glück, denn wir waren nun schon seit Stunden hier im Freien und machten abwechselnd die Übungen, die Ole uns vorher Schritt für Schritt erklärte. Falls wir trotzdem auf dem Wasser Mist bauen sollten, befand sich Oles Motorboot startbereit neben ihm am Steg, sodass er sofort zu unserer Rettung eilen konnte.

»Ich kann es kaum abwarten, bis wir wieder an der Reihe sind«, sagte Björn aufgeregt.

Er hatte sich von seinem Alkoholexzess erholt und mir gegenüber heute Morgen den heiligen Eid abgelegt, nie wieder einen Tropfen Alkohol zu sich zu nehmen.

Ich warf ihm einen amüsierten Seitenblick zu. »Du hast ja richtig Feuer gefangen.«

Er nickte begeistert. »Eigentlich habe ich den Kurs nur wegen Sven angefangen, aber jetzt macht es mir richtig Spaß.«

Auch mir gefiel die Praxis deutlich besser als der trockene Theorieunterricht in der Segelschule. Es war großartig, den Wind in den Segeln zu spüren und in voller Fahrt übers Wasser zu gleiten.

Ole trat neben uns und beobachtete seine drei Segelschüler zu Wasser mit konzentrierter Miene. Bisher hatten wir noch keine Gelegenheit gehabt, privat miteinander zu plaudern, und so wusste ich leider nicht, ob ihm mein Rat bei seiner Tochter geholfen und das Familiendrama gestern noch ein halbwegs gutes Ende genommen hatte. Allerdings hatte er wieder bessere Laune, was ich als gutes Zeichen wertete.

»Ben, halte die Fock back an Steuerbord!«, rief er durchs Megafon.

Ich beugte mich zu Enrico und Björn. »Was soll er machen?«, fragte ich leise.

»Das kleine Segel vorne wird erst auf die andere Seite gezogen, wenn der Wind von der anderen Seite einfällt«, erklärte Enrico wie aus der Pistole geschossen. »Der Druck des Windes erleichtert nämlich die Drehung des Bootes.«

Ich stieß einen tiefen Seufzer aus. »Dieser Fachjargon macht mich noch fertig. Selbst der Küchenbereich oder die Treppe heißen auf einem Boot anders. Das ist doch völlig übertrieben!

Bestimmt gibt es auch einen Fachausdruck dafür, wenn man am Ruder steht und dabei in der Nase popelt.«

Eigentlich hatte ich mich bisher beim Fahren der Jolle erstaunlich gut geschlagen, aber mit der Seglersprache wurde ich einfach nicht warm.

»Für dein Problem hätte ich eine Lösung«, hörte ich eine tiefe Stimme nah an meinem Ohr.

Allein deshalb, weil mir prompt ein warmer Schauer den Rücken herunterrieselte, wusste ich, dass es Ole war. Ich drehte mich halb zu ihm um, und sein verschmitztes Lächeln ließ meine Knie weich werden.

»Ah ja? Und die wäre?«

»Lies dein Handbuch durch! Da wird ›Fock back an Steuerbord bzw. Backbord‹ genau erklärt und auch alle anderen Fachbegriffe – jedenfalls die gängigen. Am-Ruder-stehen-und-in-der-Nase-popeln wirst du wahrscheinlich nicht finden.«

»Dieses Handbuch ist so dick, dass ich damit jemanden erschlagen könnte«, gab ich ächzend zurück. »Wenn ich das mit auf die Jolle nehme, kriege ich bestimmt Schlagseite. Ich wüsste da etwas Besseres: Ich programmiere eine Übersetzungsapp neu, und jedes Mal, wenn du mir etwas zurufst, bekomme ich den Befehl umgehend in verständliches Deutsch übersetzt.«

»Kannst du das denn?«, mischte sich Björn neben mir ein. Seinem hoffnungsvollen Gesicht nach zu urteilen, hatte er in diesem Bereich ebenfalls seine Probleme.

Leider musste ich ihn enttäuschen. »Bisher noch nicht, aber ich bin zuversichtlich, dass ich mir das beibringen könnte.«

»Bis zum Segelschein wird das dann wohl nichts mehr«, stellte Ole trocken fest. »Also lern die Fachbegriffe!«

Ich seufzte. Es blieb mir wohl nichts anderes übrig. Wieder einmal fasste ich den Vorsatz, den Abend mit Lernen zu verbringen. Heute würde ich mich durch nichts davon abbringen lassen: keine Trinkspiele, kein Frauenabend, keine Müdigkeit und keine überraschenden Anrufe!

»Jeder macht noch eine Wende«, rief Ole durchs Megafon, »dann ist Wechsel.«

Als Helmuth wenige Minuten später an Land kam, sah ich auf den ersten Blick, dass mit ihm etwas nicht stimmte. Wie ich schon bei meinen eigenen Versuchen feststellen musste, war Segeln überraschend anstrengend, und der eher unsportliche Frührentner schien am Ende seiner Kräfte zu sein. Sein stark gerötetes Gesicht und die blassen Lippen machten mir Sorgen.

»Geht es, Helmuth?«

Er wischte sich Schweißperlen von der Stirn, wobei er leicht schwankte. »Nur etwas ... schwindlig«, keuchte er. »Und das Atmen ist ein wenig anstrengend.«

Während am Steg durch den Wechsel der Jollenteams ein kleiner Tumult entstand, fasste ich Helmuth entschlossen am Arm und führte ihn zur nächsten Bank, die im Schatten lag.

»Setz dich hin und ruh dich aus!«, befahl ich ihm. »Du könntest einen Sonnenstich haben.«

Routiniert tastete ich nach seinem Puls und schwieg einen Moment. »Dein Puls ist zwar hoch, aber noch im Rahmen. Hast du Kopfschmerzen? Oder ist dir übel?«

»Nein, es geht schon wieder.« Er stieß stöhnend die Luft aus. »So viel wie heute habe ich mich wohl in den letzten fünf Jahren nicht mehr bewegt. Trotzdem hätte ich nicht gedacht, dass ich so außer Form bin.«

Ich brachte ihm eine Flasche Wasser, und vom Hafenmeister besorgte ich ihm einen feuchten Waschlappen, um seine Stirn zu kühlen.

»Falls es in den nächsten Minuten nicht besser wird, musst du zum Arzt!«, sagte ich streng.

Er lächelte mich dankbar an. »Das wird nicht nötig sein – bei dir bin ich doch in guten Händen, Oberschwester Sophie.«

Nun musste ich ebenfalls lächeln. Es war lange her, dass ich so genannt worden war.

Carsten und Ben kamen zu uns, und ich nahm den beiden das Versprechen ab, ein Auge auf Helmuth zu haben, während ich mit der Jolle das Wenden übte.

»Denk dran: Schön im Schatten sitzen bleiben und viel trinken!«, erinnerte ich Helmuth mit erhobenem Zeigefinger.

Als ich mich umdrehte und zum Steg zurückkehrte, bemerkte ich, dass Ole uns beobachtet hatte. Hoffentlich dachte er jetzt nicht, dass ich mich hatte aufspielen wollen! Ich spürte, wie sich unter seinem durchdringenden Blick meine Wangen röteten.

»Wahrscheinlich waren die Hitze und die Anstrengung für seinen Kreislauf etwas zu viel«, erklärte ich Ole. »Aber es geht ihm schon wieder ganz gut.«

»Danke, dass du dich um ihn gekümmert hast.« Er musterte mich mit ehrlicher Neugier. »Hast du nicht erzählt, dass du im Krankenhaus einen Bürojob hast? Das hat gerade so routiniert ausgesehen.«

»Ich habe lange Zeit als Krankenschwester gearbeitet, bevor ich mich weitergebildet habe und in die Verwaltung gewechselt bin.«

Dass meine Ausbildung zur Krankenpflegerin damals nur als Vorbereitung zu einem anschließenden Medizinstudium gedacht war, ließ ich lieber weg. Das klang zu sehr nach Midlife-Crisis und verpfuschtem Leben, denn natürlich waren mir ganz klischeehaft Ehe und Kinder dazwischengekommen. Doch ich bereute meine Entscheidung für die Familie keine Sekunde. Wer weiß, ob ich mich als alleinstehende, kinderlose Ärztin nicht eher aus Einsamkeit in der Ostsee ertränken würde, als einen Segelkurs zu machen.

Doch Ole konnte man offenbar so leicht nichts vormachen. Vermutlich hatte er den unzufriedenen Unterton bemerkt. »Aber der Job gefällt dir nicht wirklich, oder?«

Ich warf ihm einen ertappten Seitenblick zu. »Tatsächlich macht mir die Büroarbeit nicht besonders viel Spaß«, gab ich zu. »Um ehrlich zu sein, finde ich sie sogar ganz schrecklich. Die Arbeit mit Menschen ist manchmal zwar schwierig, aber trotzdem erfüllender.«

»Das finde ich auch«, stimmte Ole mir zu und sah mir direkt in die Augen. »Denn manchmal hat man das Glück, dabei auf ganz besondere Menschen zu treffen.«

Plötzlich lag zwischen uns ein Knistern in der Luft. Ich war nicht mehr in der Lage, meinen Blick von seinem zu lösen. Mein Herz begann aufgeregt zu pochen, in meinem Magen kribbelte es, und als Ole mir auffordernd die Hand hinhielt, wusste ich im ersten Moment überhaupt nicht, was er von mir wollte. Erst nach ein paar Sekunden begriff ich, dass er mich nicht etwa zum Altar führen, sondern mir lediglich in die Jolle helfen wollte. Seine starke Hand schloss sich überraschend sanft um meine, und allein diese unschuldige Berührung sandte einen warmen Schauer nach dem anderen durch meinen Körper.

Wenig elegant kletterte ich in die Jolle, ließ Oles Hand los und kämpfte auf dem schaukelnden Untergrund um mein Gleichgewicht, was wohl ebenfalls nicht besonders graziös aussah. Aber ich sollte mich nicht beschweren. So wie meine Gedanken schwirrten, war es ein Wunder, dass ich nicht ins Leere getreten und im Wasser gelandet war.

Ich straffte den Rücken und zwang mich dazu, mich aufs Segeln zu konzentrieren. Was nicht einfach war, denn die meisten meiner Gehirnzellen waren gerade damit beschäftigt, sich eine rosarote Brille aufzusetzen und den Song ›Magic moments‹ zu pfeifen.

»Auf in den Kampf!«, murmelte ich und stieß mich vom Steg ab. Leider wurde ich von einer geheimen Kraft sofort ruckartig zurückgezogen, was mich erneut um mein Gleichgewicht kämpfen ließ. Ups! Ich hatte vergessen, die Leine zu lösen. Das war so simpel, dass es nicht einmal im Segelhandbuch stand: Wer mit dem Boot raus aufs Wasser will, darf es nicht am Steg angebunden lassen – oder aber die Leine muss sehr, sehr lang sein.

Ole kam mir zu Hilfe, warf mir die Festmacherleine zu und schien meine Zerstreutheit äußerst amüsant zu finden.

»Keine Sorge«, sagte er und zwinkerte mir zu. »Ich behalte dich im Auge und rufe dir im Notfall unverständliche Seglerbefehle zu!«

Mit so viel Würde, wie es mir unter diesen Umständen möglich war, setzte ich mich an die Pinne und nickte ihm zu. »Danke, sehr liebenswürdig.«

Gekonnt steuerte ich die Jolle über den Breeger Bodden. Wahnsinn, es klappte alles wie am Schnürchen! Zugegeben, am Anfang war ich noch etwas unkonzentriert gewesen, aber die letzten beiden Manöver hatte ich wie ein Vollprofi absolviert. Daran konnte man mal wieder sehen, dass Theorie völlig überbewertet wurde und es allein auf die Praxis ankam. Ich war ein Naturtalent, das hatte ich schon die ganze Zeit über geahnt.

»Sophie, klar zum Wenden?«, rief mir Ole zu. »Und steck dir dabei bitte einen Finger ins Ohr! Das ist Teil des Manövers – steht im Handbuch.«

Hatte er das gerade tatsächlich durchs Megafon gebrüllt? Ja, hatte er. Ich sah, wie Enrico ein paar Meter neben mir irritiert den Kopf in Richtung Land drehte. Das hatte ich davon, dass ich mich über Segelbefehle lustig machte. Auch wenn Ole es wohl auf die Entfernung nicht erkennen konnte, streckte ich ihm die Zunge raus und hielt mich bereit für meine nächste Wende. Die Tonne, die uns als Markierung diente, war nun direkt vor mir.

Aus den Augenwinkeln sah ich Björn, der offenbar ein Problem mit seinem Großsegel hatte und nicht bemerkte, dass seine Jolle auf das mit Schilf bewachsene Ufer zusteuerte.

»Björn! Achtung!«, brüllte ich ihm so laut wie möglich zu, während ich die Tonne umrundete und meine Pinne wegdrückte.

Doch er schien mich nicht gehört zu haben und werkelte weiter an seinem Segel herum. Alarmiert richtete ich mich auf.

»Björn, pass auf!«, rief ihm nun auch Ole zu.

Ich war so auf Björn konzentriert, dass ich überhaupt nicht mehr auf mein eigenes Wendemanöver achtete. Just in diesem Moment änderte sich nämlich der Einfallswinkel des Windes, und das Großsegel schwang auf die andere Seite. Dumm nur, dass ich dabei im Weg war. Der Großbaum knallte mit einem dumpfen Laut an meinen Hinterkopf. »AUA!«

Das hatte verflixt wehgetan. Blöder Großbaum!

Dank des pochenden Schmerzes lebte ich vollkommen im Hier und Jetzt – Gertrud wäre bestimmt stolz auf mich gewesen. Verständlicherweise ließ ich sofort die Pinne los, um nach der schmerzenden Stelle zu tasten. Großer Fehler! Leider schwang dadurch nämlich der Großbaum umgehend wieder zurück. Obwohl alles rasend schnell ging, sah ich ihn wie in Zeitlupe auf mich zukommen. Reagieren konnte ich trotzdem nicht mehr, es reichte nur für weit aufgerissene Augen und ein in Gedanken ausgestoßenes ›Oh Scheiße!‹. Dieses Mal knallte mir der Großbaum mit voller Wucht gegen die Stirn. Viele bunte Lichter begannen vor meinen Augen zu tanzen, was grundsätzlich hübsch anzusehen gewesen wäre, wenn da nur nicht diese stechenden Schmerzen gewesen wären.

Benommen ließ ich mich nach vorne ins Boot fallen, außer Reichweite dieses gemeingefährlichen Großbaums. Jetzt durfte ich nur nicht ohnmächtig werden, dann konnte ich einfach weitermachen und so tun, als ob nichts passiert wäre. Ich wollte mir gar nicht ausmalen, wie bescheuert mein missglücktes Manöver für die anderen ausgesehen haben mochte. Zwei Mal innerhalb weniger Sekunden vom Großbaum niedergemäht zu werden – ob das vor mir schon mal jemand geschafft hatte? Aber vielleicht hatte ich Glück, und Ole hatte es gar nicht bemerkt.

Doch schon hörte ich seine Stimme durchs Megafon rufen: »Um Gottes willen, Sophie, geht es dir gut?«

Ich wollte mich drehen und ihm zuwinken, aber schon bei dieser kleinen Bewegung begann sich alles um mich herum zu drehen. Und zwar sehr schnell. Ich klammerte mich am Rand der Jolle fest, die unkontrolliert über den Breeger Bodden fuhr.

Beiß die Zähne zusammen, Sophie!, befahl ich mir selbst. *Nimm die Pinne und fahr an Land!*

Doch mein Körper war nicht gewillt, mir zu gehorchen. Meine Augenlider flatterten, ich kippte vornüber, und es wurde dunkel. Mein letzter tröstlicher Gedanke galt der Tatsache, dass ich mir gerade eine Sportverletzung beim Segeln zugezogen hatte: Ich war ein echter Profi.

15. Kapitel

Als ich zu mir kam, wäre ich am liebsten sofort wieder bewusstlos geworden. Ich stöhnte gequält auf. Das Brummen in meinem Schädel war so unerträglich, dass mir selbst das Denken schwerfiel. Vor meinem inneren Auge tauchte ein Bild von einem heransausenden Großbaum auf, und ich erinnerte mich wieder daran, was passiert war. O Gott, wie peinlich!

Nach und nach drangen weitere Sinneseindrücke in mein Bewusstsein, zum Beispiel, dass mit mir jemand ›Hoppe, hoppe Reiter‹ zu spielen schien. Anders konnte ich mir dieses ständige Auf und Ab jedenfalls nicht erklären. Welcher Idiot machte denn das mit einer Bewusstlosen? Wusste der denn nicht, was er damit meinem armen Kopf antat? Jede Erschütterung sandte eine neue Schmerzwelle in mein Hirn. Na warte, dem würde ich was erzählen!

Obwohl meine Augenlider so schwer wie Blei waren, zwang ich sie mühevoll nach oben und erblickte direkt vor mir ein wohlgeformtes männliches Kinn. Ich lächelte es verzückt an, denn das Kinn gehörte zu Ole. Sofort nahm ich die Sache mit dem Idioten wieder zurück. Auch spielte er nicht mit mir ›Hoppe, hoppe Reiter‹, sondern er hielt mich fest in seinen Armen und trug mich scheinbar mühelos – wie ich selbst in meinem benebelten Zustand anerkennend feststellte – durch die Gegend. Meine Kopfschmerzen wurden plötzlich zur Nebensache. Es war mir auch völlig gleichgültig, wohin er mich verschleppen wollte. So nah war er mir noch nie gewesen, und ich nahm alle Einzelheiten genau in mir auf: eine kleine kreisförmige Narbe an sciner linken Wange, das weiche Hemd über seiner harten Brust, sein herrlich männlicher Duft und der gleichmäßige Herzschlag unter meinem Ohr. Ich konnte von meiner Position aus zwar nur einen Teil seines Gesichts erkennen, aber er schien wirklich besorgt zu sein. Ein warmes Gefühl breitete sich in meiner Brust aus, und ich kuschelte mich noch etwas enger an ihn. Mit dem tiefen Wissen, in Sicherheit zu sein, fielen mir erneut die Augen zu.

Als ich das nächste Mal zu mir kam, fröstelte ich, und die Pritsche unter mir fühlte sich kalt und unbequem an. Dem Gebäude nach zu urteilen, befand ich mich immer noch im Hafen, und zwar in einem Erste-Hilfe-Raum, der zugleich auch das Büro des Hafenmeisters war. Anscheinend war ich nicht besonders lange weggetreten, denn Ole stand wenige Schritte von mir entfernt mit dem Rücken zu mir, und von einem Arzt war keine Spur. Jedenfalls ging ich davon aus, dass er einen Arzt gerufen hatte und mich nicht zum Sterben hergebracht hatte. Ich tastete mich vorsichtig ab und machte eine schnelle Selbstdiagnose: hässliche Riesenbeule an der Stirn und Platzwunde am Hinterkopf, doch offensichtlich war sie nicht besonders groß. Wie nach zwei kräftigen Hieben auf den Kopf zu erwarten, hatte ich kräftiges Schädelbrummen, aber kein Doppeltsehen und bisher keine Übelkeit. Wenn ich Glück hatte, war es nur eine leichte Gehirnerschütterung.

»Herr Lehmann?«, sagte Ole so unvermittelt, dass ich zusammenzuckte. Ich hatte gar nicht bemerkt, dass er sein Handy am Ohr hatte.

»Gut, dass ich Sie erreiche! Ich bin Ole Jansen, der Segellehrer Ihrer Frau. Ich muss Ihnen leider mitteilen, dass Sophie soeben einen Segelunfall hatte. Sie hat zwei schwere Schläge auf den Kopf bekommen und ist bewusstlos. Wir warten momentan auf den Arzt.«

Oh nein, er telefonierte mit Felix? Plötzlich prallten zwei Welten meines Lebens zusammen, die ich eigentlich lieber getrennt gehalten hätte. Bestimmt berichtete Felix ihm gleich brühwarm all meine schlechten Eigenschaften. Beispielsweise, dass ich es im Winter mit der Beinepilation oft nicht so genau nahm. Oder dass ich in Drogerien manchmal Dinge kaufte wie ein ›Elixier der Schönheit‹. Nicht, weil ich an die Wirkung glaubte, sondern weil der Name so schön klang.

»*Was Sie das angeht?*«, wiederholte Ole in fassungslosem Tonfall. »Herrgott noch mal, Sie sind Sophies nächster Angehöriger, und ich dachte, es interessiert Sie vielleicht, dass die Frau, die Sie geheiratet haben, einen ernstzunehmenden Unfall hatte. Dabei sollte es keine Rolle spielen, ob sie beide sich gerade getrennt haben oder nicht.«

Im Gegensatz zu Ole kannte ich Felix' emotionslose Art lange genug, und insbesondere nach unserem letzten Telefongespräch wunderte mich die kühle Reaktion meines Ehemannes nicht. Felix schien mich wie einen früheren Mandanten, den er nicht mehr betreute, einfach abgehakt und aus seinem Leben gestrichen zu haben.

»Falls es notwendig wird, muss ich im Notfall jemanden erreichen können, der für Sophie entscheidungsbefugt ist«, sagte Ole.

Wieder schwieg er einen Augenblick, doch ich sah, wie er ungläubig den Kopf schüttelte.

»Na schön, dann schicken Sie mir eben die Nummer von Sophies Schwester! Ich hoffe nur, dass die nicht ein genauso herzloser Blödmann ist wie Sie.« Ohne sich zu verabschieden, beendete Ole das Gespräch und steckte das Handy in seine Jeans.

»Was für ein Typ«, hörte ich ihn murmeln.

»Unter diesen Umständen ist meine Schwester wohl tatsächlich die bessere Wahl«, sagte ich und war selbst überrascht, wie dünn meine Stimme klang.

Ole fuhr herum, und Erleichterung spiegelte sich in seiner Miene wider. »Du bist wach?« Er setzte sich zu mir und griff wie selbstverständlich nach meiner Hand. »Wie geht es dir?«

»Schon besser.« Ich brachte sogar ein ironisches Grinsen zustande. »Bestimmt habt ihr euch über meine kleine Slapstick-Einlage kaputtgelacht.«

»Wie kommst du denn auf die Idee?« Ole zog irritiert die Augenbrauen zusammen. »Im Segelsport gibt es immer wieder tödliche Unfälle, und einen Schlag mit dem Großbaum abzubekommen, ist äußerst gefährlich. Wir haben uns alle große Sorgen um dich gemacht – Enrico hat verzweifelt versucht, deine Jolle einzuholen, und Ben ist sogar ins Wasser gesprungen, um dich zu retten.«

Ich war gerührt. Anscheinend waren meine männlichen Mitschüler doch echte Gentlemen, auch wenn man es auf den ersten Blick nicht glauben mochte. »In dem Jungen steckt viel mehr, als er sich selbst zutraut.«

»Nun ja ...«, wandte Ole ein und fuhr sich verlegen über das Kinn. »Leider hat sich herausgestellt, dass Ben ein ganz schlechter Schwimmer ist. Carsten musste ihm von Land aus einen Rettungsring zuwerfen.«

Das bestärkte mich nur noch in meiner Überzeugung. »Dann war es erst recht mutig, ins Wasser zu springen.«

Plötzlich wurde mir ganz flau im Magen, da Ole mich mit einem ungewohnt ernsten Blick betrachtete. »Ich hatte das Gefühl, dass es eine Ewigkeit gedauert hat, bis ich mit dem

Motorboot endlich bei dir war. Dabei können es höchstens drei, vier Minuten gewesen sein.«

Seine Augen schienen einen dunkleren Ton angenommen zu haben, wie die aufgewühlte See nach einem Sturm. Aber ich sollte mir nichts darauf einbilden. Wahrscheinlich hätte er sich um die anderen Schüler ebenso besorgt gezeigt, schließlich trug er als Lehrer die Verantwortung. Obwohl es natürlich nicht ausgeschlossen war, dass er doch mehr in mir sah als nur eine ... Nein!, stoppte ich mich selbst und kämpfte meine aufkeimende Hoffnung nieder. Es war ganz und gar nicht gut, wie sich meine Schwärmerei für Ole entwickelte. Eine harmlose Fantasie war ja okay, aber so langsam begann ich wirklich, ihn zu mögen. Und das ... machte mir irgendwie Angst. Ich beschloss, lieber schnell das Thema zu wechseln.

»Du hast Felix einen herzlosen Blödmann genannt?«, fragte ich und zog die Augenbrauen in die Höhe, was mich sofort schmerzhaft an meine Riesenbeule erinnerte.

»Das hast du mitbekommen?« Er schüttelte seufzend den Kopf. »Das Belauschen meiner Telefongespräche muss ich dir unbedingt abgewöhnen, Sophie!«

»Dieses Mal kann ich aber wirklich nichts dafür«, verteidigte ich mich.

»Also gut«, wiegelte er schmunzelnd ab. »Dein Mann ist einfach einer dieser Typen ...«

Leider erfuhr ich nicht mehr, was er zum Charakter meines Gatten sagen wollte, denn in diesem Moment betrat ein älterer Mann mit schütterem Haar, einer ausgebeulten Cordhose und einem knallroten Brillengestell den Raum.

Ole sprang sofort auf und reichte ihm die Hand. »Gut, dass du hier bist, Andreas!«

»Ich bin so schnell gekommen, wie ich konnte.« Er wandte sich zu mir, und sofort fiel mir der besonnene, gutmütige Ausdruck in seinen grünen Augen auf. »Ich bin Dr. Theis, und wie ich gehört habe, haben Sie sich mit einem Großbaum angelegt?«

»Ganz genau. Das Ding hat mich angegriffen!«

Er lachte über meinen Scherz und stellte seinen Arztkoffer neben der Pritsche ab. »Erinnern Sie sich noch an den Unfall?«

»Glasklar«, bestätigte ich voller Bedauern. »Dabei würde ich mir gerade in diesem Punkt einen kurzzeitigen Gedächtnisverlust wirklich wünschen. So hat sich die peinliche Szene leider für alle Ewigkeiten in mein Hirn gebrannt. Ich kann nur hoffen, dass niemand meinen Unfall mit dem Handy gefilmt hat und ich morgen kein YouTube-Star bin.«

Dr. Theis nickte zufrieden. »Dann kann ich also vermerken, dass die Patientin ansprechbar ist, nicht unter kurzzeitiger Amnesie leidet und äußerst redselig ist.«

Schon wieder dieser völlig aus der Luft gegriffene Vorwurf, ich würde viel reden! Hatte sich dieser Doktor etwa mit Felix verschworen?

»Ich kann auch schweigsam sein«, behauptete ich.

»Das kann ich bestätigen«, mischte sich Ole ein. »Zum Beispiel wenn ich Sophie eine Frage zum Thema Segeln stelle, sagt sie oft überhaupt nichts.«

Ich verschränkte beleidigt die Arme. Leider verhinderten meine Kopfschmerzen, dass mir eine schlagfertige Antwort zu meiner Verteidigung einfiel.

»Ist das so?« Dr. Theis öffnete seinen Koffer und holte seine Lampe hervor, um meinen Pupillenreflex zu prüfen. »Dann sagen Sie mir doch mal, Frau Lehmann, unter welchen Umständen man das Schwert nicht benötigt?«

»Man braucht das Schwert nicht, wenn …« Ich stockte. Mein lädiertes Gehirn war eindeutig nicht in der Verfassung für solche Fachfragen. Vielleicht litt ich ja doch unter Amnesie?

»... wenn die Prinzessin in Sicherheit ist«, beendete ich trotzig meinen Satz.

Dr. Theis schmunzelte amüsiert, und über die Schulter des Doktors hinweg konnte ich sehen, wie Ole die Hand vors Gesicht legte und fassungslos den Kopf schüttelte. Allerdings bebten dabei auch seine Schultern. Lachte er etwa?

Dr. Theis beugte sich über mich, untersuchte die Platzwunde und tastete meinen Kopf nach möglichen Knochenverletzungen ab.

»Ich kann Sie beruhigen, Frau Lehmann«, sagte er schließlich. »Sie hatten wirklich Glück. Die Wunde am Hinterkopf muss nicht einmal genäht werden, sodass ich sie nur säubern und abkleben werde. Ansonsten tippe ich auf eine leichte Gehirnerschütterung, aber auch die darf man nicht auf die leichte Schulter nehmen. Deshalb möchte ich Sie ...«

»Oh, ich weiß, was Sie sagen wollen«, unterbrach ich ihn mit einem gequälten Stöhnen. »Um sicherzugehen, wollen Sie mich in ein Krankenhaus einweisen, damit sie weitere Untersuchungen machen und eine Contusio cerebri ausschließen können.«

Dabei ging es mir bis auf den Kopfschmerz eigentlich gut, und im Krankenhaus würde ich nur schlecht schlafen und mich garantiert nicht besser fühlen. So ein Mist! Am liebsten hätte ich mich beschwert, aber ich wusste ja selbst, dass diese Untersuchungen zur Sicherheit notwendig waren.

Dr. Theis zog die buschigen Augenbrauen zusammen und versuchte sich offenbar einen Reim auf mein Fachwissen zu machen. »Hatten Sie so etwas schon einmal?«

Ich erklärte ihm kurz meinen beruflichen Werdegang, und sein Gesicht hellte sich schlagartig auf. »Ah, Sie sind sozusagen eine Kollegin!«

Wie ich überrascht feststellte, sagte er das ohne einen Anflug von Ironie. Die meisten Ärzte hätten sich lieber die Zunge abgebissen, als eine gelernte Pflegekraft als Kollegin zu bezeichnen.

Dr. Theis rief einen Krankenwagen, und während wir warteten, kramte er ein wenig in seinem Arztkoffer herum.

»Ich gebe Ihnen noch etwas gegen die Schmerzen mit, Frau Lehmann«, sagte er in vertraulichem Tonfall. »Aus meinem persönlichen Vorrat, das werden Sie in der Klinik nicht bekommen.«

Ich wurde sofort hellhörig. Etwas aus seinem *persönlichen Vorrat?* Meinte er damit etwa Morphium, Vicodin oder illegale Drogen? Doch statt einer Tablettenschachtel hielt mir Dr. Theis ein braunes Fläschchen und einen kleinen Jutebeutel unter die Nase, dem ein kräftiger Kräuterduft entströmte.

»Darin habe ich für Sie Weidenrindentee, ein natürliches Schmerzmittel. Und diese Flasche hier enthält hochwertiges Pfefferminzöl – träufeln Sie einfach ein paar Tropfen auf die Finger, und massieren Sie damit Ihren Stirnbereich. Menthol kühlt nicht nur, sondern hat auch eine lokalanästhesierende Wirkung. Einige meiner Patienten reagieren darauf so gut, dass es bei ihnen den gleichen analgetischen Effekt wie eine Schmerztablette hat – nur ganz ohne Chemie.«

Also doch keine Drogen. Ich schaute skeptisch auf den Beutel und das dunkelbraune Fläschchen. »Sind Sie etwa ein Anhänger der Homöopathie?«

Ich biss mir auf die Zunge. Meine Frage hatte negativer geklungen, als sie gemeint gewesen war.

»Ich bevorzuge den Ausdruck Naturheilkunde«, antwortete Dr. Theis jedoch gutgelaunt. Offenbar war er an Zweifler gewohnt. »Ich kenne und schätze die Vorzüge der Schulmedizin, aber ich vertraue auch auf die Heilkraft der Pflanzen. Viele unserer kleinen Zipperlein und Krankheiten sind ohne

Chemie heilbar, und manchmal sind die alten Heilmittel sogar hilfreicher als ein pharmazeutisches Produkt.«

»Das kann ich bestätigen«, meinte Ole. »Andreas ist seit vielen Jahren unser Hausarzt, und er kann mit seinen Pflanzen und Tees Wunder vollbringen.«

Dr. Theis zeigte sich über das überschwängliche Lob nicht sonderlich erfreut. »Wunder wären es, wenn ich ein Scharlatan wäre, Ole«, sagte er mit erhobenem Zeigefinger. »Mein Wissen habe ich mir jedoch durch das jahrelange Studium der Naturheilkunde und die Niederschriften unserer Vorfahren mühsam angeeignet.«

Ole hob abwehrend die Hände. »Entschuldige, dann nehme ich das mit dem Wunder wieder zurück und korrigiere hiermit: Andreas ist als Hausarzt ganz okay.«

»Ganz okay?« Nun maß Dr. Theis ihn mit einem beleidigten Blick.

»Offenbar ist heute alles falsch, was ich sage«, murmelte Ole und verdrehte die Augen.

»Ich habe mich zwar noch nie großartig mit Naturheilkunde beschäftigt, aber es kann ja nicht schaden, wenn ich es einmal ausprobiere«, sagte ich ehrlich beeindruckt. »Der Weidenrindentee und das Pfefferminzöl klingen jedenfalls sehr vielversprechend.«

Meine Offenheit schien Dr. Theis zu freuen. »Ich weiß, gerade für Leute mit einer medizinischen Ausbildung ist es schwer, die Skepsis abzulegen, aber es wird sich lohnen, das kann ich Ihnen versprechen. Um Sie endgültig zu überzeugen, gebe ich Ihnen noch meine Geheimwaffe gegen Kopfschmerzen mit.«

Er holte ein weiteres Beutelchen aus seiner Tasche, und dieses Mal konnte ich am Duft erraten, um was es sich handelte. »Vanille?«

»Schon die alten Ägypter wussten, dass die Vanilleschote sogar starke Kopfschmerzen lindern kann. Ihre analgetische Wirkung ist dreimal stärker als die von Kurkuma, was zu jener Zeit ein häufig benutztes und zuverlässiges Mittel war. Ein Teelöffel reiner Vanille-Extrakt wird in 200 ml Wasser aufgelöst, am besten abends vor dem Schlafengehen. Und wenn es wider Erwarten doch nicht helfen sollte«, er grinste schelmisch, was ihn um einige Jahre jünger wirken ließ, »dann hat es wenigstens lecker geschmeckt.«

Draußen hörte man ein Auto vorfahren und einige Sekunden später ein paar Männerstimmen, die sich dem Büro des Hafenmeisters näherten. Hilfe, das war wahrscheinlich meine Limousine ins Krankenhaus! Ich wollte nicht dahin. Wer weiß, wie lange die mich dabehalten würden. Ich wollte meinen Segelkurs weitermachen, mich selbst finden und Rügen erkunden. Das war nach der Trennung von Felix mein erstes und einziges Ziel gewesen – und jetzt fühlte ich plötzlich Panik.

Ich blickte zu Ole, doch der stand schon mit Dr. Theis bei den Sanitätern und informierte sie, was geschehen war.

Ein kaltes Gefühl der Einsamkeit ergriff mich, und einen peinlichen Moment lang hätte ich trotz meiner vierundvierzig Jahre am liebsten meine Mutter angerufen. Doch die befand sich mit meinem Vater mal wieder irgendwo in Indien – oder war es Thailand? Seit die beiden in Rente waren, gingen sie permanent auf Reisen und kamen nur noch nach Hause, um ihren Koffern eine kurze Verschnaufpause zu gönnen. So wie es aussah, war ich völlig allein.

Dr. Theis kam noch einmal zu mir und tätschelte mir aufmunternd den Arm. »Ich verspreche Ihnen, dass mindestens eines meiner Hausmittel bei Ihnen wirken wird und Sie wieder ruckzuck auf den Beinen sind! Wenn Sie das Thema Naturmedizin interessiert, können wir uns gerne weiter darüber unterhalten. Ich freue mich immer, wenn ich ein bisschen fachsimpeln darf.«

Ich nickte und brachte ein klägliches »Danke« hervor. Zwar fand ich Dr. Theis' alternative Methoden äußerst interessant, aber im Moment hatte ich genug mit mir selbst zu tun.

Als Ole neben mich trat, hätte ich am liebsten wieder nach seiner Hand gegriffen.

»Leider kann ich dich nicht in die Klinik begleiten«, sagte er mit sichtlichem Bedauern. »Aber ich schaue heute Abend bei dir vorbei, versprochen!«

Die heftigen Schläge auf den Kopf ließen mich wohl emotional werden, denn ich musste mehrmals schlucken, um den dicken Kloß in meinem Hals zu vertreiben.

»Das musst du nicht«, entgegnete ich tapferer, als mir zumute war. »Aber ich würde mich natürlich freuen.«

Er sah mich voller Mitgefühl an. »Ich würde ja sagen ›Kopf hoch!‹, aber du solltest deinen wohl besser nicht bewegen.«

»Am meisten ärgere ich mich über mich selbst«, entfuhr es mir. »Wie konnte mir das nur passieren? Vermutlich kann ich die Prüfung und den anschließenden Segeltörn jetzt vergessen.«

Es überraschte mich selbst, wie sehr mich das mitnahm. Oder traf es mich auch deshalb so hart, weil ich ohne den Kurs Ole nicht mehr sehen würde?

»Ach was, das kriegen wir schon hin.« Er beugte sich vor und raunte mir in verschwörerischem Tonfall zu: »Andreas meint, dass du vielleicht schon übermorgen wieder mitmachen darfst. Aber nur, wenn es dir tatsächlich gut geht. Und auch nur ein ganz leichtes Training. Gemeinsam schaffen wir es bestimmt, dass du den Rückstand aufholen kannst.«

»Du gibst mir Einzelstunden?«

Verdammt, das hätte nicht so begeistert klingen sollen!

Leider schien das auch Ole aufgefallen zu sein. »Wenn es sein muss«, gab er grinsend zurück, »dann gebe ich dir auch Einzelstunden. Für meine Schüler tue ich doch alles!«

Sofort fühlte ich mich besser. So etwas nannte man dann wohl ›Glück im Unglück‹.

16. Kapitel

Ich musste zugeben, dass der Aufenthalt in der Klinik nicht so schlimm war, wie ich erwartet hatte. Die weiteren Untersuchungen bestätigten zum Glück Dr. Theis' Diagnose: Ich war tatsächlich ohne ernsthafte Verletzungen davongekommen. Ich hatte schon immer gewusst, dass mein Dickschädel eines Tages zu etwas gut sein würde! Trotzdem wollten sie mich zur Beobachtung über Nacht dabehalten.

Auf der Station waren alle sehr nett, und eine der Schwestern erklärte sich sogar bereit, mir den Weidenrindentee zuzubereiten. Nachdem ich ihn getrunken und meine Schläfen mit dem Pfefferminzöl eingerieben hatte, fühlte ich mich angenehm müde und hätte gerne für ein paar Minuten die Augen zugemacht. Schlafen kam jedoch überhaupt nicht in Frage, schließlich hatte Ole versprochen, mich zu besuchen, und das wollte ich auf keinen Fall verpassen.

Leider trug ich eines dieser unförmigen Patientenhemden, aber dank meiner jüngsten Erfahrung mit Shanti-Gertruds superkratzigem Kaftan wollte ich mich nicht beschweren. Wenn ich Ole allerdings schon einmal außerhalb des Segelkurses treffen würde, war es mir wichtig, mich von meiner besten Seite zu zeigen. Hastig kramte ich neben meiner Reisehaarbürste sämtliche kosmetischen Produktproben aus meiner Handtasche, die ich finden konnte. Das hatte zur Folge, dass ich ein paar Minuten später aufgrund eines Parfums, das versprach, mich in den ›sinnlichen Duft des Orients‹ zu hüllen, recht intensiv nach Moschus und Vetiver roch und sich die

Make-up-Probe für meinen Teint als eine Spur zu gelb erwies. Aber einem Mann würde das nicht auffallen, oder?

Mein Verhalten war völlig normal, sagte ich mir. Schließlich war Ole mein Lehrer, da wollte man immer einen guten Eindruck machen. Bestimmt wäre ich genauso aufgeregt gewesen, wenn mein ehemaliger Mathelehrer Herr Müller-Eberspächer im Krankenhaus vorbeigeschaut hätte!

Ich atmete tief durch und lehnte mich im Bett zurück. Während meine achtzigjährige Bettnachbarin begeistert alten Schlagersongs aus dem Radio lauschte, ließ ich meine Gedanken schweifen. Ich dachte daran, wie Ole mich gerettet hatte: seine ehrliche Sorge um mich, wie er mich in seinen starken Armen gehalten hatte, meine Hand auf seiner Brust. Diese kleine Narbe an seiner Wange war direkt vor mir gewesen, sodass ich nur den Kopf hätte anheben müssen, um darauf einen sanften Kuss zu hauch... Moment mal, war ich eigentlich von Sinnen?

Ich war vierundvierzig Jahre alt, lag allein auf Rügen im Krankenhaus, hatte eine golfballgroße Beule auf der Stirn und nichts Besseres zu tun, als die Luft vor meiner Nase anzulächeln. Was war denn nur mit mir los?

Ich beschäftigte mich in Gedanken eindeutig zu viel mit meinem Segellehrer. Das musste sofort aufhören! Ich verrannte mich da in etwas, das eindeutig kein gutes Ende nehmen würde. Auch wenn Annika der Meinung war, dass ich nach meiner Trennung von Felix unbedingt einen Typ fürs Bett brauchte, war ich für so etwas einfach nicht geschaffen. Meine Gefühle waren schon jetzt das reinste Chaos, und es würde unter Garantie noch schlimmer werden, wenn ich mir Ole nicht schnellstens aus dem Kopf schlug. Ich musste vernünftig werden, und das hieß, meinem Herzen den Befehl zu geben, jegliches amouröse Gefühl im Keim zu ersticken. Das wäre doch gelacht, wenn ich die Sache nicht in den Griff bekommen würde! Ich war ein

Dickkopf, eine Festung der Entschlossenheit, und emotionale Entgleisungen waren mir völlig fremd!

Gerade als ich eine Schwester bitten wollte, mir einen feuchten Waschlappen zu besorgen, damit ich mir sowohl das Make-up als auch den Geruch dieses Puff-Parfums abwaschen konnte, ging die Tür auf, und eine Horde Männer stürmte das Zimmer. Zuerst nahm ich nur einen großen Plüschbären und mehrere Ballons mit der Aufschrift ›Gute Besserung!‹ und ›Alles wird gut!‹ wahr. Dann erreichte auch schon Björn mein Bett, und seine sorgenvolle Miene ließ mir beinahe Tränen in die Augen steigen.

»Sophie, wie geht es dir?« Er ergriff so vorsichtig meine Hand, als wäre sie aus Glas.

Nun erschienen auch Enrico, Ben und Helmuth an meiner Seite, während Carsten sich wie ein Kapitän am Fuß des Bettes aufstellte. Ole nahm mit der zweiten Reihe vorlieb und platzierte sich schräg hinter ihm, sodass ich ihn kaum sehen konnte. Nun ja, das sollte mir recht sein! Von mir aus hätte er auch draußen im Flur warten können, das wäre mir völlig gleichgültig gewesen. Ich war eine Festung der Entschlossenheit, jawohl!

»Es hat so schrecklich ausgesehen, wie dir das Ding an die Stirn gedonnert ist. Mir ist ganz schlecht geworden«, jammerte Björn.

»Ich schwöre, ich habe es laut krachen hören!«, meinte Enrico. »Ich war mir sicher, dass du einen Schädelbruch hast.«

Helmuth verzog beim Anblick meiner Beule mitleidig das Gesicht. »Hätte ich das vorher gewusst, hätte ich dich bei mir an Land behalten und mich weiter von dir verarzten lassen.«

»Das wäre mir auch lieber gewesen.« Ich wandte mich an

Ben. »Ich habe gehört, du bist sofort ins Wasser gesprungen, um mich zu retten. Ab sofort bist du für mich der Held des Kurses – ein wahrer Gentleman.«

Bens Wangen verfärbten sich schlagartig tiefrot. Er blickte auf seine Füße hinab und murmelte: »Das war doch selbstverständlich, Sophie.« An seinem Tonfall und dem leisen Lächeln auf seinem Gesicht merkte ich, dass ihn meine Anerkennung unglaublich freute.

Carsten stieß einen abfälligen Laut aus. »Der Held des Kurses? Aber er ist doch selbst fast ertr...«

»Carsten!« Ich warf ihm einen bitterbösen Blick zu, sodass er mitten im Satz verstummte.

Ich tätschelte Bens Hand. »So etwas hätte nicht jeder gemacht. Du hast sehr viel Mut bewiesen!«

Meine Mitschüler berichteten mir aufgeregt von den Manövern, die sie nach meinem Unfall geübt hatten, bewunderten noch einmal ausgiebig meine Beule und versicherten mir, dass jedem von ihnen dieser Unfall hätte passieren können. Auch wenn ich eigentlich nur Ole erwartet hatte, freute ich mich riesig über die Aufmerksamkeit und Anteilnahme meiner Mitschüler. Vor Kurzem waren wir alle noch Fremde gewesen, und der gemeinsame Start in den Segelkurs war auch nicht gerade harmonisch verlaufen.

»Damit du nicht so viel verpasst, stellen wir uns extra doof an«, versprach Björn. »Dann kannst du schnell wieder aufholen.«

»Morgen werde ich entlassen, und der Arzt hier in der Klinik meinte genau wie Dr. Theis, dass ich übermorgen wahrscheinlich fit genug bin, um ein paar Runden mit der Jolle zu drehen«, berichtete ich. »Aber natürlich soll ich mich nicht überanstrengen.«

»Wir passen auf dich auf«, meinte Enrico mit ernster Miene.

»Sobald dir schwindlig wird oder du weiß im Gesicht wirst, bringen wir dich sofort an Land.«

Björn musterte mich kritisch. »Aber jetzt im Moment, so kurz nach dem Unfall, ist Sophie ja auch nicht weiß im Gesicht. Eigentlich eher gelblich.«

War ja klar, dass ihm die falsche Make-up-Farbe auffallen würde.

Helmuth runzelte die Stirn. »Hast du mal deine Nieren checken lassen, Sophie? Mein Schwager war auch immer so gelb – und schwups hatte er Nierenversagen und war tot.«

»Meinen Nieren geht es gut, keine Sorge«, wiegelte ich hastig ab.

Noch ein Grund, mich ab sofort nicht mehr wie ein liebeskranker Teenager zu verhalten – um mir unnötige Gespräche über die Funktionstüchtigkeit meiner inneren Organe zu ersparen.

»Was riecht hier eigentlich so eigenartig?« Carsten schnüffelte demonstrativ, während ich mir die Decke bis zum Hals hochzog. Am liebsten hätte ich mich darunter verkrochen, um die Ausdünstungen meines Puff-Parfums zu stoppen.

Er tippte sich nachdenklich an die Lippen. »Der Duft erinnert mich an einen besonderen Ort, aber ich komme einfach nicht drauf.«

»Verbindest du damit etwas Positives oder Negatives?«, fragte Björn hilfsbereit.

»Positiv, eindeutig positiv.« Carsten nickte vehement.

Ich räusperte mich. »Tut mir leid, Leute, aber ich bin ziemlich erschöpft und würde mich gerne ausruhen. Ihr versteht schon – der Unfall, die Kopfschmerzen und die Medikamente …«

Das war nicht einmal gelogen, denn ich fühlte mich tatsächlich hundemüde. Vor den großen Fenstern des Krankenzimmers brach die Abenddämmerung herein, und die Laternen tauchten den Klinikgarten in ein fahles gelbes Licht.

»Natürlich, Süße! Wir sind schon weg.«

Björn knotete schnell die Ballons an mein Bett, und Enrico drückte mir den Bären in den Arm, dann verabschiedeten sich die fünf und verließen das Zimmer. Nur Ole blieb zurück, der nun Björns Platz einnahm und einen Rucksack auf meinem Bett abstellte. Ich vermied es, ihm in seine strahlend blauen Augen zu sehen, um nicht in Gefahr zu geraten, gleich wieder rückfällig zu werden. Deshalb fixierte ich angestrengt einen Punkt irgendwo über seiner Schulter und ignorierte das Herzklopfen, das urplötzlich bei mir einsetzte.

»Tut mir leid, aber als die Jungs gehört haben, dass ich noch bei dir im Krankenhaus vorbeischaue, wollten sie alle mitkommen. Ich hoffe, es war dir nicht unangenehm?«

Verflixt, jetzt hatte ich ihn doch angesehen. Jetzt nur nicht schwach werden!

»Natürlich nicht, ich habe mich gefreut. Welche Frau bekommt schon Besuch von gleich sechs Männern?«

»Ich jedenfalls nicht«, hörte ich meine achtzigjährige Bettnachbarin voller Bedauern murmeln.

»Keine Sorge, ich gehe auch gleich, schließlich sollst du dich erholen.« Er deutete auf den Rucksack. »Ich habe auf der Herfahrt bei Jutta in der Pension angehalten und sie gebeten, ein paar Dinge für dich einzupacken. Du weißt schon: Pyjama, Zahnbürste, frische Unterwäsche und so etwas. Ich dachte, du würdest dich dann wohler fühlen und der Aufenthalt im Krankenhaus wird ein wenig erträglicher.«

Ole hatte mir meine eigenen Sachen vorbeigebracht? Ich musste mehrmals hintereinander schlucken, weil ich mir nicht anmerken lassen wollte, wie sehr mich das rührte. Das war so unglaublich lieb und aufmerksam von ihm, dass ich gar nicht wusste, was ich sagen sollte. Ole schien mein Schweigen jedoch falsch zu deuten.

»Bist du jetzt sauer?«, fragte er verunsichert. »Weil jemand ohne zu fragen in deinem Hotelzimmer war? Dann nehme ich die Schuld komplett auf mich, sei bitte nicht böse auf Jutta! Sie wollte eigentlich gar nicht, aber ich habe sie überredet.«

»Ich bin nicht sauer«, brachte ich mit heiserer Stimme hervor. »Im Gegenteil! Ich bin froh, dass ich heute Nacht nicht in diesem scheußlichen Patientenhemdchen schlafen muss.«

»Kann ich verstehen. In den Dingern lebt man in der ständigen Angst, dass man seinen Mitmenschen den blanken Hintern präsentiert, sobald man sich zur Seite dreht.«

Ich lachte auf. »Exakt!« Ungewohnt verlegen spielte ich am Verschluss des Rucksackes herum. »Vielen Dank, dass du daran gedacht hast. Das weiß ich zu schätzen.«

»Das war doch keine große Sache«, meinte er und winkte ab. »So, dann geh ich jetzt mal – und du ruhst dich aus! Wir brauchen dich so schnell wie möglich wieder im Kurs.«

»Ohne mich ist es langweilig, oder?«, tippte ich.

Er erwiderte mein Grinsen. »Und wie!«

Doch anstatt zu gehen, beugte er sich über mich. Sein Gesicht, seine Augen und seine weichen Lippen waren plötzlich direkt vor mir, was mich so überraschte, dass ich regungslos liegen blieb und den Atem anhielt. Ein aufgeregtes Flattern breitete sich in meiner Magengegend aus, und all meine guten Vorsätze waren mit einem Schlag vergessen.

»Gute Nacht, Sophie!«

Mein Herz schlug mir bis zum Hals, doch als Ole nur noch wenige Zentimeter von meinem Mund entfernt war, drehte er den Kopf zur Seite, um mich auf die Wange zu küssen.

Die Stelle, an der seine Lippen meine Haut berührt hatten, kribbelte, und ein Schauer durchfuhr mich. Nicht auszudenken, welche Wirkung ein richtiger Kuss auf mich gehabt hätte. Aber ich … ich war eine Festung der Entschlossenheit – das durfte ich nicht vergessen! Am besten, ich tat so, als hätte mich das völlig kaltgelassen.

»Danke, das wünsche ich dir auch.«

Meine Stimme hatte bedauerlicherweise einen so rauchigen Unterton, dass ich mich damit umgehend bei einer Erotik-Hotline hätte bewerben können. Anscheinend hatte meine Freundin Annika es irgendwie geschafft, aus der Ferne die Kontrolle über meinen Körper zu übernehmen, und wollte meinen Urlaubsflirt vorantreiben.

Ole zwinkerte mir zum Abschied zu und verließ das Zimmer.

»Was für ein Mann«, hauchte meine Bettnachbarin verzückt, die das Geschehen offenbar genauestens beobachtet hatte.

Gemeinsam starrten wir auf die Tür, aus der Ole entschwunden war.

»Mhm«, stimmte ich ihr zu. »Da könnte man glatt schwach werden.«

Entschlossen drehte sie sich zu mir um und reckte die Faust. »Schnapp ihn dir, Mädchen!«

17. Kapitel

Wie erwartet wurde ich am nächsten Morgen entlassen und durfte zu Jutta in die Pension zurückkehren. Natürlich nicht ohne die ärztliche Ermahnung, es erst einmal langsam angehen zu lassen. Tatsächlich hatte ich kurz überlegt, ob ich zum Hafen fahren und den anderen bei ihren Übungen auf der Jolle zusehen sollte, aber dann beschloss ich, mir noch einen Tag Pause zu gönnen. Ab und zu flackerten die Schmerzen noch auf, vor allem, wenn ich allzu schnell den Kopf bewegte. Dabei hatten sich Dr. Theis' pflanzliche Heilmittel als äußerst wirksam erwiesen. Ich hoffte, dass ich dem sympathischen Doktor während meines Aufenthaltes noch einmal begegnete, um ihm von meiner schnellen Genesung berichten zu können. Ich war wirklich beeindruckt von seinen natürlichen Heilmethoden.

Mein Gesicht machte mir allerdings Sorgen, jedenfalls rein optisch betrachtet. Ich hatte mal gesehen, dass es in Japan ein witziger Trend war, sich eine Salzlösung in die Stirn spritzen zu lassen, sodass man dort für einen halben Tag eine donutgroße Beule hatte. Genauso sah meine Stirn nun ebenfalls aus, nur schlimmer. Ich hatte nämlich auch einen passenden Bluterguss dazu, sozusagen einen japanischen Stirn-Donut mit Blaubeerglasur. Und eins stand mal fest: So etwas machte einen keinesfalls hübscher!

Kaum hatten ich und meine Riesenbeule das Taxi verlassen und die Pension betreten, eilte mir Jutta schon entgegen.

»Warte, ich nehme dir den Rucksack ab, Sophie!«, rief sie aufgeregt. »Kann ich dir einen Tee oder einen Orangensaft bringen? Oder willst du dich gleich wieder hinlegen? Mattes könnte dich die Treppe hochtragen.«

»Ich kann selbst laufen, Jutta«, versicherte ich ihr schmunzelnd. »Danke, aber ich brauche nichts. Ich wollte mich eigentlich direkt in den Garten legen.«

Sie musterte mich skeptisch, und ich musste sie richtiggehend anflehen, mich nach draußen zu lassen. Heute versprach es, wieder ein wunderschöner Sommertag zu werden. Der Himmel war strahlend blau, kein Wölkchen war in Sicht, und vom Meer wehte ein angenehm lauer Wind. Trotzdem ließ es sich Jutta nicht nehmen, mich auf meiner Liege in eine Wolldecke einzupacken, unter der mir schon nach wenigen Minuten der Schweiß ausbrach. Dazu musste ich auch noch warmen Sanddornsaft trinken, weil der angeblich unglaublich gesund war.

»Schmeckt lecker«, sagte ich, nachdem ich probiert hatte.

Jutta nickte zufrieden. »Man muss süßen Orangensaft dazugeben, sonst ist der Sanddorn-Geschmack zu herb. Das ist eine richtige Vitamin-C-Bombe, damit wirst du wieder topfit.«

»Super, das werde ich mir für die nächste Erkältung merken«, entfuhr es mir schnaubend. Ich deutete vielsagend auf meine Beule.

Sie hob belehrend den Zeigefinger. »Auch nach einem Unfall ist es wichtig, dass deine Selbstheilungskräfte aktiv sind.«

»Du klingst ja fast wie Dr. Theis.«

»Kein Wunder, schließlich ist er schon seit Jahren unser Hausarzt.« In Juttas Augen stahl sich ein angriffslustiges Funkeln. »Und wehe du sagst etwas Schlechtes über seine Heilkräuter! Auf die schwöre ich nämlich.«

Oha, da war ich wohl an einen Fan geraten! Ich stellte das leere Glas auf den Beistelltisch und hob ergeben die Hände.

»Von mir hörst du kein böses Wort. Ich gebe gerne zu, dass mir seine Kräuter ebenfalls geholfen haben.«

Jutta setzte eine triumphierende Miene auf. »Er ist eben der beste Arzt auf der Insel.«

Sobald sie wieder im Haus verschwunden war, befreite ich mich von der Wolldecke, um keinen Hitzschlag zu bekommen, und döste einige Zeit faul im Halbschatten vor mich hin. Doch so ganz allein wurde mir schnell langweilig, und ich machte das, was ich mir schon so oft vorgenommen hatte: Ich holte das Segelhandbuch aus meinem Zimmer und lernte. Zwar war der Stoff genauso trocken, wie ich befürchtet hatte, doch dieses Mal legte ich das Buch nicht wieder zur Seite, sondern arbeitete hartnäckig weiter.

Erst gegen Mittag legte ich eine Pause ein und machte einen gemütlichen Spaziergang zum Strand. Das Meer war heute spiegelglatt und reflektierte das Licht der Sonne so hell, als wollte es mit ihr um die Wette strahlen. Kinder planschten jauchzend im flachen Wasser, suchten Muscheln oder versuchten sich im Burgenbau, während die Erwachsenen in den Strandkörben plauderten oder sich entspannten. Ich beobachtete, wie die Wellen gemächlich an Land rollten und fast zärtlich über den Strand strichen, bevor sie sich auf den Rückweg machten. Draußen auf dem Meer entdeckte ich mehrere Schiffe. Bald schon würde ich mich ihnen anschließen und auf Oles Segelyacht die Ostsee rund um Rügen erkunden. Ich konnte es kaum abwarten, vom Wasser aus die Steilküsten, Strände und wild bewachsenen Ufersäume zu bewundern.

Zurück im Garten der Pension überlegte ich kurz, ob ich Annika anrufen und ihr von meinem Unfall berichten sollte, doch dann arbeitete ich lieber noch ein paar Übungsblätter durch. Schließlich war ich endlich in Schwung gekommen, und das musste ich ausnutzen!

Mein Lerneifer wurde lediglich durch eine Mitteilung von Max, meinem Jüngsten, vorübergehend unterbrochen. Ich hatte ihm heute Morgen eine kurze Nachricht geschrieben und erhielt nun die Antwort, dass es ihm gut gehe, er sich super in Heidelberg einleben würde und ein tolles Mädchen namens Pepper kennengelernt hatte, die ihn ›das Leben mit ganz anderen Augen sehen ließ‹. Ich atmete erleichtert auf, denn so wie es sich anhörte, trug er mir die Sache mit Felix tatsächlich nicht mehr nach. Allerdings fragte ich mich besorgt, was seine letzte kryptische Andeutung wohl zu bedeuten hatte.

Zwar hatte ich auch Bastian eine Nachricht geschickt, doch nach dem unerfreulichen Ende unseres letzten Telefonats rechnete ich offen gestanden nicht mit einer Antwort. Aber ich würde meinem Entschluss treu bleiben: Mein ältester Sohn verhielt sich mir gegenüber falsch, und ich würde mich ihm zuliebe nicht verbiegen. Vielleicht gehörte es zum Erwachsenwerden der Kinder dazu, dass sich nicht nur die Kinder, sondern auch die Eltern abnabelten. Sollte Felix sich doch mit Bastian herumärgern und ihm klarmachen, dass unsere Trennung beschlossene Sache war! Ich machte mir deshalb jedenfalls keinen Druck und sah das Ganze mittlerweile entspannt.

Als Jutta mir einige Zeit später eine Tasse frisch aufgebrühten Weidenrindentee hinstellte und sich neben mich auf eine Liege setzte, war mein Kopf derart vollgepackt mit Informationen über das Segeln, dass ich fest damit rechnete, morgen einen Großteil davon wieder vergessen zu haben.

»In der Pension habe ich alles erledigt, für heute ist Feierabend«, sagte sie zufrieden und streckte die Beine aus. »Es geht dir besser, oder? Ich habe gesehen, dass du vorhin einen Spaziergang gemacht hast.«

»Fast habe ich ein schlechtes Gewissen bekommen, weil die anderen sich heute beim Jollentraining abmühen, während ich am Strand meine Füße ins Wasser gestreckt habe«, gestand ich ihr. »Es hat sich angefühlt, als würde ich die Schule schwänzen.«

Jutta grinste breit. »Immerhin hast du ein Attest vom Arzt, dann kann Ole dich auch nicht nachsitzen lassen. Apropos Ole – er war gestern ja ganz außer sich vor Sorge um dich. Dabei ist er sonst immer die Ruhe selbst. Das hat mich schon etwas überrascht, muss ich sagen.«

Es entging mir nicht, dass sie mich prüfend musterte. Ein unausgesprochenes Fragezeichen lag zwischen uns in der Luft.

Ich zuckte mit den Schultern. »Bestimmt hat er sich verantwortlich gefühlt, weil der Unfall während des Segelunterrichts passiert ist.«

Das war für mich jedenfalls die wahrscheinlichste Erklärung. Vielleicht war Ole mir freundschaftlich zugetan, aber das bedeutete noch lange nicht, dass er mehr für mich empfand. Er hatte seine Gefühle bestimmt besser im Griff als ich. Und im Moment wollte ich auch gar nicht weiter darüber nachdenken.

Ich stieß einen Seufzer aus und ließ meinen Blick über den Himmel und die Baumwipfel schweifen. »Schon seltsam, dass ich mich hier so wohl fühle.«

Jutta runzelte irritiert die Stirn. »In unserem Garten?«

»Ja, auch in eurem Garten«, sagte ich lachend. »Aber eigentlich meine ich diese Insel. Obwohl mein Leben und meine Gefühle momentan das reinste Chaos sind, scheint mir Rügen gutzutun. Ich bin entspannter als sonst und nehme mir nicht alles so zu Herzen. Daheim würde ich mich wahrscheinlich schon in Selbstvorwürfen suhlen, weil sich mein ältester Sohn seit unserem Streit nicht mehr bei mir gemeldet hat.«

Jutta nickte wissend. »Ich glaube, das macht die Nähe zur Natur und dem Meer. Das erdet einen und lenkt den Fokus auf die wirklich wichtigen Dinge. Nach einem harten Tag mache ich abends oft einen Spaziergang an den Dünen entlang, und jedes Mal geht es mir danach besser. Die Dinge, über die ich mich vorher noch aufgeregt habe, scheinen dann plötzlich gar nicht mehr so wichtig zu sein.«

»Nur schade, dass ich ohne Auto gekommen bin«, bemerkte ich bedauernd. »Ich würde so gerne mehr von der Insel entdecken.«

Jutta setzte sich ruckartig auf. »Ich wollte gleich nach Bergen in die Innenstadt fahren, um ein paar Dinge zu erledigen. Komm doch mit!«, schlug sie vor, doch gleich darauf musterte sie mich besorgt. »Oder ist dir das zu viel mit deiner Kopfverletzung?«

Sofort war ich Feuer und Flamme. »Natürlich nicht!«

Diese Chance wollte ich mir nicht entgehen lassen.

Kurze Zeit später saßen wir und der kleine Jonas in Juttas altem VW Cabrio, und Jutta machte extra ein paar kleine Umwege, um mir besonders schöne Stellen zu zeigen. Wir fuhren über holpriges Kopfsteinpflaster durch Alleen mit herrlichen Laubbäumen, die sich über uns die Äste reichten und für uns Spalier standen. Das Flüstern und Rauschen ihrer Blätter übertönte sogar das Brummen des Motors, und ich bewunderte die weiten Wiesen und Felder, die in sanft geschwungenen Hügeln und Tälern bis zum Horizont zu reichen schienen. Eine Böe strich über ein riesiges Getreidefeld, und die Halme wiegten sich wie die Wellen des Meeres hin und her.

»Kaum zu glauben, dass wir uns auf einer Insel befinden«, sagte ich staunend.

»Rügen ist vergleichsweise groß«, sagte Jutta. »Mit dem Fahrrad wärst du ziemlich lange unterwegs, wenn du die ganze Insel erkunden willst.«

Immer wieder passierten wir idyllische Dörfchen, in denen die Zeit stehen geblieben zu sein schien und der Tourismus noch keine Spuren hinterlassen hatte. Der warme Fahrtwind spielte mit meinen Haaren, und ich schloss die Augen, um den Moment zu genießen.

Nach einer halben Stunde näherten wir uns Bergen. Die Kirche sah man schon von Weitem, da sie wie eine stolze Königin auf dem höchsten Punkt der Stadt thronte. Dementsprechend ging es in der Altstadt entweder steil bergauf oder bergab, und das auf äußerst holprigem Kopfsteinpflaster. Es dauerte ewig, bis wir einen Parkplatz gefunden hatten, und Jutta blickte immer wieder mit gestresstem Gesichtsausdruck auf ihre Uhr. Damit sie noch rechtzeitig vor Ladenschluss ihre Besorgungen erledigen konnte, bot ich ihr an, Jonas zu übernehmen.

»Wird dir das nicht zu viel?«, fragte sie halb verunsichert, halb erleichtert. Wir standen inzwischen vor dem geparkten Auto, und Jutta sah so aus, als würde sie direkt lossprinten wollen, bevor ich mein Angebot wieder zurücknahm. »Eigentlich wolltest du dir doch in Ruhe die Altstadt anschauen.«

Anstatt einer Antwort ergriff ich Jonas' kleine Hand. »Das mache ich auch, und zwar mit einem waschechten Rüganer. Jonas hat sich bereiterklärt, mir die Sehenswürdigkeiten zu zeigen. Nicht wahr, Jonas?«

Der Kleine sah mich mit großen Augen an, und ich nickte Jutta ermutigend zu. »Los, geh schon! Ich habe zwei Söhne großgezogen, da kann ich auch eine halbe Stunde auf Jonas aufpassen. Außerdem haben wir doch unsere Handynummern ausgetauscht, und ich kann dich jederzeit anrufen.«

Jutta drückte mir strahlend eine Tasche mit Trinken und Wechselklamotten in die Hand. »Du bist ein Schatz, Sophie! Bis später, Jonas!«

Sie flitzte so schnell davon, dass Jonas gar nicht wusste, wie ihm geschah. Ich ergriff die Gelegenheit, beugte mich zu ihm herunter und probierte es mit einem schamlosen Bestechungsversuch: »Möchtest du ein Eis haben, Jonas?«

Sofort nickte er eifrig, und wir suchten gemeinsam die nächste Eisdiele. Jonas bestand auf drei Kugeln Schokolade, und ich blickte mit einer üblen Vorahnung auf sein bisher noch sauberes hellblaues T-Shirt. Zum Glück hatte Jutta in die Tasche feuchte Tücher gepackt.

Mit dem Eis in der Hand liefen wir bergauf in Richtung Marienkirche und umrundeten das im 12. Jahrhundert erbaute und damit älteste Gotteshaus auf Rügen. Auf einem Hinweisschild stand auch, dass die Wandmalereien im Chor und Querschiff der Backsteinkirche angeblich großen Seltenheitswert besaßen, doch mein junger einheimischer Führer war offensichtlich der Meinung, dass es sich nicht lohnte, deswegen extra hineinzugehen. Jonas zog mich weiter, während er genießerisch und ohne jede Eile an seinem Eis leckte. Wenn Jutta uns suchte, musste sie einfach nur der Spur aus geschmolzenem Schokoladeneis folgen, die wir hinterließen.

Als Nächstes gingen wir in den restaurierten Klosterhof. Dort gab es eine Schauwerkstatt und einige schöne Kunsthandwerkerläden mit Kreidemännchen, Tonfiguren und filigranen Seerosen aus Metall. Mir gefiel sofort die lockere Atmosphäre, und ich setzte mich mit Jonas auf eine Holzbank, damit er in Ruhe sein Eis aufessen konnte. Hoffentlich konnte ich den Zweijährigen auch ohne weitere Bestechungsversuche bei Laune halten. Just in diesem Moment klingelte mein Handy, und als ich den Namen auf dem Display entdeckte, lächelte ich. »Annika! Ich wollte dich heute auch noch anrufen. Wie geht es dir?«

Die einzige Antwort, die ich bekam, war ein herzzerreißender Weinanfall.

Mir stockte der Atem. »Was ist denn passiert? Ist jemand gestorben?«

»Diese ... diese blöde Bitch«, schluchzte Annika. »Die soll ihre manikürten Krallen von ... von meinem Henning lassen!«

Aha! Annika hatte ihre Coolness also abgelegt und war sich über ihre wahren Gefühle klar geworden. Ich wusste nicht, ob ich schockiert oder erleichtert sein sollte.

»Dann ist es dir also doch nicht egal, dass dein Mann eine Geliebte hat?«, hakte ich nach.

»Würde ich sonst weinen?«, blaffte sie mich an.

Unserer Freundschaft zuliebe ertrug ich kommentarlos, wie sie geräuschvoll den Rotz hochzog.

»Natürlich ist es mir nicht egal!«, sagte sie dann etwas ruhiger. »Und wenn du jetzt sagst, dass du das schon bei unserem letzten Gespräch wusstest, rede ich nie wieder ein Wort mit dir.«

Als ob ... aber ich verkniff mir trotzdem eine entsprechende Bemerkung. »Bist du dir sicher, dass er fremdgeht? Letztes Mal hattest du doch nur eine vage Vermutung.«

»Ich habe ... habe sie zusammen gesehen. Als er gestern Abend wieder Überstunden machen wollte, bin ich zu ihm in die Firma gefahren, habe mich im Gebüsch versteckt und die beiden durchs Fenster beobachtet.«

Annikas kriminelle Energie überraschte mich immer wieder – zu Einbruch kam nun auch noch Stalking hinzu.

»Ich muss zugeben, dass sie tatsächlich gearbeitet haben, aber sie konnten dabei kaum die Finger voneinander lassen. Permanent hat Hennings Kollegin an ihm rumgegrabscht, ist das zu fassen? Sie hat ihn angehimmelt, als wäre er der letzte Mann auf Erden, und meinem Gatten hat das sichtlich gefallen. Zum Schluss haben sie sich auch noch geküsst.«

Ich atmete auf, denn ich hatte offen gestanden Schlimmeres

befürchtet. Nicht auszudenken, wie Annika reagiert hätte, wenn die beiden vor ihren Augen Sex gehabt hätten.

»Erst in dem Moment wurde mir klar, wie viel mir an Henning liegt«, gab sie schniefend zu. »Ich will ihn nicht verlieren, Sophie!«

Schön, dass ihr Henning nach all den Jahren noch so viel bedeutete. Im Gegensatz zu meiner Ehe schien bei Annika die Liebe noch vorhanden zu sein. »Zu doof, dass es immer erst eine Katastrophe braucht, um all die verschütteten Gefühle wieder ans Tageslicht zu bringen.«

Während ich zusah, wie Jonas die letzten Reste seiner Eiswaffel verdrückte, war ich in Gedanken ganz bei meiner Freundin.

»Was hast du jetzt vor?«, fragte ich. »Normalerweise müsste ich dich jetzt davon abhalten, seine besten Klamotten zu zerschneiden oder den Lack seines Autos mit dem Hausschlüssel zu zerkratzen.«

Ruckartig riss ich das Handy vom Ohr, um einem Gehörsturz zu entgehen, als plötzlich lautstarkes Tröten durch die Leitung schallte. Offensichtlich putzte sich Annika gerade die Nase.

»Wenn ich jetzt hysterisch werde, würde ich Henning doch nur in die Arme dieser doofen Kuh treiben«, stellte Annika fest. »Am meisten ärgert mich, dass ich genauso Schuld an diesem ganzen Desaster habe wie Henning. Anstatt über unsere Probleme zu reden, haben wir sie einfach als ›normal‹ angesehen und nichts unternommen. Gott, ich habe sie dir gegenüber sogar noch als witzige Lebensweisheiten verkauft!«

Es war wohl nicht der richtige Zeitpunkt, um darauf hinzuweisen, dass mich ihre abgebrühten Sprüche durchaus beeindruckt hatten. Wahrscheinlich hätte es mich damals schon stutzig machen müssen, dass sie bei ihrer Andreas-Kreuz-

Geschichte lauter gelacht hatte als ich. Ich hatte Annika selten so ratlos und verzweifelt erlebt wie jetzt.

»Kein Problem«, erwiderte ich sanft. »Das habe ich alles gar nicht ernst genommen.«

In diesem Moment sah ich aus den Augenwinkeln eine schokoladeneisverschmierte Hand auf meinen sonnengelben Rock zusausen. Eindeutig zu spät, um zu reagieren. Was das Mutterdasein anbelangte, war ich wohl etwas aus der Übung, denn eigentlich wusste ich: Bei einem Kleinkind musste man seine Augen überall haben und durfte sich niemals ablenken lassen. »Oh Jonas!«, entfuhr es mir leise.

Er hob seine Hände. »Dreckig«, teilte er mir mit und zog dabei eine unzufriedene Schnute.

Das Kind war von oben bis unten mit Eis eingeschmiert. Wenn das Jutta zu sehen bekam, war sie bestimmt sauer. Hoffentlich hatte sie ein gutes Waschmittel!

»Was soll ich denn jetzt nur tun, Sophie?«, jammerte Annika zur gleichen Zeit. »Kannst du mir nicht einen Rat geben, wie ich meine Ehe retten kann? Ich fühle mich so schrecklich hilflos. Am liebsten würde ich mich ins Auto setzen und sofort zu dir fahren.«

Ich war mich nicht sicher, ob es klug war, in dieser Sache ausgerechnet mich um Rat zu fragen. Schließlich war ich erst vor Kurzem offiziell mit meiner Ehe gescheitert und damit sicherlich keine Fachfrau in Beziehungsfragen. Andererseits: Gerade durch meine eigenen Erfahrungen wusste ich, dass Annika jetzt nicht schweigen oder die Flucht ergreifen durfte. Auch wenn es unangenehm war, sie musste sich der Konfrontation stellen.

»Du bleibst, wo du bist!«, befahl ich und zog währenddessen dreißig feuchte Tücher auf einmal aus der Packung, um Jonas großflächig abzuwischen. »Wenn sich die beiden schon geküsst haben, ist es sozusagen fünf vor zwölf, und du musst sofort aktiv werden.« Die nächste Frage war wichtig, trotzdem stellte ich sie nicht gerne, weil ich Annika nicht noch mehr verunsichern wollte: »Glaubst du, dein Mann liebt dich noch?«

Jonas zappelte unwillig und versuchte, sich meiner Säuberungsaktion zu entziehen. »Mama!«, verlangte er.

Also entweder hatten meine Multitasking-Fähigkeiten nachgelassen, oder zwei Dramen, die sich gleichzeitig abspielten, waren einfach zu viel. Im Moment war ich jedenfalls eine Spur überfordert, und meine Kopfschmerzen meldeten sich zurück. Am besten ich ging Schritt für Schritt vor: Erst einmal widmete ich mich Annikas Problem, dann würde ich mit Jonas den nächsten Brunnen aufsuchen, um ihn dort kurz einweichen zu lassen. Im Prinzip alles ganz einfach, oder?

»Ich weiß nicht«, beantwortete Annika meine Frage. »Vielleicht. Henning ist jedenfalls nicht so ein kaltherziger Stoffel wie Felix. Er ist eigentlich immer sehr aufmerksam: Er vergisst nie die Termine unserer Kinder, erinnert sich an die Geschichten, die ich ihm erzähle, und er sagt mir regelmäßig, dass er mich liebt.«

Am Ende ihres Satzes begann ihre Stimme zu zittern, und ehe sie wieder in Tränen ausbrechen konnte, sagte ich schnell: »Dann ist deine Ehe bestimmt noch zu retten, Annika! Anscheinend gefällt Henning die Aufmerksamkeit dieser anderen Frau, und du solltest ihm zeigen, wie viel er dir noch bedeutet. Ihr braucht Zeit zu zweit, ohne Kinder und Alltagsstress! Geh mit ihm aus, mach dich hübsch für ihn, frag ihn nach seinen Gefühlen. Du musst um ihn kämpfen und deine Gegnerin ausschalten ...«

Weiter kam ich mit meinen Tipps nicht, da die Geduld des kleinen Jonas endgültig erschöpft war. Er riss sich los und sauste erstaunlich flink in Richtung Kirche davon.

»Ich glaube, du hast recht«, meinte Annika nachdenklich, während ich hektisch Juttas Tasche an mich raffte und Jonas hinterherrannte. »Ich muss mit dem Geflenne aufhören und zum Angriff übergehen! Ich brauche einen HIM-Plan.«

Verdammt, waren Kleinkinder früher auch schon so schnell gewesen? »Wie bitte?«, japste ich atemlos ins Telefon.

»Einen ›Henning ist meiner‹-Plan«, erklärte sie eifrig, ohne auf mein Gekeuche zu achten. »Mein Gatte muss wahrscheinlich nur daran erinnert werden, mit was für einer großartigen Frau er verheiratet ist – einer Frau, die zu allem entschlossen ist. Sophie, du bist ein Schatz!« Und schon hatte sie aufgelegt.

Ich war zu erleichtert darüber, dass ich anscheinend hatte helfen können, um mich über Annikas abrupten Abschied zu ärgern. Was ihr HIM-Plan wohl im Detail beinhaltete? Hoffentlich nicht die Erpressung oder das Entführen der blöden Kuh. Nach dem Einbruch und dem Stalking war ich bei meiner Freundin leider auf alles gefasst.

»Jonas, bleib hier!«

Ich winkte ihm aufgeregt, aber da ich immer noch die feuchten Tücher in Händen hielt, hatte das wohl eher den gegenteiligen Effekt, und Jonas legte noch einen Zahn zu. Mir brach der Angstschweiß aus. Das hatte ich nun von meiner Hilfsbereitschaft: Kopfschmerzen, eine beste Freundin mit einem Plan, der sie möglicherweise ins Gefängnis brachte, und ein fremdes Kind, das schon so gut wie unter den Rädern lag. Das Einzige, was mir in die Karten spielte, war die Tatsache, dass es im Bereich des Klosterhofes und der Kirche keine Autos gab. Auch war der junge Flüchtling altersbedingt im Nachteil, denn die Schrittlänge eines Zweijährigen war relativ kurz. Ich holte eindeutig auf.

»Mama! Ich will zu Mama!«

Ich versuchte es mit Strenge: »Komm sofort zurück, Jonas!«

Nein, das wirkte auch nicht.

Ein älteres Ehepaar, das an einem Schaufenster für selbstgemachte Töpferwaren stand, musterte mich und das flüchtende Kind misstrauisch. Bestimmt hielten sie mich für eine Kidnapperin. Schon hörte ich ihre Täterbeschreibung: ›Die Frau war höchstens Mitte dreißig, ausnehmend gutaussehend, sportlich und hatte einen dieser japanischen Donuts aus Kochsalzlösung auf der Stirn, nur in Dunkelblau.‹

»Ich bin zu alt für diesen Scheiß!«, japste ich ganz im Stil von Roger Murtaugh aus *Lethal Weapon*.

Ich war schon so nahe, dass ich Jonas fast einfangen konnte. Wenn ich nur einen kleinen Teil von ihm zu fassen bekam, würde ich dank der Schokoladeneisschmiere bestimmt an ihm kleben bleiben!

»Mamaaa!«, krähte Jonas erneut, als ich zum Schlussspurt ansetzte.

Inmitten eines Haufens umherfliegender Feuchttücher gingen wir zu Boden, und ich rollte mich mit Jonas im Arm zur Seite.

»Hab dich!«, jubelte ich und kitzelte ihn erbarmungslos durch, was mein gutes Recht als Siegerin war.

Jonas' Kichern verriet mir, dass ihn unser kleines Wettrennen wohl nicht allzu schwer traumatisiert hatte.

»Hab ich mir doch gedacht, dass ich euch hier finde. Was macht ihr denn da?«

Ich sah auf und blickte direkt in Juttas fragendes Gesicht. »Du bist schon fertig?«, entfuhr es mir überrascht. Ich war wohl zu sehr auf den kleinen Ausreißer fixiert gewesen, um sie zu bemerken. »Wir … wir haben Fangen gespielt, das kommt ja zum Glück nie aus der Mode bei Kindern.« Ich räusperte mich und wechselte lieber schnell das Thema. »Hast du alles bekommen, was du wolltest?«

»Habe ich und dank dir viel schneller, als ich geplant hatte. Du bist ein Schatz, Sophie!«

Das hörte ich heute nicht zum ersten Mal. Ich sammelte verstohlen die auf dem Boden liegenden Feuchttücher ein, während Jutta ihren Sohn von oben bis unten musterte. »Ich ziehe dir lieber mal ein neues T-Shirt an, Jonas. Wie ich sehe, hattest du mächtig viel Spaß.«

»Dann bist du nicht sauer, dass er so dreckig ist?«

»Natürlich nicht!« Sie winkte lachend ab. »Du könntest ihn in ein leeres Zimmer sperren, und er würde es schaffen, sich mit irgendetwas einzuschmieren.«

Mit routinierten Handgriffen machte sie ihren Sohnemann wieder vorzeigbar, während ich mich ein wenig erholte und sich mein Adrenalinpegel normalisierte. In Ermangelung eines Weidenrindentees nahm ich jetzt doch eine Kopfschmerztablette ein. Im Nachhinein betrachtet hätte ich beim Jollentraining wahrscheinlich mehr Ruhe und Entspannung gehabt als bei unserem Ausflug. Seltsamerweise vermisste ich auch Ole, doch dieses unerwünschte Gefühl ignorierte ich konsequent. Ich war eine Festung der Entschlossenheit!

»Du siehst etwas mitgenommen aus«, stellte Jutta mitfühlend fest. »Wie wäre es mit einer kleinen Stärkung? Nicht weit von hier ist die älteste Konditorei Rügens, und dort gibt es superleckere Torten. Hast du Lust?«

»Oh ja, das wäre wunderbar.« Ich nickte ihr mit einem dankbaren Lächeln zu.

Doch Jonas zog vehement an meinem verschmierten Rock. »Spielen!«, verlangte er mit einem unwiderstehlichen Strahlen.

»Wie es scheint, hast du sein Herz gewonnen, Sophie«, sagte Jutta grinsend.

Ich ging in die Knie. »Daheim in eurem Garten spiele ich wieder mit dir Fangen, okay?«

Wenn mich der Segelunterricht bis zum Ende meines Urlaubes nicht fit machte, dann sicherlich dieser Zweijährige.

Wir schlenderten zur Bäckerei, und Jutta hatte nicht übertrieben: In der gemütlichen Konditorei aß ich eine superleckere ›Rügenwelle‹ und trank einen Pott Kaffee, wobei Pott tatsächlich wörtlich gemeint war und ich die Schüssel beim Trinken mit beiden Händen umklammert hielt. Während Jutta und ich über Gott und die Welt plauderten, konnten wir von unserem Platz aus die Leute beobachten, die durch Bergen flanierten. Auf den Gesichtern der vorbeiziehenden Menschen begegneten mir kaum die Rastlosigkeit und Hektik, die ich aus meiner Heimatstadt gewohnt war. Die gelassene Atmosphäre war ansteckend, und ich lehnte mich entspannt zurück.

Hoffentlich ergaben sich während meines Aufenthaltes noch weitere Gelegenheiten, Rügen zu erkunden! Diese Insel überraschte mich immer wieder aufs Neue, und ihr Zauber wirkte an den unterschiedlichsten Orten. Nicht zum ersten Mal fragte ich mich, ob ich mir ein Leben auf Rügen vorstellen könnte. Das allgegenwärtige Meer, die Herzlichkeit der Inselbewohner, das geruhsame Tempo, die Verbundenheit zur Natur – das alles hatte mich vom ersten Moment an gefangen genommen.

18. Kapitel

Mit zwei Fischbrötchen in der Hand lief ich über den Steg zu Ole. Die Bohlen federten unter meinen Füßen und verliehen mir ein beschwingtes Gefühl, so als könnte ich jeden Moment abheben und davonfliegen. Oder war das nur mein dummes Herz, das sich so herrlich unbeschwert fühlte?

»Hier bitte, dein Mittagessen!«

Als Ole mir das Brötchen abnahm, schenkte er mir ein dankbares Lächeln. »Super, ich bin fast am Verhungern! Das Herumbrüllen und Befehle geben ist echt anstrengend«, sagte er mit einem Augenzwinkern.

Heute war ein windiger Tag, und meine Mitschüler hatten ziemlich damit zu kämpften, die Kontrolle über ihre Jollen zu behalten. Trotz der Entfernung hörte ich, wie Björn sein rebellisches Großsegel beschimpfte und ihm drohte, es in Stücke zu reißen, wenn es sich nicht endlich seinem Willen unterwarf.

Schon seit dem frühen Morgen waren wir im Hafen von Breege, und die gesamte Unterrichtszeit hatte ich bisher an Oles Seite verbracht, da ich mich noch nicht in der Lage fühlte, eine Jolle zu steuern. Allein beim Gedanken daran wurde mir ganz flau im Magen. Gut, ich gebe zu, dass Oles Gesellschaft auch einen gewissen Anreiz bot, lieber an Land zu bleiben. Selbst schweigend mit ihm aufs Wasser zu schauen hatte etwas Harmonisches und fühlte sich nicht die Spur unangenehm oder beklemmend an. Trotzdem hatten wir uns die meiste Zeit über unterhalten, wenn wir allein waren. Ich hatte ihm auch von Annikas Anruf und meiner zeitgleichen Jagd auf Jonas

Plümer erzählt, womit ich Ole sowohl ein herzhaftes Lachen als auch ehrliches Mitgefühl entlockte.

Gestern Abend hatte ich vor dem Einschlafen noch einmal mit Annika telefoniert und ihr das Versprechen abgenommen, keine ernsthafte Straftat zu begehen. Ihr HIM-Plan umfasste schon achtzehn Punkte und beinhaltete neben den üblichen Beziehungsrettungstipps auch Dinge wie:

7. Flashmob vor seiner Firma.

13. Der blöden Bitch nachts sämtliches Make-up aus dem Badezimmer klauen, sodass sie ungeschminkt zur Arbeit muss.

16. Hennings Foto auf meinen Venushügel tätowieren lassen.

Gerade bei diesem Punkt hatte ich Bedenken: »Ich halte das für keine gute Idee, Annika! Wenn es doch zu einer Trennung kommt, würde jeder Mann, mit dem du intim werden willst, direkt mit dem Antlitz deines Exmannes konfrontiert.«

Doch sie war nicht davon abzubringen. »Im schlimmsten Fall lasse ich mir eben einen dichten Busch wachsen. Das ist ja das Praktische an dieser Stelle.«

Ich wandte mich zu Ole um, der sein Fischbrötchen schon komplett verputzt hatte. »Bei meiner Freundin und ihrem Mann scheint die Liebe noch da zu sein, während sie sich bei Felix und mir in Luft aufgelöst hat. Ist doch seltsam, oder? Anscheinend gelingt es manchen Paaren, sich die Gefühle füreinander zu bewahren, während andere sie auf ihrem gemeinsamen Weg irgendwo verlieren.«

»Das ist mir auch schon aufgefallen.« Mit einem Mal war das gelassene Funkeln, das sonst immer in seinen Augen lag, verschwunden. »Es gab eine Zeit, in der ich geglaubt habe, ich würde Giulia so gut kennen wie mich selbst und unsere Liebe könnte jedem noch so heftigen Sturm trotzen. Offenbar habe ich mich geirrt.«

Oh, da hatte ich offenbar eine wunde Stelle getroffen! Diese Giulia hatte ihm wohl übel zugesetzt. Die Verbitterung in seiner Stimme war nicht zu überhören. Das passte allerdings zu dem, was seine Mutter mir beim Frauenabend erzählt hatte. Wohlweislich verkniff ich mir jede kitschige Bemerkung à la ›Vielleicht war Giulia nur die falsche Frau‹ oder ›Auch du kannst noch die große Liebe treffen‹. Obwohl ich mir seit der Trennung von Felix selbst immer wieder mit solchen Sprüchen Mut machte, wenn ich an mein zukünftiges Leben dachte.

Stattdessen kam mir etwas in den Sinn, was Gertrud gesagt hatte. »Ich glaube, jeden Menschen prägen die Erfahrungen, die man im Leben macht, auf andere Weise. Felix und ich sind heute völlig andere Menschen als vor zwanzig Jahren. Würden wir uns jetzt zum ersten Mal begegnen, bin ich davon überzeugt, dass wir uns nicht ineinander verlieben würden.«

Nachdenklich folgte Oles Blick den drei Jollen seiner Schüler. »Damit könntest du recht haben. Giulia und ich sind mit Emmas Schicksal eindeutig unterschiedlich umgegangen. Mir ist es wohl leichter als ihr gefallen, das alles zu verarbeiten.«

Auch seine Mutter hatte so eine kryptische Andeutung gemacht, dass mit seiner Tochter etwas nicht stimmte. Ob ich es wagen sollte, einmal nachzuhaken?

Doch ehe ich mir darüber klar werden konnte, fragte er auch schon: »Dann hast du deinen Glauben an die Liebe noch nicht verloren?«

So kurz nach dem Aus meiner Ehe konnte auch ich mich gegen eine gewisse Desillusionierung natürlich nicht wehren. Annika hatte mir gestern Abend erzählt, dass Felix keine Zeit verloren hatte und neuerdings in unserem Garten ein Schild einer Immobilienfirma mit der Aufschrift ›Zu verkaufen‹ stand. Verarbeitete man normalerweise nicht erst einmal das

Scheitern der Ehe und regelte danach die organisatorischen Dinge? Aber vielleicht war das Felix' Art, mit unserer Trennung umzugehen: aktiv zu werden und alles Notwendige in die Wege zu leiten. Ich wäre jede Wette eingegangen, dass er sich auch schon einen Scheidungsanwalt gesucht hatte. Aber trotzdem: Es gab auch Paare, die selbst nach fünfzig Jahren Ehe noch verliebt Händchen hielten. Und das nicht, weil sie senil waren und dachten, sie hätten den Partner neben sich gerade erst kennengelernt!

»Ja, ich glaube noch an die Liebe«, antwortete ich Ole im Brustton der Überzeugung. »Nenn mich hoffnungslos romantisch, aber ich denke, dass die Aussicht auf echte Liebe immer einen Versuch wert ist. Du nicht?«

Er zuckte unschlüssig mit den Schultern. »Ich bin ganz zufrieden, so wie es ist. Mein bester Kumpel Markus ist ebenfalls eingefleischter Junggeselle, und diesem Glückspilz hat noch keine Frau das Herz gebrochen!«

Ich stieß ein spöttisches Schnauben aus. »Das klingt ja, als wären alle Frauen böse Hexen, die nur darauf aus sind, armen, unschuldigen Männern ihre Nagelfeilen ins Herz zu stoßen.« Ich zog eine fiese Grimasse und krächzte mit meiner allerbesten Hexenstimme: »Ich werde dich kriegen, und dann ist dein Herz für immer mein!«

Ole wich in gespielter Furcht vor mir zurück und bekreuzigte sich. »Weiche von mir, Weib!«

Noch während ich lachend den Kopf schüttelte, runzelte er die Stirn, und ich folgte seinem Blick. Carsten hatte schon die ganze Zeit über versucht, uns mit seinem Können zu beeindrucken und einen Geschwindigkeitsrekord aufzustellen, doch nun schien er völlig übergeschnappt zu sein. Trotz des starken Windes waren seine Segel voll gesetzt, er lag mit dem Hintern fast im Wasser und war offenbar voll darauf konzentriert, seine

Position zu halten. Dabei schien er nicht zu bemerken, dass er auf eine winzige Insel zusteuerte, die sich in direkter Nähe des Hafens befand.

»Abdrehen, Carsten!«, brüllte Ole ins Megafon.

Carsten reagierte jedoch überhaupt nicht, sodass Ole der Geduldsfaden riss. »Guck nach vorne, du Idiot!«

Endlich drehte Carsten den Kopf. Ich an seiner Stelle wäre jetzt wahrscheinlich vor Schreck zu einer Salzsäure erstarrt, doch Carsten reagierte prompt, und in letzter Sekunde drehte er mit der Jolle ab. Allerdings wehte ihm dabei der Wind seine heißgeliebte Kapitänsmütze vom Kopf, die nun ganz allein über den Breeger Bodden davonsegelte. Ein hämisches Grinsen huschte über mein Gesicht.

Ole stieß einen erleichterten Seufzer aus. »Das war knapp, zum Glück hat er richtig reagiert.«

»Hätte ich gewusst, dass er auf den Namen Idiot hört, hätte ich ihn schon viel früher so genannt«, murmelte ich.

»Zeit für einen Wechsel«, rief Ole meinen Mitschülern zu.

»Gibst du Enrico und Ben Bescheid, dass sie wieder an der Reihe sind?«, bat er mich. »Ich werde den anderen in der Zwischenzeit erklären, was sie falsch gemacht haben.«

Ich fand Enrico und Ben im Restaurant, das sich direkt am Hafen befand und in dem sie sich nach einem schnellen Mittagessen noch einen Grog gegönnt hatten. Angeblich, um sich aufzuwärmen, da der Wind ja doch ganz schön frisch wäre. Die beiden hatten sich mittlerweile angefreundet, und Ben war lange nicht mehr so schüchtern wie zu Beginn des Kurses. Vielleicht war es aber auch dem Grog zuzuschreiben, dass er locker den Arm um meine Schulter legte und meinte: »Jetzt m-musst du aber mal wieder mitmachen, Sophie! Ich rette dich auch, wenn etwas schiefgeht.«

»Das ist gut zu wissen«, versicherte ich ihm. »Aber ich setze lieber noch eine Runde aus.«

Leider war auch Ole der Meinung, dass ich erholt genug war. Als wir wieder zurück bei ihm am Steg waren, nahm er mich beiseite.

»Nicht, dass ich deine Gesellschaft nicht schätzen würde, aber du solltest ebenfalls wieder trainieren, Sophie! Sonst wird dein Rückstand auf die anderen zu groß.«

Ich starrte angestrengt auf meine Segelschuhe und nickte wortlos. Weshalb hatte ich nur dieses mulmige Gefühl im Magen, wenn ich daran dachte, wieder in eine Jolle zu steigen?

»Morgen fangen wir mit unseren Manövern auf der Yacht an«, erinnerte mich Ole. »Heute ist also deine letzte Chance, das Segeln auf einem kleinen Boot zu üben.«

Ich rückte mein Basecap zurecht, das ich heute sowohl als Windschutz als auch zur Abdeckung meiner Beule trug, die zum Glück deutlich kleiner geworden war.

»Kein Problem, ich mach wieder mit.« Das hatte überzeugter geklungen, als ich mich fühlte. Ehe ich es mir anders überlegen konnte, kletterte ich schnell in eine Jolle.

Ole beugte sich zu mir herunter. »Bleib in meiner Nähe! Ich rufe dir zu, was du tun musst, okay?« Er legte mir aufmunternd die Hand auf die Schulter. »Zusammen schaffen wir das.«

Ich murmelte irgendetwas Peinliches in der Art von »Kein Ding, alles in Butter auf dem Kutter!« und legte ab. Kaum hatte ich mich ein paar Meter vom Steg entfernt, bekam ich schon Probleme, die Kontrolle über die Jolle zu behalten. Das Wasser schien mit einem Mal viel unruhiger zu sein, die Wellen höher und der Wind stärker. Enrico und Ben hatten mit ihrer Grog-Ausrede nicht gelogen – hier draußen fühlte sich die kühle Brise wie ein Herbststurm an.

Ole warnte mich über das Megafon, dass ich nicht so weit rausfahren solle, doch als ich meinen Kurs korrigieren wollte, driftete ich seitlich ab und kam dem Hafen kein Stück näher. Vorgestern hatte das doch noch geklappt, was war denn nur los? Allerdings war bei meinem ersten Training auch perfektes Segelwetter gewesen.

»Achte auf den wahren Wind, Sophie!«, rief Ole.

Auf den *wahren* Wind? Gab es denn auch einen falschen? Hilfesuchend blickte ich auf meine Segel, den Verklicker, der mir Veränderungen des Windeinfallwinkels zeigen sollte, und die Wolken am Himmel.

»Du erkennst eine herannahende Böe an der Kräuselung der Wellen.«

Aha. Ich versuchte, die Wellen zu beobachten, doch ich ertappte mich selbst dabei, wie mein Blick immer wieder misstrauisch zum Großbaum wanderte. Erst jetzt fiel mir auf, dass ich eine kauernde Haltung eingenommen hatte, um meinen Kopfbereich in Sicherheit zu bringen. Ich zwang mich dazu, wieder aufrechter zu sitzen, was mich jedoch so nervös machte, dass ich noch weniger auf die Wellen achtgab.

Neidisch sah ich zu Enrico und Ben, die nicht weit von mir entfernt ihre Übungen durchführten. Ben absolvierte gerade gekonnt ein Manöver und bewies erneut, dass er echtes Talent besaß. Bei Enrico wirkte es deutlich angestrengter, aber er schlug sich eindeutig besser als ich. Vielleicht hätte ich auch einen Grog trinken sollen? Ich hatte solche Mühe, überhaupt Kurs zu halten, dass an ein Manöver gar nicht zu denken war. Was für eine Ironie: Vorgestern konnte ich noch segeln, hatte aber keine Ahnung von der Theorie – nun hatte ich endlich die Fachsprache gelernt, konnte aber nicht mehr segeln.

Ach was, das lag bestimmt nur an den eineinhalb Tagen Trainingsrückstand! Da war es doch kein Wunder, dass mir der frische Wind wie ein orkanartiger Sturm vorkam, der das Segeln unmöglich machte.

»Wahrschau!«, rief mein Lehrer.

Ich warf einen genervten Blick in Richtung Ole. Hatte er etwa Angst, dass ich nach Warschau abtrieb? Das war ja wohl echt übertrieben. Verstand er das etwa unter Zusammenarbeit? Ach nein, jetzt fiel mir wieder ein, dass das ein Warnruf war und ›Vorsicht!‹ bedeutete. Ups, so ganz firm war ich in der Theorie wohl doch noch nicht.

Wovor wollte er mich denn wa... Oh! Die Jolle hatte plötzlich volle Fahrt aufgenommen und steuerte direkt auf diese Insel zu, die auch Carsten schon magisch angezogen hatte. Was machte so eine doofe Insel eigentlich in direkter Nähe des Hafens? Hätte man die zur Sicherheit aller nicht entfernen können? Das war ja wohl grob fahrlässig!

Panik erfasste mich. Hatte Carsten vorhin nicht angeluvt, um der Insel auszuweichen? Ole brüllte mir ununterbrochen Befehle durchs Megafon zu, doch ich verstand überhaupt nichts mehr. Und dann verstärkte sich auch noch die Krängung der Jolle. Eine Welle schwappte ins Boot hinein und durchnässte meine Schuhe. Hektisch und ohne jeden Plan bediente ich die Pinne und die Segel, während mir der Schweiß ausbrach. Jetzt konnte mir nur noch der Wind helfen, aber er schien von allen Seiten zu kommen, und es gelang mir einfach nicht, ihn zu meinem Vorteil zu nutzen. Schon sah ich die Insel direkt vor mir, und ich tat das Einzige, was mir noch einfiel: Ich presste die Augen zusammen und wartete auf den Zusammenstoß.

Doch er kam nicht. Vorsichtig öffnete ich die Augen und stellte fest, dass die Jolle wohl im letzten Moment beigedreht hatte. Puh, Glück gehabt! Ich konnte nicht einmal sagen, ob ich dieses Wunder vollbracht hatte oder ob mir die Insel reflexartig ausgewichen war. Ich hielt jedenfalls alles für möglich.

»Sophie, so funktioniert das nicht«, rief Ole nun wieder. »Du musst leicht auffieren!«

Ich nickte benommen, weil mein Herz immer noch wie wild pochte und meine Hände zitterten. Am liebsten hätte ich wie ein feiger Kapitän mein Schiff aufgegeben, einen eleganten Kopfsprung ins Wasser gemacht und wäre an Land gekrault, aber das ließ mein Stolz nicht zu. Irgendwie würde ich diese Trainingseinheit hinter mich bringen!

Eine halbe Stunde später hatte ich mit der Jolle wieder angelegt, doch ich rührte mich nicht vom Fleck. Ich saß in dem schaukelnden Boot wie ein Häufchen Elend. Verdammt, ich hatte ein Segel-Trauma! Darauf hätte ich auch schon früher kommen können, denn in den vergangenen zwei Nächten hatte ich immer wieder von angriffslustigen Großbäumen geträumt. Als ich sah, dass Ole über den Steg auf mich zukam, hätte ich mich am liebsten in Luft aufgelöst.

»Sophie, versuchst du gerade, dich hinter dem Mast vor mir zu verstecken?«

»Nein«, log ich.

»Dann ist ja gut. Man sagt so etwas einer Frau nicht gerne, aber dafür bist du zu dick. Der Mast würde nicht einmal den kleinen Jonas Plümer verbergen.« Er hielt mir die Hand hin. »Komm an Land!«

Ich hatte überhaupt keine Lust, mit ihm über meine katastrophale Leistung zu sprechen, doch mir blieb wohl keine andere Wahl. Seufzend ergriff ich Oles Hand, und als sie sich fest um meine schloss, fühlte ich mich gleich etwas besser. So viel besser, dass ich sie gar nicht mehr loslassen wollte, als ich neben Ole stand. Doch er schien es damit ebenfalls nicht eilig zu haben. Mein Herzschlag beschleunigte sich, und ich betete darum, dass ich jetzt keine feuchte Schweißhand bekam.

Er sah mich mit eindringlicher Miene an. »Sophie, zuerst einmal: Wir machen nicht die Augen zu, wenn wir auf ein Hindernis zusteuern!«

»Das hast du gesehen?« Hitze schoss in meine Wangen. Wo war nur das Loch im Erdboden, wenn man es brauchte?

»Ja, hab ich. Carsten hat sich im Hafen-Shop eine neue Kapitänsmütze und gleich noch ein Fernglas besorgt. So konnte ich hautnah miterleben, wie du meine Anweisungen konsequent missachtet hast und geradewegs auf Kollisionskurs gegangen bist.«

»Ich habe versucht, deine Tipps umzusetzen, aber es hat einfach nicht funktioniert.« Ich rang verzweifelt die Hände. »Der Wind, die Wellen, die Jolle – alle hatten sich gegen mich verschworen und ...«

Ich stockte und blickte irritiert auf meine Hände. Verdammt, ich hatte Ole bei meiner spontanen Verteidigungsrede losgelassen!

»Und?«, hakte er nach.

»Und, und ...«, nahm ich stammelnd den Faden wieder auf. »Und alles war viel schwerer als vorgestern. Ich verstehe das einfach nicht.«

Unglücklich blickte ich zu Boden, doch aus den Augenwinkeln konnte ich erkennen, dass Ole mich nachdenklich musterte. »Könnte es sein, dass dein Unfall etwas damit zu tun hat?«

»Eventuell.« Ertappt sah ich ihn an. »Außer du findest das lächerlich, dann lautet meine Antwort natürlich Nein.«

»Das ist überhaupt nichts, wofür du dich zu schämen

brauchst«, meinte er. »Selbst erfahrenen Seglern wäre nach so einem Erlebnis mulmig zumute. Und dein Unfall hat sich gleich bei den ersten Segelversuchen ereignet, also zu einem recht sensiblen Zeitpunkt.«

Es tat gut, das zu hören, und ich stieß erleichtert die Luft aus. »Aber es war nicht allein meine Angst vor einem weiteren Unfall«, räumte ich ein. »Ich war einfach total überfordert.«

»Wie wäre es, wenn du gleich noch einmal rausfährst«, schlug er vor. »Bevor deine Angst noch größer wird, solltest du am besten ...«

»... gleich wieder in die Jolle steigen«, beendete ich seinen Satz und zog eine Grimasse.

Natürlich wusste ich, dass er recht hatte. Trotzdem verschränkte ich die Arme vor der Brust und schüttelte den Kopf. »Die letzte halbe Stunde war das pure Grauen und hat mich echt Nerven gekostet. Ich versuch's später noch mal.«

Ole legte den Kopf schräg und zog eine Augenbraue in die Höhe. »*Später?* Du glaubst doch nicht im Ernst, dass ich dir das abkaufe. Dieses ›später‹ höre ich jedes Mal, wenn meine Tochter nicht im Traum daran denkt, ihr Zimmer aufzuräumen.«

Ehe ich etwas erwidern konnte, schnappte er sich meine Hand, zog mich zurück auf die Jolle und legte mit routinierten Handgriffen ab.

»Du willst mit mir zusammen trainieren?«, fragte ich etwas begriffsstutzig.

»So sieht es aus. Du brauchst nur wieder etwas Selbstvertrauen, und wenn ich hier bei dir bin, lernst du viel schneller.« Er warf mir einen ermutigenden Blick zu. »Schließlich bist du im Trainingsrückstand und musst einiges aufholen.«

»Aber was ist mit den anderen? Die brauchen doch auch deine Hilfe.«

Er winkte ab. »Die kommen schon ganz gut ohne mich klar. Und Björn ist momentan ohnehin nicht in der Lage, zu segeln. In seiner Pause hat er wohl einen Tee mit Schuss getrunken, weil ihm kalt war. Oder auch zwei.«

Oje, so viel zu Björns guten Vorsätzen. Ole klopfte auf den Platz neben sich. »Was ist nun? Oder willst du nicht mit mir segeln?«

Mein Herz machte einen freudigen Hüpfer. »Doch, natürlich.«

Seite an Seite saßen wir dicht beieinander, und Ole erklärte mir geduldig, auf was ich zu achten hatte. Bei ihm schien alles so leicht zu sein, als würden er, die Jolle und das Meer zu einem Wesen verschmelzen. Wie ein Vogel ließen wir uns vom Wind davontragen, und es fühlte sich an, als würden wir in unserer Jolle dicht über die Wasseroberfläche fliegen. Der Fahrtwind kühlte mein erhitztes Gesicht, und ein Gefühl der Freiheit ergriff mich. So lebendig hatte ich mich seit Ewigkeiten nicht mehr gefühlt. Genau so hatte ich mir das Segeln in meinen Träumen immer ausgemalt, und als ich einen freudigen Jauchzer ausstieß, sah Ole mich mit einem wissenden Blick an.

Er beugte sich zu mir, und seine Lippen streiften leicht mein Ohr. »Es ist unbeschreiblich, nicht wahr?«

Ich bekam nur ein Nicken zustande. Shanti-Gertrud hatte uns geraten, das Hier und Jetzt bewusst zu erleben – doch gab es auch eine Möglichkeit, einen so wunderbaren Augenblick für immer festzuhalten?

Die nächste Stunde verging wie im Traum. Irgendwann übertrug sich Oles Einheit mit den Elementen auch auf mich, und ohne darüber nachdenken zu müssen, erspürte ich die feinen Signale des Windes, richtete die Segel im passenden Winkel aus und glitt ungebremst über die Wellen. Es klappte alles wie am Schnürchen, selbst als Ole hauptsächlich mir die Führung überließ. Er lehnte sich entspannt zurück und gab mir nur noch ab und an einen Tipp. Wenn ich das stolze Funkeln in seinen Augen richtig deutete, war er offenbar zufrieden mit meinen Fortschritten. Die Probleme fingen erst wieder an, als Ole meinte, dass ich ihn am Steg absetzen und es wieder allein probieren sollte.

Keine zwanzig Minuten später stand ich mit klatschnassen Haaren und triefenden Klamotten an Land, und wir alle starrten fassungslos auf die Stelle, an der ich gerade Oles Jolle im Breeger Bodden versenkt hatte.

19. Kapitel

Die anderen waren schon gegangen, doch ich saß immer noch im Restaurant am Hafen und heulte mir die Augen aus.

»Diese doofe Insel! Das ist doch gemeingefährlich, dass die da in Hafennähe ist. Außerdem dachte ... dachte ich«, schluchzte ich, »Jollen können überhaupt nicht sinken?«

»Ja, das dachte ich auch«, meinte Ole mit hochgezogenen Augenbrauen. »Jetzt müssen die Fachbücher wohl neu geschrieben werden – mit dem Kapitel ›Das Sophie'sche Kentermanöver‹.«

Ich war leider nicht in der Verfassung, über den Unfall zu scherzen. Das schlechte Gewissen Ole gegenüber machte mich fertig. »So ein schönes Boot, einfach kaputt ... und alles nur wegen mir.«

Ich war in rasantem Tempo seitlich an dieser blöden Insel entlanggeschrammt. Immerhin hatte ich dieses Mal die Augen nicht zusammengepresst, aber die ganze Katastrophe mitanzusehen, war auch keine große Hilfe gewesen. Ohne dass ich es noch hätte verhindern können, hatte ein scharfkantiger Felsen unter Wasser die Jolle von vorne bis hinten aufgerissen.

Ole blickte nachdenklich ins Leere. »Nun, es ist womöglich nicht allein deine Schuld«, murmelte er.

»Was meinst du denn damit?«

Er winkte ab. »Ach, nicht so wichtig.«

Ich sah, wie ein paar Männer am Tresen die Köpfe zusammensteckten und miteinander tuschelten, dabei schauten sie immer wieder vielsagend in meine Richtung. Ich hatte diesem verschlafenen Hafen offenbar die Sensation des Jahres geliefert.

Ich putzte mir die Nase und atmete tief durch. Meine Heulerei machte das Boot auch nicht wieder heil. »Es tut mir so leid, Ole, das musst du mir glauben! Aber mach dir keine Sorgen: Ich bin gut versichert.«

Er winkte ab. »Um die Kosten mache ich mir auch keine Sorgen. Es wird nur schwierig werden, auf die Schnelle eine neue Jolle zu finden. Schließlich beginnt schon bald der nächste Kurs.«

Na klasse, jetzt fühlte ich mich noch schlechter. Ole hatte als alleinerziehender Vater schon genug um die Ohren. Und jetzt machte ich ihm auch noch seinen Job zum Albtraum.

»Wie kann ich das nur wiedergutmachen? Bitte sag irgendetwas«, flehte ich, »und ich tue es!«

Das war kein leeres Angebot. Ich war zu allem bereit – sogar zu körperlichen Gefälligkeiten. Völlig selbstlos war ich gewillt, meine Schuld bei Ole abzutragen.

»Du musst überhaupt nichts gutmachen, Sophie«, meinte er zu meinem Bedauern. »Du hast die Jolle schließlich nicht mit Absicht versenkt. Ich bin nur froh, dass du dich nicht verletzt hast.«

Das war das einzig Positive an dem heutigen Unfall: Ich hatte tatsächlich keine einzige Schramme davongetragen. Nach meiner Kollision mit der doofen Insel war ich zurück zum Steg gekrault und von Ben und Enrico wie ein triefender Mehlsack aus dem Wasser gezogen worden. Der Hafenmeister war so nett gewesen, mir ein paar alte Klamotten, die in der Dusche vergessen worden waren, zu leihen, sodass ich jetzt in einer ausgeleierten Jogginghose und einem T-Shirt mit der passenden Aufschrift ›Shit happens‹ im Restaurant saß.

»Wobei ich eines wirklich gerne wissen würde«, setzte Ole

hinzu. »Ganz ehrlich, Sophie: Wie konnte das passieren? Du warst wirklich gut, als wir zusammen geübt haben. Fast jedes Manöver ist dir gelungen, und mit dieser Leistung hättest du sogar die Prüfung geschafft.«

Ich konnte nur ratlos mit den Schultern zucken. »Ich habe keine Ahnung.«

Obwohl ich die Kollision am liebsten aus meinem Gedächtnis gestrichen hätte, atmete ich tief durch und versuchte Ole zuliebe, mich wieder in die Situation hineinzuversetzen. »Kaum warst du weg, war meine Unsicherheit wieder da. Nichts hat geklappt. Dieser doofe Wind schien von allen Seiten zu kommen, ich wurde panisch und wusste überhaupt nicht mehr, in welchem Winkel ich die Segel setzen soll, damit die Jolle in die richtige Richtung fährt.«

»Ein Segler, der den Wind doof findet, ist mir auch noch nicht untergekommen.«

Ich sackte wieder in mich zusammen und rieb mir über meine brennenden Augen. »Ich muss diese beiden Unfälle wohl einfach als Zeichen sehen. Es wird das Beste sein, wenn ich wieder heimfahre.«

Ole, der gerade von seinem Tee trinken wollte, hielt mitten in der Bewegung inne. »Du willst aufgeben?«

»Das wäre bestimmt sicherer für alle. Wahrscheinlich versenke ich sonst morgen die Segelyacht in der Ostsee. Und wir ertrinken alle, weil ich nicht akzeptieren konnte, dass ich so viel Talent fürs Segeln besitze wie eine Möwe fürs Tanzen.«

»Ach, das ist doch Unsinn! Du besitzt Talent fürs Segeln, davon konnte ich mich heute hautnah überzeugen. Du scheinst nur eine Art Blockade zu haben. Und was die Möwen betrifft«, er hob mit ernster Miene den Zeigefinger, »mit der passenden musikalischen Untermalung könnte deren Hopserei an Land gut als moderner Tanz durchgehen.«

»Wenn du meinst«, entgegnete ich wenig überzeugt und murmelte leise vor mich hin: »I hab me doch heut dodal dappich ogstellt.«

Konsterniert blinzelte er mich an. »Wie bitte? Was für ein toter Teppich?«

Nun entlockte er mir doch ein Lächeln. »Kein toter Teppich. Das war nur der Eingeborenen-Slang meiner Heimat.«

»Ach du lieber Himmel!«, sagte er gespielt erschüttert. »Sollte ich mal nach Süddeutschland kommen, heuere ich dich als Übersetzerin an. Ihr redet echt komisch da unten.«

Ich kniff die Augen zusammen. »Dafür kochen wir bei Vollmond aber keine Touristen am Strand.«

»Aber nur deshalb, weil ihr weder einen Strand noch Touristen habt«, konterte er schlagfertig. »Woraus man schließen kann, dass du unbedingt bleiben solltest. Auf Rügen ist es viel schöner!«

»Okay, ich reise noch nicht ab«, stimmte ich ihm nach kurzem Nachdenken zu. Zusammen mit Jutta würde ich bestimmt noch eine schöne Zeit haben. Und vielleicht würde ich sogar Dr. Theis' Angebot annehmen und mich mit ihm zu einem Plausch über Naturheilkunde verabreden. »Aber was den Kurs betrifft, halte ich es für das Beste, wenn ich aufhöre.«

»Und was ist, wenn ich dir helfe?« Ein berechnender Ausdruck, den ich bisher noch nicht bei ihm gesehen hatte, blitzte in seinen Augen auf. »Ich habe eine Idee, wie du deine Wind-Aversion ablegen kannst und ein besseres Verständnis für den Einfallswinkel bekommst. Die Übung wird dir sogar Spaß machen, versprochen!«

Fragend sah ich ihn an. Die Übung würde mir Spaß machen? Mal überlegen ... leidenschaftliches Geknutsche mit Ole? Ich hatte zwar keine Ahnung, wie mir das bei meinem Segel-Problem helfen sollte, aber wenn es sein musste, würde ich mitmachen. Für den Sport war ich zu jedem Opfer bereit. Ole riss mich mit einem Räuspern aus meinen Gedanken, und ich verscheuchte schnell das verträumte Lächeln aus meinem Gesicht.

»Bist du dabei?«

Trotz meines schönen Tagtraumes zögerte ich. Offen gestanden wusste ich nicht, was ich davon halten sollte, dass Ole mich zum Bleiben überreden wollte. Hatte ich lediglich seinen Ehrgeiz als Segellehrer erweckt? Vielleicht sah er in mir eine Art soziales Sportprojekt und wollte mir den rechten Weg weisen: Die vernachlässigte und gescheiterte Ehefrau findet neuen Lebensmut beim Segeln. Oder ... lag Ole vielleicht etwas an mir? Ach Quatsch, er war einfach ein netter Kerl.

Ein junger Mann kam zu uns an den Tisch. »Entschuldigung, sind Sie die Frau, die es geschafft hat, eine Jolle zu versenken?«

Ich hob den Kopf und musterte ihn misstrauisch. Bekam ich jetzt noch eine Strafe aufgebrummt, weil das Versenken von Schiffen im Breeger Bodden strengstens verboten war? Oder kam er vom örtlichen Tierschutzverein und wollte mir jetzt Vorhaltungen machen, weil auf der doofen Insel irgendein seltenes Schilfgetier genistet und ich es zu Tode erschreckt hatte? Meine Tat zu leugnen hatte jedoch wenig Sinn.

»Die bin ich«, bestätigte ich.

»Wahnsinn! Als ich es gehört habe, konnte ich es kaum glauben«, sagte er begeistert. »Darf ich ein Selfie mit Ihnen machen?«

Ich spürte, wie meine Wangen sich röteten. »Okay, aber nur, wenn es schnell geht«, murmelte ich.

Nachdem wir gemeinsam posiert hatten, schüttelte mir der junge Mann noch einmal die Hand und ging mit erhobenem

Handy zurück zum Tresen, um den anderen unser Foto zu präsentieren.

Ole und ich wechselten einen kurzen Blick und mussten beide schmunzeln.

»Wie lautet denn nun deine Antwort?«, nahm er unser vorheriges Thema wieder auf und sah auf die Uhr. »Es ist noch nicht spät. Wenn wir uns beeilen, könnten wir gleich jetzt die Übung machen. Ich müsste nur noch schnell telefonieren. Was meinst du?«

»Muss ich dafür auf ein Boot?«, fragte ich misstrauisch.

Er hob die Hände. »Kein Boot, kein Wasser. Versprochen!«

»Also gut, dann bin ich dabei.«

Ole schien sich darüber wirklich zu freuen. »Großartig! Dann gebe ich meiner jungen Assistentin Bescheid, dass sie sich bereithalten soll.«

Junge Assistentin? Damit meinte er doch hoffentlich nicht Pornostar-Meike? Oh nein! Meine Gesichtszüge drohten zu entgleisen. Sie war wirklich die Letzte, mit der ich einen Ausflug machen wollte. Und bis eben hatte ich gedacht, dass dieser Tag überhaupt nicht mehr schlimmer werden kann.

Nach Oles Ankündigung war ich überrascht, dass wir nicht zur Segelschule fuhren, um dort Meike einzusammeln, sondern am Ortsrand vor einer Doppelhaushälfte anhielten, die Ole mit seiner Tochter bewohnte. Das große, längliche Haus leuchtete in einem warmen Rotton und passte perfekt zum dunklen Braun des Reetdachs. Ole hatte mir erzählt, dass in der anderen Hälfte seine Eltern lebten, was für ihn eine große Erleichterung war. So hatte er Hilfe, wenn es nötig war, konnte aber auch einfach die Tür hinter sich zumachen und die Ruhe genießen. Hinter besagter Tür war Ole gerade verschwunden, um schnell die ›nötigen Utensilien‹ für die Übung und seine Assistentin zu holen, während ich neben dem Auto wartete. Zwar hatte er mir noch immer nicht verraten, was er mit mir vorhatte, aber immerhin ging ich mittlerweile davon aus, dass er mit der ›jungen Assistentin‹ nicht Meike, sondern seine Tochter gemeint hatte. Mir fiel ein Stein vom Herzen!

»Sophie, schön dich wiederzusehen!« Christina Jansen kam in Kochschürze und mit einem Geschirrtuch in der Hand über den gepflegten Rasen auf mich zu.

»Hallo, Nane!«, grüßte ich etwas unsicher.

Anscheinend nahm sie es mir nicht übel, dass ich mich beim Frauenabend nicht als Oles Schülerin geoutet hatte, denn sie blickte mich mitfühlend an. »Ole hat mir am Telefon schon alles berichtet. Menschenskind, zwei schwere Unfälle in so kurzer Zeit!« Sie schloss mich kurz, aber herzlich in die Arme. »Geht es denn?«

Ich lächelte tapfer. »Beim ersten Unfall habe ich mich zwar verletzt, aber dafür habe ich dieses Mal ein unglaublich schlechtes Gewissen. Ich weiß gar nicht, was sich schlimmer anfühlt.«

Verständnislos blinzelte sie mich an. »Ein schlechtes Gewissen? Weshalb denn?«

»Na wegen Ole und seiner Jolle! Jetzt hat er wegen mir einen Haufen Ärger am Hals.«

Christina winkte ab. »Ach, das zahlt doch die Versicherung. Und gerade in unserer Familie weiß man, dass es im Leben Schlimmeres gibt als ein kaputtes Boot. Das sieht Ole bestimmt genauso – und wenn nicht, dann gib mir Bescheid!« Sie senkte verschwörerisch die Stimme. »Ich kann ihn zwar nicht mehr mit Hausarrest bestrafen, dafür wirkt die Drohung, dass er mindestens einen Monat lang sein Lieblingsessen nicht bekommt, fast genauso gut.«

Ich lachte. »Das werde ich mir merken.«

Mein Blick schweifte durch den Garten. Etwas abseits stand unter einer Trauerweide eine Holzbank, und daneben blühten Klatschmohn und Gänseblümchen. Ein Platz, der zum Träumen und Nichtstun einlud. Nicht weit davon entfernt flatterten an einem Kirschbaum bunte Bänder und kleine Glöckchen im Wind, sodass die Luft von einem sanften Klingeln erfüllt war.

»Die hat Emma aufgehängt«, erklärte Christina, die mich beobachtet hatte. »Gefällt es dir? Sie meinte, damit haben wir einen Sommerweihnachtsbaum.«

»Was für eine schöne Idee!«

Offenbar hatte sie die Kreativität ihrer Mutter Giulia geerbt, aber da Nane keine besonders gute Meinung von ihrer Fast-Schwiegertochter zu haben schien, erwähnte ich das lieber nicht.

Mir fiel auf, dass sich die Haut an Nanes Fingern dunkelrot verfärbt hatte. »Hast du gerade Kirschen entkernt?«

Sie blickte auf ihre Hände und lachte. »Ich mache gerade rote Grütze, die liebt Emma nämlich.«

Ich ebenfalls, und sofort lief mir das Wasser im Mund zusammen. Seit dem Fischbrötchen am Mittag hatte ich nichts mehr gegessen, und das war nicht gerade magenfüllend gewesen.

»Hm, frische rote Grütze mit Vanillesoße«, sagte ich genießerisch. »Lecker!«

»Sie ist leider noch nicht fertig, aber ich kann dir frischgemachten Kirsch-Sanddorn-Brotaufstrich anbieten. Wie wärs?«

Ach ja, der allgegenwärtige Sanddorn! Ich musste mir ein Schmunzeln verkneifen. Anscheinend war das hier ein Grundnahrungsmittel.

Ohne meine Antwort abzuwarten, ging Nane voraus zu ihrem Teil des Hauses, und kurzentschlossen folgte ich ihr. Ole würde mich schon finden, wenn er seine Utensilien zusammengesucht hatte.

In der gemütlichen Küche setzte ich mich auf die Eckbank und sah zu, wie Christina mir auf einem Holzbrettchen ein Brot richtete. Ihre fürsorgliche Art erinnerte mich an meine Großmutter, die schon vor über zwanzig Jahren gestorben war, und auch die Kräuter, die zum Trocknen an der Decke hingen und den Raum mit dem Duft von Rosmarin und Thymian erfüllten, versetzten mich in eine längst vergangene Zeit.

Ein älterer, aber immer noch recht attraktiver Mann in Cordhose und Strickweste kam herein. Anhand der Ähnlichkeit wusste ich sofort, dass es sich um Oles Vater handeln musste. Im Vorbeilaufen nickte er mir zum Gruß wortlos zu, als wäre es das Normalste der Welt, dass ich hier bei ihnen herumsaß. Dann ließ auch er sich am Tisch nieder, faltete die Zeitung auseinander, die er mitgebracht hatte, und begann zu lesen.

»So, bitte«, sagte Nane kurz darauf und schob mir das Holzbrettchen hin. »Lass es dir schmecken! Nach so einem Unfall muss man etwas im Magen haben, das ist wichtig für die Nerven.«

»Vielen Dank, ich bin tatsächlich fast am Verhungern.«

Ich nahm einen Bissen und konnte einen genießerischen Laut nicht unterdrücken. Dieser Brotaufstrich war ein Gedicht!

»Das schmeckt so lecker«, sagte ich kauend. »Kann ich dir vielleicht ein Glas abkaufen, Nane? Oder am besten gleich zwei.«

Ihre Wangen röteten sich vor Freude. »Schön, dass es dir schmeckt.«

»Ach, hier bist du, Sophie!« Ole kam herein und warf seiner Mutter einen vorwurfsvollen Blick zu. »Musst du denn immer alle gleich bekochen und bemuttern? Wenn wir jetzt nicht losfahren, brauchen wir heute überhaupt nicht mehr zum Kap Arkona.«

Aha, nun wusste ich immerhin, wo diese ominöse Übung stattfinden sollte. Das traf sich ganz gut, denn das Kap Arkona stand auf meiner Wunschliste der Orte, die ich unbedingt auf Rügen besichtigen wollte.

»Sophie ist doch gleich fertig, und außerdem hatte sie Hunger, das hat sie selbst gesagt«, verteidigte sich Nane.

»Das stimmt«, sprang ich ihr bei und konnte mir nicht verkneifen, mir die Finger abzulecken. Ich brauchte mindestens drei Gläser von diesem fantastischen Brotaufstrich. So konnte ich mir wenigstens ein Stückchen Rügen mit nach Hause nehmen.

Mit einem ungeduldigen Seufzer lehnte sich Ole an die Arbeitsfläche und verschränkte die Arme vor der Brust. »Dank Mutter bin ich übrigens auch bestens über die Details deiner Trennung informiert, Sophie«, erzählte er. »Ich hatte eigentlich geglaubt, dass du bei eurer Frauengruppe ein wenig übertrieben hast, aber dann durfte ich ja höchstpersönlich mit deinem Gatten telefonieren.«

Seine Mutter nahm das Geschirrtuch von der Schulter und versetzte Ole damit einen leichten Schlag auf den Arm. »Wirst du wohl aufhören! Sophie denkt sonst noch, ich sei eine Tratschtante, die nichts für sich behalten kann.«

Er grinste sie frech an. »Stimmt doch auch. Oder was meinst du, Vater?«

Hinter der Zeitung brummte es zustimmend.

Ich hatte nicht damit gerechnet, dass die Familie Jansen hinter meinem Rücken über mich geredet hatte, und deshalb blickte ich etwas perplex in die Runde. Offenbar lieferte ich der dörflichen Gemeinschaft Gesprächsstoff. Ich konnte nicht mit Bestimmtheit sagen, ob das nun für oder gegen mich sprach.

»Das ist nicht schlimm, Nane«, meinte ich versöhnlich. »Schließlich habe ich kein Geheimnis aus meiner Trennung gemacht. Außerdem ist es zwischen Ole und mir schon fast Tradition, dass wir gegenseitig unsere Privatgespräche belauschen.«

Ole und ich tauschten einen amüsierten Blick aus, und ich erhob mich, damit wir endlich losfahren konnten.

»Sag mal, Ole«, fragte Nane da plötzlich mit misstrauischer Miene. »Die Jolle, mit der Sophie heute den Unfall hatte, ist aber nicht zufällig dieselbe, bei der du schon am Anfang der Saison einen Schaden am Korpus festgestellt hast, oder?«

Ich wandte überrascht meinen Kopf zu ihm um. »Die Jolle war kaputt?«

»Ähm ...« Verlegen fuhr Ole sich über das Kinn, und seine übliche Selbstsicherheit bekam kleine Risse. »Na schön, ja, es war die beschädigte Jolle. Aber sie war absolut fahrtüchtig, und mit so einem unglücklichen Unfall konnte ich schließlich nicht rechnen. So etwas ist in all den Jahren, in denen ich als Segellehrer arbeite, noch nie vorgekommen.«

Ich schnaubte und versuchte, seine letzte Aussage positiv aufzufassen: Ich war eben einzigartig. Sozusagen eine völlig unerwartete Naturgewalt.

Er warf mir einen reumütigen Blick zu. »Es kann gut sein, dass der Boden der Jolle deswegen leichter aufgerissen ist. Ich dachte, das sei nicht so wichtig, weil es deine Selbstzweifel auch nicht hätte verschwinden lassen. Es tut mir leid.«

»Hm«, brummte ich unschlüssig.

Ich ließ mir die Sache kurz durch den Kopf gehen. Ole hatte

durchaus recht, denn egal ob beschädigt oder nicht: Es blieb eine Tatsache, dass die Jolle ohne meine Unfähigkeit jetzt heil und unversehrt im Hafen liegen würde. Auf der anderen Seite wären mir die Schmach und das Selfie erspart geblieben, wenn er gleich die Wahrheit gesagt hätte.

»Okay, ich will nicht nachtragend sein«, verkündete ich schließlich mein Urteil. »Aber ich finde, du hast trotzdem eine Strafe verdient.«

»Und die wäre?«

»Das muss ich mir noch überlegen. Kommt darauf an, für wie viele Fotos ich noch posieren muss und ob von dem Vorfall in der Zeitung berichtet wird. Wenn Letzteres zutrifft, wird es sehr unangenehm für dich werden.«

Ich gab mir Mühe, eine furchteinflößende Miene aufzusetzen, damit er sich ausreichend bedroht fühlte.

Ole nickte ergeben. »Das habe ich wohl verdient.«

»Ja, das denke ich auch«, meinte Nane zufrieden und widmete sich wieder dem Entkernen der Kirschen.

Ole legte den Kopf schräg und trat näher an mich heran. »Übrigens: Du hast da noch etwas von Mutters Brotaufstrich«, sagte er leise.

»Was? Wo?«

Er hob seine Hand und strich sanft mit dem Daumen über meinen Mundwinkel und meine Unterlippe. Mein Hirn verwandelte sich umgehend in einen rosa Wattebausch und war zu keinem klaren Gedanken mehr fähig. Obwohl wir mitten in der Küche seiner Eltern standen und es in dieser Situation mehr als unpassend war, konnte ich nicht aufhören, auf seine Lippen zu starren. Ich war mir inzwischen sehr sicher, dass ein Kuss von Ole nicht nach Teer schmecken würde. Bestimmt wäre er noch süßer und verlockender als der Brotaufstrich …

»Schon erledigt«, sagte er mit seiner tiefen, angenehmen Stimme. Nur zögernd senkte er seine Hand.

Ich musste mich zwingen, den Blick von ihm abzuwenden, und aus den Augenwinkeln sah ich gerade noch, wie Nane uns verzückt anlächelte.

»Jetzt müssen wir aber los!«, krächzte ich.

Ole trat zurück. »Genau, Emma sitzt schon im Wagen. Auf zum Kap Arkona! Da gibt es nämlich immer viel von dem doofen Wind, den du so sehr magst«, zog er mich auf.

Ich stöhnte gequält auf.

20. Kapitel

Gerade fuhren wir über einen Straßenabschnitt aus grobem Kopfsteinpflaster, und in meiner Handtasche schlugen die vier Einmachgläser, die mir Nane geschenkt hatte, klappernd aneinander. Auf der Gegenfahrbahn kamen uns unzählige Autos und Kleinbusse mit Touristen entgegen, die wohl einen Tagesausflug zum Kap Arkona gemacht hatten und nun auf dem Heimweg waren. Die Steilküste auf der Halbinsel Wittow lag im Norden der Insel und war mit seinen knapp achthunderttausend Besuchern im Jahr ein beliebtes Ausflugsziel. Ansonsten schien es hier viel Landwirtschaft zu geben, und die ebenen, flachen Felder erstreckten sich bis zum Horizont.

»Wenn deine Söhne schon groß sind, bist du älter als Papa, oder?«, wollte Emma in diesem Moment von mir wissen.

Sie war ein aufgewecktes, fröhliches Mädchen und fragte mich, seit wir losgefahren waren, neugierig über mein Leben und meine Familie aus.

Ich maß Ole von der Seite und schüttelte den Kopf. »Nein, ich denke, ich bin ein klein wenig jünger als dein Papa. Ich habe nur früher Kinder bekommen als er und deine Mutter, deswegen sind Max und Bastian schon erwachsen.«

»Sophie hat recht, sie ist jünger.« Ole wandte den Blick kurz von der Fahrbahn ab und erklärte mir: »Ich habe dein Geburtsdatum auf der Anmeldung gesehen.«

»Du weißt schon, dass Frauen in diesem Punkt gerne schummeln?«, warf ich ein, um mich etwas geheimnisvoller zu geben, denn was persönliche Informationen betraf, war er mir gegenüber klar im Vorteil.

Er lächelte. »Andere vielleicht, aber du nicht«, entgegnete er voller Überzeugung.

Es stimmte, dass ich wegen meines Alters noch nie gelogen hatte, weil mir das völlig unsinnig vorkam. Was brachte es schon, wenn man sich auf dem Papier zehn Jahre jünger machte, aber in der Realität zehn Jahre älter aussah? Trotzdem wusste ich nicht, ob ich Oles guter Meinung von mir tatsächlich gerecht werden konnte. Ich war gewiss kein Engel, und zuweilen hatte auch ich beschämend niederträchtige Gedanken.

Ich warf einen Blick über meine Schulter. Auf der Rückbank zwirbelte Emma gerade konzentriert eine Strähne ihres dicken, dunkelbraunen Haares zusammen. Mit ihren langen Wimpern, der olivfarbenen Haut und den braunen Augen würde sie mal eine südländische Schönheit werden, und leider musste ich davon ausgehen, dass sie damit ganz nach ihrer Mutter kam. Dabei hätte es mir eigentlich gleichgültig sein sollen, dass Oles große Liebe offenbar wie eine zweite Salma Hayek aussah, schließlich wollte ich nichts von ihm. Ich hielt an meinem Vorhaben fest, eine Festung der Entschlossenheit zu sein. Trotzdem hatte ich mich insgeheim der Hoffnung hingegeben, dass Giulia genau wie meine spanische Arbeitskollegin Maria klein gewachsen und mit zunehmendem Alter pummelig geworden war. Tja, da waren sie auch schon, die niederträchtigen Gedanken!

»Und wie findest du Papa als Lehrer?«, fuhr Emma mit ihrer Befragung fort. »Mathe kann er mir so gut erklären, dass ich es sofort verstehe. Ich finde, er kann das super.«

Das war wohl ein weiterer Beweis dafür, dass mein mangelndes Segelvermögen allein mir selbst anzulasten war. »Ja, er ist ein großartiger Lehrer.«

»Das musstest du ja jetzt sagen!«, meinte Ole und wandte sich kurz zu Emma um. »Auf alle Fälle ist Sophie eine außergewöhnliche Schülerin. Zum Beispiel ist sie sehr gut im kreativen Erklären von Segelbegriffen. Frag sie mal was!«

Daraus schloss ich, dass sich seine Tochter ebenfalls mit der Materie auskannte. Mein Gott, konnte hier denn eigentlich jeder außer mir segeln?

Mit gerunzelter Stirn und angestrengter Miene überlegte Emma. »Was ist ein Verklickerer, Sophie?«

Darauf wusste ich zwar die korrekte Antwort, aber das war schließlich nicht Sinn der Sache. »Der Verklickerer steht an Land, brüllt seinen Schülern aufgeregt per Megafon nautische Begriffe entgegen, und wenn sie wieder angelegt haben, verklickert er ihnen, was sie falsch gemacht haben«, erwiderte ich. »Im allgemeinen Sprachgebrauch wird der Verklickerer auch als Segellehrer bezeichnet.«

Emma kicherte. »Hast du gehört, Papa? Du bist ein Verklickerer.«

»Ich brülle überhaupt nicht aufgeregt herum«, murmelte Ole säuerlich. »Ich bin die Ruhe selbst, selbst wenn *jemand* eine meiner Jollen direkt vor meinen Augen versenkt.«

»Ähm, ja.« Dieses Thema wollte ich lieber nicht weiter vertiefen, deshalb wandte ich mich an Emma. »Der Begriff war zu einfach. Hast du nicht etwas Schwierigeres?«

Das Spiel begann mir Spaß zu machen. Anscheinend schlummerte tatsächlich eine kreative Ader in mir, die ich vorher nicht gekannt hatte.

Das Mädchen stülpte nachdenklich ihre Unterlippe vor. Mir fiel auf, dass Emma für ihr Alter überraschend erwachsen wirkte und sie eine gewisse Traurigkeit umgab, die ich mir bei einem Kind ihres Alters nicht erklären konnte. Allein am geplatzten Treffen mit ihrer Mutter konnte das nicht liegen.

»Okay, was bedeutet der Begriff ›auftakeln‹?«

Pah, das war ja sogar noch leichter. »Wenn eine Frau sich schöner macht, als sie eigentlich ist«, gab ich wie aus der Pistole geschossen zurück. »Als gängige Hilfsmittel zählen hierbei Make-up, Shaping-Unterwäsche und Push-up-BH.«

Die Kleine stutzte. »Was ist denn Schäping-Unterwäsche?«

»Damit sieht man schlanker aus«, erklärte ich. »Das ist sehr enge Unterwäsche, mit der der Körper einer Frau eingequetscht wird wie eine Rollmatratze und ihre Fettpölsterchen in eine Art Schockstarre verfallen. So etwas brauchst du aber nicht, Emma, du bist dünn genug.«

»Und das, obwohl sie sich jeden zweiten Tag von meiner Mutter einen Topf rote Grütze kochen lässt«, bemerkte Ole kopfschüttelnd.

»Ich kann nichts dafür, dass du zugenommen hast, Papa.« Emma grinste frech. »Aber vielleicht gibt es auch für dich Schäping-Unterwäsche?«

»Ich werde mich dahingehend informieren«, meinte Ole mit gespielt ernster Miene, während er auf einen unscheinbaren Parkplatz abbog. »So, wir sind da!«

Ich stieg aus und sah mich ratlos um. Weit und breit war keiner der drei Leuchttürme zu sehen. »Das ist das Kap Arkona?«

»Nicht ganz, aber weiter darf man mit dem Auto nicht fahren. Die restlichen zwei Kilometer muss man zu Fuß gehen, mit dem Rad fahren, der Bahn oder – wenn du es ganz romantisch haben willst – mit der Kutsche.«

Er ging zum Kofferraum, und nachdem er einen knisternden 2D-Adler und zwei lachende rosafarbene Quallen herausgeholt hatte, wurde mir endlich klar, um was es sich bei seiner geheimnisvollen Übung handelte.

»Wir lassen Drachen steigen?«, entfuhr es mir perplex.

»Das ist ein sehr gutes Training für alle, die mit dem Wind auf Kriegsfuß stehen«, erklärte er. »Es schult nicht nur dein Gespür für den Wind – wenn wir gleich einen Luftkampf ausfechten, musst du den Drachen auch gezielt durch die Luft bewegen und lenken können. Im Prinzip ist es genau wie beim Segeln. Wenn es ums Drachensteigen geht, ist Emma besser als ich, und sie kann dir bestimmt ein paar Tipps geben.«

Aha! Deshalb hatte er sie also seine Assistentin genannt. Ich musste zugeben, dass sich das nach einem vernünftigen Plan anhörte. Mit erhobenem Kinn marschierte ich auf ihn zu. »Aber ich will den Adler«, verkündete ich und nahm ihn Ole kurzerhand ab. »Der ist viel cooler. Das stärkt mein Selbstbewusstsein.«

Etwas betrübt schaute er auf die beiden verbliebenen Quallendrachen. »Zum Glück bin ich ein Mann mit einem gesunden Selbstbewusstsein. Aber wehe, du machst ein Handyfoto!«

Ich hörte, wie sich hinter uns die Autotür öffnete und Emma mit einem ächzenden Laut ausstieg. Für ihr Alter schien sie überraschend unsportlich zu sein.

»Von mir aus können wir gerne zum Kap laufen«, schlug ich Ole vor. »Ein bisschen Bewegung würde mir nach der ganzen Aufregung sicher guttun.«

Er schüttelte mit bedrückter Miene den Kopf. »Wir sollten besser den Zug nehmen, Sophie. Es ist so, dass Emma vor ein paar Jah…«

»Ich bin eine lahme Schnecke«, fiel seine Tochter ihm ruppig ins Wort. »Zu Fuß würden wir viel zu lange brauchen.«

Ich drehte mich zu ihr. Emma lief mit einem starken Hinken auf uns zu, und endlich ergaben all die ominösen Andeutungen einen Sinn.

Mit einem herausfordernden Funkeln in den Augen blieb sie vor mir stehen. »Ich hatte einen Tumor an meinem Oberschenkel, der operiert werden musste«, erklärte sie in fast schon trotzigem Tonfall und verschränkte die Arme vor der Brust. »Ich bin zwar wieder gesund, aber das Hinken ist geblieben, und ich mag es weder angeglotzt noch bemitleidet zu werden. Hast du ein Problem damit?«

Durch meinen Beruf war Emma leider nicht das erste krebskranke Kind, das mir begegnete. Selbst wenn die Krankheit – so wie offenbar bei Emma – überstanden war, hinterließ diese schwere Zeit sowohl bei den Kindern als auch den Eltern Narben. Das war also der Schicksalsschlag, der Giulia so zugesetzt und die Beziehung zu Ole belastet hatte.

»Nein, ich habe kein Problem damit«, beantwortete ich Emmas Frage in einem Tonfall, der frei von jeglichem Mitleid war. Ich verschränkte ebenfalls die Arme vor der Brust und blickte sie herausfordernd an. »Ich habe nur gerade gedacht, dass ich mit dir beim Luftkampf mit den Drachen leichtes Spiel haben werde.«

Emmas abweisende Fassade bekam Risse. Sie öffnete aufgrund meiner unverschämten Aussage empört den Mund, ohne dass sie jedoch ein Wort hervorbrachte. Doch als sie mein herausforderndes Grinsen sah, klappte sie den Mund wieder zu, ging zu Ole und schnappte sich einen der Quallen-Drachen.

»Das wollen wir erst mal sehen! Du legst dich hier nämlich mit einer Meisterin an«, verkündete sie, nun wieder voller Selbstbewusstsein. »Und der Sieger bekommt ein Eis!«

»Oh schön«, sagte ich vergnügt. »Da freue ich mich schon drauf.«

Sie ließ sich von Ole Geld geben und lief zum Fahrkartenhäuschen, um uns drei Tickets für die Kap-Arkona-Bahn zu kaufen, die schon für die nächste Fahrt bereitstand. Wir folgten Emma, und ich spürte, wie Ole mir die Hand auf den Rücken legte.

»Ich hätte dich wahrscheinlich vorwarnen sollen, aber es fällt mir immer noch schwer, über das Thema zu sprechen. Du hast großartig reagiert, Sophie.« Er wandte mir den Kopf zu, und sein Blick war voller Wärme. »Danke.«

Ich winkte ab. »Ach, wofür denn? Das war doch nichts Besonderes.«

Angriffslustig kniff ich die Augen zusammen, um die seltsame Stimmung zwischen uns aufzulockern. »Wenn du glaubst, dass ich deine Tochter gewinnen lasse, hast du dich aber geschnitten. Du hast sie gehört, Emma will kein Mitleid.«

Er lachte auf. »Ich sage es nicht gerne, Sophie, aber deine Chancen stehen schlecht. Ich setze mein Geld auf Emma.«

»Pah! Dass du das als Vater sagen musst, ist ja klar.«

Wir stiegen in die Bahn ein, die zwar auf Rädern fuhr, aber wie eine kleine Dampflok aussah und große Panoramafenster hatte. Unweigerlich fühlte ich mich an Disneyworld erinnert.

Wir tuckerten los und passierten das malerische Putgarten, während der Fahrer über Lautsprecher einige wissenswerte Informationen über das Dörfchen berichtete. Doch ich konnte mich nicht wirklich auf die Sightseeing-Tour konzentrieren.

Mir kam das Gespräch mit Ole in den Sinn, als wir über die Erfahrungen im Leben gesprochen hatten, die jeden Menschen auf unterschiedliche Weise prägten und veränderten. Hatte er nicht erwähnt, dass er besser mit Emmas Erkrankung zurechtgekommen war als Giulia? Es musste traumatisch sein, mit so einer schrecklichen Situation konfrontiert zu werden – sowohl für die kleine Emma als auch für ihre Eltern. Ob die Beziehung von Ole und Giulia deswegen in die Brüche gegangen war? Vielleicht war Emmas Mutter nach Berlin geflüchtet, weil sie die ständige Angst vor der Rückkehr der Krankheit nicht mehr ausgehalten und Abstand gesucht hatte? Plötzlich kamen mir die Katastrophen, die Felix und ich im Laufe unserer Ehe bewältigen mussten, geradezu lächerlich vor – und trotzdem hatten wir unsere Liebe über die Jahre hinweg verloren.

»Du siehst plötzlich so traurig aus«, riss Ole mich aus meinen Gedanken.

»Ich habe nur darüber nachgedacht, wie ungerecht das Leben sein kann.«

Ole verstand sofort, was ich meinte. Er blickte zu Emma, die ihre Kopfhörer aufgesetzt hatte, rhythmisch mit dem Oberkörper wippte und eine Spur zu laut einen Song mitsang. Da wir abgesehen von einem älteren Ehepaar die Einzigen in der Bahn waren, fand ich das jedoch nicht dramatisch.

»Nein, gerecht ist es nicht, aber ich glaube fest daran, dass alles seinen Sinn hat. Manchmal dauert es nur eine Weile, bis wir ihn erkennen.«

Es tröstete mich, dass er das so optimistisch sehen konnte. Ole war offenbar nicht nur gutaussehend, sexy, aufmerksam und geduldig, nein, er besaß auch innere Stärke. Mir ausgerechnet so kurz nach meiner Trennung einen Mann wie ihn vor die Nase zu setzen, war vom Schicksal wirklich niederträchtig und gemein. Wie sollte ich mich denn zu Hause in Freiburg jemals neu verlieben, wenn ich dort alle Männer ganz automatisch mit Ole Jansen verglich? Wieder einmal musste ich mein Herz zur Vernunft rufen und ihm mit aller Strenge befehlen, sich in einen emotionslosen Eisklotz zu verwandeln.

Schneller als erwartet erreichten wir das Kap Arkona, und obwohl die Sonne sich schon dem Horizont zuneigte, ließ ich es mir nicht nehmen, wenigstens zwei der drei Leuchttürme von außen zu besichtigen.

»Und? Bist du jetzt glücklich?«, fragte Ole schließlich. Er wartete meine Antwort allerdings nicht ab, sondern zog mich am Arm weiter.

»Ja, denn nun weiß ich, dass der Schinkelturm knapp zwanzig Meter hoch ist, viereckig und nicht mehr in Betrieb«, erwiderte ich. »Und der Turm direkt daneben ist fünfunddreißig Meter hoch, rund, und die Laterne des Turms sendet alle siebzehn Sekunden drei Blitze aus. Wenn mich daheim jemand nach meinem Rügenurlaub fragt, kann ich mit diesem Fachwissen brillieren.«

»Das interessiert aber niemand«, wandte Emma völlig zu Recht ein. »Die meisten kommen wegen des tollen Ausblicks her.«

»Erzähl lieber, dass es hier auch ein Standesamt gibt und man am Kap Arkona heiraten kann«, schlug Ole vor. »Frauen sind von den Marmorfliesen vor dem Turm mit den eingravierten Namen und Hochzeitsdaten immer total begeistert.«

Ich drehte mich noch einmal zu den Leuchttürmen um. Ich musste zugeben, dass das ebenfalls meine romantische Ader angesprochen hatte.

Wir liefen einen Weg entlang, an dem ein Holzschild darauf hinwies, dass es zum Fischerdörfchen Vitt ging. Nach kurzer Zeit erreichten wir eine große, weite Wiese, wo wir mit unseren Drachen Stellung bezogen.

Ole nickte mir aufmunternd zu. »Hier gibt es eigentlich immer perfekten Wind zum Drachensteigen.«

»Dann lasst uns mal loslegen!« Ich klaubte mir eine Haarsträhne aus dem Mund, die eine Böe hineingewirbelt hatte. Die frische Luft belebte meine Sinne, und ich erinnerte mich daran, dass ich bis zu meinem Segelunfall nie etwas gegen Wind einzuwenden gehabt hatte. Im Gegenteil, ich liebte den Herbst und die kräftigen Stürme, die das bunte Laub umherwirbelten und mich mit ihrer unsichtbaren Kraft wie ein kleines Kind vor sich herschoben.

Emma stand ein paar Meter neben mir, den Drachen abflugbereit erhoben. »Die erste Jansen-Regel lautet: Sei geduldig!«

»Sehr fair von dir, dass du mir trotz unseres Wettkampfes Tipps gibst«, lobte ich sie.

»Kein Problem.« Sie grinste mich frech an. »Du wirst so oder so verlieren.«

»Wenn du den Drachen in die Luft kriegen willst, solltest du nicht hektisch hin- und herlaufen«, fügte Ole hinzu. »Warte auf den richtigen Moment.«

Anstatt sich mit seinem eigenen Drachen bereit zu machen, legte er ihn auf den Boden und stellte sich hinter mich. Er nahm meine Hände, die den Drachen hochhielten, in seine. »Schließe die Augen und spüre den Wind.«

Das hätte ich gerne gemacht, aber alles, was ich spürte, war Ole an meinem Rücken und seine verheißungsvolle Wärme, die sogar mein ›Shit-happens‹-T-Shirt durchdrang. Wie sollte ich mich denn da auf so etwas Schnödes wie *Wind* konzentrieren? Der war mir doch völlig schnurz, ganz im Gegensatz zu Ole.

Wieder einmal musste ich feststellen, dass ich meinen Körper nicht ansatzweise unter Kontrolle hatte. Mein Herz raste, meine Atmung ging flach, und das Schlimmste: Ich lehnte mich unwillkürlich nach hinten, um Ole noch näher zu sein. Die nervtötende Stimme meines Verstandes wurde zu einem weit entfernten Hintergrundrauschen.

Neben uns lief Emma ein paar Schritte nach vorne, und die rosafarbene Qualle erhob sich wie von Zauberhand in die Lüfte.

»Siehst du, Sophie«, rief sie glücklich. »Du musst den richtigen Moment abwarten.«

Während ihr Drachen immer höher und höher stieg, regte mein Adler sich nicht.

»Nicht nervös werden«, ermahnte mich Ole.

Beim Sprechen streifte sein warmer Atem über meinen Nacken, sodass ich instinktiv erschauderte. Ich hoffte inständig, dass Ole das nicht bemerkt hatte.

»Ich glaube, das ist dein Hauptproblem beim Segeln. Du hast Angst, die Kontrolle zu verlieren, und dann wirst du hektisch. Doch damit erreichst du genau das Gegenteil. Hab Vertrauen, lass dich fallen!«

Beim Stichwort ›fallen‹ kamen mir leider ganz andere Assoziationen in den Sinn, wie ›in Leidenschaft verfallen‹, ›ins Bett fallen‹ oder ›alle Hüllen fallen lassen‹. Verdammter Mist! Die Bilder, die gerade vor meinem inneren Auge aufstiegen, waren in Gegenwart von Oles Tochter absolut unangebracht.

Ich drehte mich unter Oles Anleitung ein wenig zur Seite, meine Haare wurden von einer Böe nach vorne gewirbelt, und endlich kam Leben in meinen Adler. Ich warf ihn sanft nach oben und – er flog. Wie von selbst erhob sich mein Drachen in die Lüfte und stieg in den Himmel auf. Ole hatte recht behalten, ich musste nur auf den Wind vertrauen!

»Ich habe ganz vergessen, wie viel Spaß das macht«, entfuhr es mir lachend. »Mit meinen beiden Jungs war ich oft Drachensteigen, doch das ist schon Jahre her.«

»Dann bist du gar keine Anfängerin?« Er schnalzte missbilligend mit der Zunge. Trotzdem blieb er weiterhin direkt hinter mir und half mir ab und an bei der Lenkung des Drachen. »Das nennt man dann wohl Vorspiegelung falscher Tatsachen. Du wolltest meine Tochter wohl in Sicherheit wiegen!«

»Ich habe nie behauptet, dass ich eine Anfängerin bin«, verteidigte ich mich und grinste. »Du bist nur davon ausgegangen, und ich habe dich in dem Glauben gelassen.«

»Ach, das ist für dich also in Ordnung?«, fragte er, scheinbar zutiefst entrüstet. »Aber wenn ich die Wahrheit über eine leicht beschädigte Jolle verschweige, soll ich dafür gleich bestraft werden. Gerecht ist das nicht.«

Ups, da hatte er mich erwischt!

»Vielleicht wird deine Strafe gar nicht so unangenehm, wie du befürchtest«, tröstete ich ihn, wandte mich halb zu ihm um und setzte ein so zweideutiges Lächeln auf, dass ich sofort Annika vor mir sah, wie sie jubelnd die Faust reckte und mir zurief: »Weiter so, Süße!«.

Das Spiel konnte Ole jedoch genauso gut spielen. Er blickte mir tief in die Augen, und sein Gesicht näherte sich meinem. »Aber deine vielleicht«, raunte er mir mit so tiefer Stimme ins Ohr, dass mein ganzer Körper zu vibrieren schien.

Er nahm seine Hände von meinen und ließ sie vorsichtig über meine Schultern den Rücken hinuntergleiten, als wolle er mir die Gelegenheit geben, dagegen zu protestieren. Ich biss mir fest auf die Unterlippe, um das Verlangen, das seine Berührung in mir auslöste, im Zaum zu halten. Selbst durch den Stoff meines T-Shirts hinterließen Oles Finger eine heiße Spur auf meiner Haut. Ich starrte zwar angestrengt auf den Adler in der Luft, aber meine Aufmerksamkeit war ganz woanders. Zum Glück war auch Emma voll und ganz auf ihren Drachen fixiert.

Oles Hände wanderten weiter bis zu meiner Hüfte. Anstatt mich nun freizulassen und zurückzutreten, umschloss er meine Taille mit festem Griff und sorgte so dafür, dass ich mich keinen Zentimeter von ihm entfernen konnte. Das war aber auch wirklich das Letzte, wonach mir im Moment der Sinn stand. Seine Daumen streichelten sanft über meinen Rücken, und mir entfuhr ein leises Keuchen.

»Mache ich dich etwa nervös?«

»Keine Spur«, gab ich so cool wie möglich zurück.

Oles Körperwärme übertrug sich offenbar auf mich, denn

Hitze stieg in mir auf, und jede Faser meines Körpers begann zu kribbeln. Alles in mir schrie danach, mich endlich zu ihm umzudrehen und ihn zu küssen. Doch er ließ mich nicht. Ich musste stillstehen und den Drachen lenken, während seine Hände noch ein wenig tiefer glitten.

»Hm, das können wir bestimmt ändern«, murmelte er.

Als seine Finger verlangend über meinen Hintern fuhren, war ich kaum noch imstande zu atmen. Wenn ich nicht die Fassung verlieren wollte, musste ich die Sache auf der Stelle abbrechen!

»Okay, okay«, sagte ich hastig, und meine Stimme klang ungewohnt heiser. »Du machst mich nervös.«

Er verharrte mitten in der Bewegung. »Dann ist ja gut«, sagte er, und ich hörte seinem Tonfall an, dass er lächelte.

Jetzt ließ er von mir ab und trat einen Schritt zurück. Verwirrt drehte ich mich zu ihm um, aber er wich meinem Blick aus, fuhr sich durch die Haare und schnappte sich seine rosafarbene Qualle.

Was auch immer das gerade für ein Spiel gewesen war, diese Runde hatte ich offensichtlich verloren. Und ich gab meinem Körper die Schuld. Mein Verstand hatte gar nicht mitmachen wollen!

»Bereit für den Luftkampf, Emma?«, rief Ole seiner Tochter zu, die ihren Drachen gerade gekonnt durch die Luft trudeln ließ, um ihn dann wieder in voller Geschwindigkeit davonfliegen zu lassen.

Sie blickte mit einem Grinsen über die Schulter. »Wenn ihr unbedingt verlieren wollt, greift mich nur an!«, gab sie kampfeslustig zurück, während ihre dunklen Locken ihr fein geschnittenes Gesicht umspielten.

Ich benötigte noch einen Augenblick, um mich und meinen Körper wieder unter Kontrolle zu bekommen, doch dann war auch ich bereit. In mir hatte sich – aus irgendeinem unerfindlichen Grund – gerade enorm viel Energie aufgestaut, die ich nun wieder loswerden musste.

»Also ich hätte gerne einen Schokoladeneisbecher, ohne Sahne, aber mit zwei Waffeln«, verkündete ich.

Emma lachte mich an. »Den musst du dir leider selbst kaufen, Sophie. Meine Bestellung bekommst du dann später.«

Ich ließ mich nicht beirren und nahm mir die erste Jansen-Regel zu Herzen: Ich wartete geduldig auf die nächste starke Böe, zog am Seil und ließ meinen Adler auf eine der Quallen zusausen. Ich erkannte, dass der Wind sogar noch einen weiteren Vorteil hatte – er kühlte einen ab, wenn es gerade dringend notwendig war.

21. Kapitel

»Annika, ich brauche deinen Rat«, sagte ich und tigerte aufgeregt in meinem Zimmer umher. »Dringend. Kannst du mir helfen?«

Anstatt einer Antwort hörte ich nur einen schmerzerfüllten Aufschrei. »Muss das denn so wehtun?«, blaffte meine beste Freundin jemanden an. »Warum wird das denn nicht unter Vollnarkose gemacht? Ich bin doch kein Masochist.«

Mir schwante Übles. »Du lässt dir doch nicht gerade das Tattoo auf den Venushügel stechen?«, fragte ich alarmiert.

»Was du heute kannst besorgen, das verschiebe nicht auf morgen«, entgegnete Annika lapidar. »Wobei es gar nicht so einfach war, auf die Schnelle eine weibliche Tätowiererin zu finden. Die Vorstellung, dass ein Mann diesen Job übernimmt, war mir dann doch unangenehm.«

Sie zog zischend die Luft ein. Offenbar war die Prozedur recht schmerzhaft. »Ich habe übrigens doch kein Foto von Henning als Vorlage genommen und mich stattdessen für seinen Namen als verschnörkelten Schriftzug entschieden«, berichtete sie mir. »Überleg dir mal, wie peinlich es gewesen wäre, wenn Henning sich auf dem Tattoo nicht selbst erkannt hätte! Vielleicht hätte er es für das Konterfei eines anderen Typen gehalten und wäre total ausgeflippt.«

Ich schüttelte fassungslos den Kopf. »Aber gab es in deinem HIM-Plan nicht noch eine ganze Menge anderer Punkte?«

»Die sind auch schon am Laufen«, klärte sie mich mit gepresster Stimme auf. »Aber dieses Tattoo wird Henning zeigen, wie wichtig er mir ist. Wusstest du, dass achtundvierzig Prozent der langjährigen Beziehungen scheitern, weil sich die Partner zu wenig ihre Wertschätzung zeigen?«

Das musste sie mir nicht sagen! Schließlich hatte mein Ehemann mich weder sonderlich gemocht noch wertgeschätzt. Aus diesem Blickwinkel betrachtet schien das Tattoo für Henning tatsächlich recht vielversprechend zu sein.

»Du musst mich unbedingt ablenken, Sophie, sonst stehe ich das nicht durch«, flehte Annika. »Am liebsten würde ich sofort von diesem Stuhl aufspringen und die Flucht ergreifen. Bis jetzt sind wir aber nur bis ›Hen‹ gekommen, und ich will meinem Gatten nicht erklären müssen, weshalb ich mir das englische Wort für ›Henne‹ über meine Mumu habe tätowieren lassen. Was für einen Rat brauchst du denn so dringend?«

»Nun ja, es geht um meinen Segellehrer«, setzte ich an, doch weiter kam ich nicht.

»Ich wusste es!«, rief sie triumphierend. »Du hast dich in deinen Segellehrer verknallt. Hab ich es nicht gesagt? Seit du mir von seiner sexy Stimme erzählt hast, war mir klar, dass es darauf hinauslaufen würde. Ich will alles bis ins kleinste Detail erfahren!«

Ich seufzte ergeben auf. »Okay! Also, Ole sieht gut aus ...«

»Besser als Felix?«, fiel sie mir erneut ins Wort.

»Ja, besser als Felix«, räumte ich ein.

»Zum Glück! Meiner Meinung nach hat dir dein Ehemann einen Gefallen damit getan, dass er dich nicht mehr angerührt hat. So viel Fantasie kann keine Frau der Welt haben, dass sie sich den Sex mit diesem haarlosen Miesepeter schönträumen kann.«

Ich fuhr mir stöhnend über das Gesicht. Hätte ich doch nur nicht angerufen! Ab jetzt würde ich mich kurzfassen und

Annika keine Zeit mehr für unqualifizierte Zwischenrufe lassen.

»Jedenfalls ist Ole sehr charmant, einfühlsam und geduldig. Wir verstehen uns gut, und heute habe ich sogar seine Familie kennengelernt«, erzählte ich ihr in doppeltem Sprechtempo. »Er hat mit mir eine Extra-Übung am Kap Arkona gemacht, und da hat sich zwischen uns etwas abgespielt, das die Grenze der üblichen Lehrer-Schülerin-Beziehung überschritten hat. Denke ich zumindest. Im Nachhinein bin ich mir nicht mehr so sicher, ob die sexuelle Spannung zwischen uns vielleicht nur reines Wunschdenken meinerseits war.«

»Details!«, rief Annika aufgeregt. »Hast du mir nicht zugehört: ICH WILL DETAILS!«

So genau wie möglich berichtete ich ihr, was vorgefallen war. Ich ließ nichts aus: von Oles leichten Berührungen meiner Schultern bis zu dem Moment, als seine Hände über meinen Po fuhren und ich mich ihm fast an den Hals geworfen hätte. Nachdem ich geendet hatte, schnurrte Annika wie eine Katze. Anscheinend hatte ich sie mit meiner Erzählung erfolgreich von ihren körperlichen Qualen abgelenkt.

»Gott, Sophie!«, seufzte sie hörbar neidisch. »Da werde ich ja ganz wuschig.«

Ich hörte jemanden im Hintergrund reden, worauf Annika mit ruhiger Stimme entgegnete: »Nein, keine Sorge, Jessy, das war nicht auf dich bezogen, auch wenn du gerade da unten zugange bist. Ich stehe wirklich nicht auf Schmerzen.«

Dann wandte sie ihre Aufmerksamkeit wieder mir zu. »Zuerst einmal muss ich dich wissen lassen, dass ich sauer bin, Sophie! Du hast mir bei unseren Telefonaten immer nur von deinem grausigen Segeltalent erzählt, aber mir das Thema Ole komplett verschwiegen. So etwas machen beste Freundinnen nicht!«

Ich entschuldigte mich pflichtgemäß, und in ihrer Großzügigkeit verzieh mir meine beste Freundin.

»Jedenfalls frage ich mich jetzt, ob Ole womöglich mehr für mich empfindet«, fuhr ich fort, »oder ob ich in diese Sache zu viel hineininterpretiere. Vielleicht ist dieses Verhalten für ihn … ganz normal?«

»Mhm«, machte Annika nachdenklich. »Begrabbelt Ole denn auch die Männer aus deinem Kurs?«

»Nein, natürlich nicht!«

»Dann war sein Verhalten also *nicht* normal, und er hat sich wohl schon etwas dabei gedacht.«

»Haha«, erwiderte ich tonlos. »Könntest du das bitte etwas ernster nehmen, Annika!«

Allerdings hatte Oles Mutter erzählt, dass sich ihr Sohn seit seiner Trennung für keine Frau mehr interessiert hat. Daraus konnte man durchaus folgern, dass Ole das Gegenteil eines Casanovas war und in seiner Freizeit nicht wahllos Frauen ›begrabbelte‹.

»Vielleicht wollte er mich nur aus dem Konzept bringen, damit seine Tochter mich besiegen kann?«, überlegte ich. »Oder es war einfach nur ein Spaß? Ein Jux unter Freunden?«

Abgesehen von diesem einen verwirrenden Moment hatten Ole, Emma und ich beim Drachensteigen wirklich viel Spaß zusammen gehabt. Viel zu schnell war die Abenddämmerung hereingebrochen, und wir hatten Emma zur Siegerin gekürt. Das Eisessen verschoben wir jedoch auf einen anderen Tag, was bedeutete, dass Ole und ich uns noch einmal privat treffen würden. Dass Emma dabei sein würde, störte mich nicht im Geringsten, denn das aufgeweckte Mädchen hatte ich sofort ins Herz geschlossen.

»Ein Jux unter Freunden?«, wiederholte Annika irritiert. »Wie kommst du denn auf diese bescheuerte Idee?«

»Du hast ja recht. Ich rede nur noch Blödsinn.« Ich stieß einen tiefen Seufzer aus. Diese Unsicherheit und die Selbstzweifel, die mich plötzlich plagten, trieben mich noch in den Wahnsinn.

»Was Ole betrifft, ist mir meine Souveränität wohl irgendwie abhandengekommen«, erklärte ich Annika. »Ich hatte gehofft, dass man nur als Teenager so unsicher und verwirrt ist, aber anscheinend passiert das auch, wenn man sich in unserem Alter verli...« Ich brach mitten im Wort ab.

Hatte ich das gerade wirklich sagen wollen? Dass ich mich in Ole *verliebt* hatte? Mir wurde abwechselnd heiß und kalt, als ich erkannte, dass es der Wahrheit entsprach. Für mich war das keine Schwärmerei mehr oder ein harmloser Urlaubsflirt – ich empfand wirklich etwas für ihn. Was war nur mit meinen guten Vorsätzen passiert? Ich hatte mir doch vorgenommen, eine Festung der Entschlossenheit zu sein!

Annika holte sehr lange Luft, und für eine Sekunde hoffte ich, dass sie meine exakte Wortwahl überhört hatte und lediglich einen gequälten Schmerzensschrei ausstoßen wollte.

»VERLIEBT?«, brüllte sie in den Hörer. »DU HAST DICH VERLIEBT?«

Im Hintergrund stieß die Tätowiererin ein lautes »Ups!« aus, gefolgt von einem entnervten: »Verdammt, Annika, ich hatte gesagt, du musst ruhig liegen bleiben!«

Doch meine Freundin schien sie gar nicht wahrzunehmen. »Jetzt versteh ich erst, was los ist: Du hast echte Gefühle für diesen Ole und machst deswegen so einen Aufstand! Dabei solltest du dich doch nur nach einer netten Urlaubsaffäre umsehen. Von Liebe war nie die Rede.« Der Tadel in ihrer Stimme war nicht zu überhören.

»Meinst du vielleicht, ich habe das mit Absicht gemacht?«,

blaffte ich sie an. »Ich habe wirklich versucht, vernünftig und rational zu bleiben.«

Für einen Moment herrschte Schweigen.

»Es tut mir leid«, sagte Annika voller Bedauern. »Aber das wird kein gutes Ende nehmen, Sophie!«

Mit einem Mal war ich den Tränen nahe. »Das weiß ich doch auch. Ich wollte ihn mir ja aus dem Kopf schlagen …«

»… aber es ging nicht!«, beendete sie seufzend meinen Satz. »So ist das immer mit der Liebe.«

»Und was soll ich jetzt tun?«, fragte ich unsicher.

Für Annika schien die Antwort auf der Hand zu liegen. »Da der Liebeskummer unvermeidlich sein wird, solltest du das Beste aus der Situation machen. Genieße deine Zeit auf Rügen mit Ole, und halte dich nicht zurück! Denn schon bald bist du wieder zurück daheim, wo dich Scheidungsgespräche mit Felix, ein unangenehmer Hausverkauf und ein gebrochenes Herz erwarten.«

Das klang alles so unerfreulich, dass ich meinen Fokus sofort wieder auf das Hier und Jetzt lenkte. »Meinst du denn, Ole will überhaupt *mehr* von mir?«

»Womit wir wieder am Ausgangspunkt unseres Telefonats wären«, stellte Annika amüsiert fest. »Sophie, warte mal bitte einen Moment! Ich muss hier kurz etwas abklären.«

Sie hielt den Hörer ein wenig zur Seite, trotzdem konnte ich sie noch sprechen hören: »Warum hast du denn aufgehört, Jessy? … Was soll das heißen: Da ist jetzt ein Strich am ›n‹?«

Ich schüttelte schnaubend den Kopf. Bei Annika konnte man immer damit rechnen, dass etwas Unerwartetes passierte, doch wie jedes Mal trug sie es mit bewundernswerter Fassung.

»Sophie? Hier gibt es ein kleines Problem, ich muss leider Schluss machen. Noch kurz zu deiner Frage, ob Ole an dir interessiert sein könnte.« Sie machte eine spannungsgeladene Pause.

»Los, jetzt sag schon!«, verlangte ich.

»Meiner Meinung nach solltest du baldmöglichst die Beine epilieren und dir sexy Unterwäsche besorgen! Ich wünsche dir viel Spaß, meine Süße. Wenn du wirklich etwas für ihn empfindest, wird *es* bestimmt noch besser werden.«

Bevor ich etwas erwidern konnte, lachte sie dreckig und legte auf.

Dank Annika war ich nach unserem Gespräch noch unruhiger als zuvor. Mir kam der Gedanke, Ole spontan anzurufen und ihm für den schönen Ausflug zu danken. Bei der Vorstellung, gleich seine Stimme zu hören, beschleunigte sich umgehend mein Herzschlag. Oder wäre eine Kurznachricht weniger aufdringlich? Ich tigerte erneut in meinem Zimmer umher. Weshalb meldete sich Ole eigentlich nicht *bei mir?* Wenn ich ihm genauso wenig aus dem Kopf ging, würde er das doch tun, oder? O Gott, das hatte bestimmt etwas zu bedeuten!

Als das Telefon in meiner Hand just in diesem Moment klingelte, bekam ich vor Schreck fast einen Herzinfarkt. Doch es war natürlich nicht Ole, das wäre ja auch zu schön gewesen. Mein neuer bester Kumpel Björn wollte lediglich nachfragen, ob ich den heutigen Unfall gut verkraftet hatte. Ich versicherte ihm, dass mit mir alles in bester Ordnung war und ich auch nicht vorhatte, den Kurs abzubrechen, was ihn ehrlich zu freuen schien. Er meinte, ohne mich wäre es nur noch der halbe Spaß.

Kaum hatte ich aufgelegt, klingelte mein Handy erneut. Leider war es auch dieses Mal nicht Ole, verdammt! Mein Sohn

Max ›wollte sich nur mal melden‹. Das war ja mal was ganz Neues. Er erzählte mir begeistert von seiner Studentenbude in Heidelberg, seiner neuen Freundin Pepper und ihrer ›total abgefahrenen Lebenseinstellung‹. Offen gestanden hörte ich ihm nur mit halbem Ohr zu, jedenfalls bis zu dem Augenblick, in dem er mir eröffnete, dass er sein Studium abbrechen wollte.

»Abbrechen?«, wiederholte ich verwirrt. »Du fängst doch gerade erst damit an.«

»Aber Mama, hast du mir nicht zugehört?«, fragte mein Jüngster vorwurfsvoll. »Das versuche ich dir doch schon die ganze Zeit zu erklären. Pepper hat mir klargemacht, dass ich mich mit einer akademischen Laufbahn den kapitalistischen Gesellschaftsstrukturen unterwerfe. Ich muss diesen Drang zur persönlichen Bereicherung endlich ablegen und mich auf die wahren Werte des Lebens besinnen. Freiheit und Mitmenschlichkeit kann man sich nicht mit Geld erkaufen.«

»Was soll das denn heißen?«, entgegnete ich gereizt. »Wirst du jetzt Kommunist, oder was?«

»Pepper meint, dass ich mich zum Knecht des Kapitalismus mache, wenn ich mein Leben nicht grundlegend ändere. Deswegen habe ich mich heute exmatrikuliert. Wir wollen autonom leben und aus dieser pseudosozialen Gesellschaft aussteigen. Ansonsten ende ich nämlich so wie Papa, und das wäre der absolute Horror!«

»Aha.« Meine Knie wurden weich, und ich ließ mich auf mein Bett plumpsen. Ach du lieber Himmel, als wäre dieser Tag mit der versenkten Jolle nicht schon schlimm genug gewesen! War mein Sohn denn von allen guten Geistern verlassen?

Die Wurzel des Problems war natürlich nicht schwer auszumachen: Pepper. So, wie ich meinen Sohn kannte, war sie vermutlich ein ausgesprochen hübsches, an interessanten Stellen gepierctes Mädchen. Die Entscheidung, seine Zukunft aufs Spiel zu setzen, hatte bestimmt nicht Max' Gehirn gefällt, sondern ein Körperteil, das eher mittig lag.

Ich seufzte gequält auf. Nun musste ich also mal wieder den Schlamassel richten und einem meiner Söhne mit List, Vernunft und schier übermenschlicher Geduld den Kopf zurechtrücken. Ich konnte schon gar nicht mehr zählen, wie viele langwierige Diskussionen ich mit den Jungs geführt hatte in dem Versuch, sie vor Fehlentscheidungen zu bewahren. Schon öffnete ich den Mund, da kam mir ein – zugegebenermaßen etwas gemeiner – Gedanke.

Ich räusperte mich, um meine Stimme wiederzufinden. »Ich finde es sehr löblich, Max, dass du dir so viel Gedanken um dein Leben machst. Könntest du bitte deinen Vater anrufen und ihn persönlich über deine Pläne in Kenntnis setzen?«

»Eigentlich«, begann er unsicher, »hatte ich gehofft, dass du das übernehmen könntest. Du weißt doch, dass Papa und ich uns nur in die Haare kriegen.«

Ich schüttelte den Kopf. »Max, dein Vater und ich haben uns vor nicht mal einer Woche getrennt. Glaubst du wirklich, dass es eine gute Idee ist, wenn ich mich jetzt für dich mit ihm streite? Nein, das machst du mal schön selbst!«, erwiderte ich entschieden. »Ihr habt euch in den letzten Jahren ohnehin viel zu selten ausgetauscht. Es tut euch ganz gut, wenn ihr mal ganz offen miteinander redet. Am besten rufst du ihn gleich an! Dann kannst du ihm auch sagen, dass er dir kein Geld mehr fürs Studium zu überweisen braucht, weil du ja autonom leben möchtest.«

»Was? Aber, Mama, ich ...«

»Max, ich muss jetzt los. Hab dich lieb. Tschüss!« Ich legte mit einem zufriedenen Lächeln auf. Sollte Felix sich doch mit dieser Katastrophe herumschlagen! Probleme mit unseren Söhnen waren bisher immer in meinen Aufgabenbereich gefallen, während Felix so getan hatte, als würde ihn das nichts angehen. Tja, jetzt ging es ihn etwas an!

Anscheinend war ich heute Abend heiß begehrt, denn kurze Zeit später klopfte es an der Tür, und ich hörte Leonies Stimme: »Hey, Sophie, bist du da? Ich habe gehört, dass du megadringend Nachhilfeunterricht brauchst.«

Woher wusste sie denn ... ach so, ich hatte beim Reinkommen Jutta einen kurzen Abriss meines Tages gegeben. Bestimmt hatte sie ihre Tochter zu mir geschickt, damit das junge Segelgenie verhinderte, dass ich noch weitere Schiffe versenkte.

Ich bereitete mich emotional schon einmal auf Leonies übliches Charmedefizit vor und öffnete ihr die Tür. »Mit dir habe ich nun wirklich nicht gerechnet.«

»Ich kann auch wieder gehen!«, blaffte sie mich an und pustete auf ihre neongelben Nägel, die sie offenbar frisch lackiert hatte. »Allerdings habe ich gerade bei Twitter gelesen, dass du die Gorch Fock in Stralsund nicht mehr betreten darfst, weil sie Angst haben, dass du das Segelschiff mal eben im Hafenbecken versenkst.«

»Haha.« Ich zog eine Grimasse und deutete auf ihre Nägel. »Pusten bringt übrigens nichts! Der Nagellack trocknet dadurch nur oberflächlich und bleibt untendrunter weich. Wenn es schnell gehen soll, kannst du die Finger vorsichtig unter eiskaltes Wasser halten.«

»Ehrlich?« Leonie hielt erstaunt inne. Offenbar hatte sie nicht erwartet, dass auch ich mit hilfreichem Wissen auftrumpfen konnte. »Dann kann ich mir die Pusterei ja sparen. Danke für den Tipp!«

»Gern geschehen.« Ich konnte mir ein Lächeln nicht verkneifen, auch wenn das wahrscheinlich uncool wirkte.

Wieder einmal bedauerte ich, dass ich nur Jungs bekommen hatte, die sich leider keine Spur für meine über Jahrzehnte mühevoll angesammelten Erfahrungen in der Beauty- und Modewelt interessierten. Was hätte ich einem Mädchen nicht alles für Tipps mit auf den Weg geben können. Zum Beispiel wie absolut nutzlos und unwirksam Cellulitecremes waren, was ich anhand der zwei Dutzend Cremetöpfe in meinem Badezimmer und meiner immer noch vorhandenen Cellulite anschaulich beweisen konnte. Oder dass man Ballerinas niemals zu einem Date anziehen sollte, da damit selbst eine Frau mit der Figur eines Supermodels den watschelnden Gang einer Ente bekam.

»Also, fangen wir jetzt an, oder was?« Ohne mein Einverständnis abzuwarten, drückte Leonie sich an mir vorbei ins Zimmer, schnappte sich die Mappe mit den Prüfungsfragen vom Tisch und setzte sich im Schneidersitz aufs Bett.

»Du willst wirklich mit mir lernen? Um diese Zeit?« Es war schon fast zehn, und ich wollte nicht, dass sie sich verpflichtet fühlte, mir zu helfen.

Sie zuckte mit den Schultern. »Ach, ich könnte jetzt sowieso noch nicht einschlafen. Mir geht zu viel im Kopf rum, weil ich mit Mama immer noch Streit habe. Und mit meiner Freundin Tine verstehe ich mich gerade auch nicht so toll.«

Da ging es uns ähnlich, denn ich fühlte mich auch noch zu aufgekratzt zum Schlafen. Dafür war an diesem Tag einfach zu viel passiert.

Ich setzte mich neben sie und dachte an meine Teenagertage mit Annika zurück. »Streit mit der besten Freundin ist schlimm. Ich habe mich dann immer ganz elend gefühlt und irgendwie nicht mehr vollständig. Wie ein halber Mensch.«

Ihre Augen weiteten sich vor Überraschung. »Genau so fühle ich mich gerade! Tine fehlt mir echt mega, aber gleichzeitig bin auch total sauer auf sie.« Leonie senkte den Kopf, und ihre Haare fielen ihr vors Gesicht, während sie mit den Fingern Eselsohren in meine Prüfungsblätter faltete. »Obwohl Tine weiß, dass ich auf diesen einen Typen stehe, hat sie mit ihm auf der Party, zu der ich wegen Mama nicht gehen durfte, geflirtet. Tine behauptet, es wäre von ihm ausgegangen und deshalb könne sie gar nichts dafür, aber als meine beste Freundin hätte sie ihn sofort abblitzen lassen müssen, oder nicht?«

»Eigentlich schon«, stimmte ich ihr zu. Kein Wunder, dass sie ihrer Mutter das Verbot, auf die Party zu gehen, nachtrug. »Und du fragst dich, ob es anders gekommen wäre, wenn du auch dort gewesen wärst?«, tippte ich.

Sie nickte. »Jetzt sind die beiden übermorgen miteinander verabredet und ...« Den Rest nuschelte sie halblaut vor sich hin, doch ich konnte die Worte »Finn«, »zusammen ins Kino« und »blöde Kuh« heraushören. Vermutlich waren hier in der Gegend gutaussehende Jünglinge, die Motorrad fuhren, spärlich gesät.

Ich legte meine Hand auf ihre und sagte das Einzige, was mir zu ihrer Situation einfiel. »Das ist voll scheiße!«

Anscheinend hatte ich den richtigen Tonfall erwischt, denn Leonie nickte erneut und stieß einen tiefen, gequälten Seufzer aus.

»Aber weißt du, was auch scheiße ist?« Ich grinste sie an. »Eine Jolle direkt am Hafen zu versenken.«

Sie lachte auf. »Ja, das ist echt krass! Wenn du das mit meiner ›Viktoria‹ gemacht hättest, wäre ich dir an die Gurgel gegangen. Was war denn dein Problem?«

Ich erklärte ihr, worin – laut Oles Meinung – meine Defizite lagen, doch das junge Segelgenie wirkte nicht zufrieden mit der Erklärung.

»Wenn du hektisch wirst und überreagierst, bedeutet das doch, dass schon längst alles schiefläuft.« Sie spitzte nachdenklich die Lippen. »Wie gut bist du eigentlich im seitwärts Einparken?«

»Super!«, entgegnete ich trocken. »Ich benutze dabei die klassische Vermeidungsstrategie und suche mir einfach einen neuen Parkplatz.«

»Dann ist alles klar! Du hast das gleiche Problem wie Tante Ariane.«

Es dauerte einen Moment, bis mir einfiel, dass ich Ariane beim Treffen der UGLY-Frauengruppe kennengelernt hatte. Sie war Juttas jüngere Schwester und mir auf Anhieb sympathisch gewesen.

»Das Segeln hat viel mit räumlichem Denken zu tun«, erklärte Leonie. »Die typische Schwäche der Frauen. Das Problem verstehen Männer nicht; dabei kann dir Ole nicht helfen. Du musst mit mir segeln gehen!«

»Ähm, okay«, sagte ich erstaunt. »Gerne.«

»Aber vorher lernen wir! Ich nehme nämlich keine unwissenden Idioten an Bord, die Jollen versenken.«

So etwas schaffte auch nur ein Teenager: ein nettes, gut gemeintes Hilfsangebot gekonnt mit einer Beleidigung zu kombinieren.

Etwas mehr als eine Stunde später ging meine gestrenge Lehrerin endlich. Mir rauchte derart der Kopf, dass ich todmüde ins Bett fiel. Wahrscheinlich musste ich für Leonies überfallartige Nachhilfestunde dankbar sein, weil ich keine Gelegenheit mehr gehabt hatte, eine gefühlsduselige Nachricht an Ole zu verschicken. Am besten verhielt ich mich ihm gegenüber ganz normal, unverkrampft und locker. Nur zur Sicherheit würde ich mir allerdings morgen früh die Beine epilieren.

22. Kapitel

Der nächste Morgen begann mit der erfreulichen Feststellung, dass meine Beule auf der Stirn mit ein bisschen Make-up kaum noch zu sehen war. Es gelang mir, die Angst vor meiner ersten Fahrt mit der Segelyacht und dem Wiedersehen mit Ole erfolgreich zu verdrängen, und beschwingt ging ich hinunter ins Frühstückszimmer.

Jutta empfing mich lächelnd. »Ich habe dir vom Bäcker extra einen Pfannkuchen geholt, Sophie, damit du für den Unterricht heute fit bist.«

Neugierig sah ich auf den Teller, den mir Jutta mit erwartungsvoller Miene hinhielt. »In meiner Welt sind Pfannkuchen flach, rund und groß. Das da«, sagte ich und deutete auf den Teller, »ist ein Berliner! Von mir aus kann man auch Krapfen dazu sagen.«

»Du bist jetzt aber in unserer Welt, und in Glowe nennt man sie Pfannkuchen. Aber Berliner oder Krapfen geht natürlich auch, wir sind da flexibel.«

Bevor ich mich auf meinen Stuhl setzte, drückte ich Jutta ein Küsschen auf die Wange. Ich hatte ihr nämlich erzählt, dass ich morgens erst richtig in Schwung kam, wenn ich etwas Süßes aß. »Jutta, du bist ein Schatz! Was würde ich nur ohne dich machen? Wenn ich nach Hause fahre, nehme ich dich einfach mit!«

Sie lachte. »Ein bisschen Abwechslung würde mir zwar gut gefallen, aber ich glaube, Mattes hätte etwas dagegen, wenn du mich entführst.«

Nach dieser Stärkung und einem Pott Milchkaffee machte ich mich auf zum Hafen. Trotz der frühen Uhrzeit herrschte im Dorf schon viel Betrieb. Die ersten Touristen machten sich auf zum Strand, die Einwohner erledigten ihre Einkäufe, und die Besitzer der Cafés putzten ihre Tische. Auch am Hafen war schon einiges los, denn rund um die Yacht der Segelschule, die den klangvollen Namen ›Seeadler‹ trug, hatte sich schon der komplette Kurs versammelt. Offenbar konnten es meine männlichen Mitstreiter kaum erwarten, endlich an Bord zu gehen, um die Weiten der Ostsee zu erkunden. Einige Eigner beobachteten von den Nachbarschiffen aus interessiert das Treiben, während andere gemütlich an Deck frühstückten und Zeitung lasen. Die Szenerie erinnerte mich entfernt an einen Campingplatz.

»Huhu, Sophie!«, rief Nane und winkte mir zu.

Was machte denn Oles Mutter hier? Wollte sie etwa auch segeln gehen? Neben ihr stand Trudi, die missmutig aufs Meer hinausblickte und sich ihre Wattestöpsel noch tiefer in die Ohren drückte. Trudis Aversion gegen Wind war wohl noch ausgeprägter als bei mir. Ich war so auf meine Gruppe konzentriert gewesen, dass ich die beiden im ersten Moment gar nicht bemerkt hatte.

»Schön, euch zu sehen«, begrüßte ich die beiden, als ich zu ihnen trat. »Fahrt ihr mit uns raus?«

Trudi schnaubte. »Mir dir am Steuer? Wir sind doch nicht lebensmüde.«

»Trudi!«, zischte Nane und versetzte ihr mit dem Ellbogen einen leichten Stoß.

»Was denn?«, ereiferte sich die alte Frau. »Ich darf kein Risiko eingehen! Wenn ich jetzt sterbe, darf meine Schulfreundin Hermine mein Grab mit Kakteen bepflanzen. Wir haben eine Wette am Laufen. Wer zuerst stirbt, kriegt ein hässliches

Grab verpasst. Überlebe ich sie, werde ich ihres in ein Veilchenmeer verwandeln.« Trudi wandte sich an mich und erklärte: »Hermine hasst Veilchen.«

Ich warf ihr einen irritierten Blick zu. »Ihr schließt eine Wette über eure Grabbepflanzung ab?«

Trudi hob belehrend ihren Zeigefinger. »Das ist der beste Weg, das Immunsystem im Alter fit zu halten. Wenn ich mal einen schlimmen Husten habe, stelle ich mir einfach einen scheußlichen Kaktus auf den Nachttisch, und schwups bin ich wieder gesund.«

Ich schüttelte schmunzelnd den Kopf. »Das klingt erschreckend logisch.«

So eine Wette sollte ich rein prophylaktisch auch mit Annika abschließen. Meine Schulfreundin würde sich allerdings bestimmt nicht mit Kakteen zufriedengeben, sondern mir damit drohen, bei meinem Ableben ein Schild auf meinem Grab anzubringen mit der Aufschrift: ›Hier ist ein Hundeklo! Pissen und Kacken erlaubt.‹ Oh ja, das würde mich am Leben halten, bis ich hundert Jahre alt war!

»Wir sind nur hier, weil wir euch Proviant für den Tag auf See vorbeibringen wollten.« Nane deutete auf einen vollgepackten Weidenkorb, der neben ihr auf dem Boden stand. »Trudi hat sich nicht davon abbringen lassen, für das Mittagessen Gestowte Wruken beizusteuern. Ihr Steckrüben-Eintopf ist einfach der beste – er wird euch ganz bestimmt schmecken!«

Trudi fuhr zu ihr herum. »Ich habe mich nicht davon abbringen lassen?«, wiederholte sie keifend. »Du hast heute Morgen um sechs Uhr bei mir Sturm geklingelt und mich dazu gezwungen, den Eintopf zu kochen.«

»Wie auch immer.« Nane lächelte mich verkrampft an, während sie Trudi an der Schulter an sich drückte. »Ach, dahinten kommt ja mein Sohn. Dann machen wir uns mal auf den Weg.«

Ich drehte mich um und sah Ole mit seiner Bürokraft Meike im Schlepptau auf uns zukommen. Wie schon beim letzten Mal hatte sich Meike auf das gesellschaftlich akzeptable Minimum an Kleidung beschränkt. Zu Hause in Freiburg hatte ich Unterhosen, an denen mehr Stoff dran war als an ihren Hot Pants. Verzweifelt versuchte sie trotz ihrer hohen Schuhe mit Ole Schritt zu halten, doch der stapfte unbeeindruckt auf uns zu.

Nane hatte es plötzlich sehr eilig. Sie zog Trudi hinter sich her, während sie rückwärtsgehend mit mir redete. »Ich hoffe, wir sehen uns beim nächsten Frauenabend, Sophie. Und genieß den Tag! Ole war gestern übrigens allerbester Laune, als er von eurem Ausflug zurückgekommen ist.«

Mit einem letzten Augenzwinkern drehte sie sich um, während Trudi sich lautstark darüber beschwerte, dass sie kein Hund sei und von Nane nicht durch die Gegend gezerrt werden wolle.

»Euch auch einen schönen Tag«, rief ich ihnen etwas verspätet hinterher, weil mich ihr hastiger Aufbruch stutzig machte. »Und herzlichen Dank für den Proviant.«

Wollte Nane ihrem Sohn etwa nicht begegnen? Sollte das gerade ein Verkupplungsversuch sein? Wenn ja, fragte ich mich allerdings, wie Steckrüben-Eintopf in Herzensangelegenheiten helfen sollte.

»Rieche ich da etwas zu essen?«, hörte ich plötzlich eine Stimme mit leicht italienischem Akzent hinter mir. Meine Mitschüler hatten sich in der Zwischenzeit zu mir gesellt. Enrico stürzte sich prompt auf den Korb, hob das Geschirrtuch an, das darüberlag, und lugte hinein. »Lecker! Ich hatte mir schon Sorgen gemacht, dass wir auf See verhungern.«

»Dann darfst du das auch gleich aufs Schiff schaffen«, entgegnete ich. »Da du bald als segelnder Pizza-Blitz arbeiten wirst, ist es eine perfekte Übung für dich.«

Während Enrico den Korb an sich nahm und den Inhalt durchforstete, meinte Ben grinsend: »Enrico i-interessiert sich mehr dafür, leckere Damen aufs Schiff zu b-bringen.«

Wie aufs Stichwort trat Meike in diesem Moment in unsere Runde und warf effektvoll ihre blonde Mähne nach hinten.

Enricos Augen weiteten sich verzückt. *»Bellissima«*, hauchte er.

Selbst ich konnte nicht umhin, das Schauspiel zu betrachten, obwohl ich Oles Anblick neben ihr eigentlich viel interessanter fand. Dafür verschränkte Björn die Arme vor der Brust und maß Meike mit abschätzendem Blick. Wie zu erwarten war, prallte Meikes Doppel-D-Zauber an ihm wirkungslos ab. Ich hätte ihn küssen können!

»Morgen zusammen!«, rief Ole. »Sehr schön, ich sehe, wir sind schon vollzählig. Dann wollen wir keine Zeit mehr verlieren und das gute Wetter nutzen.« Er klatschte tatkräftig in die Hände. »Helmuth, fürs Erste bist du der Skipper und teilst deine Mannschaft ein. Wir legen gleich ab und motoren aufs Meer hinaus. Da ihr alle schon den SBF habt, kennt ihr ja das Prozedere, und es dürfte keine Probleme geben.«

Helmuth strahlte übers ganze Gesicht, während die restlichen Männer – insbesondere Carsten – recht unglücklich dreinblickten. Anscheinend herrschte unter den Herren der Schöpfung ein kleiner Konkurrenzkampf um die Chefrolle.

»Bitte wartet noch einen Moment«, schaltete sich Meike ein. »Ich habe hier eure Anmeldebögen für die Segelprüfung, aber ihr müsst sie nicht sofort ausfüllen. Gebt sie Ole einfach in den nächsten Tagen zurück.«

»Kann ich dir mein Formular nicht auch persönlich geben?«, fragte Enrico mit einer Stimme, die vor italienischem Schmalz triefte.

Meike klimperte mit ihren falschen Wimpern. »Das geht

natürlich auch, allerdings bin ich nicht immer da, wenn ihr Unterricht habt. Du musst dann wohl dein Glück versuchen ...«

Als sie Enrico mit keckem Lächeln ein Formular hinhielt, schmolz er dahin und zog hastig seine Hand aus Nanes Korb. Keine Sekunde später stieß er einen Schmerzensschrei aus und ließ den Korb fallen, der scheppernd auf dem Boden landete. *»Merda!«*, fluchte er und verzog gequält das Gesicht. »Da war ein Messer drin, ich hab mich geschnitten!«

Dann erinnerte er sich jedoch an seine Angebetete und straffte die Schultern. »Nur ein kleiner Kratzer!«

»Sicher?« Meike blickte angeekelt auf seine blutende Hand.

Ich konnte es kaum glauben: Ausnahmsweise war nicht ich es, die sich verletzt hatte. Ole lief den Steg hinunter, sprang aufs Boot und kam kurz darauf mit einem Erste-Hilfe-Koffer wieder, den er mir wortlos in die Hand drückte. Da ich in solchen Angelegenheiten wohl die Kompetenteste der Gruppe war, zierte ich mich nicht und befahl Enrico, sich auf eine Holzbank in der Nähe zu setzen.

»Mach einfach ein kleines Pflaster drauf«, sagte er lauter als notwendig.

Ich verdrehte die Augen und machte mich daran, seine Verletzung zu untersuchen.

Er beugte sich zu mir. »Es ist schlimm, oder?«, fragte er mit zitternder Stimme. »Das tut verdammt weh.«

»Der Schnitt ist zum Glück nicht allzu tief. Es muss nicht genäht werden.«

»Wirklich?« Er war kreidebleich. Und etwas enttäuscht. Anscheinend hatte er erwartet, dass die Hand amputiert werden müsste.

»Du bist mir ja ein Held!«, raunte ich ihm kopfschüttelnd zu.

Ich reinigte die Wunde und desinfizierte sie gerade, als ich hörte, wie Meike hinter mir weinerlich säuselte: »Ich kann kein Blut sehen, Ole! Da wird mir immer ganz schwindlig. Wenn ich ohnmächtig werde, fängst du mich auf, oder?«

Über meine Schulter hinweg sah ich, wie sie sich hilfsbedürftig an ihn drückte und ihren Kopf an seine Schulter lehnte. So eine hinterlistige Kuh! Zu allem Überfluss tätschelte Ole nun auch noch beruhigend ihren Rücken. Der Anblick versetzte mir einen Stich, und Wut stieg in mir auf.

»Wenn tatsächlich so viele Angehörige des weiblichen Geschlechts in Ohnmacht fallen würden, wenn sie Blut sehen«, zischte ich, »müsste man viel mehr bewusstlose Frauen mit heruntergelassener Hose und einem Tampon in der Hand auf öffentlichen Toiletten vorfinden.«

Offensichtlich hatte ich das nicht so leise gesagt, wie ich geglaubt hatte, denn sowohl Ole als auch der Rest der Truppe prusteten los, während Meike mich mit einem Todesblick strafte.

Ich wandte mich eilig wieder Enrico zu und legte ihm einen Verband an. »So, fertig!«, verkündete ich schließlich. »Ich habe ihn etwas fester gemacht, das müsste die Blutung stoppen. Aber du solltest beim Segeln vorsichtig sein.«

»Es fühlt sich schon viel besser an. Du bist ein Engel, Sophie!« Enrico umarmte mich und drückte mir rechts und links einen feuchten Kuss auf die Wange. Wahrscheinlich war er sich nicht darüber im Klaren, dass er damit seine Sympathie für Meikes neue Erzfeindin bekundete.

Endlich konnten wir alle an Bord gehen, wo Helmuth uns Aufstellung nehmen ließ und verkündete, wen er auf welchem Posten haben wollte. Er hatte die Maske des gutmütigen Strebers abgelegt und marschierte nun wie ein Despot vor uns auf und ab.

»Sophie, du übernimmst die Pantry«, teilte er mir im Befehlston mit.

Unglaublich: Kaum gab man einem Mann ein bisschen Macht, benahm er sich wie ein Vollidiot, und für ein Bitte war keine Zeit mehr. Und er schickte die Frau in die Küche, wie typisch!

Anstatt seine Anordnung wortlos zu akzeptieren, fragte ich aufmüpfig: »Was soll ich denn um diese Uhrzeit bitte schön kochen? Da hättest du mich ja gleich als Bordgeistliche einteilen können.«

Er zuckte mit den Schultern. »Wenn dich das glücklicher macht, bitte schön: Sophie, du bist die Schiffsköchin *und* Bordgeistliche.«

Während Carsten hämisch lachte, beugte Helmuth sich zu mir und meinte: »Nach gestern Mittag halte ich es als Skipper für das Beste, wenn du es heute langsam angehen lässt.«

Himmel, da versenkte man *ein Mal* eine Jolle, und schon wurde einem diese Geschichte ewig nachgetragen! Ich setzte mich schmollend auf die Bank, während alle ihre Position einnahmen und Helmuth brüllte: »Achterspring los! – Vorleine los! – Achterleine los!«

Unter den gestrengen Augen des Skippers begannen die anderen hektisch herumzuwuseln.

»Willst du einen Kaffee?«, fragte ich Helmuth trotzig, wohl wissend, dass dies der ganz falsche Moment für solch eine Frage war.

»Jetzt nicht«, gab er genervt zurück.

»Bei einem Winkel von 45 Grad beginnst du mit der Schleichfahrt achteraus, Helmuth!«, rief Ole, der für die Vorspring zuständig war – das einzige Seil, das das Schiff noch am Steg hielt.

»Ich bin doch nicht doof«, murmelte Helmuth und gab prompt zu viel Gas.

»Schleichfahrt!«, wiederholte Ole in warnendem Tonfall.

»Ich weiß, Herrgott noch mal!«, fluchte Helmuth.

»Missbrauche nicht den Namen unseres Herrn!«, ermahnte ich ihn. Als Bordgeistliche musste ich auf so etwas schließlich achten.

Der Skipper schien meine Bemühungen jedoch nicht zu würdigen. »Halt den Mund, Sophie! Ich muss mich konzentrieren.«

Hätte Helmuths Gesicht vor Aufregung nicht die Farbe einer überreifen Tomate angenommen, wäre ich jetzt sauer gewesen.

Sobald die Vorspring sich entspannte, befahl Helmuth vorschriftsmäßig: »Vorspring los!«

»Vorspring ist los«, entgegnete Ole.

Das Ablegemanöver war geglückt, und ich hörte, wie Helmuth erleichtert den Atem ausstieß: Wir hatten weder ein anderes Boot gerammt, noch zerrten wir einen Teil des Stegs hinter uns her. Sobald wir den Hafen verlassen hatten, nahm das Schiff Fahrt auf, und Helmuth hielt sich an den Kurs, den Ole ihm vorgegeben hatte. Wir steuerten aufs offene Meer hinaus, der Seegang nahm spürbar zu, und ich war gespannt, ob mein Magen den schaukelnden Untergrund akzeptieren würde. Zwar hatte ich als Kind bei den Törns mit meinen Eltern nie mit Seekrankheit zu kämpfen, aber dies lag auch schon einige Jahre zurück.

Da es für die anderen momentan nichts mehr zu tun gab, gesellten sie sich zu mir. Björn setzte sich neben mich und tätschelte meine Hand. »Schön, dass du an Bord bist! Gestern in Breege dachte ich, du schmeißt den Kurs. Du hast so fertig ausgesehen.«

Ich zog eine Grimasse. »Lass uns nicht mehr darüber sprechen!«, bat ich ihn. »Ich arbeite immer noch daran, die Sache zu verdrängen.«

Gespannt blickte ich zu Ole, der gerade Helmuth auf die Schulter klopfte und ihn für das Manöver lobte. Bisher hatte er kein persönliches Wort mit mir gewechselt, und überhaupt verhielt er sich mir gegenüber recht reserviert. Jedenfalls wenn man bedachte, dass er gestern seine Hände auf meinem Po gehabt hatte. Allerdings konnte er in Gegenwart der anderen Kursteilnehmer schlecht dort weitermachen, wo wir beim Drachensteigen aufgehört hatten. Mir war ja auch klar, dass er professionell bleiben und mich wie eine ganz normale Schülerin behandeln musste. Aber so ein kurzer, zweideutiger Blick oder ein verschwörerisches Augenzwinkern wäre doch wohl nicht zu viel verlangt gewesen, oder? Am besten grübelte ich nicht allzu intensiv darüber nach und lenkte mich stattdessen ab!

»Als Bordgeistliche führe ich übrigens die gute alte Tradition der Ablassbriefe wieder ein«, verkündete ich der Mannschaft. »Eine Absolution für normale Sünden wie Lügen, bösartige Gedanken und Hosentaschenbillard gibt es schon für fünf Euro. Schlimmere Sachen wie das Betrügen der Ehefrau durch Bordellbesuche kosten zehn Euro.«

Ich warf Carsten einen vieldeutigen Blick zu, der daraufhin erblasste und nervös an seinem Hemdkragen herumfummelte.

»B-beim Hosentaschenbillard«, fragte Ben nach, »muss man da für jedes Mal einen Ablassbrief kaufen? Das wird dann nämlich g-ganz schön teuer.«

Ich dachte einen Moment nach. »Ich mach dir einen Sonderpreis. Sagen wir, ein vollständiger Sündenerlass für 7,50 Euro?«

»Das sind humane Preise«, meinte Enrico grinsend. »So

gefällt mir Religion! Wenn ich Skipper bin, behältst du den Posten als Bordgeistliche.«

Ole erhob seine Stimme, um den brummenden Motor zu übertönen. »Bei dieser Gelegenheit möchte ich euch ein paar Worte sagen.«

Als gelehrige Schüler schenkten wir ihm sofort unsere Aufmerksamkeit.

»Ihr habt in diesem Kurs schon einiges erreicht. Wir haben zusammen Theorie gepaukt, und auf den Jollen habt ihr euch mit den Grundlagen des Segelns vertraut gemacht. Ab heute kommt jedoch noch eine neue Herausforderung hinzu.« Er machte eine Pause, wohl um die Spannung zu erhöhen. »Ab sofort müsst ihr als Team arbeiten! Skipper zu sein bedeutet nicht, dass ihr eure Mannschaft anbrüllen dürft, weil ein Manöver schiefgegangen ist. Es bedeutet, durch klare Befehle dafür zu sorgen, dass alles klappt. Skipper zu sein heißt in erster Linie, Verantwortung zu tragen!«

Wie ein Fels in der Brandung stand er auf dem schwankenden Schiff, seine dunklen Haare wurden vom Wind durcheinandergewirbelt, und das Blau seiner Augen hatte heute denselben Farbton wie das Meer. Noch nicht einmal die obligatorische orangefarbene Schwimmweste konnte diesen Mann entstellen. Ganz im Gegensatz zu mir, denn ich fühlte mich darin wie ein Michelin-Männchen. Ob wir diese unbequemen Rettungswesten die ganze Zeit über tragen mussten? Oder hatten die anderen diese Sicherheitsmaßnahme nur beschlossen, weil ich an Bord war und sie auf das Schlimmste vorbereitet sein wollten? Zuzutrauen war es ihnen.

Helmuths Stimme riss mich aus meinen Gedanken: »Smut, klar zum Kaffeekochen?«

Es dauerte einen Moment, bis mir klar wurde, dass Helmuth mich damit gemeint hatte. Mit einem Seufzen erhob ich mich.

»Ist klar!«, gab ich wenig enthusiastisch zurück und machte mich auf zum Niedergang.

Selbst so etwas Simples wie die Kaffeezubereitung stellte sich in einer schwankenden Mini-Küche als Herausforderung dar. Offenbar war mein Job als Smut nicht so anspruchslos, wie ich ursprünglich geglaubt hatte. Als kleines Mädchen war ich stolze Besitzerin einer Kinderküche; die erschien mir in meiner Erinnerung jedoch geräumiger und besser ausgestattet als diese Bordküche. Zum Glück war ich die Flexibilität in Person!

Als ich gerade den Kaffee in die Thermoskanne abfüllte, stand Ole plötzlich so unvermittelt neben mir, als wäre er gerade aus dem Boden gewachsen. Ich hatte ihn wegen des Motorenlärms überhaupt nicht kommen hören, sodass ich vor Schreck zusammenzuckte und prompt einen Teil des Kaffees verschüttete. Leise fluchend wischte ich die Pfütze vom Tisch.

Anstatt mir zu helfen, lehnte sich Ole mit nachdenklicher Miene an den Herd und verschränkte die Arme vor der Brust. »Weißt du eigentlich, was meine Mutter vorhin am Hafen gewollt hat? Ich fand's seltsam, dass sie nicht gewartet und mir Hallo gesagt hat.«

Überrascht sah ich zu ihm auf. Da waren wir endlich unter uns, und er fragte mich *nach seiner Mutter*? Das sprach nicht gerade dafür, dass mein Hintern gestern bei ihm einen bleibenden Eindruck hinterlassen hatte. Wahrscheinlich hätte ich in den vergangenen Jahren bei Artikeln wie ›Die fünf besten Po-Übungen‹ nicht einfach weiterblättern sollen!

Ich verschraubte die Thermoskanne und deutete auf den Weidenkorb. »Sie hat uns Essen für unseren Tag auf See vorbeigebracht. Das war doch nett von ihr.«

Mit zusammengekniffenen Augen betrachtete er den Korb,

als hätte dieser ihn soeben persönlich beleidigt. Ich konnte Ole ansehen, wie es hinter seiner Stirn arbeitete. »Das hat meine Mutter noch nie gemacht. In all den Jahren nicht, in denen ich die Segelschule schon habe. Findest du das nicht seltsam?«

Ole maß mich mit misstrauischem Blick. Anscheinend war auch ihm der Gedanke gekommen, dass seine Mutter etwas im Schilde führte. Aber wenn Nane plötzlich Amor für ihren überzeugten Single-Sohn spielen wollte, war das ganz sicher nicht meine Schuld.

Da ich mich in diese Familienangelegenheit nicht einmischen wollte, gab ich mich so neutral wie die Schweiz. »Ob das seltsam ist, kann ich leider nicht beurteilen, dafür kenne ich deine Mutter nicht gut genug.«

Diese Erklärung schien Ole nicht zufriedenzustellen. Er presste so fest die Zähne aufeinander, dass ich sah, wie sich seine Kiefermuskeln anspannten. Moment mal ... Glaubte er etwa, dass ich mich gestern bei seiner Mutter eingeschleimt hatte, in der Hoffnung, dass sie mich mit ihm verkuppelte? Hielt er mich tatsächlich für so eine hinterlistige, berechnende Hexe?

»Ich bin ein erwachsener Mann und kann es absolut nicht ausstehen, wenn man mich zu etwas drängt, das ich nicht will.«

Okay, tief durchatmen und nicht ausrasten! Ich schenkte ihm ein kühles Lächeln, obwohl ich innerlich kochte. »Dann würde ich vorschlagen, du verhältst dich wie ein erwachsener Mann und klärst das mit deiner Mutter. Ich habe mit der ganzen Sache nämlich nichts zu tun!«

Ohne ein weiteres Wort schnappte ich mir ein paar Tassen, klemmte mir die Thermoskanne unter den Arm und stapfte wütend den schmalen Niedergang nach oben, als das Schiff plötzlich von einer Welle getroffen wurde. Da ich die Hände voll hatte, konnte ich mich nirgends festhalten, verlor das Gleichgewicht und kippte mit einem panischen Aufschrei nach hinten. Doch dann spürte ich Oles warme Hände an meiner Hüfte. Er hielt mich mit sicherem Griff fest und bewahrte mich im letzten Moment davor, rückwärts die Treppe hinunterzupurzeln.

O Gott sei Dank. Aber anstatt mich ganz unverfänglich an der doofen Rettungsweste festzuhalten, war er direkt auf Tuchfühlung gegangen. Typisch Mann! Das war doch bestimmt Absicht!

»Man sollte auf einem Schiff immer eine Hand frei haben, um sich abfangen zu können«, meinte er, ohne mich loszulassen.

Doch ich hatte weder Lust auf weise Ratschläge, noch wollte ich ein säuselndes Dankeschön à la Pornostar-Meike anstimmen.

»Finger weg!«, zischte ich ihm über meine Schulter hinweg zu, machte mich los und marschierte wie befohlen mit dem Kaffee zum Skipper.

In Anbetracht der Tatsache, dass Ole mich vor einem Sturz bewahrt hatte, war meine Reaktion wohl etwas undankbar, aber ich war sauer. Richtig sauer!

23. Kapitel

Am frühen Nachmittag hatten wir unsere ersten Segelmanöver mehr oder wenig erfolgreich absolviert. Nur mit der Teamarbeit klappte es bisher nicht besonders gut: Entweder kamen die Befehle des jeweiligen Skippers zu spät oder waren schlicht falsch, oder wir wuselten konfus durcheinander, traten uns gegenseitig auf die Füße und gingen dabei fast über Bord. Schon jetzt schmerzten meine Muskeln, und an den Händen brannte meine Haut vom vielen Schotenziehen und Kurbeln. Ole hatte uns unverblümt gesagt, dass unsere Leistungen zu wünschen übrig ließen.

Gerade machten wir eine Pause, und bis auf Carsten, der momentan der Skipper war, ruhten sich alle aus und versuchten, Kraft zu tanken. Ich saß vorne am Bug in der Sonne und starrte aufs weite Meer hinaus. Unter Segeln glitten wir fast geräuschlos durch das Wasser, unser Schiff machte ordentlich Fahrt, und meine Haare flatterten im Fahrtwind. Im Gegensatz zu den röhrenden Motorbooten, die bisweilen in der Ferne auftauchten, schien die ›Seeadler‹ hier kein störender Fremdkörper zu sein, sondern mit dem Meer und dem Himmel zu verschmelzen; das Schiff wurde eins mit der Natur. Es war genau dieses Gefühl, das ich bei den Segeltörns mit meiner Familie immer so geliebt hatte, denn auf wundersame Weise brachte es mich zur Ruhe.

Obwohl noch nicht alles wie am Schnürchen geklappt hatte, machte mir die Arbeit im Team richtig Spaß – auf alle Fälle mehr als das Fahren auf der Jolle. Offenbar war ich kein Einzelkämpfer, sondern gehörte zu den Teamplayern. Mittlerweile hatte sich auch meine Wut auf Ole gelegt, und unser Gespräch stimmte mich eher traurig. Was war nur in ihn gefahren? Glaubte er allen Ernstes, dass ich mich mit seiner Mutter gegen ihn verschwor?

Eins stand jedenfalls fest: Das Epilieren meiner Beine hätte ich mir heute Morgen sparen können.

Ich hörte Schritte hinter mir, warf einen Blick über die Schulter und brachte ein Lächeln zustande. »Na, hast du die Sonnenschutzcreme in meiner Tasche gefunden?«

Eigentlich war die Frage überflüssig, denn Björns Gesicht hatte dank meines preisgünstigen Sunblockers einen weißlichen Farbton angenommen.

»Danke, du warst meine Rettung!« Er setzte sich neben mich. »Ich kann nicht glauben, dass ich Schussel ausgerechnet heute keinen Sonnenschutz aufgetragen habe. Wenn mein Gesicht mit vierzig voller Falten ist, weiß ich wenigstens, wieso: weil ich zu vergesslich bin.«

»Ah ja, die berühmt-berüchtigten Alzheimer-Falten«, spöttelte ich.

Mein Blick glitt hinüber zur Steilküste. Momentan fuhren wir parallel zum Land, sodass wir die Schönheit Rügens vom Schiff aus bewundern konnten. Die Kreidefelsen des Nationalparks Jasmund erhoben sich majestätisch über dem Blau des Meeres und leuchteten in strahlendem Weiß. Man sah von hier sogar schon die berühmteste Kreidefelsformation der Insel, den Königsstuhl. Er ragte über einhundert Meter in die Höhe und wurde von leuchtend grünen Wäldern eingerahmt.

»Atemberaubend«, entfuhr es Björn bewundernd.

Ich blickte zwischen den Kreidefelsen und seinem eingecremten Gesicht hin und her. »Ah, jetzt versteh ich: Partnerlook, oder?«

Er streckte mir die Zunge raus. »Das ist ein neuer Modetrend«, entgegnete er selbstbewusst.

Ich betrachtete wieder die friedliche Postkartenidylle. Dabei fiel mir ein, was Emma mir gestern Abend erzählt hatte. »Wusstest du, dass das Wandern unter den Kreidefelsen gefährlich ist? Es gibt immer wieder Abbrüche, und Menschen wurden auch schon verschüttet. Einige sind sogar gestorben.«

Emma hatte die Geschichte natürlich noch etwas ausgeschmückt, damit sie furchteinflößender wurde.

»Dann können wir uns ja glücklich schätzen, dass wir hier in sicherer Entfernung sind«, meinte Björn.

Er schwieg einen Moment, dann wandte er sich mir mit ernster Miene zu. »Was ist heute eigentlich mit dir los?«

»Nichts, alles in Ordnung«, behauptete ich schulterzuckend.

Er hob eine seiner perfekt gezupften Augenbrauen und sagte in betont affektiertem Tonfall: »Schätzchen, das könntest du einem normalen Mann erzählen, aber nicht mir. Also, raus damit!«

Ich stieß gequält die Luft aus. »Na schön: Ich denke nur darüber nach, wie froh ich darüber bin, gestern Abend keine gefühlsduselige Nachricht verschickt zu haben.«

Aus dieser Antwort konnte er sich sicherlich keinen Reim machen, aber damit musste er sich zufriedengeben. Von meinen unpassenden – und offensichtlich unerwiderten – Gefühlen für unseren Segellehrer würde ich ihm ganz sicher nichts erzählen, egal wie sehr er nachbohrte.

»Aha.« Björn spitzte nachdenklich die Lippen. »Ich schätze mal, du sprichst von einer Nachricht an Ole? Habt ihr Streit?«

Ich hätte mich vor Überraschung fast an meiner eigenen Spucke verschluckt. »Woher weißt du das denn?«

»Also bitte!«, sagte er schnaubend. »Meinst du vielleicht, ich habe Tomaten auf den Augen? Das ist doch wohl nicht zu übersehen.«

Hatte ich Ole etwa so offensichtlich angehimmelt? Gott, war das peinlich! Ich sah mich sicherheitshalber nach allen Seiten um und senkte die Stimme. »Und die anderen? Haben die auch etwas bemerkt?«

Er zuckte nonchalant mit den Schultern. »Keine Ahnung, ich schätze nicht. Aber so wie es zwischen euch knistert, müsste man eigentlich einen Blitzableiter aufstellen.«

Ich heulte ertappt auf und schlug mir die Hände vors Gesicht.

Anscheinend bereitete es Björn Freude, mich zu quälen, denn in amüsiertem Tonfall fügte er hinzu: »Und wenn ich mal anmerken darf: Wenn eine Frau die Jolle eines Mannes versenkt und er kein einziges Wort des Vorwurfs von sich gibt, muss sie ihm schon etwas bedeuten. Oder er will sie *sehr* dringend ins Bett kriegen.«

Ich schnaubte hinter meinen Händen. Pah! Der heutige Tag hatte mir gezeigt, dass er damit eindeutig falschlag.

»Oh, ich bitte dich!« Björn hörte sich an, als müsste er mir zum hundertsten Mal das Einmaleins erklären. »Er mag dich, sehr sogar. Das merkt man allein schon daran, wie er dich beobachtet, wenn du nicht hinsiehst.«

Ich riss den Kopf wieder in die Höhe. »Er … er beobachtet mich?« Mein Herz setzte für einen Schlag aus, und mir wurde abwechselnd heiß und kalt.

Björn grinste. »Er steht schon seit einer Viertelstunde dahinten neben Carsten und blickt mit sorgenvoller Miene hierher, als wäre ihm eine Meerjungfrau aufs Schiff gesprungen und er wüsste nicht, wie er sich jetzt verhalten soll.«

Eine Meerjungfrau? Dieser schmeichelhafte Vergleich ließ

mich sein Grinsen nun doch erwidern, und ich stieß mit der Schulter gegen seine. »Du Charmeur!«

Doch beim Gedanken an den Streit von vorhin verlor sich mein Lächeln wieder. »Wenn es stimmt, was du sagst, versteh ich nicht, weshalb Ole heute so eklig zu mir war. Er hat so getan, als sei ich dafür verantwortlich, dass seine Mutter uns verkuppeln will. Allein die Vorstellung schien für ihn absolut schrecklich zu sein.«

Am liebsten wäre ich wieder wütend auf ihn. Stattdessen fühlte ich mich nun hauptsächlich verletzt – was eindeutig schlimmer war.

Björn warf die Hände in die Höhe. »Oh, Sophie, verstehst du wirklich so wenig von uns Männern? Wir sind einfach gestrickt, geradlinig und mit Gefühlen aller Art überfordert, weshalb wir sie am liebsten so schnell wie möglich wieder loswerden wollen.«

Ich wartete auf weitere Erläuterungen, die leider nicht kamen. »Ich benötige etwas mehr Kontext, um deine Lebensweisheit zu verstehen, Björn!«

»Wenn wir so richtig sauer sind, lassen wir dieses Gefühl meist umgehend wieder raus, und dabei trifft es manchmal die falsche Person. Und da Oles Mutter gerade nicht zur Stelle war, hat es eben dich erwischt.«

»Aha.« Die Erklärung klang logisch, stimmte mich jedoch nicht gerade versöhnlicher.

»Was ich damit sagen will«, fuhr Björn fort, »bitte nimm Oles Reaktion nicht allzu persönlich! Männer mögen oft ungeschickt und schwer von Begriff sein, aber ihr Frauen seid auch nicht besser. Ihr macht aus einem unbedachten Wort gleich ein Riesenproblem. Also mach das nicht, okay?«

»Vielleicht hast du recht«, räumte ich nach einer Weile widerstrebend ein.

»Natürlich hab ich das!«, entgegnete er inbrünstig. »Ich bin der ultimative Frauen- und Männerversteher.«

Er drückte mich an sich, und ich legte meinen Kopf an seine Schulter. »Und eins weiß ich, Sophie: Liebe ist immer kompliziert – sowohl für Frauen als auch für Männer. Und wir alle machen dabei Fehler.«

Ich stieß einen tiefen Seufzer aus. »Ich muss zugeben, dass du ein guter Ratgeber bist. Darf ich dich auch mal anrufen, wenn der Kurs vorbei ist?«

»Ich bestehe darauf, Schätzchen!«

»Navigator!«, brüllte Carsten vom Ruder aus. »Check mal das Wetter! Der Wind frischt auf, und ich will wissen, ob er noch heftiger wird.«

Ich klopfte Björn auf den Oberschenkel. »Damit bist wohl du gemeint.«

Er erhob sich ächzend. »Denk daran, was ich gesagt habe!«

Ich blieb noch sitzen, um mir seine Worte durch den Kopf gehen zu lassen. Konnte es sein, dass Björn recht hatte? Und wenn ja, wie sollte ich mich jetzt verhalten? Ein klärendes Gespräch suchen? So tun, als hätte es den Streit nicht gegeben? Ole darauf hinweisen, wie dämlich er sich verhalten hatte, um ihm dann großmütig zu verzeih...

»Zuckerschnecke?«, hörte ich da Oles Stimme hinter mir.

Ich schreckte auf, drehte mich um und versank sofort in seinen meerblauen Augen, die mich fragend anblickten. Der Kosename überraschte mich, insbesondere nach unserer Auseinandersetzung, deshalb blieb mir der patzige Spruch, den ich mir gerade überlegt hatte, im Hals stecken.

»Ja, äh ... Süßer?«, entgegnete ich mit heiserer Stimme.

Ole räusperte sich und deutete auf den Teller in seiner Hand. Um seine Mundwinkel zuckte ein Lächeln. »Ich meinte eigentlich die Plunderteilchen meiner Mutter.«

»Oh.« Verdammt, den Teller hatte ich überhaupt nicht bemerkt. »Natürlich. Danke!«

»Aber wenn du möchtest, kannst du auch gern Süßer zu mir sagen!«

»Das ist ... gut zu wissen.« Ich schnappte mir ein Teilchen und nahm einen großen Bissen, um mich selbst davor zu bewahren, weitere Peinlichkeiten von mir zu geben.

Er setzte sich neben mich. »Ich möchte mich bei dir entschuldigen«, begann er ohne Umschweife. »Dafür, dass ich mich dir gegenüber so muffig und gereizt verhalten habe. Ich hätte dir nicht unterstellen dürfen, dass du mit den Plänen meiner Mutter etwas zu tun hast. Eigentlich war ich sauer auf sie, hab's aber an dir ausgelassen.« Er warf mir einen zerknirschten Blick zu. »Tut mir leid, das war bescheuert.«

Ich musste Björn unbedingt sagen, dass er eine Beratungsstelle für Frauen eröffnen und als Übersetzungshilfe für männliches Verhalten tätig werden sollte! Hastig schluckte ich den etwas trockenen Bissen herunter. »Ob du es glaubst oder nicht: Ich möchte ebenfalls nicht verkuppelt werden.«

Er fuhr sich mit einem Seufzen durch die Haare. »Ich mag es überhaupt nicht, wenn sich meine Mutter auf diese Weise in mein Leben einmischt.«

»Sag ihr das doch!«

»Ich will sie nicht verärgern. Ohne die Hilfe meiner Mutter wären Emma und ich total aufgeschmissen.«

»Anders ausgedrückt: Passt es dir gerade in den Kram, findest du es in Ordnung, wenn sich deine Mutter in dein Leben einmischt«, brachte ich es auf den Punkt, »aber ansonsten soll sie sich gefälligst raushalten.«

Er warf mir einen vorwurfsvollen Blick zu. »So wie du das sagst, klingt es verdammt egoistisch.«

Ich widersprach ihm nicht. »Gerade hat mir jemand geraten,

nicht alles so ernst zu nehmen. Vielleicht solltest du dir das auch überlegen? Was hat deine Mutter denn schon großartig getan? Sie hat uns Essen vorbeigebracht, damit wir hier an Bord eine schöne Zeit haben. Ich finde, das ist eine nette, liebevolle Geste, und es ist toll, dass deine Familie so zusammenhält«, stellte ich mit einem Anflug von Neid fest. »Von meinen Eltern bekomme ich nur alle paar Wochen eine Postkarte von einer ihrer Fernreisen. Meine Schwester Jule ist auch so eine Weltenbummlerin und arbeitet alle paar Jahre in einem anderen Land.«

Kaum hatte ich das gesagt, fiel es mir wie Schuppen von den Augen: Es musste an meinen Genen liegen, dass ich mit über vierzig noch den Segelschein machen und fremde Länder bereisen wollte. Ich hätte Felix sagen sollen, dass ich überhaupt nichts für diesen ›verrückten‹ Wunsch konnte und ich nur ein Opfer meiner DNA geworden war!

»Okay, okay, ich hab's verstanden. Ich habe nicht nur dir unrecht getan, sondern auch meiner Mutter.« Ole hob die Hände, um sich offiziell geschlagen zu geben. »Was macht deine Schwester denn beruflich?«

»Sie hat Hotelmanagement studiert und schon in Atlanta, London und Johannisburg gearbeitet«, erzählte ich. »Seit drei Jahren lebt sie in München und leitet dort ein Hotel.«

Ole nickte anerkennend. »Das ist doch schön, dann seht ihr euch jetzt bestimmt öfter.«

»Um ehrlich zu sein, nicht«, gab ich zu und zog eine Grimasse.

Unser Verhältnis war kompliziert, wahrscheinlich auch, weil wir recht unterschiedliche Charaktere waren. An guten Tagen bezeichnete ich Jule als beneidenswert selbstbewusst und den ehrlichsten Menschen, den ich kannte. Wenn wir uns jedoch gestritten hatten, hielt ich meine Schwester für beleidigend und streitsüchtig. Jule machte keinen Hehl daraus, dass sie Felix nicht ausstehen konnte und sich für ihre ältere Schwester ein weniger konservatives Leben vorgestellt hatte. Was sie wohl zu meinem Befreiungsschlag sagen würde?

»Vielleicht wird unsere Beziehung in Zukunft wieder besser«, sagte ich. »Ich würde mich freuen, wenn wir mehr Kontakt hätten.«

»Für mich hört sich das so an, als hätten wir beide unsere Schwierigkeiten mit der lieben Verwandtschaft. Ich mache dir einen Vorschlag: Du rufst mal wieder deine Schwester an, und ich mache meiner Mutter heute Abend keine Vorwürfe!«

Er streckte mir die Hand hin, und ich schlug ein.

»Abgemacht.«

Ole lächelte verschmitzt. »Immerhin habe ich jetzt auch mal die verärgerte Sophie kennengelernt.«

Verlegen kratzte ich mich am Hals. »Und? Wie findest du sie?«

»Sehr furchteinflößend«, versicherte er mir. »Beim nächsten Sturz werde ich still danebenstehen und dir dabei zusehen, wie du wie eine Bowlingkugel quer durch die Kajüte fliegst.«

Pah! Ich reckte das Kinn und strich mir elegant eine Haarsträhne aus dem Gesicht. »Wie alles im Leben werde ich auch das mit einem Höchstmaß an Anmut und Grazilität tun.«

»Davon bin ich überzeugt.«

Die halbstündige Pause war bestimmt schon längst vorbei, doch Ole machte keine Anstalten, die anderen zusammenzurufen, um die nächsten Manöver anzusagen.

Dann hatte ich wohl auch noch Zeit, eine andere Sache hinter mich zu bringen. Ich streckte mich und kramte in meiner ausgebeulten Hosentasche herum.

»Was hast du denn da drin?«

»Sakrales Schmiergeld«, informierte ich ihn. »Ich war heute

schließlich schon zwei Mal als Bordgeistliche eingeteilt und konnte tatsächlich ein paar lustige Ablassbriefe an den Mann bringen.«

Die Sache mit den Ablassbriefen war natürlich nur ein Witz gewesen, aber meine Mitschüler hatten mich beim Wort genommen. Unglaublich, was einigen von ihnen auf der Seele lastete. Zum Beispiel hatte Helmuth, der nach seiner Entmachtung als Skipper wieder ganz der Alte geworden war, immer noch ein schlechtes Gewissen, weil er als kleiner Junge seinem besten Freund eine Fußballkarte geklaut hatte. Ben dagegen hoffte auf Vergebung, weil er seinen Eltern wegen des erzwungenen Segelkurses einen Virus in ihre digitale Hausanlage eingeschleust hatte, dank dem sich nun permanent die Lichter von allein ein- und ausschalteten oder mitten am Tag die Rollläden herunterfuhren. Seltsamerweise schien es meine Crew-Mitglieder tatsächlich zu erleichtern, mir ihre Verfehlungen zu beichten.

»Das dürfte für Emmas Eis ausreichen.« Ich drückte Ole zwei Fünf-Euro-Scheine in die Hand. »Wettschulden sind schließlich Ehrenschulden.«

Verständnislos blickte Ole mich an. »Aber wir wollten doch gemeinsam Eis essen gehen.«

Obwohl ich wusste, dass ich das Richtige tat, war es doch viel schwerer, als ich gedacht hatte. Mein dummes Herz wollte unbedingt, dass ich den Mund hielt. »Auch wenn wir uns jetzt ausgesprochen haben, halte ich es dennoch für das Beste, wenn wir etwas auf Abstand gehen.«

Trotz Oles Entschuldigung war ich immer noch verletzt, und das machte mir mehr als alles andere klar, dass es richtig war, auf Distanz zu gehen. Seine heftige Reaktion hatte mir gezeigt, wie albtraumhaft er die Vorstellung fand, eine Beziehung mit mir zu haben. Da konnte Björn mir auch noch so oft sagen, dass ich nicht jedes Wort auf die Goldwaage legen sollte. Ole war vielleicht an mir interessiert und gerne mit mir zusammen, aber das reichte mir nicht. Annika hatte mir am Ende meines Urlaubes zwar Liebeskummer prophezeit, doch den würde ich nur für echte Gefühle in Kauf nehmen, und nicht für einen Mann, der mich wahrscheinlich nur für einen netten Zeitvertreib hielt.

Der laue Fahrtwind strich sanft über meine Haut, meine Lippen schmeckten salzig vom Meer, und vor uns glitzerten die Sonnenstrahlen auf den Wellen wie funkelnde Diamanten. Diese verflixt schöne Szenerie passte leider eher zu einer Liebeserklärung als zu einer Abfuhr. Ich starrte angestrengt auf den Horizont und holte tief Luft, um mir Mut zu machen. »Bitte verstehe mich nicht falsch, aber für mich ist es besser, wenn ich mich nicht mehr so oft in deiner Nähe aufhalte. Jedenfalls privat.«

Ich hoffte, er hatte verstanden, was ich damit meinte, denn noch mehr wollte ich ihm meine Gefühle nicht offenbaren.

Ole schwieg einen Moment, dann legte er seine Hand auf meine Wange und zwang mich, ihm in die Augen zu sehen.

»Ich möchte aber, dass du mitgehst, Sophie!«, sagte er mit ernster Miene. »Ich will, dass du in meiner Nähe bist.«

»Bist … bist du sicher?«, stammelte ich.

Er zog mich näher an sich, und in seinem Blick lag eine tiefe Wärme, auf die mein Körper sofort mit einem wohligen Kribbeln reagierte. Oles Lippen senkten sich auf meine. Er küsste mich, flüchtig und sanft wie der Meereswind. Alles in mir wurde wunderbar leicht, und für einen Moment schien ich genau wie das Schiff schwerelos über die Wellen des Meeres zu gleiten.

Viel zu schnell war der Kuss vorüber, und er zog sich wieder zurück. In seinen Blick schlich sich Bedauern. »Schade, dass wir nicht allein auf dem Schiff sind.«

Das ließ sich machen – und wenn ich eigenhändig den Rest der Mannschaft ins Wasser beförderte.

Ole zog schmunzelnd die Augenbrauen in die Höhe. »Du überlegst doch nicht gerade, die anderen über Bord zu werfen, Sophie?«

»Nö«, schwindelte ich. »Ich bin nur froh, dass du nicht nach Teer schmeckst.«

»Das freut mich zu hören! Dann besteht ja eventuell die Chance, dass du dich für einen weiteren Kuss zur Verfügung stellst.«

»Eventuell. Wenn ich gerade nichts Besseres zu tun habe.«

Okay, okay, in Wahrheit konnte ich unseren nächsten, richtigen Kuss kaum erwarten. Reflexartig fuhr ich mir mit der Zunge über die Lippen.

Seine Augen folgten meiner Bewegung. »Wenn du mich in den Wahnsinn treiben willst, mach nur so weiter!«

Er wandte den Kopf wieder dem Meer zu, griff wie selbstverständlich nach meiner Hand, und unsere Finger verschränkten sich miteinander.

Eben hatte ich mir noch ernsthafte Sorgen über ein gebrochenes Herz gemacht, aber jetzt war ich so im Glück, dass ich sämtliche Bedenken über Bord warf.

Schweigend genossen wir den Anblick der Insel mit der tief grünen, dicht bewaldeten Küste, den schroffen Felsen und den einsamen Kiesstränden.

»Habe ich dir eigentlich schon gesagt, dass du der nächste Skipper sein wirst?«, fragte Ole schließlich.

Mir rutschte das Herz in die Hose. »Du kannst aber auch den schönsten Moment zunichtemachen«, sagte ich vorwurfsvoll. »Nur mal interessehalber: Ist so eine Yacht sehr teuer?«

»Meine ganzen Ersparnisse stecken in diesem Schiff. Und das, obwohl ich dieses Schätzchen günstiger bekommen habe und viele Reparaturen selbst übernehmen konnte.«

Okay, dann sollte ich vielleicht noch schnell meine Haftpflichtversicherung anrufen, bevor ich mich ans Ruder wagte.

24. Kapitel

An diesem Abend saß ich neben Jutta und Trudi in Shanti-Gertruds Garten und nippte gerade an meiner zweiten Tasse Yogi-Tee. Das Gruppentreffen war diese Woche vorverlegt worden, weil Gertrud spontan einen Aushilfsjob antreten wollte und sie deshalb, laut eigener Aussage, in den kommenden Abenden damit beschäftigt sein würde, ihren Körper und Geist vom ungewohnten Arbeitsstress zu befreien.

Wie schon beim letzten Mal fühlte ich mich in der Frauenrunde pudelwohl, genoss das entspannte Geplauder und die selbstgemachten Leckereien. Nur Nane war nicht gekommen, weil Ole noch im Büro zu tun hatte und sie auf Emma aufpassen musste. Obwohl ich Oles Mutter sehr sympathisch fand, war ich offen gestanden erleichtert darüber, dass sie nicht hier war. So saß ich wenigstens nicht zwischen den Stühlen und geriet gar nicht erst in Gefahr, erneut Gegenstand eines Mutter-Sohn-Streites zu werden. Und sie konnte Ole auch nicht brühwarm berichten, dass ich den ganzen Abend über ein breites Lächeln im Gesicht hatte.

»Da stand ich also plötzlich im hauchdünnen Negligee direkt vor der Mutter meines Freundes«, erzählte Juttas Schwester Ariane gerade, »und wusste nicht, wie ich mich verhalten soll. Am liebsten wäre ich vor Scham im Boden versunken! Wisst ihr, was sie dann gesagt hat?«

Leider klingelte in diesem Moment mein Handy, was mir einen strafenden Blick von Gertrud einbrachte, denn natürlich waren neumodische Kommunikationsmittel während des

Frauenabends verboten. Eine Entschuldigung murmelnd huschte ich ins Haus, während Ariane die Geschichte weitererzählte. Ich hörte gerade noch, wie die anderen in schallendes Gelächter ausbrachen, bevor ich die Tür hinter mir schloss.

Am Telefon war Felix, der mich knapp und bündig darüber informierte, dass er einen Käufer für unser Haus gefunden hatte.

»So schnell?«, entfuhr es mir völlig perplex.

»Ich habe zwar schon eine Immobilienfirma beauftragt, doch nun hat sich Thomas kurzfristig entschlossen, es zu nehmen. Du weißt ja, dass ihm das Haus schon immer gefallen hat.«

Dass Thomas König, Felix' Partner in der Steuerkanzlei, uns das Haus abkaufen wollte, hätte ich mir eigentlich denken können. Kati, Thomas' zweite Frau, war gerade mit Zwillingen schwanger, und für eine kleine Familie war das Haus perfekt. Für mich oder Felix allein wäre es viel zu groß, und ich gönnte Thomas und seiner Frau von Herzen ein schönes Heim. Jedenfalls sagte mir das mein Verstand. Dass ich mein Zuhause, in dem ich so viele Jahre gelebt und unsere Kinder großgezogen hatte, aufgeben musste, versetzte mir trotzdem einen Stich.

»Du hättest mich wenigstens informieren können«, sagte ich vorwurfsvoll.

»Tue ich doch gerade«, verteidigte er sich. »Außerdem habe ich dir gesagt, dass ich die organisatorischen Dinge unserer Trennung so schnell wie möglich in die Wege leiten werde. Du solltest mir lieber dankbar sein! Die ganzen Papiere zu ordnen war eine Heidenarbeit, und für die Hausbesichtigung musste ich sogar putzen.«

Bei der Vorstellung, wie Felix den Staubwedel schwang oder den Staubsauger hinter sich herzog, musste ich gegen meinen

Willen schmunzeln. Das hätte ich zu gerne mit eigenen Augen gesehen!

»Dazu ist Bastian mir gehörig auf die Nerven gegangen«, fuhr Felix fort. »Er ist nämlich der Meinung, dass wir das Haus, in dem er aufgewachsen ist, nicht verkaufen dürfen. Das wäre schließlich sein Erbe.«

»Wie bitte?«, fragte ich fassungslos.

Felix stieß ein verärgertes Schnauben aus. »Ich habe ihm gesagt, dass er sich gefälligst aus unserem Leben raushalten und sich um seinen eigenen Kram kümmern soll. Wenn er mit seinen Eltern derart unzufrieden ist, darf er sich gerne neue suchen.«

Vor Überraschung blieb mir der Mund offen stehen. Das war eine Premiere, denn noch nie hatte sich Felix gegen seinen Goldjungen Bastian gestellt. Leider kam das etliche Jahre zu spät.

»Vielleicht bringt ihn das zum Nachdenken«, wagte ich zu hoffen. Wir würden uns schon mit unserem ältesten Sohn zusammenraufen, wir waren schließlich eine Familie.

Felix war allerdings noch nicht fertig mit Jammern. »Dann musste ich auch noch heute Morgen nach Heidelberg fahren, um Max wieder zur Vernunft zu bringen.« Der Vorwurf in seiner Stimme war nicht zu überhören.

»Ich weiß«, seufzte ich. »Wie lief es denn?«

»Bis ich angekommen bin, hat Max zum Glück schon herausgefunden, dass diese Pepper seit Jahren einen festen Freund hat und mit *beiden* Jungs autonom leben wollte. Das war unserem Sohn dann wohl doch etwas zu revolutionär, und er hat gehörige Zweifel an seiner neuen Zukunftsplanung bekommen.«

Ich atmete erleichtert auf, denn ohne diese unerwartete Wendung wäre es wohl schwierig geworden, Max auf die Schnelle von seiner Schnapsidee abzubringen.

»Ich konnte ihn überreden, gleich mit mir gemeinsam zur Uni zu gehen. Es war zwar nicht ganz einfach, aber schließlich konnten wir seine Exmatrikulation wieder rückgängig machen«, fügte er voller Stolz hinzu.

»Vielen Dank, Felix! Das hast du toll hinbekommen.«

Was für eine Überraschung: Allem Anschein nach ging die Welt doch nicht unter, wenn ich mal nicht zur Stelle war und alles regelte.

»Weißt du«, begann er nachdenklich, »ich glaube, es war das erste Mal, dass Max und ich uns richtig unterhalten haben. Sonst hast du diese Dinge ja immer übernommen.« Er stieß einen tiefen Seufzer aus. »Auf der anderen Seite sind diese organisatorischen und familiären Pflichten auch recht stressig. Ich bin kein einziges Mal zum Golfspielen gekommen, und vom Putzen habe ich jetzt noch Muskelkater. Das ist alles … erstaunlich anstrengend, Sophie.«

Wollte er mir damit etwa durch die Blume zu verstehen geben, dass ich all dies in den vergangenen Jahren ohne ihn recht gut bewältigt hatte? War das so etwas wie ein Kompliment?

»Danke«, erwiderte ich.

Da er nicht fragte, wofür ich mich bei ihm bedankte, hatte ich seine Worte offenbar richtig interpretiert. Dieser Mann war verdammt kompliziert, und ich hoffte, dass die nächste Frau in Felix' Leben besser damit klarkam als ich.

Ich seufzte. »Felix, wir kriegen es doch hin, das alles ohne Scheidungskrieg hinter uns zu bringen, oder? Schon unseren Kindern zuliebe und aus Respekt vor den vielen Jahren, die wir miteinander verbracht haben.«

»Wie kannst du von mir etwas anderes erwarten?«, meinte er in tadelndem Tonfall. »Alles wird korrekt und absolut gerecht ablaufen.« Und in trockenem Tonfall fügte er hinzu:

»Um einen hässlichen Scheidungskrieg anzuzetteln, müsste ich schließlich so etwas wie Gefühle besitzen, und wie du weißt, bin ich kalt wie ein Kühlschrank.«

Ich stutzte. »War das gerade Selbstironie?«, fragte ich ungläubig. »Hast du einen Witz gemacht?«

»Nun ja, es war ein Versuch.«

»Dafür war er gar nicht so schlecht. Bestimmt machst du bald Fortschritte«, ermunterte ich ihn, und wir mussten beide lachen.

»Ach, ehe ich es vergesse«, fügte Felix gutgelaunt hinzu. »Ich habe das Haus übrigens inklusive Kater verkauft. Das hat mich eine Menge Überzeugungsarbeit gekostet, kann ich dir sagen.«

Mir blieb das Lachen im Hals stecken. »Ist das jetzt auch ein Witz?«

»Nein, warum? Es ist nachgewiesen, dass Katzen weniger an ihrem Herrchen als an ihrer gewohnten Umgebung hängen. Für Prinz Charles ist es also die optimale Lösung.«

»Sag mal, hast du sie noch alle?«

Schon war die gute Stimmung dahin. Wir stritten uns ein paar Minuten, ehe wir uns übellaunig voneinander verabschiedeten.

Als ich aufgelegt hatte, musste ich erst einmal meine Gedanken sortieren. Bis auf das Ende war dies unser erstes Gespräch seit der Trennung gewesen, das ohne Groll und Vorhaltungen abgelaufen war. Vielleicht war es naiv, aber ich hoffte tatsächlich, dass wir in Freundschaft auseinandergehen konnten. Vorausgesetzt natürlich, dass Felix meinen Kater wieder aus dem Kaufvertrag strich.

Gerade als ich wieder zurück in den Garten zu den anderen gehen wollte, blieb ich wie erstarrt stehen. Erst jetzt wurde mir klar, was dieser kurzfristige Hausverkauf für mich bedeutete: Ich hatte ab sofort kein Zuhause mehr.

Enrico hielt mit seinem roten Fiat vor der Pension und trommelte ungeduldig mit seinen Fingern aufs Lenkrad. Um ihn zu ärgern, ging ich demonstrativ ein bisschen langsamer.

Es war erst acht Uhr, und die meisten Pensionsgäste lagen noch in ihren Betten. Nur die Vögel im Garten zwitscherten schon lautstark und vergnügt ihre Lieder. Anscheinend waren Morgenmuffel unter unseren gefiederten Freunden nicht weit verbreitet. Ich schleppte mich die letzten paar Meter zu Enricos Auto und stieg ein. Wenigstens hatte ich von Jutta gerade noch einen starken Kaffee bekommen, sonst wäre meine Laune noch schlechter gewesen.

»Danke, dass du mich zum Arzt begleitest!« Enrico warf mir einen erleichterten Blick zu. Er sah genauso müde aus, wie ich mich fühlte. »Du hast meine Wunde gestern so toll versorgt, und außerdem kennst du diesen Dr. Theis schon persönlich. Ich fühle mich einfach wohler, wenn du dabei bist.«

»Hmh«, brummte ich.

»Hast du was, Sophie?«

»Jemand«, zischte ich, »hat mich mitten in der Nacht angerufen, weil ihm die Hand wehtat. Und hat mich dann eine Ewigkeit wach gehalten, weil er davon überzeugt war, er würde in den nächsten Stunden sterben.«

»Ich dachte, ich hätte eine Blutvergiftung«, verteidigte er sich.

Ich warf ihm einen scharfen Seitenblick zu. »Die Wunde hat sich nur leicht entzündet. Bei einer Sepsis hättest du Fieber gehabt, beschleunigte Atmung und hohen Puls. Außerdem hättest du ja zum ärztlichen Notdienst gehen können, aber nein, du wolltest mir ja lieber nachts um vier Uhr dein Testament diktieren.«

Nachdem ich mich gestern als Skipper gar nicht so übel geschlagen hatte und wir heil zurück in Glowe angekommen waren, hatte ich seine Hand noch einmal frisch verbunden, doch da waren die Wundränder schon gerötet und leicht angeschwollen gewesen.

»Du bist selber schuld«, sagte ich im vorwurfsvollen Tonfall einer Oberschwester. »Ich habe dir gestern gesagt, du sollst es langsam angehen lassen. Und damit habe ich nicht gemeint, dass du beim Segeln wie ein Irrer an Kurbeln und Seilen ziehen sollst, bis der Verband zerfleddert an deiner Hand hängt. Und damit habe ich ebenfalls nicht gemeint, dass du in der nächstbesten Bucht, in der wir haltmachen, in der Badehose vom Schiff ins Meer springen sollst.«

Seine Schultern sackten schuldbewusst herab. »Aber das war doch Salzwasser, das ist doch gut für eine Wunde, oder nicht?«, verteidigte er sich kleinlaut. »Ihr benutzt Kochsalzlösungen doch auch im Krankenhaus.«

Ich verdrehte die Augen und verzichtete darauf, ihm den Unterschied zwischen steriler Kochsalzlösung und Meerwasser zu erklären.

Ein paar Minuten später hielten wir vor der Praxis von Dr. Theis und liefen durch einen gepflegten Vorgarten, der vom schweren Duft unzähliger Kräuter erfüllt war. Überall gab es Blumentöpfe, Tröge oder schneckenhausartige Hochbeete, in denen Pflanzen wuchsen, von denen ich die meisten noch nie gesehen hatte. Dr. Theis hatte jedoch extra Schildchen angebracht, damit sich seine Patienten darüber informieren konnten, welche Heilkräuter hier wuchsen und gegen welche Krankheiten sie eingesetzt wurden. Nachdem seine Mittel so gut bei mir gewirkt hatten, juckte es mich in den Fingern, mir all dies genauer anzusehen, doch dazu war leider keine Zeit. Unser Plan sah vor, dass wir sofort bei Praxisöffnung auf der Matte standen, damit wir rechtzeitig zum Auslaufen der Segelyacht am Hafen sein konnten. Als wir jedoch die Praxis betraten, stellten wir überrascht fest, dass schon um diese frühe Uhrzeit das Wartezimmer vollbesetzt war.

»Na großartig!«, stöhnte ich.

Am Empfang trafen wir auf Gertrud, die sich von all dem Trubel um sie herum offenbar nicht stressen ließ und in aller Seelenruhe – um nicht zu sagen lahmarschig – die Karteikarten der Patienten sortierte, während neben ihr das Telefon unerbittlich klingelte.

»Gertrud, mit dir hätte ich hier nicht gerechnet!«, entfuhr es mir überrascht.

Auf das Mehlsack-Kleid verzichtete sie offenbar in der Öffentlichkeit, stattdessen trug sie heute einen weiten farbenfrohen Kaftan mit einem dazu passenden Turban.

Gertrud sah auf und lächelte. »Sophie!« Sie kam sofort um den Tresen herum und schloss mich herzlich in die Arme. »Wie schön, dich zu sehen!«

»Du bist Arzthelferin?«, fragte ich neugierig. »Das hier ist der Aushilfsjob, von dem du erzählt hast?«

Eigentlich war ich ohnehin davon ausgegangen, dass sie es wegen ihres Erbes nicht mehr nötig hatte, arbeiten zu gehen.

Sie winkte lachend ab. »Nein, nein, ich habe mit Medizin nichts am Hut. Ich helfe nur aus, sozusagen ehrenamtlich. Die frühere Sprechstundenhilfe ist mit ihrem Freund spontan nach Stralsund gezogen, und Andreas kann den Patientenansturm nicht allein bewältigen.« Sie deutete auf das volle Wartezimmer. »Es scheinen jeden Tag mehr zu werden. Von der ganzen Insel kommen die Leute hierher, weil nur Andreas die Kombination von Schulmedizin und alternativen Heilmethoden anbietet. Offenbar wollen sich die Menschen nur im Notfall mit schädlichen Chemiekeulen vollpumpen.«

Ich sah mich noch mal um. Die Praxis war mit den sonnengelben Wänden und den hohen Sprossenfenstern hell und freundlich gehalten. Die lasierten Holzbalken und die farblich dazu passenden Rattanmöbel gaben dem Ganzen eine gemütliche Note, sodass ich mich sofort wohl fühlte.

Gertrud musterte mich besorgt. »Bist du krank?«

»Nein, wir sind wegen ihm hier.« Ich stellte ihr Enrico vor und berichtete sowohl von seiner Verletzung als auch von der nächtlichen Panikattacke.

»Ich habe überhaupt nicht geweint!«, widersprach Enrico eingeschnappt. »Meine Stimme hat lediglich gezittert, weil ich so schlimme Schmerzen hatte.« Er räusperte sich, und an seinem übertriebenen Augenaufschlag erkannte ich, dass er wieder in die Rolle des charmanten Italieners schlüpfte. Enrico verbeugte sich vor Gertrud und gab ihr einen galanten Handkuss. »Es freut mich außerordentlich, Ihre Bekanntschaft zu machen, schöne Dame! Könnten Sie uns vielleicht verraten, wie lange wir wohl warten müssen? Uns erwartet heute Morgen am Hafen nämlich ein Schiff.«

Eigentlich hatte ich erwartet, dass Shanti-Gertrud auf sein Kompliment abweisend reagieren würde – immerhin hatte er sie gerade in aller Öffentlichkeit als ›schön‹ bezeichnet, was den Grundsätzen der UGLY-Frauengruppe in elementarer Weise widersprach. Umso mehr erstaunte es mich, dass Gertruds Wangen plötzlich eine zarte Röte überzog und ihr ein Kichern entwich.

»Eigentlich müsstet ihr mindestens ein, zwei Stunden warten, aber wenn tatsächlich eine Skepsis vorliegt ...«

Eine Skepsis? Ich musste mir auf die Unterlippe beißen, um

nicht laut loszuprusten. Anscheinend waren ein paar ihrer Gehirnzellen aufgrund der italienischen Charmeoffensive verzückt in Ohnmacht gefallen.

Sie senkte verschwörerisch die Stimme. »Bei dringenden Fällen kann ich eine Ausnahme machen. Folgt mir unauffällig!«

»Sie sind ein Engel, *signora*«, verkündete Enrico begeistert.

Gertrud ging den Flur entlang zu den Behandlungsräumen und verkündete lauter als notwendig: »Für eine Urinprobe bitte hier entlang, die Herrschaften!«

Enrico zwinkerte mir verschwörerisch zu, während sich die misstrauischen Blicke der anderen Patienten in meinen Rücken bohrten. Kaum waren wir im Behandlungsraum und Gertrud wieder verschwunden, wollte ich Enrico für sein rücksichtsloses Vordrängeln Vorhaltungen machen, doch da kam auch schon Dr. Theis herein.

»Einen wunderschönen guten Morgen!«, verkündete er gutgelaunt. Das vollbesetzte Wartezimmer brachte ihn offenbar nicht aus der Ruhe. »Ah, Frau Lehmann, wie geht es Ihnen? Ich hoffe, mit dem Kopf ist alles in Ordnung?«

»Alles bestens«, versicherte ich ihm. »Ihre alternativen Heilmittel haben großartig geholfen. Sie haben eine Skeptikerin bekehrt, Doktor Theis.«

»Das freut mich!« Er lächelte zufrieden. »Mein Angebot steht noch: Wenn Sie mehr über Naturheilkunde wissen wollen, stehe ich Ihnen gerne zur Verfügung. Vielleicht sind für die Klinik, in der Sie arbeiten, auch einige Heilpflanzen interessant.«

Ich bezweifelte zwar, dass sich meine Arbeitgeber auf so ein Experiment einlassen würden, doch ich nickte. »Ich würde gerne mehr darüber erfahren. An Ihrem Wartezimmer sieht man schließlich, dass die Patienten auf der Suche nach wirksamen Alternativen sind.« Ich seufzte bedauernd, als mir aufging, dass ich gar keine Zeit hatte. »Allerdings steht in wenigen Tagen meine Segelprüfung an, und ich muss jede freie Minute mit Lernen zubringen.«

»Sie haben den Kurs nicht abgebrochen?« Er blickte mich erstaunt an. »Entschuldigen Sie bitte meine Überraschung, aber nachdem Sie eine von Oles Jollen versenkt haben, bin ich davon ausgegangen, dass Sie im wahrsten Sinne des Wortes die Segel streichen. Sie lassen sich offenbar nicht so leicht unterkriegen, Respekt!«

»Ähm ... danke!«, murmelte ich verlegen.

Hmpf! Auch er wusste natürlich schon über mein kleines Malheur Bescheid. Auf dieser Insel wurde aber auch getratscht, was das Zeug hielt.

»Was führt Sie beide denn zu mir?«

Bevor Enrico mit einer Neufassung seiner nächtlichen Nahtoderfahrung beginnen konnte, erklärte ich Dr. Theis kurz und knapp, was geschehen war.

Als er den Verband löste, nickte Dr. Theis anerkennend. »An Ihrer Erstversorgung liegt es auf alle Fälle nicht, dass es zu einer Entzündung gekommen ist.« Er maß Enrico mit tadelndem Blick. »Hätte sich der Patient an die Anweisungen gehalten, wäre wohl alles gut verlaufen.«

Enrico lief rot an und stammelte eine kleinlaute Entschuldigung. Von seinem selbstbewussten italienischen Charme war nicht mehr viel übrig.

»Meine Hand ist warm und pocht unangenehm. Ist das normal, *dottore?* Werde ich wieder gesund?«

»Ich gehe davon aus, dass wir nicht amputieren müssen.« Dr. Theis tätschelte ihm beruhigend den Arm.

Er holte ein paar Utensilien aus dem Schrank, und ohne sich umzuwenden, fragte er mich: »Und welche Behandlung würden Sie empfehlen, Frau Lehmann?«

War das eine Prüfung? Ich konnte mir jedenfalls nicht erklären, weshalb Dr. Theis bei dieser Lappalie meine Meinung wissen wollte.

»Ich würde zur Sicherheit einen Wundabstrich machen und ins Labor schicken. Nach einer gründlichen Wundreinigung empfehle ich eine antiseptische Salbe gegen die Entzündung und Schonung. Danach Verlaufskontrolle.«

Da fiel mir ein, dass meine Mutter immer eine homöopathische Salbe verwendet hatte, wenn meine Schwester oder ich uns als Kinder verletzt hatten. »Ringelblumensalbe könnte vielleicht ebenfalls bei der Heilung helfen und hätte keine Nebenwirkungen.«

Dr. Theis nickte zufrieden. »Sie gefallen mir, Frau Lehmann! Jemand wie Sie wäre ein wahrer Segen für meine Praxis. Mein Bauchgefühl sagt mir, dass wir ein gutes Team abgeben würden. Was denken Sie?« Er blickte mich erwartungsvoll an.

»Wollen ... wollen Sie mir etwa einen Job anbieten?«, stammelte ich perplex.

»Ich bräuchte dringend jemanden, der nicht nur den Empfang übernimmt, sondern mich auch bei der Versorgung der Patienten unterstützt«, sagte er ernst. »Sie haben nicht zufällig Interesse?«

Ich stand mit offenem Mund vor ihm, da ich einfach nicht wusste, wie ich reagieren sollte. Mit diesem Angebot hatte ich absolut nicht gerechnet.

Dr. Theis deutete mein Zögern allerdings falsch. »Ich weiß, ich weiß«, meinte er mit einem bedauernden Seufzen. »Sie sind überqualifiziert für den Job in einer Dorfpraxis. Und das Gehalt, das sie als leitende Angestellte in der Krankenhausverwaltung bekommen, könnte ich Ihnen auch nicht bezahlen. Aber ich muss zumindest fragen. Schließlich besteht die Chance, dass Sie sich spontan in unsere schöne Insel verliebt haben.«

Das hatte ich tatsächlich. Wie könnte man auch nicht von Rügen bezaubert sein? Schon jetzt wurde mein Herz schwer bei dem Gedanken, dass ich in einigen Tagen wieder abreisen musste und Rügen für mich nur noch eine schöne Erinnerung sein würde.

Und das Gehalt war im Grunde kein Problem. Dank des Hausverkaufs musste ich mir um finanzielle Dinge erst einmal keine Sorgen machen.

Einen wahnwitzigen Moment lang war ich tatsächlich versucht, sein Angebot ebenso spontan anzunehmen, wie er es mir gemacht hatte. Weshalb auch nicht? Ich hatte mich von Felix getrennt, unsere Söhne waren ausgezogen, und in meinem Zuhause in Freiburg würde schon bald eine andere Familie leben. Außerdem war ich schon seit Jahren unglücklich mit meinem Bürojob, und diese Arbeit wäre genau das, was ich mir vorgestellt hatte. Was hielt mich also zurück?

25. Kapitel

Da unser Arztbesuch kürzer als erwartet ausgefallen war, kamen wir lange vor den anderen bei der ›Seeadler‹ an. Müde schlurften Enrico und ich ins Hafencafé, holten uns einen Coffee to go und tankten auf einer Bank gemeinsam etwas Morgensonne. Während wir warteten, verbrachte Enrico jedoch die meiste Zeit damit, darüber zu jammern, dass er aufgrund seiner ›schweren‹ Verletzung heute nicht bei den Segelübungen mitmachen könne und nun die Rolle des Bordgeistlichen übernehmen müsse. Ich tröstete ihn damit, dass ich ihm gleich mal einen Fünf-Euro-Ablassbrief für ›zukünftige fleischliche Verfehlungen‹ abkaufte. Rein prophylaktisch, man wusste ja nie, wie das Leben so spielte.

Dr. Theis' Angebot, das ich schließlich dankend abgelehnt hatte, wollte mir einfach nicht aus dem Kopf gehen. Selbst als wir schon raus aufs Meer gefahren waren und unsere Übungen absolvierten, nagte das ungute Gefühl an mir, einen Fehler begangen zu haben. Hätte ich ihn nicht wenigstens um ein wenig Bedenkzeit bitten sollen? Aber wozu wäre das gut gewesen? Mein Verstand beharrte weiterhin darauf, dass es völlig verrückt gewesen wäre, aus einem plötzlichen Sehnsuchtsgefühl heraus mein Leben in Freiburg aufzugeben und an das andere Ende von Deutschland zu ziehen. Und das nur, weil ich mich auf dieser Insel so wohl fühlte.

Obwohl wir alle noch Muskelkater vom Vortag hatten, schonte Ole uns kein bisschen. Wir waren ständig in Bewegung: Wir fierten die Segel, holten sie dicht, übten Abfallen und Anluven, Kreuzen, Q-Wenden und Halsen. Am meisten probten wir jedoch das Mann- beziehungsweise Boje-über-Bord-Manöver, das offenbar zu den Lieblingsaufgaben der Prüfer gehörte.

Heute schafften wir es bis nach Sassnitz, wo wir Ole dazu überreden konnten, einen Zwischenstopp einzulegen und essen zu gehen. Ole erzählte uns, dass Sassnitz zwar auch eine schöne Altstadt besaß, aber der Hafen das eigentliche Herz des Ortes war. Damit hatten wir also schon mit unserem ersten Schritt an Land die Hauptattraktion erreicht. Praktisch!

Überall ankerten Fischkutter in den unterschiedlichsten Farben, und im Hafenbereich reihte sich ein einladendes Fischrestaurant an das andere. Liebhaber von Fischgerichten waren hier in Sassnitz eindeutig richtig. Uns lief jedenfalls das Wasser im Mund zusammen, sodass wir umgehend in das nächstbeste Restaurant stürmten. Nach der üppigen Mahlzeit waren wir jedoch so satt und zufrieden, dass ans Segeln erst mal nicht zu denken war.

»Wenn wir zurück aufs Schiff gehen, binde ich mich am Mast fest und halte dort ein Mittagsschläfchen«, verkündete selbst Streber-Helmuth.

Ganz lehrertypisch gab Ole den Spielverderber und erinnerte uns an die anstehende Prüfung, doch ich streckte ihm wiederum ganz schülertypisch die Zunge heraus und schlug meinen Mitschülern einen Verdauungsspaziergang vor. Gemütlich flanierten wir über die Promenade und bewunderten im Vorbeigehen die strahlend weißen Seebädervillen. Die Wellen, die an die nahegelegene Seebrücke brachen, klangen wie ferner Donner, und wir folgten neugierig dem Geräusch. Ich musste jedoch feststellen, dass der Ausblick auf einer Seebrücke wenig beeindruckend war, wenn man schon den zweiten Tag in Folge draußen auf besagter See verbracht hatte.

Ole stellte sich neben mich. »Du hast mir vorhin die Zunge herausgestreckt!«, beschwerte er sich.

Ich zuckte mit den Schultern. »Tja, ich bin eben eine ungezogene Schülerin. Werde ich jetzt bestraft?«

Um Oles Mundwinkel zuckte ein Lächeln. »Oh, ganz sicher sogar!« Er machte eine dramatische Pause, und mein Herz klopfte mir bis zum Hals. »Ich würde sagen, zwei Boje-über-Bord-Manöver dürften ausreichen. Vorzugsweise ohne dass du die Boje wieder mit dem Bug rammst und ihr das Äquivalent eines schweren Schädelbruchs verpasst.«

Ich sagte es ja: Spielverderber! Etwas unmotiviert trotteten wir zur ›Seeadler‹ zurück, um unsere angefutterten Kalorien abzutrainieren. Das Auslaufen verlief dieses Mal leider nicht ganz optimal, da unser Skipper Björn wohl unter einem akuten Anfall von Einsamkeit litt und permanent die Nähe anderer schwimmender Objekte suchte.

»Himmel, Björn«, rief Ole irgendwann entnervt aus. »Gibt es hier im Hafen irgendein Schiff, das du nicht rammen willst?«

Mir tat Björn aufrichtig leid. Niemand wusste so gut wie ich, dass Schiffe ein unkontrollierbares Eigenleben entwickeln konnten.

»Wir sind da!«, verkündete Emma und wippte ungeduldig auf der Rückbank auf und ab, während Ole auf einen Restaurant-Parkplatz direkt am Strand einbog und das Auto abstellte.

»Hier gehen wir Eis essen?«, fragte ich erstaunt und stieg aus. »Das sieht ja aus wie ein Nobelschuppen.«

Na toll, ich hatte mich völlig falsch angezogen! Meine Jeans und das weiße Top standen mir zwar gut, aber mein Outfit war eindeutig zu leger für dieses Restaurant. Und ich hatte geglaubt, Ole hätte das schicke schwarze Hemd nur meinetwegen angezogen. Das stand ihm übrigens verteufelt gut, wie ich mit einem bewundernden Seitenblick feststellte. Wenn wir gleich zu dritt im Restaurant auftauchten, würden sich die Leute bestimmt fragen, wie ich es wohl geschafft hatte, mir so einen Mann zu angeln.

»Das ist kein Nobelschuppen, sondern nur ein etwas exklusiverer Italiener«, beruhigte er mich.

»Die haben hier das beste Eis.« Emma zog mich an der Hand vorwärts. »Und das Haus wurde so gebaut, dass es aussieht wie eine Muschel. Cool, oder?«

Ich blickte skeptisch auf das moderne Gebäude, das die Form eines nach hinten abfallenden Dreiecks hatte und das zu beiden Seiten eine hoch aufragende Fensterfront besaß. Mein Sinn für Architektur war wohl nicht besonders stark ausgeprägt, denn für mich sah das nicht aus wie eine Muschel.

Im Inneren war es allerdings gemütlicher, als ich erwartet hatte. Einladende, mit Leder bezogene Bänke und Stühle standen an edlen Holztischen, Skulpturen aus Treibholz lockerten die Atmosphäre auf, und dank der Fensterfront hatte man einen herrlichen Blick auf das Meer, wo sich die Sonne gerade dem Horizont näherte. Sofort wurden wir von einer freundlichen Kellnerin in Empfang genommen und an einen freien Tisch geführt.

»Bestimmt wollt ihr mich als Verliererin nur richtig bluten lassen«, raunte ich Ole zu.

Er schmunzelte. »Du hast uns ertappt. In Wahrheit sind wir zum ersten Mal hier und haben keine Ahnung, wie das Eis schmeckt. Hätten wir verloren, hättest du selbstverständlich nur ein Eis von der Tankstelle bekommen.«

Ich erwiderte sein Grinsen. »Nichts anderes hätte ich von euch bärbeißigen Inselbewohnern erwartet.«

»Sei mal lieber vorsichtig!«, warnte er mich. »Du bist hier von bärbeißigen Eingeborenen umzingelt.«

Während Ole und ich uns mit zwei kleinen Eisbechern begnügten, bestand Emma darauf, den großen *Coppa Rügen* zu bestellen.

»Bist du sicher, dass du den schaffst?«, fragte ich skeptisch.

Sie nickte heftig. »Ich habe einen Zweitmagen extra für Eis und rote Grütze. Da geht *sooooooo* viel rein.« Zur Untermalung breitete sie ihre Arme so weit auseinander, wie sie konnte. Dann neigte sie den Kopf zur Seite, und ein Funkeln schlich sich in ihre großen braunen Augen. »Wollen wir wetten?«

Abwehrend hob ich die Hände. »Nein, bloß keine Wette!«, sagte ich lachend. »Ich habe meine Lektion gelernt.«

»Schade.« Sie zog eine enttäuschte Schnute, mit der sie es fast schaffte, mich umzustimmen. »Hast du das gehört, Papa?«

»Ja. Offenbar ist Sophie klüger als ich«, murmelte Ole.

»Papa hat einen ganzen Berg an Wettschulden bei mir«, erklärte Emma und wandte sich kichernd an ihren Vater. »Du musst übrigens noch meine Hausaufgaben in Deutsch machen! Schließlich wolltest du nicht glauben, dass ich unter Wasser so lange die Luft anhalten kann, bis du in Panik gerätst.«

Ole grummelte irgendetwas, und zum ersten Mal konnte ich eine zarte Röte auf seinen Wangen erkennen.

Ich grinste unverhohlen. »Ich sehe, deine Tochter hat die Sache mit der Erziehung voll im Griff.«

Während wir warteten, erzählte mir Emma begeistert von ihrer besten Freundin Carla. Dann ging es um ihre Reitstunden. Und schließlich sollte ich ihr helfen, Ole davon zu überzeugen, ihr endlich ein Schlagzeug zu kaufen. Das Mädchen sprühte vor Energie und guter Laune.

Das Eis schmeckte wirklich lecker, doch irgendwann war ich nur noch damit beschäftigt, Emma dabei zuzusehen, wie sie ihren riesigen Eisbecher bis auf den letzten Rest verputzte.

»Das ist unglaublich!«, stieß ich fassungslos aus. »Wie hast du das nur geschafft?«

Emma grinste zufrieden. »Ich habe doch gesagt, dass ich einen Zweitmagen für Eis habe.« Sie drehte sich zu ihrem Vater um. »Darf ich an den Strand gehen, um Muscheln zu suchen? Ich will doch diese kleine Holzkiste damit bekleben.«

Er nickte. »Na los, geh schon!«

So schnell, wie es ihr Hinken erlaubte, lief sie zum Ausgang, und wir waren allein.

»Entschuldige, manchmal redet sie ohne Punkt und Komma«, sagte Ole. »Giulia macht das auch, allerdings nur, wenn es um ihr Lieblingsthema, die Kunst, geht.«

Da er selbst seine Ex erwähnt hatte, wagte ich zu fragen: »Hat Emma die Absage ihrer Mutter denn mittlerweile verkraftet?«

»Ich hoffe es! Sie sieht vielleicht nicht so aus, aber Emma ist hart im Nehmen. Abgesehen davon hast du mir großartig dabei geholfen, sie abzulenken. Emma danach zu fragen, was sie mit Giulia während des Besuchs unternommen hätte, war ein guter Tipp.«

Schon wollte ich mich für sein Lob bedanken, als ich plötzlich stutzte. Ich kniff die Augen zusammen. »Emma wollte nicht zufällig mit ihrer Mutter Drachensteigen gehen, oder?«

An seiner ertappten Miene erkannte ich, dass ich ins Schwarze getroffen hatte.

»Du Schuft! Du hast mich nur ausgenutzt«, stellte ich empört fest.

»Nein, ich habe zwei angenehme Dinge miteinander verbunden.«

Er griff über den Tisch nach meiner Hand. »Ich wollte meine Tochter aufmuntern, und ich wollte mit dir zusammen sein.«

Schlagartig änderte sich die Stimmung zwischen uns, und mein Herz flatterte aufgeregt in meiner Brust. Ich konnte nur hoffen, dass meine Hand, die er immer noch fest in seiner hielt, von dem ganzen Adrenalin, das plötzlich durch meinen Körper schoss, nicht feucht wurde.

»Und du wolltest mich mit dem doofen Wind versöhnen«, fügte ich friedfertig hinzu.

»Ob das funktioniert hat, weiß ich zwar nicht«, meinte er, ohne auch nur einen Moment seinen Blick von meinem zu lösen, »aber mir hat es jedenfalls *sehr gefallen.*«

Die Art, wie er das gesagt hatte, ließ keinen Zweifel daran, worauf er anspielte. Sofort musste ich wieder an seine Berührungen denken – und die Wirkung, die sie auf mich gehabt hatten. Ich atmete nur noch flach und versuchte die Gefühle zu ignorieren, die erneut in mir aufflammten. Gefühle, die mitten in einem Restaurant völlig unpassend waren.

Ich räusperte mich. »Vielleicht sollten wir auch zum Strand gehen? Ich fühle mich hier etwas underdressed.«

»Quatsch, du siehst großartig aus!«, widersprach er und beugte sich zu mir. »Und sehr sexy, wenn ich das anmerken darf.«

Sein Kompliment in Verbindung mit seiner tiefen, rauen Stimme ließen die pochende Hitze in mir nicht weniger werden. Zum Glück half mir mein Verstand aus der Patsche, der völlig unnötigerweise den Kommentar abgab, dass ich dieses Kompliment nur meinem Push-up-BH und der Jeans mit Shape-Effekt zu verdanken hatte. Bestimmt würde Oles Urteil nicht mehr so begeistert ausfallen, wenn er mich nackt sähe. Allerdings wäre er in diesem Fall höchstwahrscheinlich ebenfalls nackt, und wir würden dann gerade miteinander ... Gott, dieses elende Kopfkino! Ich musste schnell hier raus und an die frische Luft.

Ole bestand darauf, zu bezahlen, was mir gar nicht passte. Wettschulden waren schließlich Ehrenschulden. Doch Ole wollte nicht, dass ich mir ausgenutzt vorkam, da sie mich zu diesem ›etwas exklusiveren Italiener‹ gelotst hatten. Er meinte, dass ich dafür gerne das nächste Eis von der Tankstelle übernehmen dürfte. Nicht einmal mein Argument, dass ich die Rechnung mit unrechtmäßig erworbenen Ablassgeldern zu bezahlen dachte, ließ er gelten.

Als wir durch die Dünen zum Strand hinunterliefen, griff er wie selbstverständlich nach meiner Hand. Der Abendhimmel war nun in ein warmes Orange getaucht, am Strand waren nur noch wenige Touristen unterwegs, und die Wellen rollten träge ans Ufer, als ob sie sich von ihrem anstrengenden Tag erholen und eine kleine Pause einlegen wollten.

»Du hast heute auf dem Schiff so nachdenklich gewirkt. Macht dir etwas Sorgen?«

Ich musterte ihn erstaunt, weil ich nicht erwartet hatte, dass ihm das aufgefallen war. »Mir sind nur ein paar Dinge durch den Kopf gegangen. Nichts Dramatisches«, wiegelte ich ab.

Eigentlich gab es keinen Grund, Ole nicht von Dr. Theis' Angebot zu erzählen, aber trotzdem hielt mich etwas davon ab. Vielleicht weil ich Angst davor hatte, dass er mich zum Bleiben überreden wollte. Oder dass er genau dies nicht tun würde.

Ich ließ seine Hand los, um meine Schuhe auszuziehen und die Jeans hochzurollen, und lief dann zielstrebig zum Wasser. Als die erste Welle meine Füße umspülte, quiekte ich kurz auf – kalt, kalt, kalt –, doch nach der zweiten Welle war es einfach nur herrlich.

Ich winkte Ole zu mir. »Komm her! Das Wasser ist wunderbar.«

»Das machen echte Rüganer nicht«, informierte Ole mich. »Nur Touristen krempeln die Hosen hoch und latschen am Wassersaum entlang.«

Ich zog eine Schnute. »Biiitte!«

Von mir ließ er sich offenbar nicht so leicht einwickeln wie von seiner Tochter. Er verschränkte die Arme vor seiner muskulösen Brust und schüttelte den Kopf. »Keine Chance!«

Da fiel mir etwas ein. »Ha! Du schuldest mir noch was, erinnerst du dich? Weil du mir nicht gesagt hast, dass die Jolle beschädigt war«, sagte ich triumphierend. »Ich verlange umgehend einen romantischen Strandspaziergang!«

Er zögerte einen Moment, dann ließ er die Arme sinken und seufzte ergeben. »Als ich das zugegeben habe, ahnte ich schon, dass mich etwas Grausames und Schreckliches erwarten wird.«

»Nicht jammern, sondern machen!«, befahl ich breit grinsend.

»Hoffentlich sieht mich niemand«, murmelte er, während er die Schuhe auszog und die Hosenbeine hochschob.

Wie ein echter Mann kam er mit entschlossenem Blick zu mir und stellte sich todesmutig ins Wasser.

»Beeindruckende Waden«, lobte ich und kicherte. »Jetzt bekommen sie wenigstens mal frische Luft.«

»Schön, dass du so viel Spaß hast, Sophie«, sagte Ole mit einem ironischen Grinsen. Er warf mir einen eindringlichen Blick zu, und sofort wurde mir wieder flau im Magen. »So, ich habe mein Versprechen erfüllt. Was sollte mich jetzt eigentlich davon abhalten, dich zu packen und ins Meer zu werfen?«

Er hob fragend die Augenbrauen, doch um seine Mundwinkel zuckte ein Lächeln.

Ich setzte gerade zu einer äußerst geistreichen Antwort an, da griff er blitzartig nach meiner Taille, um mich hochzuheben. Mit einem Kreischen entwand ich mich seiner Umklammerung und ergriff die Flucht.

»Das ist nicht fair«, rief ich ihm empört über die Schulter zu, während ich davonspurtete. Meine Füße bohrten sich in den feuchten Sand, und das Meerwasser spritzte so hoch, dass meine Jeans mit jedem Schritt nasser wurde. »Ich wollte einen romantischen Strandspaziergang!«

Ole war mir dicht auf den Fersen. Und während ich bereits außer Atem war, schien ihm unser Wettrennen keine Mühe zu bereiten. Ich musste mir in meinem Pensionszimmer unbedingt ein Urlaubs-Post-it an den Spiegel kleben: Joggen gehen!

»Das ist doch romantisch«, rief Ole, der mein Handgelenk erwischte und mich mit einem Ruck an sich zog.

Wir blickten uns direkt in die Augen. Ich versuchte, mich von seiner Nähe nicht beeindrucken zu lassen, und hob drohend meinen Zeigefinger. »Wenn du mich ins Wasser schmeißt, wird dir das leidtun!«

Er legte den Kopf schräg, als würde er ernsthaft über meine Worte nachdenken. »Nein, das glaube ich nicht. Ich denke, es wäre eine ungeheuer lustige Sache.«

Ein älteres Ehepaar um die siebzig kam uns Händchen haltend entgegen, doch anstatt der pikierten Blicke, die ich erwartet hatte, warfen sie uns ein wissendes Lächeln zu.

Als letzte Rettung blieb mir nur noch die Mitleidstour. »Du willst doch nicht, dass ich mich so kurz vor der Prüfung erkälte, oder? Meine Hose ist von unserem Wettrennen ohnehin schon ganz durchweicht.«

»Stimmt, du bist ja schon nass!«, stellte Ole mit einem Blick auf meine Jeans fest und ließ mich los. »Dann will ich mal nicht so sein.«

Ich hielt ihm auffordernd meine Hand hin. »Romantischer Strandspaziergang?«

Er seufzte auf und ergriff sie. »Na schön!«

Wir liefen nebeneinanderher. Die Wellen umspielten unsere Knöchel, und die Abendsonne warf ihr goldenes Licht vor uns auf das Meer.

»Das habe ich das letzte Mal als Teenager gemacht, bei meinem allerersten Date«, erzählte Ole. »Ich war unheimlich aufgeregt und habe kaum einen zusammenhängenden Satz herausgebracht.«

»War das Date trotzdem erfolgreich?«

Er zog eine Grimasse. »Ich glaube nicht, jedenfalls wollte das Mädchen nie wieder mit mir ausgehen. Ich habe wohl die falsche Flirttaktik angewandt.«

Angestrengt versuchte ich, mir Ole als unbeholfenen Fünfzehnjährigen vorzustellen, doch es wollte mir nicht gelingen. Der Mann neben mir strahlte eine ungeheure Selbstsicherheit aus und schien jede noch so brenzlige Situation meistern zu können.

»Wenn bei beiden die Gefühle stimmen, gibt es doch gar keine falsche Flirttaktik.«

»Da würde dir Teenager-Ole entschieden widersprechen«, beharrte er und fuhr sich mit einer verlegenen Geste über sein Kinn. »Als das Schweigen zwischen uns immer unangenehmer und peinlicher wurde, habe ich das Mädchen einfach gepackt und ins Wasser geschmissen. Allerdings ohne Vorwarnung.«

Ich konnte nicht mehr an mich halten und prustete los vor Lachen. »Wie schön, dass du dir seitdem treu geblieben bist!

Allerdings kann ich mich nicht erinnern, dass heute zwischen uns peinliches Schweigen geherrscht hätte.«

»Das stimmt.« Er warf mir einen so intensiven Blick zu, dass sich mein Herzschlag beschleunigte. »Eigentlich wollte ich nur eine Entschuldigung, um dich zu berühren.«

»Papa!«, rief Emma uns in diesem Moment von Weitem zu und winkte aufgeregt. Anstatt Muscheln zu sammeln, war sie in Begleitung eines gleichaltrigen Mädchens.

Mir entging nicht, dass Ole schlagartig meine Hand losließ. Ich wusste natürlich, warum er das tat, und fand es absolut verständlich, trotzdem versetzte es mir einen kurzen, schmerzhaften Stich.

Wir warteten, bis die beiden uns erreicht hatten. Emma hatte große Mühe, mit ihrer Freundin, die mühelos über den Strand rannte, gleichauf zu bleiben; die Anstrengung stand ihr ins Gesicht geschrieben. Für einen Moment überwältigte mich das Mitgefühl, und ich fand das Schicksal des kleinen Mädchens einfach nur ungerecht. Ich musste mich selbst daran erinnern, dass Emma genau dieses Mitleid zutiefst verabscheute.

Atemlos kamen sie und ihre Freundin vor uns zum Stehen.

»Ich habe Anna am Strand getroffen, und sie hat mir erzählt, dass sie junge Häschen bekommen haben. Darf ich sie mir ansehen?« Emma zog eine Schnute und blickte ihren Vater mit großen braunen Kulleraugen an. »Biiiitte, Papa!«

Emma war eine echte Könnerin, denn bei ihr zeigte die Schnute sofort Wirkung.

Er seufzte. »Na gut, aber sei bitte in einer halben Stunde zurück!«

Die beiden nickten eifrig. »Ist gut!«

»Machst du mit deinem Handy ein Foto für mich?«, bat ich Emma. »Ich will die kleinen, süßen Häschen auch sehen.«

»Mach ich!«, versprach sie strahlend.

Emma lief mit Anna davon, und wir sahen den Mädchen nach, bis sie zwischen den Dünen verschwanden. Ich wollte gerade weitergehen, als Ole wieder nach meiner Hand griff und mich an sich zog. Ich war davon so überrumpelt, dass ich regelrecht in seine Arme flog.

»Endlich sind wir mal unter uns.«

Bis auf die vereinzelten Spaziergänger hatte er tatsächlich recht – ausnahmsweise war weder seine Tochter in der Nähe, noch konnte jeden Moment einer meiner Mitschüler auftauchen.

Mit einem Mal fühlte ich mich merkwürdig befangen, ich senkte den Kopf, und eine Haarsträhne fiel mir ins Gesicht.

Mit einer sanften Berührung strich Ole sie wieder nach hinten. Fast schon andächtig fuhr er von meiner Schläfe mit seinen Fingern über meine Wange und hob mein Kinn in die Höhe, sodass ich ihm in die Augen sehen musste. In seinem Blick lag eine ungewohnte Wärme, die auch die letzten winzigen Zweifel, die ich noch gehabt hatte, vertrieb. Sein Gesicht war nur noch wenige Zentimeter von meinem entfernt.

»Geht es dir zu schnell?«, fragte er mit rauer Stimme.

»Nein.«

Ich konnte ihm ja schlecht sagen, dass ich mir diesen Moment schon so oft und in allen möglichen Varianten ausgemalt hatte, dass wir uns im Grunde schon längst geküsst hatten und dies hier nur noch eine formelle Angelegenheit war.

Doch ich musste feststellen, dass kein Tagtraum, und sei er auch noch so detailreich, mit der Realität mithalten konnte. Die Wellen brachen sich mit leichtem Rauschen am Strand, und das Meerwasser umspülte unsere Füße, als Ole seine Lippen hauchzart über meine Wangen wandern ließ. Erwartungsvoll hielt ich den Atem an. Mein Herz drohte zu zerspringen, ich schloss die Augen und nahm seinen angenehm herben Duft noch intensiver wahr. Seine Lippen legten sich leicht auf meine, doch dieses Mal blieb es nicht bei dieser kurzen, unschuldigen Berührung. Das Kribbeln in meinem Magen wurde stärker, und meine Beine drohten, unter mir nachzugeben. Ich öffnete die Lippen, und Oles Kuss wurde intensiver, während er mich noch enger an sich zog. Plötzlich war es mir völlig egal, ob wir auf Rügen an einem wunderschönen Strand oder auf irgendeiner Baustelle knöcheltief im Matsch standen. Alles, was zählte, war Ole.

26. Kapitel

Der nächste Tag war eine große Enttäuschung, jedenfalls kusstechnisch gesehen. Obwohl wir wirklich alles versuchten, gelang es Ole und mir kein einziges Mal, uns auf der Yacht von den anderen loszueisen. Zum Beispiel hatten wir abgesprochen, dass wir uns getrennt voneinander in eine der Kabinen zurückzogen, doch während ich schon erwartungsvoll auf der Koje saß und auf ihn wartete, hörte ich durch die Tür, wie Streber-Helmuth Ole ansprach und in eine Diskussion über die anstehende Prüfung verwickelte. Schließlich kamen auch noch Ben und Enrico hinzu, die offenbar auch schon das Nervenflattern bekommen hatten und Details zum Prüfungsablauf wissen wollten.

Die hatten vielleicht Sorgen! Wir machten doch erst übermorgen den Segelschein, aber ich wollte jetzt und sofort von Ole einen Kuss! Wenn ich an den gestrigen Abend zurückdachte, schmolz ich vor Sehnsucht dahin, und dass Ole mich seit über sechzehn Stunden nicht geküsst hatte, fühlte sich an, als müsste ich einen Drogenentzug machen. Hätte ich nicht gewusst, wie unangenehm es Ole gewesen wäre, hätte ich am liebsten die Tür aufgerissen, ihn zu mir hereingezogen und meinen erstaunten Mitschülern die Tür vor der Nase zugeschlagen. Stattdessen musste ich abwarten, bis sich die fachsimpelnde Männertruppe wieder verzogen hatte, um mein Gefängnis der kusslosen Einsamkeit verlassen zu können. Und als wäre das noch nicht schlimm genug, bekam ich von Carsten, unserem aktuellen Skipper, einen saftigen Anschiss, weil ich als Navigator eingeteilt worden und einfach spurlos verschwunden war, obwohl er mal wieder ganz dringend ein Update der Wettervorhersage brauchte. Na toll!

Überhaupt war der Tag auf See ziemlich stressig, da jeder von uns die wichtigsten Manöver absolvieren musste. In den Pausen hörten wir uns gegenseitig ab oder stellten einander verteufelt schwere Fragen, in der Hoffnung, dass niemand außer einem selbst die Antwort wusste. Ich brillierte nur selten mit meinem Fachwissen, und meine Leistungen als Skipper waren ... wie hatte es Helmuth genannt? Katastrophal, genau. Ich fand mich als Skipper eigentlich ganz okay, aber meine Latte hing nach dem Versenken der Jolle auch nicht besonders hoch. Irgendetwas ging immer schief: Mal stimmte das Timing meiner Befehle nicht, mal waren sie nur teilweise oder überhaupt nicht richtig, mal steuerte ich in die falsche Richtung oder die Segel killten die ganze Zeit. Auch das Boje-über-Bord-Manöver lief eher suboptimal, was aber nicht meine Schuld war. Die Boje flüchtete nämlich vor mir, jawohl! Immer wenn ich mal kurz den Blick abwandte, schwamm das blöde Ding weg und befand sich urplötzlich ganz woanders. In wildem Zickzackkurs pflügte ich durchs Meer, und meine Crew meinte, ich würde die Boje wahrscheinlich noch bis nach Sankt Petersburg verfolgen.

Ich war nachsichtig mit mir, schließlich war ich im Liebesglück und hatte ganz andere Sachen im Kopf als die Rettung einer doofen Boje. Erst als mich mein Kumpel Björn zur Seite nahm und meinte, ich müsse mich unbedingt mehr anstrengen, wenn ich nicht durchfallen wolle, wurde mir etwas mulmig zumute.

»Das wird schon«, beruhigte ich ihn – und damit auch mich selbst. »Nachher habe ich noch eine Nachhilfestunde bei Leonie auf ihrer Jolle. Sie wird mir bestimmt helfen! Die Kleine ist ein Genie, wenn es ums Segeln geht.«

Er warf mir einen zweifelnden Blick zu. »Wenn du meinst.«

»Und wenn ich die Prüfung nicht bestehe, dann mache ich den Kurs eben noch mal.«

Erst als ich es ausgesprochen hatte, wurde mir klar, dass das gar keine so schlechte Idee war. Auf diese Weise könnte ich einfach zwei Wochen länger auf Rügen und damit auch in Oles Nähe bleiben. Das war ein tröstlicher Gedanke und bewies, dass auch ein Misserfolg seine positiven Seiten haben konnte. Wenn Ole allerdings keine Ermäßigung für Prüfungsversager anbot, würde die Sache nicht ganz billig werden, und in der Klinik wären sie sicher auch nicht erfreut darüber, wenn ich meinen Urlaub einfach verlängerte. Aber um diese Dinge würde ich mir erst Sorgen machen, wenn Leonie nichts mehr bei mir ausrichten konnte. Noch bestand Hoffnung!

Zum Abschluss des Tages hielt Ole uns noch einen ausgiebigen Vortrag zum Thema Sicherheit an Bord und ließ uns alle die Nummer der Seenotrettung auf unserem Handy abspeichern. Ich fand's etwas übertrieben, doch er meinte mit ernster Miene:

»Im Notfall kann das lebensrettend sein!«

Als wir später schlapp und ausgelaugt das letzte Manöver durchführten und im Hafen anlegten, war das Letzte, wozu ich Lust hatte, umgehend zu meiner nächsten Lehrstunde aufzubrechen. Ich hatte Muskelkater, war müde von dem Tag auf See, und an meiner rechten Hand hatte sich eine dicke Blase gebildet. Mir stand viel mehr der Sinn danach, mich so lange auf der ›Seeadler‹ herumzudrücken, bis meine Mitschüler verschwunden waren und ich mit Ole allein sein konnte. Doch als hätte Leonie meine Gedanken erraten, trudelte just eine Nachricht von ihr ein: *»Wo bleibst du? Ich warte!!«*

Charmant wie immer. Man konnte selbst bei ihren Textnachrichten den motzigen Tonfall heraushören. Dabei hätte sie eigentlich bessere Laune haben sollen, denn wie sie mittlerweile erfahren hatte, war das Treffen ihrer besten Freundin mit dem anbetungswürdigen Finn nicht besonders gut verlaufen. Kurz überlegte ich, was bei besagtem Date wohl geschehen sein mochte. Ob er sie vielleicht ins Wasser geworfen hatte? Unwillkürlich musste ich grinsen und schrieb ebenso knapp zurück: *Komme sofort.*

Die anderen waren noch damit beschäftigt, alles zusammenzuräumen, und ich rief ein kurzes »Bis morgen, Leute!« in die Runde, ehe ich vom Schiff auf den Steg sprang und in Richtung Hafencafé davonlief. Ich blickte mich suchend nach den Jollen der Privateigner um, die einen weniger exklusiven Liegeplatz als die größeren Segelyachten hatten, da hörte ich Oles Stimme hinter mir: »Sophie?«

Ich blieb sofort stehen. »Ja?«, fragte ich etwas atemlos.

»Wolltest du etwa gehen, ohne dich von mir zu verabschieden?« Er fasste sich in einer dramatischen Geste ans Herz. »Das kränkt mich zutiefst!«

Grinsend zog ich die Augenbrauen in die Höhe. »Ach? Habe ich jetzt dein Ego verletzt?«

»Selbstverständlich! Könntest du wie Gertrud meine Aura lesen, wüsstest du, dass mein Ego gerade auf Erbsengröße zusammengeschrumpft ist und gleich zwischen den Planken des Stegs durchrutscht.«

Ich blickte demonstrativ nach unten. »Also ich kann da nix erkennen.«

»Da siehst du mal, wie klein es schon ist!«, meinte er sorgenvoll. »Aber das ist ja auch kein Wunder – wenn du so hastig die Flucht ergreifst, muss ich mich schon fragen, ob ich vielleicht an meiner Kusstechnik arbeiten sollte.«

»Ich habe überhaupt nicht die Flucht ergriffen«, beruhigte ich ihn schmunzelnd. »Außerdem warst *du* es, der heute zu unserem Kusstreffen nicht erschienen ist. Ich habe es gerade nur so eilig, weil ich mit Leonie Plümer zum Segeln verabredet bin. Sie gibt mir Nachhilfe und will mir ein paar Geheimtipps verraten.«

»Das beruhigt mich in der Tat, sogar in mehrfacher Hinsicht.« Er fuhr sich durch die Haare, drehte den Kopf zur Seite und murmelte etwas in seinen nicht vorhandenen Bart.

Ich kniff die Augen zusammen. »Hast du etwa gerade gesagt ›Hoffentlich bringt's was!‹?«

»Nein«, sagte er gedehnt. »Denn dann wärst du sauer. Oder?«

Ich zog eine Grimasse und schüttelte den Kopf. »Ne, wäre ich nicht. Björn hat vorhin leider schon etwas Ähnliches angedeutet, und ich merke ja selbst, dass es bei mir nicht so toll läuft. Du denkst wahrscheinlich auch, dass ich mit wehenden Fahnen durch die Prüfung falle.«

»So schlimm ist es auch wieder nicht«, versicherte er mir und zog mich an sich. »Dir fehlt lediglich noch etwas Übung. Mach dich wegen der Prüfung bitte nicht verrückt! Wenn du jetzt in Panik gerätst, macht das alles nur noch schlimmer.«

Mein Handy vibrierte in meiner Tasche. »So langsam wird meine Nachhilfelehrerin wohl ungeduldig«, sagte ich seufzend. »Ich muss jetzt wirklich gehen. Ansonsten lässt sie mich zur Strafe zehn Liegestütze machen, bevor ich an Bord darf.«

Doch Ole war offenbar noch nicht bereit, mich ziehen zu lassen. Er hielt meine Taille fest umschlungen, und sein Blick heftete sich verlangend auf meine Lippen. Zu schade, dass es hier keine abschließbare Kabine gab!

Ole sah sich nach allen Seiten um und murmelte: »Ach, was soll's. Der Unterricht ist schließlich vorbei.«

Ich war von seinem Kuss so überrascht, dass einige Sekunden verstrichen, ehe ich meine Arme um seinen Nacken schlang und den Kuss erwiderte. Im Gegensatz zu gestern Abend waren unsere Berührungen heute weniger zärtlich, sondern drängender und auf ganz besondere Weise intim, sodass ich nicht hätte sagen können, welche mir besser gefielen. Am liebsten wollte ich immer wieder und auf alle möglichen Arten von Ole geküsst werden. Als wir voneinander abließen, waren wir beide außer Atem.

»Leider muss ich heute zu einem Elternabend, aber wir könnten uns für morgen Abend verabreden. Hast du Lust?«, raunte Ole mir ins Ohr, und ich nickte, ohne zu zögern.

Er lächelte. »Dann habe ich ja etwas, worauf ich mich freuen kann! Vorne bei der Slipanlage ist eine Bank, da können wir uns treffen.«

Ich konnte mir ein Grinsen nicht verkneifen, obwohl ich genau wusste, wovon er sprach. Die Slipanlage diente dazu, die Schiffe ins Wasser und auch wieder herauszubekommen. Ganz unverfänglich. Wenn man es nicht gerade als Treffpunkt für ein Date vorschlug!

Ole hob fragend die Augenbrauen. »Habe ich etwas Falsches gesagt?«

»Nein, nein. Aber du musst zugeben, dass ein Date an einer *Slip*anlage schon etwas Amüsantes hat.«

Sein Ton war vollkommen trocken, als er antwortete. »Wieso denn? Die Slipanlage wurde extra gebaut, damit die Männer in Glowe ihre Frauen aus diesen engen Shaping-Unterhosen rauspulen können. Ich wollte mit dem Treffpunkt nur auf Nummer sicher gehen.«

Ich schüttelte lachend den Kopf. »Ich glaube nicht, dass wir die Slipanlage brauchen werden.«

»Warte nur ab! Ich feile bis morgen nämlich noch an meiner Kusstechnik.«

Gott bewahre! Mir war jetzt noch heiß von seinen Küssen, und wenn er sein Versprechen wahr machte, musste ich mir zur Sicherheit tatsächlich eine Shaping-Unterhose, das moderne Äquivalent eines mittelalterlichen Keuschheitsgürtels, besorgen.

Auch wenn Leonie ihr Missfallen über meine Verspätung deutlich zum Ausdruck brachte, ließ sie mich zum Glück keine Liegestütze machen. Wir bestiegen ohne Umschweife ihre Jolle, und Leonie übernahm fürs Erste die Pinne. Nachdem wir den Hafen verlassen hatten, bemerkte ich, wie eine Veränderung an ihr vorging. Leonies Gesichtszüge begannen sich zu entspannen, ihre Atmung wurde ruhig und gleichmäßig, und ihr unruhiger Blick, der Teenagern so eigen war, verlor sich.

»Du fühlst dich wohl hier draußen, oder?«

Sie nickte wortlos und – ich traute kaum meinen Augen – lächelte glücklich.

»Nur noch ein kleines Stück, dann geht es los«, versprach sie. »Okay?«

Wir steuerten nah an der Küste entlang. Im Vergleich zum Breeger Bodden war die See hier deutlich rauer, und die Jolle schaukelte ordentlich hin und her. Ich war mir nicht sicher, ob mir das in dem kleinen Boot gefiel, und so klammerte ich mich krampfhaft fest.

Kaum eine Stunde später verschwendete ich jedoch keinen Gedanken mehr an den Wellengang, denn Leonie ließ mich ordentlich malochen. Ein Drill-Sergeant war ein sensibler Schmusebär im Vergleich zu meiner Nachhilfelehrerin. Der Vorteil davon war allerdings, dass ich nach der zwanzigsten Q-Wende in Folge den Ablauf wie im Schlaf beherrschte.

Leonie hatte auch tatsächlich einige Tricks parat, die zu meiner Überraschung funktionierten.

»Für eine Frau ist eine Boje oder Tonne kein erstrebenswertes Ziel, das es zu erreichen gilt«, erklärte sie mir gerade. »Männer sind da einfacher gestrickt. Denen ist total egal, ob sie auf eine Ziellinie, eine Meerjungfrau oder einen verwesenden Fisch zusteuern sollen – Hauptsache ist, dass sie als Erster dort sind.«

Das leuchtete mir sofort ein. Dieses Wettbewerbsdenken war typisch für Männer.

»Ich wünschte, ich hätte mit fünfzehn Jahren schon so weise Einsichten gehabt«, entfuhr es mir voller Respekt.

»Das ist nicht auf meinem Mist gewachsen«, gestand sie mir. »So hat es mir Trudi erklärt, als sie mir das Segeln beigebracht hat. Sie hat sogar als älteste Teilnehmerin beim Ostsee-Cup mitgemacht, doch vor ein paar Jahren musste sie mit dem Segeln aufhören.«

»Wegen ihrer Ohrenschmerzen?«, tippte ich. Dafür, dass Trudi Wind so sehr verabscheute, war Segeln ein recht unpassendes Hobby gewesen. Aber vielleicht hatte sie den Wind beim Segeln auch erst hassen gelernt, so wie ich.

»Ne, Hüfte«, antwortete Leonie knapp. »Zurück zum Thema: Wir müssen also dein Unterbewusstsein manipulieren, sodass du unbedingt zum Ziel kommen willst. Deshalb ist das da vorne«, sie deutete in Richtung Tonne, »für uns ab sofort ein sensationeller Schuhladen, in dem gerade ein Ausverkauf stattfindet.«

Ich ließ mich auf ihre Assoziationshilfe ein und richtete mich interessiert auf. »Haben die dort auch Pumps von Manolo Blahnik?«

»Natürlich gibt es die – und zwar dank des Ausverkaufs für fünfzig Euro pro Stück«, sagte Leonie grinsend.

»Fünfzig Euro, aber … aber das ist ja Wahnsinn!« Ich träumte seit der ersten Staffel von ›Sex and the City‹ davon, solche Schuhe zu besitzen.

Leonie hob mahnend den Zeigefinger. »Es gibt aber nur noch drei Paar und …«

Weiter kam sie nicht, da ich schon die Segel setzte und auf die Tonne zusteuerte, als wäre der Teufel hinter mir her.

Alles lief von selbst, ich war nur noch auf das Ziel und meine Traumschuhe fixiert. Es war fast wie an dem Tag, als Ole mit mir auf der Jolle gefahren war: Ich machte mir keine Sekunde lang Sorgen, woher der Wind kam oder ob er jeden Moment wechseln würde. Als ich an der Tonne ankam, riss ich jubelnd die Hände in die Höhe.

»Ich kaufe alle drei«, rief ich begeistert. »Und nehme noch die braunen Schaftstiefel, auf die es sechzig Prozent Nachlass gibt.«

»Das war richtig gut!«, meinte Leonie und wirkte dabei unglaublich selbstzufrieden. »Das ist der Beweis: Ich bin die beste Lehrerin der ganzen Ostseeküste.«

Und ob. Jetzt konnte die Prüfung kommen!

27. Kapitel

Zwar freute ich mich wahnsinnig auf meine Verabredung mit Ole, doch der Nachteil war, dass ich bis dahin noch fast vierundzwanzig Stunden ausharren musste. Eine Ewigkeit!

»Weshalb bist du denn so hibbelig?« Jutta saß mir gegenüber und musterte mich irritiert. »Du siehst aus, als hättest du Ameisen im Hintern.«

Heute fand das zweiwöchentliche Grillfest im Garten der Pension statt. Also hatte ich mich nach der Nachhilfestunde schnell geduscht, war dann wieder hinuntergegangen und hatte mir einen Teller mit Köstlichkeiten geschnappt. Auf den Tischen brannten bunte Windlichter, die Gäste genossen das leckere Essen und plauderten entspannt miteinander. Mattes Plümer stand mit einer Kittelschürze am Grill, und der verlockende Duft von mariniertem Fleisch, gebratenen Würsten und gegrilltem Gemüse erfüllte die Luft.

»Ich bin nur etwas nervös wegen der Prüfung«, wiegelte ich ab, auch wenn das nur die halbe Wahrheit war.

»Falls es dich beruhigt: Leonie war sehr zufrieden mit dir«, erzählte Jutta. »Sie meinte, du hättest dich am Ende eures Törns um fünfzig Prozent gesteigert.«

Ich erhob mein Wasserglas. »Darauf sollten wir anstoßen«, verkündete ich. »Von grottenschlecht zu schlecht ist schon ein beachtlicher Erfolg.«

Ich zwinkerte ihr zu, und Jutta stieß lachend mit mir an. »Mach dich selbst nicht schlechter, als du bist, Sophie!«

Etwas neidisch sah ich auf den selbstgemixten ›Rügen-

Spezial‹-Cocktail in ihrer Hand, für den ihr Mann Mattes so berühmt war. Doch meine Vernunft siegte: Ob ich wollte oder nicht, ich musste nach dem Essen noch einen Blick in die Bücher werfen!

Jutta schlürfte mit dem Strohhalm genüsslich ihren Cocktail. »Man erzählt sich ja, dass Ole und du euch *ziemlich* gut versteht.«

»Ah ja?«, fragte ich so neutral wie möglich und steckte mir schnell ein Stück meiner Wurst in den Mund.

»Man hat euch zusammen gesehen.« Sie grinste vielsagend und ließ ihre Augenbrauen hüpfen.

Ich gab mich ahnungslos. »Auf der Segelyacht? Ja, da sind wir öfter, schließlich mache ich einen Kurs bei ihm.«

»Sophie!«, ermahnte sie mich ungeduldig. »Ich spreche nicht von der Segelschule oder der Yacht. Ihr wurdet am Strand gesehen, und offenbar wart ihr ziemlich beschäftigt.«

Meine Wangen begannen zu glühen. Bestimmt war ich gerade so rot wie die gegrillte Tomate auf meinen Teller. Zwar wollte ich den Dorftratsch nicht noch weiter befeuern, aber es hatte wohl keinen Zweck, es abzustreiten.

»Na schön!«, räumte ich seufzend ein. »Es stimmt, wir verstehen uns *ziemlich* gut.«

»Ich wusste es.« Sie grinste noch ein wenig breiter. »Das freut mich für dich! Nach dem, was du von deinem Mann erzählt hast, tut dir Ole bestimmt gut. Nur schade, dass du bald abreisen musst.«

Sie sog lautstark an ihrem Strohhalm, musste dann aber feststellen, dass ihr Cocktail schon leer war. Mir fiel auf, dass Juttas Augen etwas glasig waren und sich ihr Gesicht gerötet hatte. »Aber vielleicht ist es auch besser so.«

Ich ließ meine Gabel, auf die ich gerade die Grilltomate gespießt hatte, wieder sinken. »Darf ich fragen, wie du das meinst?«

»Na ja, Ole ist ein netter Kerl, aber …«, begann sie etwas zögerlich. »Er ist leider nicht ganz unvorbelastet. Nane glaubt, dass er bisher kein Interesse an einer neuen Beziehung gehabt hat, weil Giulia …« Jutta stockte und biss sich auf die Unterlippe.

»Weil sie was?«, hakte ich nach. »Bitte, ich möchte es wissen!«

»Giulia ist wohl seine ganz große Liebe, und Nane meinte, er würde immer noch an ihr hängen, obwohl sie ihn damals mit diesem Galeristen aus Berlin betrogen hat. Selbst nach allem, was sie ihm und Emma angetan hat, würde er Giulia, ohne zu zögern, zurücknehmen, wenn sie wieder vor seiner Tür stehen würde. Gegen sie hat keine andere Frau eine Chance.«

Juttas Stimme war stetig leiser geworden, trotzdem hatte ich jedes Wort gehört. Mein Magen fühlte sich an, als hätte er einen dicken Knoten gebildet, und plötzlich war mir speiübel. Ich legte mein Besteck zur Seite und schob meinen Teller von mir.

Eigentlich hatte Ole mir keinen Grund gegeben, an seinen Gefühlen für mich zu zweifeln. Er suchte meine Nähe, verbrachte gerne Zeit mit mir, machte mir Komplimente und fühlte sich auch körperlich zu mir hingezogen. Auf der anderen Seite konnte ich mich nur allzu gut an Oles schroffe Reaktion erinnern, als er bemerkt hatte, dass seine Mutter uns miteinander verkuppeln wollte. Ich hatte mich verletzt und gedemütigt gefühlt, weil für ihn eine Beziehung mit mir anscheinend nicht in Frage kam. Wenig später hatte er sich jedoch entschuldigt und mich geküsst, sodass all meine Zweifel mit einem Schlag vergessen gewesen waren. Nun fragte ich mich, wie gut ich Ole eigentlich tatsächlich kannte. Wie konnte ich wissen, ob er noch Gefühle für Giulia hatte, wenn ich nicht einmal wusste, wie er zu mir stand? Tatsache war, dass ich nichts zu Jutta sagen konnte, das ein etwas positiveres Licht auf unsere Zukunft geworfen hätte.

»Scheiße«, murmelte sie und fuhr sich mit beiden Händen durch ihre kurzen Haare, sodass sie zerzaust vom Kopf abstanden. »Ich weiß nicht, was in mich gefahren ist, Sophie. Eigentlich bin ich nicht so eine Tratschtante. Ich hätte mich gar nicht einmischen sollen. Das ist eine Sache zwischen dir und Ole.«

»Du warst nur ehrlich, das weiß ich zu schätzen«, versicherte ich ihr.

Sie versuchte sich an einem aufmunternden Lächeln. »Vielleicht ist das auch schon längst Schnee von gestern, und Ole ist dank dir über Giulia hinweg?«

»Ja, vielleicht.« Aber ohne Oles Anwesenheit und seine Küsse ließen sich meine Zweifel nicht so leicht wegwischen. Ich räusperte mich und stand auf. »Ich muss jetzt wirklich hoch und für die Prüfung lernen. Ich wünsche euch noch einen schönen Abend!«

Ehe Jutta mich zurückhalten konnte, verließ ich den Tisch und lief blindlings Richtung Haus. Nachdem ich meine Zimmertür hinter mir geschlossen und mehrmals tief durchgeatmet hatte, musste ich jedoch feststellen, dass sich meine bohrende Unsicherheit nur noch verstärkte, jetzt, wo ich mit meinen Gedanken allein war.

Auf meinem Bett lagen zwar alle Arbeitsblätter und Bücher fein säuberlich vor mir aufgereiht, doch ich konnte mich einfach nicht konzentrieren. Immer wieder wanderten meine Gedanken zu Ole und dieser doofen Giulia. Ich musste wohl erst einmal meine beste Freundin anrufen und mir meine Sorgen von der Seele reden, ansonsten würde das mit dem Lernen heute nichts mehr werden.

»Was meinst du dazu?«, fragte ich, nachdem ich Annika auf den neuesten Stand gebracht hatte. »Ob Ole das mit uns überhaupt ernst nimmt? Ich will nicht, dass er mich nur als einen belanglosen Urlaubsflirt ansieht. Dafür empfinde ich schon zu viel für ihn.«

Annika stieß einen tiefen Seufzer aus, und ich konnte ihr entnervtes Kopfschütteln regelrecht vor mir sehen.

»Du dramatisierst mal wieder, Sophie. Damit es zwischen dir und Ole ernst wird, muss schließlich erst einmal etwas passieren. Ihr steht noch ganz am Anfang! Tiefere Gefühle brauchen ihre Zeit und müssen sich entwickeln.«

»Das weiß ich auch, aber …«

»Nein, das weißt du nicht!«, fiel sie mir energisch ins Wort. »Meiner Meinung nach hast du als Kind zu viele Märchen gelesen und dir gleich im Anschluss in der Pubertät zu viele Liebesschnulzen angesehen. Anders kann ich mir deine überromantischen und vor Kitsch triefenden Erwartungen in Sachen Liebe jedenfalls nicht erklären.«

»So schlimm bin ich auch wieder nicht«, widersprach ich empört.

»Ah ja? Dann sag mir mal bitte, was du von deinem Ole erwartest! Soll er dir beim nächsten Treffen etwa ins Ohr säuseln, dass du so viel besser als seine Ex bist und *du* ihm erst gezeigt hast, was echte Liebe ist?«

Ja, so in etwa hatte ich mir das vorgestellt. Doch so wie Annika das sagte, klang es wie die bescheuertste Idee seit Erfindung des Wursttoasters.

»Oder soll er kurz vor deiner Abreise auf die Knie fallen und dir einen Heiratsantrag machen? Hallo-o, Erde an Sophie: Wir sind hier nicht im Märchen, das ist die Realität.«

Hatte sie womöglich recht? Dann war Ole durch seine frühere Beziehung eben emotional vorbelastet, na und? Ich hatte mich gerade erst von meinem Ehemann getrennt, da konnte ich wohl kaum behaupten, dass ich momentan ein Ausbund an Ausgeglichenheit und emotionaler Stabilität war. Ein Heiratsantrag von Ole wäre nun wirklich ein Albtraum, denn mir gleich wieder einen neuen Ehemann anzulachen, war so ziemlich das Letzte, was ich wollte.

»Okay, okay. Ich habe kapiert«, räumte ich widerwillig ein. »Ich mache mir unnötig Sorgen, denn auch ich schleppe, genau wie Ole, meine Altlasten mit mir herum. Nur die Zeit wird zeigen, ob wir sie überwinden werden und echte Liebe daraus entsteht.«

»Exakt!« Annika klang sehr zufrieden mit sich. »Genau das wollte ich von dir hören.«

»Und wie sieht es bei dir aus?«, wechselte ich das Thema. »Bist du mit deinem HIM-Plan weitergekommen?«

»Der Flashmob heute war ein totaler Reinfall«, erzählte Annika missmutig. »Ich habe nur fünf Leute zusammentrommeln können, was auf dem Parkplatz vor Hennings Firma wirklich mickrig ausgesehen hat. Dann haben wir uns zu ›Walk this way‹ einen abgedanct, und bei der Stelle ›Just gimme a kiss like this‹ habe ich ein vergrößertes Foto von unserem ersten Kuss nach seinem Heiratsantrag hochgehoben.«

»Wie süß!«, entfuhr es mir verzückt. So eine romantische Ader hatte ich Annika überhaupt nicht zugetraut.

»Aber es war völlig umsonst, weil Henning gar nichts davon mitbekommen hat. Der war wohl im hinteren Bereich des Gebäudes bei einer kurzfristig einberufenen Sitzung.«

»Oh weh!«, sagte ich mitfühlend. »Das ist wirklich dumm gelaufen.«

»Nicht ganz. Als wir fertig waren, habe ich seine blöde Bitch vorne am Fenster entdeckt, und die hat so triumphierend gegrinst, dass mir der Kragen geplatzt ist und ich eine Wasserbombe nach ihr geworfen habe. Und du wirst es nicht glauben: Ich habe getroffen. Auf diese Entfernung! Ich fasse es immer noch nicht.«

Da hatten wir mal wieder etwas gemeinsam – immerhin hatte ich Felix vor Kurzem mit einer Gabel beworfen und getroffen. Aber ich wusste nicht, ob das wirklich als Treffer zählte, schließlich hatte ich gar nicht auf ihn gezielt.

»Sie hat ausgesehen wie ein begossener Pudel. Ihre Haare hingen ihr tropfend ins Gesicht, das Make-up war verschmiert, und ihre Seidenbluse ist jetzt bestimmt hinüber. Ach, ich sage dir, Sophie, es gibt einen Gott, und ich liebe ihn.«

Ob Gott damit etwas zu tun hatte, wagte ich zu bezweifeln.

Ich tippte mit meinem Kugelschreiber auf meinem Prüfungsblatt herum. »Ähm, eine Frage hätte ich: Wieso hattest du noch mal eine Wasserbombe dabei?«

»Die Wasserbomben gehörten zum Danceact.«

Ich konnte mir beim besten Willen keinen Danceact vorstellen, bei dem Wasserbomben ein notwendiges Utensil waren, aber ich hatte auch nicht Annikas blühende Fantasie.

»Und was jetzt?«

»Der Flashmob vor der Firma hat immerhin bewirkt, dass Henning und ich endlich offen miteinander gesprochen haben.« Die Prise Sarkasmus, die sonst immer in Annikas Tonfall mitschwang, war mit einem Mal verschwunden. Mit belegter Stimme fuhr sie fort: »Ich habe ihm gesagt, dass ich ihm zeigen wollte, wie wichtig er mir ist. Dass ich ihn auch nach all den Jahren noch liebe und begehrenswert finde und …«, sie machte eine Pause und schluckte schwer, »ich mir ein Leben ohne ihn nicht vorstellen kann. Eigentlich dachte ich, dass er das weiß, aber ich glaube, er hatte Tränen in den Augen, Sophie.«

Nun musste auch ich schlucken, weil ich plötzlich ganz rührselig wurde. »Ich glaube, dein Flashmob war doch eine gute Idee, selbst wenn Henning ihn nicht gesehen hat.«

Wenn wir nicht aufpassten, würden wir beide gleich losheulen.

Annika räusperte sich lautstark. »Jedenfalls setze ich morgen auf die alte Romantik-Nummer. Ich habe in einem Fünf-Sterne-Hotel eine Suite gebucht, dort bekommen wir ein stilvolles Candle-Light-Dinner. Und danach zeige ich ihm mein Henning-Tattoo!«

Wenn sie bereit war, es ihm vorzuführen, war es wohl trotz des kleinen Ausrutschers noch zu retten gewesen.

Ich wünschte Annika von Herzen viel Glück und versprach, ihr die Daumen zu drücken. Die beiden würden das bestimmt schaffen, davon war ich überzeugt!

Nachdem ich aufgelegt hatte, gab es für mich keine Ausreden mehr. Mit einem tiefen Seufzer musterte ich meine ganzen Segelunterlagen, während draußen auf dem Grillfest grölend Seemannslieder angestimmt wurden. Der ›Rügen-Spezial‹ tat offenbar seine Wirkung. »Na, dann mal los!«

Den Rest des Abends verbrachte ich mit dem Ausfüllen von Prüfungsbögen, bis ich irgendwann mit dem Segelhandbuch im Arm in einem chaotischen Berg aus Blättern einschlief.

Und täglich grüßt das Murmeltier! Der heutige Tag lief kaum anders ab als der vorherige. Bis zum Nachmittag waren wir mit Ole draußen auf dem Meer und übten noch einmal bis zum Umfallen die wichtigsten Manöver. Dank meiner Disziplin beim Lernen und Leonies Tipps hatten sich meine Fähigkeiten als Skipper erheblich gesteigert, und bei meiner letzten Übung holte Björn freudestrahlend die Boje an Bord. »Du hast es geschafft, Sophie! Dieses Mal hast du die Boje nicht umgebracht.«

Mist! Da dies praktisch meine Generalprobe war, konnte das ja nur heißen, dass ich morgen durch die Prüfung fallen würde. In solchen Dingen war ich recht abergläubisch.

Als der Segelkurs für heute beendet war, fuhr auch Leonie noch einmal mit mir hinaus. Doch obwohl ich mir alle Mühe gab und ihre Befehle pflichtgemäß ausführte, war ich in Gedanken schon bei meinem späteren Treffen mit Ole. Vor Aufregung hatte ich Schmetterlinge im Bauch und zählte die Stunden bis zu unserem Date. Ich wollte unbedingt rechtzeitig zurück in der Pension sein, um mich noch in Ruhe duschen und umziehen zu können. Trotzdem war auch Leonie zufrieden mit meiner Leistung und zeigte mir zum Abschluss sogar ihren Lieblingsplatz, wobei sie mich vorher unter Androhung von Mord und Folter zur Geheimhaltung verpflichtete. Es war ein gewaltiger Findling in Küstennähe, der halb aus dem Wasser ragte und aussah, als wäre er von einem Riesen dort abgelegt worden. Man konnte sogar auf dem Stein herumlaufen, was ich jedoch lieber nicht ausprobierte, denn bei meinem derzeitigen Hang zu Unfällen wollte ich nicht riskieren, auf dem glitschigen Fels auszurutschen und mir den Hals zu brechen. Leonie machte sich darüber allerdings keine Sorgen. Sie kletterte behände von der Jolle auf ihre ›Insel‹ und setzte sich im Schneidersitz hin. Praktischerweise gab es an dem Findling eine kleine Erhebung, die sich hervorragend dazu eignete, das Boot festzumachen, sodass die »Viktoria« und ich nicht aufs offene Meer abtrieben.

»Ich komme immer hierher, wenn ich allein sein möchte und Zeit zum Nachdenken brauche«, erzählte Leonie.

Auf ihrem Felsen erinnerte mich das junge Mädchen an eine

Wassernixe, so wie ihr Haar im Wind flatterte und sie im Einklang mit sich und den Elementen zu sein schien.

»Dann warst du in letzter Zeit wahrscheinlich öfter hier?«, fragte ich.

Ich fühlte mich geehrt, dass Leonie mir ihren geheimen Rückzugsort zeigte. Allerdings würde ich auch bald abreisen, insofern musste sie sich kaum Sorgen machen, dass ich jemandem davon erzählte.

Leonie nickte zaghaft. »Tine und ich reden zwar wieder miteinander, aber sie will mir einfach nicht verraten, was zwischen ihr und Finn passiert ist.« Sie stieß einen tiefen Seufzer aus. »Und als ich angedeutet habe, dass ich mich auch mal mit Finn treffen könnte, ist sie total ausgeflippt und meinte, dass sie dann nie wieder ein Wort mit mir reden würde.«

Dieser Finn kam mir recht suspekt vor, und ich hätte Leonie gerne geraten, sich lieber auf die etwas angeschlagene Beziehung zu ihrer besten Freundin zu konzentrieren, doch ich verkniff mir eine Bemerkung. In Leonies Alter war es besser, wenn man einfach nur zuhörte und die altklugen Ratschläge für sich behielt. Trotz meiner inneren Ungeduld wartete ich schweigend ab, bis Leonie ihre Gedanken geordnet hatte, sich wieder erhob und zu mir in die Jolle kletterte.

Sie übernahm die Rückfahrt, während ich neben ihr saß und selbstvergessen auf das Fahrwasser der ›Viktoria‹ blickte. Die Wellen, die unser Schiff hinterließ, trafen auf die Meereswellen, vereinten sich mit ihnen oder stießen sie ab. Die Jolle schien ihre Spuren im Meer zu hinterlassen so wie wir im Leben anderer Menschen.

Zwei Stunden blieben mir noch bis zum Treffen mit Ole, und nach dem Duschen beäugte ich mich kritisch im Spiegel. Es hatte keinen Zweck, ich musste der Realität ins Auge sehen: Ich war keine knackige zwanzig mehr, und meine Chancen, in diesem Leben als Victoria's-Secret-Model gebucht zu werden, tendierten mittlerweile gegen null. Zwar war ich einigermaßen schlank, und meine Proportionen waren stimmig, doch wenn man nicht gerade einen Personal Trainer und einen Hightech-Laser im heimischen Badezimmer hatte, hinterließen zwei Schwangerschaften und der natürliche Alterungsprozess natürlich ihre Spuren. Felix hatte ich diesen Anblick noch zumuten können, immerhin war der Vater meiner Söhne am Verschleiß meiner äußeren Hülle nicht ganz unschuldig gewesen. Doch wie würde Ole auf meinen Anblick reagieren, sollten wir uns nachher tatsächlich näherkommen? Na ja, Schönheit lag ja im Auge des Betrachters, und ich kannte Oles Vorlieben schließlich überhaupt nicht. Früher waren zum Beispiel Rubensfrauen das Schönheitsideal, zu Zeiten Marilyn Monroes üppige Kurven, und heute waren es schlanke, durchtrainierte Frauen. Immerhin bestand Hoffnung für mich, da die Schönheitsmaßstäbe offenbar einem stetigen Wandel unterworfen waren. Wenn ich Glück hatte, waren in zehn Jahren, wenn ich Mitte fünfzig war, Hängebusen in Mode.

Aber, Moment mal! Bei meiner Ankunft in der Pension hatte ich doch einen Aufsteller mit Wellness-Angeboten studiert. Wenn ich mich richtig erinnerte, waren die Anwendungen sogar überraschend günstig. Vielleicht reichte die Zeit noch, um mich optisch in Bestform zu bringen? Im Bademantel flitzte ich hinunter zur Rezeption.

Zur Abwechslung hatte den Empfang heute Juttas Mann übernommen, der gemütlich die Beine hochgelegt hatte und Zeitung las. Als ich mich atemlos an den Tresen lehnte, sprang er auf und strahlte mich hilfsbereit an. »Sophie, was kann ich für dich tun?«

»Gibt es auf die Schnelle einen Termin für eines eurer Wellness-Ange...« Ich stockte, denn erst jetzt fiel mir auf, dass der Aufsteller mit der Preisliste verschwunden war.

In Mattes' Augen trat jedoch ein erfreutes Funkeln. »Du interessierst dich für die Wellness-Angebote? Kein Problem, ein Termin ist nicht nötig«, versicherte er mir eifrig. Mit sichtlichem Stolz fügte er hinzu: »Die Behandlungen waren übrigens meine Idee. So etwas muss man heutzutage anbieten, damit man mit der Konkurrenz mithalten kann. Viele Touristen entscheiden sich nur wegen der Wellness-Angebote für die großen Hotels.«

Ich nickte mitfühlend. »Das ist sicher nicht einfach für euch. Da muss man innovativ bleiben.«

»Ich wünschte, Jutta wäre auch dieser Meinung.« Er zog eine unglückliche Grimasse. »Sie findet meine Geschäftsidee nämlich überhaupt nicht gut. Vor ein paar Tagen habe ich meinen Wellness-Aufsteller sogar im Müll gefunden.«

Das überraschte mich, denn so unversöhnlich hatte ich Jutta bisher noch nie erlebt. Ich lächelte Mattes aufmunternd zu. »Dann würde ich gern die Entspannungsmassage buchen. Ginge das?«

Entspannung war genau das, was ich jetzt brauchen konnte. Wenn ich so verunsichert und verkrampft wie im Augenblick zum Date auftauchte, machte mich das bestimmt nicht attraktiver.

»Klar!« Er verschwand kurz hinter dem Tresen, kramte in einer Schublade herum und tauchte mit einem noppenbesetzten Holzroller wieder auf.

Verwirrt blickte ich zuerst auf den Roller, dann auf Mattes. »Äh ... Das ist die Entspannungsmassage?«

»Ein großartiges Teil«, schwärmte er und massierte sich zur Demonstration den Unterarm. Der Roller gab ein unwilliges Quietschen von sich. »Das ist sehr entspannend, besonders wenn es der Ehepartner übernimmt.«

Ernsthaft? Doch seine Miene drückte so viel ehrliche Begeisterung aus, dass mir mein bissiger Kommentar im Hals steckenblieb.

Ich räusperte mich. »Wie du weißt, habe ich leider keinen Partner, der das übernehmen könnte. Vielleicht nehme ich dann lieber die Spa-Ganzkörper-Enthaarung, wenn das geht?«

Die war im Hinblick auf heute Abend ohnehin viel wichtiger. Ich musste schließlich auf alle Eventualitäten vorbereitet sein.

»Einen Moment!«

Mattes legte einen großen, antiquiert aussehenden Epilierer vor mich, zusammen mit einem kunstvoll verknoteten Ladekabel. Das Ding kam bestimmt direkt aus dem Museum, es fehlte nur noch das Schild: ›Erste Generation der Epiliergeräte. Verursachte noch starke Schmerzen und Entzündungen.‹

Mehr aus Neugierde fragte ich weiter: »Und die Pediküre?«

Ein Hornhauthobel gesellte sich zum Epilierer. Es hätte mich nicht gewundert, wenn alles aus dem Fundus der in der Pension vergessenen Gegenstände stammte. Tja, aus meinem Wohlfühlprogramm wurde wohl nichts.

Ich schüttelte amüsiert den Kopf. »Sag mal, was genau ist eigentlich mit dem ›Spa-Bereich‹ gemeint?«

Mattes' Wangen röteten sich. »Tut mir leid, aber der ist im Sommer geschlossen. Wir haben eine Ein-Mann-Sauna im Keller aufgebaut, doch darin lagert momentan der Christbaumschmuck.«

Ich konnte mir das Lachen gerade noch verkneifen. Kein

Wunder, dass Jutta sich gegen Mattes' geniale Geschäftsidee sträubte. Wohl oder übel musste ich mich an Gertruds Wahlspruch ›Ich bin hässlich!‹ halten und meinen Körper so annehmen, wie er war.

»Bitte entschuldige die Umstände, Mattes«, sagte ich, »aber mir fällt gerade auf, dass ich gar keine Zeit mehr für eine Wellnessbehandlung habe. Ich bin gleich verabredet, und offen gestanden fällt es mir auch schwer, mich zwischen all diesen tollen Angeboten zu entscheiden.«

Er nickte verständnisvoll. »Kein Problem, Sophie! Komm einfach wieder, wenn es bei dir passt.«

Mit wehendem Bademantel machte ich mich aus dem Staub, während mir die Lachtränen in den Augen standen – und zu lachen war wohl die beste Form der Entspannung.

28. Kapitel

Obwohl ich exakt sieben Minuten und dreißig Sekunden zu spät an der Bank bei der Slipanlage auftauchte, war von Ole noch nichts zu sehen. Dabei hatte ich mir solche Mühe mit dieser genau terminierten Verspätung gegeben!

Ich setzte mich hin, atmete tief durch und ließ meinen Blick über die Schiffe im Hafen gleiten. Einige der Bootseigner waren an Deck beim Abendessen oder saßen bei einer Flasche Wein zusammen. Ihr Gelächter, das Klappern von Tellern und leise Musik drangen zu mir herüber. Die Szenerie wirkte so friedlich und einladend, dass ich mich am liebsten dazugesellt hätte.

»Ich liebe den Hafen zu dieser Tageszeit«, sagte eine tiefe Stimme hinter mir. »Die Besatzungen der Schiffe ruhen sich von den Abenteuern des Tages aus, ehe sie morgen wieder hinaus in die weite Welt fahren.«

Ich lächelte, drehte mich jedoch nicht um. »Schleichst du dich immer im Halbdunkel an nichtsahnende Frauen heran?«

»Nur, wenn sie in der Nähe der Slipanlage sitzen«, sagte er in neckendem Tonfall, und sein Atem strich dabei leicht über meine Wange. »Das ist ja wohl ein eindeutiges Zeichen.«

»Und wenn ich vor Schreck panisch um Hilfe geschrien hätte?«

»Dann hätte ich dich einfach so lange geküsst, bis du dich wieder beruhigt hättest.«

Ob es jetzt schon zu spät für einen gellenden Hilfeschrei war?

Ole streckte mir die Hand hin. »Komm mit, ich habe eine kleine Überraschung vorbereitet!«

»Eine Überraschung?«, fragte ich neugierig. »Was ist es?«

»Das wird nicht verraten!«, erwiderte er gutgelaunt. »Ich habe mir allerdings große Mühe dabei gegeben, deswegen wäre es nett, wenn du wenigstens so tun würdest, als ob es dir gefällt.«

»Okay«, versprach ich. »Ich werde mein Bestes geben.«

Er führte mich zu einem Trampelpfad, der von dichtem Gestrüpp und dornigen Hecken eingerahmt war. Immer wieder blieb ich an Büschen hängen, Äste schlugen auf meine Arme, und Dornen kratzten über meine Haut. Mattes hätte das wahrscheinlich als ›durchblutungsfördernde Massage mit Peelingeffekt‹ bezeichnet. Plötzlich fühlte ich mich in meine Kindheit zurückversetzt, als ich mit meiner Schwester auf der Suche nach Abenteuern und Geheimnissen genau solche versteckten Pfade erkundet habe. Genau wie damals hatte ich Herzklopfen, und jede Faser meines Körpers kribbelte vor Spannung. Was mich wohl heute erwarten würde?

»Wir sind gleich da!«, rief Ole mir über die Schulter hinweg zu.

Endlich öffnete sich vor uns das Grün, und wir standen am Rand einer Klippe. Der Blick auf das Meer war atemberaubend, über uns funkelten schon die ersten Sterne, und wir waren völlig allein. Der Mond stand voll und rund am Himmel, und sein silbernes Licht fiel auf das dunkle Wasser der See. Er wirkte so nah, dass ich das Gefühl hatte, ich könnte die Hand danach ausstrecken.

Ole hatte schon einen Korb hergebracht und eine karierte Decke auf dem Boden ausgebreitet. Überall brannten Windlichter, die die Umgebung in warmes Licht tauchten.

»Wow!«, entfuhr es mir hingerissen. »Die Überraschung ist

ein Picknick?«, erriet ich dank meines messerscharfen Verstandes.

Ole steckte die Hände in die Hosentaschen. »Quatsch! Die Überraschung ist, dass wir gleich zusammen über die Klippe springen und nackig baden gehen.«

Ich lugte vorsichtig über den Abgrund. Zum Glück ging es nicht so tief runter, wie ich befürchtet hatte, trotzdem wäre es sicherlich nicht angenehm, den Hang hinunterzupurzeln.

»Nein danke!« Ich winkte kopfschüttelnd ab. »Das Picknick ist völlig ausreichend, damit bin ich absolut glücklich.«

»Dann fällt das Nacktbaden also weg, und wir gehen gleich zum Dinner über«, lenkte er schmunzelnd ein und machte eine einladende Handbewegung. »Bitte nehmen Sie Platz, die Dame!«

Ich setzte mich auf die Decke und sah gespannt zu, wie Ole in den Korb griff.

»Da ich Sorge hatte, dass ein Picknick unter dem Sternenhimmel eine Spur zu kitschig sein könnte«, erklärte er, »habe ich ein paar Gegenmaßnahmen ergriffen, damit auf keinen Fall Zweifel an meiner Männlichkeit aufkommen.«

Sofort musste ich grinsen. »Als ob ich je daran zweifeln würde«, beteuerte ich.

»Sicher ist sicher! Deswegen habe ich weder Champagner noch frische Erdbeeren mitgenommen.«

Ole zog einen Tetrapack Billigwein aus dem Korb und stellte ihn vor mich hin. »So bitte! Gläser gibt es auch keine, wir trinken aus der Packung.«

Ich lachte. Das milderte die überbordende Romantik tatsächlich etwas ab. »Du glaubst gar nicht, wie sehr mich das erleichtert, Ole. Ich hatte schon befürchtet, dass ich einen höheren Testosteronwert habe als du.«

»Genau das dachte ich mir.« Er hob seinen Zeigefinger.

»Aber ich bin noch nicht fertig! Es gibt außerdem ein nicht mehr ganz frisches Baguette und Rügener Schafskäse, eingelegt in Knoblauchöl.«

»Sehr unromantisch. Respekt!« Ich warf ihm einen bewundernden Blick zu und klimperte mit den Wimpern. »Du bist ein echter Kerl, Ole!«

Sichtlich mit sich zufrieden fläzte er sich auf die Decke. »Schön, wenn ein Plan aufgeht.«

Ich nahm das harte Baguette und schlug ihm damit lachend auf den Arm. »Wo sind die Erdbeeren?«

»Aua!« Er rieb sich demonstrativ über seinen getroffenen Arm. »Die sind noch im Korb.«

Im Schneidersitz machte ich es mir gemütlich und genoss den wunderbaren Ausblick, während ich mich über die Erdbeeren hermachte. Sie waren ganz frisch und schmeckten einfach herrlich. Hier oben hatte ich das Gefühl, dass wir die ganze Insel für uns allein hatten und Rügen sich uns von seiner schönsten Seite präsentieren wollte. Ole hat sich so viel Mühe gegeben, dass Juttas Warnung von gestern Abend in weiter Ferne verhallte und ich mir keine Sorgen mehr über Oles Gefühle machte. Diese liebevolle Geste sprach ja wohl Bände, oder?

»Ist es bei einem romantischen Picknick nicht Usus, dass man sich gegenseitig füttert?«, fragte Ole, der auf dem Rücken lag und die Hände hinter dem Kopf verschränkt hatte.

Ich sah ihn über meine Schulter hinweg an. »Na schön, wenn du darauf bestehst, dann gebe ich dir eine ab. Aber der Rest gehört mir! Die sind wirklich superlecker.«

Ich beugte mich zurück, um ihm eine Frucht in den Mund zu stecken, doch er zog mich blitzschnell an sich, sodass ich mit einem Ruck auf ihm lag und die Erdbeere in hohem Bogen davonflog.

Ich verzog die Mundwinkel. »Jetzt liegt sie im Dreck. Ich glaube, die willst du nicht mehr essen.«

Er warf mir einen Blick zu, der ein Kribbeln in meiner Magengegend verursachte und mir sagte, dass er ohnehin lieber an etwas anderem naschen wollte. Ich beugte mich vor und hauchte einen Kuss auf die kleine Narbe an seiner Wange.

»Das wollte ich schon machen, seit du mich nach meinem Jollenunfall so heldenhaft gerettet und in deinen starken Armen getragen hast.«

»So stark sind meine Arme gar nicht«, wiegelte er ab. »Du bist nur so unglaublich leicht.«

Ich schnaubte. »Komplimente verlieren leider an Glaubwürdigkeit, wenn sie zu schön klingen, um wahr zu sein. Was das betrifft, musst du noch ein bisschen üben.«

»Ich werde es mir merken«, versprach er und tippte sich ans Kinn. »Hier habe ich übrigens auch eine Narbe. Windpocken mit sieben Jahren.«

»Oh, du Armer!« Ich berührte die Stelle sanft mit den Lippen.

»Ich habe mich damals kein bisschen an das Kratzverbot gehalten, deswegen habe ich ziemlich viele Windpockennarben.« Er grinste frech. »Verteilt am ganzen Körper.«

»Fürs Erste konzentriere ich mich lieber auf eine narbenfreie Zone«, murmelte ich und küsste ihn auf den Mund.

Nach den ersten zärtlichen Berührungen drehte Ole sich in einer fließenden Bewegung mit mir um, sodass ich unter ihm lag. Sein Gewicht drückte angenehm auf meinen Körper, und Ole knabberte sanft an meinem Hals.

»Achtung«, warnte ich ihn. »Da bin ich empfindlich.«

»Das hoffe ich doch!«

Der Atem seines Lachens kitzelte mich, und ein wohliger Schauer rieselte meinen Rücken hinab. Er ließ seine Lippen seitlich meinen Hals hinunterwandern, sodass ich leise aufstöhnte und sich meine Finger in den Stoff seines Hemdes krallten. Verflixt, Ole hatte meine Schwachstelle gefunden! Wenn er so weitermachte, verabschiedete sich der letzte Rest meines Verstandes, und ich war zu allen Schandtaten bereit. Zum Glück hob er in diesem Augenblick den Kopf und blickte mir mit einem amüsierten Lächeln in die Augen.

»Du bist dort ja tatsächlich sehr empfindlich.«

Erst jetzt bemerkte ich, dass ich den Kopf in den Nacken gelegt und mich ihm verlangend entgegengestreckt hatte. Zu meiner eigenen Überraschung war mir das nicht die Spur peinlich. »Ich habe dich gewarnt!«, sagte ich grinsend. »Wenn du mich dort küsst, musst du bereit sein, die Konsequenzen zu tragen.«

Ich nutzte die Gelegenheit, legte die Hände an seine Wangen und zog ihn zu mir hinab. Unsere leidenschaftlichen Küsse vertieften sich, und ich war wie berauscht von seinen Berührungen. Nach einiger Zeit – ich hatte keine Ahnung, ob Minuten oder Stunden vergangen waren – ließen wir schwer atmend voneinander ab. Ole blickte mit halbgeschlossenen Lidern auf mich herab, und das Verlangen, das in seinen Augen stand, beantwortete mein Körper mit einem lustvollen Kribbeln.

Er drehte sich wieder auf den Rücken und stieß einen bedauernden Seufzer aus. »Wir hätten uns in deinem Pensionszimmer treffen sollen.«

Ein Teil von mir stimmte ihm aus vollstem Herzen zu, aber auf der anderen Seite hätte ich dieses Picknick um nichts auf der Welt missen wollen. Der Schein der Windlichter erhellte die Dunkelheit, vom Strand drang das sanfte Rauschen der Wellen zu uns herauf, und obwohl wir nur wenige Minuten vom Hafen entfernt waren, schien es nur noch uns beide zu geben.

»In der Pension hätten wir aber nicht direkt über uns diesen wunderschönen Sternenhimmel«, versuchte ich ihn zu trösten.

Er stieß ein unwilliges Knurren aus, das deutlich machte, dass ihm die Sterne gerade herzlich egal waren.

Da es etwas kühl geworden war, kuschelte ich mich an ihn, und er legte den Arm um mich. Ich fuhr mit den Fingerspitzen über meine Lippen, die sich geschwollen anfühlten.

Eng aneinandergekuschelt sahen wir in den Nachthimmel. »Wenn wir Glück haben, sehen wir vielleicht eine Sternschnuppe«, meinte Ole.

»Ich wüsste gar nicht, was ich mir wünschen soll«, flüsterte ich. »Ich habe im Augenblick schon alles, was ich will.«

Er schwieg einen Moment. »Wenn ich eine Sternschnuppe sehe, wünsche ich mir, dass wir etwas mehr Zeit miteinander hätten und du nicht schon Ende der Woche wieder abreisen müsstest.«

Mein Herz machte vor Freude über seine Worte einen kleinen Hüpfer. »Ich werde Rügen vermissen. Ich fühle mich hier unglaublich wohl und habe so viele nette Leute kennengelernt.«

Er zog eine Augenbraue hoch. »Sonst vermisst du nichts? Nur die Insel und ein paar nette Leute?«

Ich legte meine Hand auf seine Brust, stützte mein Kinn darauf ab und setzte eine grüblerische Miene auf. »Mein Kumpel Björn wird mir natürlich auch fehlen und die anderen aus dem Kurs. Vielleicht sogar Carsten, aber nur, wenn er die Klappe hält und mal keine Kapitänsmütze trägt. Ach ja, und mein Segellehrer ist eigentlich auch ein ganz netter Typ.«

Er zwickte mich leicht in die Seite, und ich quiekte auf. »Ich glaube, du musst selbst noch an deinen Komplimenten feilen, Sophie.«

Ich zuckte mit den Schultern. »Ich bin eine Frau, ich muss das nicht können.«

»Das mit der Gleichberechtigung legt ihr euch auch je nach Situation zurecht, oder?«, bemerkte er trocken.

»Praktisch, nicht wahr?« Ich grinste und kuschelte mich wieder in seinen Arm. Eine Weile betrachteten wir das Funkeln der Sterne, deren Anzahl sich aufgrund der klaren Nacht verdoppelt zu haben schien. Allein hier mit Ole zu liegen, seine Wärme zu spüren und den gleichmäßigen Rhythmus seiner Atemzüge unter mir zu fühlen, machte mein Herz richtiggehend satt vor Glück.

»Das Angebot von Dr. Theis wird wirklich immer verlockender«, murmelte ich.

»Ein Angebot von Dr. Theis?«, wiederholte Ole erstaunt. »Davon hast du mir gar nichts erzählt.«

»Er hat mich gefragt, ob ich bei ihm in der Praxis arbeiten möchte. Anscheinend hatte er spontan das Gefühl, dass wir ein gutes Team abgeben würden. Natürlich ist die Bezahlung nicht so gut wie in meinem jetzigen Job, aber es würde mich reizen.«

»Das würde bedeuten, dass du hierbleibst? Auf Rügen?«

Ich lachte auf. »Nun ja, von Freiburg aus wäre es recht schwer für mich, seine Patienten zu versorgen.«

Ole schien es offenbar die Sprache verschlagen zu haben.

Seit dem Besuch bei Dr. Theis grübelte ich darüber nach, ob ich sein Angebot hätte annehmen sollen. Immer wieder hatte ich mich selbst an die Gründe für meine Ablehnung erinnern müssen: Wenn ich den Job auf Rügen annahm, musste ich meine sichere Arbeitsstelle in der Klinik kündigen, meine Heimat verlassen und einen teuren Umzug bezahlen. Doch plötzlich hatte ich eine Eingebung, die mich mit einem Schlag all meine Bedenken vergessen ließ. Ich setzte mich ruckartig auf.

»Vielleicht könnte ich mich weiterbilden und eine Ausbildung zur Heilpraktikerin machen«, dachte ich laut nach. »Das würde super in das Konzept der Praxis passen.«

Nachdem es damals wegen der Kinder mit meinem Medizinstudium nicht geklappt hatte, wäre dies die perfekte Alternative. Durch die Ausbildung konnte ich Dr. Theis viel besser unterstützen, und danach wäre ich eine fast gleichberechtigte Partnerin. Damit würde für mich ein Traum in Erfüllung gehen!

Ich war plötzlich so aufgeregt, dass meine Wangen zu glühen begannen. »Ich muss Dr. Theis morgen nach der Prüfung gleich anrufen und mit ihm darüber sprechen! Es wäre fantastisch, wenn er meiner Idee zustimmt. Hoffentlich hat er die Stelle noch nicht vergeben!«

Mein Körper stand wie unter Strom. Ich sah mich schon in einem hübsch eingerichteten Nebenzimmer der Praxis vor meinen Patienten sitzen, wie ich ihnen geduldig zuhörte und mich ihrer Sorgen annahm.

»Stell dir das mal vor: Ich als Heilpraktikerin! Das … das wäre einfach großartig.«

»Aber was ist mit deinem Zuhause?« Auch Ole setzte sich auf und maß mich mit ernstem Blick. »Deiner Familie und deinen Freunden?«

Ich zuckte mit den Schultern. »Durch den Verkauf unseres Hauses müsste ich mir ohnehin eine neue Wohnung suchen, meine Söhne sind erwachsen, und von meinen Freunden würde ich nur Annika wirklich vermissen.«

Meine Freundin würde mir schmerzlich fehlen, doch immerhin gab es Telefon, E-Mails und Skype. »Aber Rügen ist ja nicht aus der Welt, und wir könnten uns jederzeit gegenseitig besuchen«, machte ich mir selbst Mut.

Das war meine Chance auf einen Neuanfang, auf ein völlig

neues Leben. Und das wollte ich, nein, ich brauchte es sogar. Im ersten Augenblick fühlte sich dieses Eingeständnis an, als würde ich damit die Zeit mit meinen Kindern und meinem Mann abwerten, doch dem war nicht so. Hinter mir lag eine Etappe in meinem Leben, die mich hatte reifen lassen und ebenso mit schweren wie auch glücklichen Augenblicken angefüllt gewesen war. Jetzt war es an der Zeit, ein neues Kapitel aufzuschlagen. Ich war frei, unabhängig und hatte nichts zu verlieren. Und wenn es schiefging, konnte ich jederzeit wieder in meine alte Heimat zurückkehren.

Oles Miene wirkte seltsam angespannt. »Geht das nicht alles ... ein bisschen schnell? Du hast dich doch gerade erst von deinem Mann getrennt.«

Ich legte den Kopf schräg und musterte ihn, doch ich konnte seine verhaltene Reaktion nicht recht deuten. Machte er sich etwa Sorgen, dass ich vorschnell eine Entscheidung traf und sie genauso schnell wieder bereuen würde?

»Ich weiß, was ich tue, Ole – das ist keine Kurzschlusshandlung!«, beruhigte ich ihn. »Ich bin schon seit Jahren unglücklich mit meinem Bürojob im Krankenhaus. Und mal ehrlich: Was gäbe es Schöneres, als hier zu leben«, ich deutete um mich, auf das Meer und den Sternenhimmel, »und gleichzeitig in einem tollen Job zu arbeiten. Die Trennung von Felix gibt mir die Möglichkeit, meine Träume zu verwirklichen. Wie oft bekommt man im Leben schon eine zweite Chance?«

Ich wusste selbst nicht, woher ich plötzlich diesen Mut nahm, doch noch nie zuvor hatte ich meinen Weg so klar vor mir gesehen. Meine innere Stimme sagte mir, dass ich es für den Rest meines Lebens bereuen würde, wenn ich diese Möglichkeit ungenutzt an mir vorüberziehen ließ. Außerdem konnten Ole und ich auf diese Weise austesten, ob wir beide länger als für die Dauer eines Segelkurses miteinander harmonierten und ob das, was sich zwischen uns entwickelte, etwas Ernstes war.

»Okay. Wenn du meinst.« Ole räusperte sich und machte eine Kopfbewegung in Richtung des Picknickkorbes. »Wir sollten zusammenpacken. Es ist spät geworden, und du hast morgen früh eine wichtige Prüfung.«

Trotz meiner Aufregung und Euphorie drang die Erkenntnis zu mir durch, dass sich seine Stimmung mit einem Mal verändert hatte. »Ole, hast du etwas? Habe ich etwas Falsches gesagt?«

Er schüttelte den Kopf. »Quatsch! Es ist alles in Ordnung, mach dir keine Sorgen«, sagte er, während er mir den Rücken zuwandte und den Korb einräumte. »Allerdings sollte ich als dein Segellehrer wirklich der Letzte sein, der dich am Abend vor der Prüfung vom Schlafen abhält, meinst du nicht?«

»Ja, wahrscheinlich schon«, gab ich verunsichert zurück, während ich mich erhob und mit einem unguten Gefühl in der Magengegend die Decke zusammenfaltete.

29. Kapitel

Ich saß mit den anderen in einem Prüfungsraum und tippte mit dem Kugelschreiber auf meinem Blatt herum. Am Rand des Papiers hatte ich auf diese Weise schon einen Vorhang kleiner blauer Punkte hinterlassen, als würde sich ein starker Regenschauer auf meine theoretische Segelprüfung ergießen.

Aus den Augenwinkeln sah ich, wie Björn am Tisch neben mir noch einmal seine Antworten kontrollierte und sich mit konzentrierter Miene die Stirn massierte. Die Zeit war bald um, und ich hatte erst einen Teil der Fragen beantwortet. Dabei waren sie nicht einmal allzu schwierig, und schon beim ersten Überfliegen hatte ich festgestellt, dass ich das meiste davon tatsächlich wusste. Es ging um Gesetzeskunde, Segeltheorie, die Sicherheit an Bord, Materialkunde und Knoten. Keine einzige der fiesen Fragen, die meine Mitschüler und ich uns in den letzten Tagen gegenseitig gestellt hatten, kam darin vor. Trotzdem gelang es mir einfach nicht, meine Aufmerksamkeit länger als fünf Minuten auf die Prüfung zu lenken. Immer wieder hob ich den Kopf und sah zu Ole, der vorne an einem Pult lehnte und sich leise mit einem anderen Segellehrer unterhielt. Heute legten zwei Gruppen gleichzeitig die theoretische Prüfung für den Segelgrundschein ab. Im Zimmer war es mittlerweile warm und stickig, sodass es wirklich schön gewesen wäre, wenn endlich einmal jemand ein Fenster geöffnet hätte. Ich hatte leider Wichtigeres zu tun.

Ole behandelte mich nämlich, als ob ich Luft wäre, obwohl

ich ihn mittlerweile unverblümt anstarrte. Das bildete ich mir doch nicht nur ein, oder? Wann immer sein Blick mich zufällig streifte, wandte er sich hastig wieder ab. Selbst heute Morgen, als sich unser Trupp vor dem Gebäude traf, hatte er nicht einmal ein ermutigendes Lächeln für mich übrig gehabt. Es machte mich fast wahnsinnig, dass ich jetzt nicht mit ihm sprechen konnte!

Im Raum wurde es unruhig, und einige der mir unbekannten Segelschüler standen auf und gaben ihre Blätter ab. Das brachte mich wenigstens dazu, eilig einige Kästchen auf meinem Prüfungsblatt anzukreuzen und ein paar Zahlen hinzukritzeln. Für die restlichen sieben Aufgaben wurde es jetzt wirklich knapp!

Ich hatte Jutta heute Morgen noch versichert, dass ich dank ihrer Tochter bestens vorbereitet war und der Theorieteil überhaupt kein Problem werden würde. Sie war extra mit zwei Tassen Kaffee und einem Korb voller Croissants auf mein Zimmer gekommen, um mit mir gemeinsam in aller Ruhe zu frühstücken und mich mental auf den wichtigen Tag vorzubereiten, während Mattes für sie die Aufsicht im Frühstücksraum übernahm. Jutta war wirklich ein Goldschatz! Bei dieser Gelegenheit hatte ich ihr von meinem Plan mit Dr. Theis erzählt, auch weil ich insgeheim austesten wollte, ob Ole vielleicht nur deshalb so verhalten reagiert hatte, weil meine Idee selten dämlich war. Womöglich hatte er nur zu viel Anstand besessen, es mir offen ins Gesicht zu sagen?

»Du willst auf Rügen bleiben?« Jutta hatte sich so abrupt aufgerichtet, dass sie einen Teil ihres Kaffees verschüttet hatte. Eine Sekunde später war sie freudestrahlend aufgesprungen und mir um den Hals gefallen. »Sophie, das ist eine großartige Nachricht! Wir haben dich alle ins Herz geschlossen. Oh, ich fange gleich mal an rumzufragen, damit wir für dich eine ganz tolle Wohnung in Glowe finden. Aber du weißt schon, dass du dann mehrmals in der Woche vorbeikommen musst, um mit Jonas Fangen zu spielen und mit mir zu tratschen?«

»Klar doch!«

Ihre überschwängliche Reaktion hatte mich tief gerührt und mir zugleich gezeigt, dass meine Idee wohl doch nicht so dämlich war, wie ich befürchtet hatte.

Hmpf! Ole hatte noch immer nicht in meine Richtung gesehen. Ich verstand das einfach nicht: Bis gestern Abend war zwischen uns alles toll gelaufen. Himmel, er hatte sogar ein romantisches Picknick für mich organisiert! Das war mindestens gleichzusetzen mit einer verliebten Frau, die ihren Freund sonntags bei strömendem Regen auf den Fußballplatz begleitete, um seine Freizeit-Mannschaft FC Alte Säcke im Spiel gegen den VfB Thrombosestrümpfe anzufeuern.

»Noch fünf Minuten, dann ist die Zeit um«, sagte der Prüfer mit gedämpfter Stimme.

Was? Ogottogottogott! Vielleicht sollte ich das Anstarren so langsam sein lassen und mich lieber selbst überlisten: Je schneller ich den Prüfungsbogen abgab, umso früher konnte ich Ole zur Rede stellen!

Ich schaffte es, ein paar meiner Gehirnzellen zum Arbeiten zu überreden, und füllte hastig den Rest des Fragebogens aus. Ausgerechnet bei der letzten Aufgabe musste ich passen, weil ich die Antwort tatsächlich nicht wusste. Kurzerhand setzte ich wahllos ein Kreuzchen, knallte den Kugelschreiber auf den Tisch und stand auf.

Erst jetzt bemerkte ich, dass ich die Letzte im Raum war und sowohl alle Schüler als auch die Segellehrer entschwunden waren. Vorne erwartete mich der Prüfer und nahm mit einem Lächeln meine Blätter entgegen. Ich wollte direkt weitergehen, doch er hielt mich zurück.

»Bleiben Sie ruhig! Ich bin ruckzuck mit der Korrektur fertig.«

»Ähm, okay.« Sehnsüchtig blickte ich auf die geschlossene Tür, doch ich hatte wohl keine andere Wahl.

Der Prüfer war wirklich unglaublich schnell, und als er auf der letzten Seite ankam, hatte ich leider schon die maximal erlaubte Fehlerpunktzahl erreicht. Ich schluckte schwer. Warum hatte ich mir nur nicht mehr Mühe gegeben? Ob ich Ole vielleicht die Schuld dafür geben konnte? Wegen fehlender aufmunternder Blicke?

»Mal sehen«, murmelte er. »Richtig. Richtig. Richtig …«

Ich knetete meine schweißnassen Hände. Nun hing alles von der letzten Frage ab!

Er setzte einen Haken hinter meine Antwort. War das zu fassen? Ich hatte geraten – und es war richtig! Schon wollte ich erleichtert aufatmen und hinter seinem Rücken einen spontanen Siegestanz aufführen, als er direkt darunter ein rotes Kreuz vermerkte. Verdammt, ich hätte zwei Felder ankreuzen müssen!

Er legte mit einem Seufzen den Stift beiseite. »Frau Lehmann, das Ergebnis fällt äußerst knapp aus. Zum Bestehen der Theorieprüfung haben Sie leider einen halben Fehlerpunkt zu viel.«

»Scheiße«, entfuhr es mir reflexartig.

»Aber keine Sorge, Sie haben noch eine Chance! In diesen Fällen zeigen wir uns kulant. Ich mache hier in Ihren Unterlagen einen Vermerk, dann wird der Prüfer, bei dem Sie nachher den praktischen Teil absolvieren, Ihnen noch mal einige Fragen zur Theorie stellen. Beantworten Sie diese richtig, haben Sie bestanden.«

»Toll«, entfuhr es mir wenig enthusiastisch, wofür ich mir einen irritierten Blick des Prüfers einfing. Leider konnte ich mich nicht so dankbar zeigen, wie er es wohl von mir erwartete. Er konnte ja nicht wissen, dass mein Segeltalent eher rudimentär ausgeprägt war. Meine Chancen, die praktische Prüfung zu bestehen, waren gerade um einiges schlechter geworden. Großartig, einfach großartig!

Erst am Hafen in Glowe gelang es mir, einen Moment abzupassen, um ungestört mit Ole zu sprechen. Gerade war er auf dem Weg zur Segelschule, weil er dort einige Unterlagen vergessen hatte.

»Warte, Ole!«, rief ich ihm hinterher. »Ich muss unbedingt mit dir reden.«

»Wir müssen gleich los, Sophie!« Er blieb nicht einmal stehen und marschierte einfach weiter. »Wenn wir den Prüfer zu lange warten lassen, wirkt sich das bestimmt nicht gut auf seine Stimmung aus.«

Endlich holte ich ihn ein, aber er machte so große Schritte, dass ich Mühe hatte, mit ihm mitzuhalten. »Ich will doch nur wissen, was mit dir los ist. Du verhältst dich so seltsam seit gestern Abend.«

»Das bildest du dir nur ein«, wiegelte er ab, ohne mich dabei anzusehen.

So einfach ließ ich nicht locker. Ich wollte diese Sache auf der Stelle klären, und die Laune des Prüfers war mir dabei herzlich egal. Wir waren gleich bei der Segelschule und liefen im Slalom, um den flanierenden Touristen und spielenden Kindern auf der Strandpromenade auszuweichen.

»Ich weiß, wie sich Männer verhalten, wenn sie einem unangenehmen Gespräch aus dem Weg gehen wollen«, erklärte ich resolut. Leider war ich mittlerweile ziemlich aus der Puste.

»Verkauf mich bitte nicht für dumm! Ich weiß, dass du ein Problem mit mir hast, und ich will jetzt wissen, um was es dabei geht.«

Vor der Tür der Segelschule blieb Ole stehen. Er schien einen Moment mit sich zu ringen, ehe er sagte: »Pass auf, wir reden später, okay? Jetzt ist erst einmal die praktische Prüfung wichtig, Sophie. Du bist ohnehin schon eine Wackelkandidatin, und für dich hängt alles von deiner Leistung beim Segeln ab.«

»Schön, dass du mich extra noch mal daran erinnerst«, erwiderte ich bissig. »Aber ich werde diese Prüfung ohnehin vermasseln. Es macht mich nämlich fast wahnsinnig, dass ich keinen blassen Schimmer habe, was zwischen uns plötzlich nicht mehr stimmt.«

Anstatt einer Antwort zog Ole entnervt seinen Schlüsselbund hervor und öffnete die Tür. Ehe er sie mir vor der Nase zuschlagen konnte, schlüpfte ich schnell hindurch und folgte ihm wie selbstverständlich in sein Büro. Wenn ich wollte, konnte ich eine unglaubliche Nervensäge sein.

Sein Büro glich eher einer Abstellkammer; es war mit Aktenschränken zugestellt, und selbst auf seinem Schreibtisch herrschte etwas, das sich wohlwollend als ›kreatives Chaos‹ bezeichnen ließ. Kein Vergleich zu der peniblen Ordnung, auf die Felix so viel Wert legte. Gleich neben dem PC entdeckte ich ein Foto von Ole, Emma und ihrer Mutter Giulia. Die drei standen im Garten unter Emmas Sommerweihnachtsbaum, umarmten sich und lächelten glücklich in die Kamera. Verdammt, Giulia sah sogar noch besser aus, als ich befürchtet hatte! Das Foto konnte höchstens zwei Jahre alt sein, denn Emma wirkte nicht sehr viel jünger als heute. Nur ihre Haare waren bedeutend kürzer, was ihr allerdings auch sehr gut stand.

»Du lässt aber auch nicht locker«, murmelte Ole frustriert.

Ich ignorierte seine Bemerkung, genauso wie die Tatsache, dass er in dieser dunklen Jeans und dem weißen Hemd so verdammt heiß aussah. Sofort holte mich die Erinnerung an gestern Abend ein, meine Fingerspitzen kribbelten, und ich konnte seinen muskulösen Oberkörper fast schon wieder unter meinen Händen spüren. Weshalb fühlte ich mich ausgerechnet in solch einem Moment zu Ole hingezogen, obwohl wir doch offensichtlich ein ernsthaftes Problem hatten?

Ich riss mich zusammen und beschloss, Ole einen Schritt entgegenzukommen. Während der theoretischen Prüfung hatte ich nämlich eine Idee gehabt, weshalb er sich mir gegenüber plötzlich so seltsam verhielt. »Hör mal, ich wollte dich nicht unter Druck setzen, als ich dir von Dr. Theis' Angebot erzählt habe. Ich will nicht, dass du denkst, ich würde nur wegen dir auf Rügen bleiben.«

Um meine extreme Gelassenheit zu demonstrieren, lehnte ich mich lässig an den Schreibtisch, wobei ich leider einen Stapel Papiere zu Boden beförderte. Hastig sammelte ich sie wieder auf, legte sie zurück und musste einen Moment innehalten. Wo war ich stehengeblieben?

»Schon bevor wir uns geküsst haben«, fuhr ich fort, »dachte ich darüber nach, wie unglaublich gerne ich hier leben würde. Dass Felix unser Haus so schnell verkauft hat, mir dieser Job angeboten wurde und ich die Idee mit der Weiterbildung hatte … das alles scheint mir wie ein Wink des Schicksals zu sein. Das hat wirklich nichts mit uns zu tun.«

Wohlweislich vermied ich dabei das Wort Beziehung. Wahrscheinlich hatte Ole bei all meiner Euphorie und Begeisterung gestern Abend das Gefühl gehabt, ich stünde gedanklich schon mit Sack und Pack vor seiner Haustür, um bei ihm einzuziehen und unsere Hochzeit zu planen.

Doch Ole wirkte trotz meiner Erklärung nicht recht überzeugt, was ich jedenfalls aus seinem distanzierten Blick und den verschränkten Armen schloss.

»Wenn die Sache mit Dr. Theis klappt und ich mir hier in Glowe eine kleine Wohnung miete, ändert das zwischen uns überhaupt nichts. Wir machen einfach so weiter wie bisher, ohne Druck! Warten wir ab, wie es sich entwickelt.«

Oles unverändert abweisende Haltung zeigte mir, dass dies noch nicht alles gewesen sein konnte und sich bei ihm etwas Grundlegenderes geändert hatte. Ich ging auf ihn zu und hoffte, dass mir meine Angst nicht allzu deutlich ins Gesicht geschrieben stand. Wie konnte es sein, dass er mir nach dieser kurzen Zeit schon so viel bedeutete? Ich versuchte, mein laut pochendes Herz und den Kloß in meinem Hals zu ignorieren.

»Ole …« Bevor ich meine Hand auf seinen Arm legen konnte, wandte er sich von mir ab und sah mit angestrengter Miene aus dem Fenster.

»Ich wollte diese Sache wirklich nicht direkt vor deiner Prüfung besprechen, aber jetzt habe ich wohl keine andere Wahl mehr.« Er stockte und fuhr sich mit beiden Händen durch die Haare. »Gestern habe ich dich tatsächlich missverstanden. Für mich hat es sich so angehört, als würdest du wegen uns alles aufgeben, deine Heimat verlassen und hierher auf die Insel ziehen. Ich bin froh, dass du diese Zukunftspläne nicht meinetwegen schmiedest.«

»Aber?«, hakte ich mit heiserer Stimme nach.

»Aber trotzdem ist mir dadurch etwas klar geworden.« Er drehte sich um und suchte meinen Blick. In seiner Miene lag Bedauern und Reue. »Ich bin für eine ernsthafte Beziehung einfach nicht bereit, Sophie. Ich habe die Verantwortung für Emma und die Segelschule, außerdem muss ich andauernd etwas an der Segelyacht reparieren. In meinem Leben ist kein Platz für eine feste Partnerin. Dafür habe ich keine Zeit.«

»Keine Zeit?«, ächzte ich. »Du willst mich tatsächlich mit dieser uralten Ausrede abspeisen?«

Als ob Zeitprobleme jemals ein echter Hinderungsgrund gewesen wären. Unzählige Menschen führten eine Beziehung, obwohl sie sich nur selten sehen konnten und manchmal sogar über Kontinente hinweg getrennt waren. Oder wenigstens versuchten sie es und gaben nicht schon vor dem ersten Hindernis auf.

»Das ist keine Ausrede!« Ole schüttelte nachdrücklich den Kopf und lehnte sich mit dem Rücken an einen der Aktenschränke. »Ich versuche dir gerade zu erklären, weshalb das mit uns auf lange Sicht nicht funktionieren kann.«

»Dann solltest du dich ein bisschen mehr anstrengen, denn bisher habe ich noch keinen triftigen Grund gehört«, entfuhr es mir aufgebracht.

Seine Worte fühlten sich an, als hätte er mir eine Ohrfeige verpasst. Ich hatte mir tatsächlich eingebildet, dass ich ihm etwas bedeutete. Oder küsste ich etwa so schlecht? Das musste es sein! Durch meine jahrelange Abstinenz im leidenschaftlichen Zungenspiel hatte ich gestern Abend beim ausgiebigen Praxistest bestimmt kläglich versagt, und Ole war klar geworden, dass er lieber einen toten Fisch ablecken würde, als mich noch einmal zu küssen.

Ja, entweder das oder Annika hatte schlicht und ergreifend recht: Ich war eine romantische Träumerin und hatte in Oles Verhalten viel zu viel hineininterpretiert.

Als Ole nichts erwiderte, war ich es, die sich abwandte und mit verschränkten Armen aus dem Fenster starrte. »Und was hast du geglaubt, wohin das mit uns führen würde?«

»Wie bitte?«, fragte er irritiert.

»Na, du hast mit mir geflirtet, mich geküsst, mir Komplimente gemacht, hast ein romantisches Picknick geplant und mich deiner Tochter vorgestellt«, zählte ich auf. »Du musst dir doch etwas dabei gedacht haben?« Als er keine Antwort gab, blickte ich ihn über meine Schulter hinweg fragend an.

Er rang hilflos die Hände. »Keine Ahnung! Ich bin davon ausgegangen, dass wir nach deiner Abreise Kontakt halten und dann ... Keine Ahnung, vielleicht hätte ich dich mal in Freiburg besucht. Oder du hättest deinen nächsten Urlaub wieder auf Rügen verbracht.«

»Dir schwebte also eine lockere, nicht näher festgelegte Fernbeziehung ohne jegliche Verpflichtungen vor?« Ich konnte nicht verhindern, dass meine Stimme vor Sarkasmus triefte. »Tut mir leid, aber für so etwas bin ich nicht zu haben. Außerdem hat sich die Sache ja ohnehin erledigt, da ich voraussichtlich hierherziehen werde.«

Zu Oles Pech hatte ich gerade erst eine lieblose Beziehung hinter mir, in der ich jahrelang auf ein Zeichen der Zuneigung oder eine zärtliche Berührung gewartet hatte. Ganz bestimmt wollte ich nicht so weitermachen, in der vagen Hoffnung, dass Ole irgendwann bereit wäre, mich mit der Wertschätzung zu behandeln, die ich verdiente. Dafür empfand ich zu viel für ihn. Aber konnte ich ihm das zum Vorwurf machen? Schließlich war ich es, die dumm genug gewesen war, sich Hals über Kopf in ihn zu verlieben.

»Es wäre wohl besser gewesen, wenn wir das vorab geklärt hätten«, sagte Ole in die Stille hinein. »Aber für eine ernsthafte Beziehung reichen meine Gefühle einfach nicht aus. Es tut mir wirklich leid, Sophie. Sehr sogar.«

Seine Entschuldigung traf mich mitten ins Herz und machte mir mehr als alles andere klar, dass er es mit der Trennung ernst meinte. Ich kannte Ole immerhin gut genug, um zu wissen, dass er das alles wirklich bedauerte und er mir nie absichtlich hatte wehtun wollen. Der Hafen vor dem Fenster verschwamm vor meinen Augen, doch ich blinzelte meine Tränen hastig weg und war dankbar dafür, dass ich mit dem Rücken zu Ole stand.

»Schon okay«, sagte ich kurz angebunden, da ich Angst hatte, meine Stimme würde mich verraten und ihm zeigen, wie nahe mir das ging. Ich fühlte mich schon verletzt und gedemütigt genug. Wenigstens bewahrte mich mein Stolz davor, etwas total Erbärmliches zu tun, wie Ole um eine Chance anzubetteln oder ihm auf dramatische Art und Weise meine Liebe zu gestehen.

Ich drehte mich zu ihm um und schaffte es sogar, eine gelassene Miene aufzusetzen. »Dann war es das wohl jetzt zwischen uns.«

Ich betete darum, dass er nicht zu dem ›Ich hoffe, wir können Freunde bleiben‹-Spruch griff, sonst konnte ich für nichts mehr garantieren. Offenbar hatte ich Glück, denn er nickte wortlos und griff nach einem blauen Ordner auf seinem Schreibtisch. »Wir sollten zurückgehen! Die anderen warten auf uns. Meinst du, du schaffst unter diesen Umständen die Prüfung?«

Ich presste verärgert die Lippen zusammen. Glaubte er etwa, ich würde mir gleich auf dem Schiff die Augen ausheulen und vor Verzweiflung die Haare raufen? Nein, das würde ich schön auf später verschieben, wenn er nichts davon mitbekam.

Oles Mitleid führte dazu, dass ich die Schultern straffte und ein kaltes Lächeln aufsetzte. »Klar. Warum nicht?«

Beim Gehen blieb mein Blick an dem Familienfoto auf dem Schreibtisch hängen. Giulia. Mit den vollen Lippen, den eleganten Wangenknochen und ihren glänzend schwarzen Haaren war sie eine wahre Schönheit. Ihr Anblick hinterließ bei mir ein Gefühl der Unzulänglichkeit, und im direkten Vergleich fühlte ich mich wie ein Bauerntrampel. Kein Wunder, dass Ole nichts von mir wollte! Ich erinnerte mich wieder an Juttas warnende Worte beim Grillfest: dass Giulia seine ganz große Liebe war. Und dass gegen sie keine andere Frau eine Chance hatte.

Offenbar hatte Jutta recht gehabt.

30. Kapitel

Unseren Prüfer Herrn Hofmann mussten wir in der Nähe seines Wohnortes an einem Anleger am Wieker Bodden abholen. Nachdem wir den Hafen verlassen hatten, fragte Ole, wer von uns das Steuer übernehmen wollte. Zum ersten Mal seit Beginn unseres Kurses meldete sich niemand. Meine männlichen Mitschüler, die ansonsten gar nicht genug vom maritimen Chefposten bekommen konnten, wollten einen letzten Blick ins Segelhandbuch werfen und hatten offenbar keinen Nerv dafür, eine langweilige Fahrt unter Motor zu übernehmen.

»Na schön, ich mach es!«, meldete ich mich freiwillig.

Auch wenn ich es wahrscheinlich am nötigsten hatte, hielt ich es nicht für besonders sinnvoll, in letzter Minute panisch Theorie zu pauken. Außerdem wollte ich diesen Tag nur noch so schnell wie möglich hinter mich bringen und mich mit zwei Tafeln Schokolade und einer Packung Taschentücher in mein Bett verkriechen. Am besten stellte ich mir schon mal eine Playliste zusammen mit Titeln wie ›Mein Herz ist Matsch‹ oder ›Weinen bis die Flut kommt‹.

»Bist du sicher, Sophie?«, fragte Ole besorgt. »Ich könnte die Fahrt sonst auch übernehmen.«

Ihn auch nur anzusehen, versetzte mir einen schmerzhaften Stich. Plötzlich schien mir jede Minute, die ich in seiner Nähe verbringen musste, unerträglich, und ich musste dem Drang widerstehen, über Bord zu springen und zurück zur Küste zu schwimmen. Aber da Ole die Schuld an meinem Liebeskummer trug, hätte er eigentlich den Anstand besitzen können, ins Meer zu springen. Ich konnte nicht, schließlich musste *ich* heute eine Prüfung ablegen.

»Ich kann das!«, fauchte ich, schubste ihn zur Seite und übernahm das Steuer.

Ole wartete einen Moment, offenbar unschlüssig, ob er seine heißgeliebte Yacht in den Händen einer Verrückten lassen sollte, doch dann ging er zu den anderen, die ihn sofort mit Fragen zur Segelpraxis bombardierten. Nur Björn legte sein Buch zur Seite und kam mit gerunzelter Stirn zu mir. »Gibt es Ärger im Liebesparadies?«

»Es gibt kein Liebesparadies mehr«, knurrte ich, während ich mich am Steuer festhielt und stur geradeaus aufs Meer starrte. Blöde Giulia! Blöder Ole! Blöde Liebe! Ich war ja so dumm gewesen. Weshalb hatte ich nur nicht auf Annika und Jutta gehört?

Da ich mich so wenig auskunftsfreudig zeigte, begann Björn ins Blaue hinein zu raten: »Du gibst Ole doch hoffentlich nicht die Schuld an deinem schlechten Ergebnis bei der Theorie-Prüfung, oder?«

Das war so weit vom tatsächlichen Problem entfernt, dass ich ein bitteres Lachen ausstieß. »Ich wünschte, es wäre so. Dann wäre wenigstens ich diejenige, die sich bescheuert verhält.«

Eigentlich war es untypisch für mich, so stinksauer zu reagieren, doch im Moment war ich dankbar für meine Wut. Sie hielt mich davon ab, mich in ein Häufchen Elend zu verwandeln und etwas hinterherzutrauern, das ich im Grunde niemals gehabt hatte.

Trotzdem besann ich mich meiner Manieren und warf Björn einen entschuldigenden Blick zu. »Sei mir nicht böse, aber ich will nicht darüber reden. Später vielleicht, wenn …« Meine Stimme brach, und ich schluckte schwer.

Björn wollte offenbar noch etwas sagen, doch dann nickte er nur, drückte mich kurz an sich und ließ mich allein. Wie in Trance steuerte ich das Schiff, und, von meinem Gefühlschaos einmal abgesehen, lief alles ohne Probleme. Ich merkte gar nicht, wie die Zeit verging, und war überrascht, als Ole neben mich trat und auf einen unscheinbaren Steg am dichtbewachsenen Ufer deutete. Darauf wartete schon sichtlich ungeduldig ein älterer Herr im Anzug. In der einen Hand hielt er einen Aktenkoffer, und die andere hob er gerade an, um demonstrativ auf seine Uhr zu schauen.

»Das ist Herr Hofmann, unser Prüfer!« Ole machte sich mit der Festmacherleine bereit und rief mir zu: »Sophie, fahr nicht zu dicht ans Ufer, hier gibt es Untiefen. Einfach an den Steg motoren und gut ist.«

Beim Anblick des Prüfers wurden meine Knie weich, und mein Adrenalinspiegel schnellte in ungeahnte Höhen. Plötzlich wurde mir klar, dass ich diese Prüfung unbedingt bestehen musste. Ich wollte nicht noch einen Segelkurs machen. Und vor allem wollte ich nie wieder in meinem Leben einem Segellehrer gegenüberstehen. Ich musste also einen guten Eindruck machen!

Auf was sollte ich noch einmal achten? In meiner Aufregung hatte ich Ole gar nicht richtig zugehört. Ich nahm den Steg ins Visier und drehte hektisch am Ruder.

»Sophie«, brüllte Ole in alarmierendem Tonfall. »Ich hab dir doch gesagt, dass ...«

Plötzlich ging alles so schnell, dass mir keine Zeit blieb, in irgendeiner Weise zu reagieren. Mit einem unangenehmen Schleifgeräusch lief ein Zittern durch das Schiff, ein harter Ruck ließ uns alle nach vorne taumeln, und der Motor starb ab. Wir rührten uns nicht mehr vom Fleck. Während ich wie zur Salzsäule erstarrt hinter dem Ruder stand, hielten selbst die

Möwen über unseren Köpfen für einige Sekunden ihre Schnäbel und blickten stumm auf unser manövrierunfähiges Schiff hinab, das nun starke Schräglage hatte. Verdammt!

Vorsichtig lugte ich zum Steg hinüber. Der Prüfer Herr Hofmann hatte vor Schreck seinen Aktenkoffer fallen gelassen und ungläubig die Augen aufgerissen.

Ich hatte Mist gebaut, großen Mist. Und das bevor meine Prüfung überhaupt *angefangen* hatte! Dann fiel mir jedoch etwas ein, das weitaus schlimmer war als meine vermasselte Prüfung: Oles teure Yacht! In ihr steckte sein ganzes Vermögen, und ich hatte sie gerade auf dem Schlick festgesetzt. Bestimmt dachte er, dass ich das mit voller Absicht gemacht hatte! Hastig drehte ich mich zu ihm um.

Er stand immer noch mit der Festmacherleine in der Hand auf seinem Platz und starrte mich fassungslos an.

»Ole, ich ...« Unzählige Entschuldigungen und Unschuldsbeteuerungen lagen mir auf der Zunge, doch der Blick, den er mir zuwarf, ließ mich verstummen. Tränen stiegen mir in die Augen, die ich nun endgültig nicht mehr zurückhalten konnte. Ich schüttelte hilflos den Kopf und formte mit bebenden Lippen ein lautloses ›Es tut mir so leid‹.

Er musterte mich, ohne eine Gefühlsregung zu zeigen. Obwohl ich immer noch regungslos dastand, raste mein Herz in meiner Brust, und vor schlechtem Gewissen krampfte sich mein Magen zusammen. Doch dann ... hob Ole langsam die zur Faust geballte Hand und zeigte mir demonstrativ den Daumen.

»Sehr gut, Sophie!«, rief er sehr viel lauter als notwendig. »Genau hier wollte ich das Schiff haben. Das hast du perfekt hinbekommen.«

Was? Wie bitte? Auch Herr Hofmann musste Ole gehört haben, denn der Prüfer wandte ihm überrascht den Kopf zu und rückte seine Brille zurecht.

»Nun kommen wir also zu unserer letzten Übung: Sophie, was kannst du in solch einer Situation als Skipper machen?«

Ich war von seiner Frage so überrumpelt, dass ich gar nicht erst nachdachte, sondern automatisch antwortete: »In diesem Fall muss man das Schiff krängen«, sagte ich schniefend.

Ole gab mir verstohlen ein Zeichen, lauter zu sprechen.

Mit festerer Stimme fuhr ich fort: »Hierbei ist zu beachten, dass der Motor erst wieder laufen darf, wenn das Schiff nicht mehr in Schräglage ist, da die Gefahr einer nicht mehr ausreichenden Schmierung besteht. Wenn eine Krängung nicht funktioniert, kann man den Anker ausbringen und das Schiff an der Ankerleine aus dem Schlick zurück ins tiefere Gewässer ziehen.«

Nervös blickte ich zu Herrn Hofmann, der zufrieden nickte.

»Sehr gut, Sophie!« Ole schenkte mir ein aufmunterndes Lächeln, was mich völlig aus dem Konzept brachte. Wie konnte dieser Mann nur so geduldig und verständnisvoll reagieren, nachdem ich gerade seine Yacht in den Schlick gefahren hatte?

»Du bist der Skipper«, fuhr er fort. »Dann leg mal los und befreie das Schiff!«

Ich? Ach du lieber Himmel! Ich schluckte schwer und drehte mich zaghaft zu meiner Mannschaft um. »Wer von euch kann gut schwimmen und hat Kraft in den Oberarmen?«

Carsten, Helmuth, Ben, Enrico und Björn schwiegen einträchtig und blickten allesamt in verschiedene Richtungen. Auf Freiwillige konnte ich offensichtlich nicht hoffen. Ich musste wohl aufhören, höfliche Fragen zu stellen, und stattdessen Befehle erteilen.

Ich straffte den Rücken, setzte meinen Oberboss-Blick auf und holte tief Luft. »Carsten, Björn und Enrico, ihr kontrolliert eure Schwimmwesten, zieht eure Schuhe aus und haltet euch bereit! Helmuth und Ben, ihr haltet den Baum auf Backbord!«

Endlich kam Bewegung in meine Mannschaft, auch wenn ich von dem ein oder anderen ein unwilliges Stöhnen hörte. »Schneller, schneller!«, befahl ich und verschränkte die Hände hinter meinen Rücken. »Keine Müdigkeit vortäuschen, Leute! Der gute Herr Hofmann hat nicht ewig Zeit.«

Wenige Minuten später hingen Carsten, Björn und Enrico ächzend und zappelnd am Baum über dem Wasser.

»Macht euch schön schwer!«, rief ich ihnen zu.

Das sah wirklich zu witzig aus! Trotz der ernsten Situation hätte ich am liebsten ein Foto gemacht, aber ich wollte keine Meuterei riskieren; schon jetzt warf Carsten mir vernichtende Blicke zu. Er hing ganz außen und war vor Anstrengung tiefrot im Gesicht. Doch seine Mühen waren nicht umsonst, denn durch das Gewicht der drei Männer begann sich das Schiff wie in Zeitlupe wieder aufzurichten. Ich stieß erleichtert die Luft aus.

»Ich habe keine Kraft mehr«, jammerte Enrico. »Gleich fall ich ins Wasser.«

»Deswegen hast du ja auch eine Schwimmweste an«, informierte ich ihn trocken. So langsam hatte ich den Dreh raus, wie man als Skipper mit seiner Crew umgehen musste.

Ich blickte zum Mast, der nun fast wieder senkrecht gen Himmel zeigte. Es fehlte nicht mehr viel, wir brauchten nur noch etwas mehr Gewicht an Backbord. »Ben, Helmuth, Ole – kommt alle zu mir!«

»Zu B-befehl, Kapitän«, rief Ben grinsend und eilte übertrieben eifrig an meine Seite.

»Hast du diesen herrischen Tonfall während deiner Zeit als Oberschwester gelernt?«, fragte Helmuth. »Der gefällt mir gar nicht. Passt überhaupt nicht zu einer Frau.«

»Ich orientiere mich an dem Tonfall, den ihr Männer als Skipper anschlagt«, informierte ich ihn. »Wenn er dir nicht gefällt, solltest du mal in dich gehen. Gerade du benimmst dich als Skipper oft wie ein kleiner Diktator.«

Er wirkte ertappt. »Stimmt doch gar nicht«, widersprach er ohne rechte Überzeugung.

Wir beugten uns so weit wie möglich über die Reling, und mit einem letzten widerspenstigen Ächzen richtete sich die Yacht vollständig auf. Ich reckte triumphierend die Faust in den Himmel, und als ›Bordgeistliche a. D.‹ stieß ich jubelnd aus: »Der Herr sei gepriesen! Heute gibt es Ablassbriefe umsonst, Leute.«

Ole schüttelte neben mir ungläubig den Kopf, und sein Blick hielt meinen fest. Einen wunderbaren Moment lang fühlte ich wieder die vertraute Nähe zwischen uns, und am liebsten hätte ich mich freudestrahlend in seine Arme geworfen. Doch dann fiel mir wieder ein, dass dies leider nicht mehr möglich war, und ich wandte mich hastig von ihm ab.

»Huch, ist das kalt!«, quiekte Björn und zog die Beine hoch. Weil das Schiff inzwischen wieder gerade im Wasser lag, baumelten meine drei Crew-Mitglieder am Baum mit den Fußspitzen im kalten Nass.

An seiner Seite ertönte ein *»Mio dio!«*, gefolgt von einem lauten Platsch. Enricos Oberarmmuskeln hatten offenbar endgültig ihren Dienst versagt, und unser charmanter Italiener tauchte prustend aus dem Wasser auf.

»Helmuth, Ben – helft ihm bitte an Bord!«, rief ich. »Carsten und Björn, ihr könnt zurückkommen.«

Hastig lief ich zurück zum Ruder, ehe das Schiff von der Strömung mitgerissen wurde und sich eine nächste Untiefe suchte. Trotzdem wagte ich einen kurzen Blick auf Herrn Hofmann, der vom Steg aus das Geschehen genauestens verfolgte.

Ich fragte mich, was er wohl von der ganzen Aktion halten mochte.

»Und jetzt?«, fragte mich Ole, nun wieder ganz der professionelle Segellehrer.

Ich fuhr mir nervös über die Lippen. »Jetzt werde ich vorsichtig zum Steg motoren?«

»Ist das eine Frage oder eine Antwort?«

Ich knirschte mit den Zähnen. »Ich motore zum Steg!«

Ole stellte sich neben mich und raunte mir Anweisungen zu, sodass das Schiff problemlos sein Ziel erreichte.

»Großartig, Herr Jansen«, begrüßte uns Herr Hofmann, als er an Bord kam. »Da haben Sie mich aber erwischt! Im ersten Moment dachte ich wirklich, dass einer Ihrer Schützlinge fest entschlossen sei, als erster Schüler meiner Berufslaufbahn schon vor der eigentlichen Prüfung durchzufallen.«

Meine Wangen begannen vor Scham zu glühen. Wenn Ole mir nicht aus der Patsche geholfen hätte, wäre für mich jetzt tatsächlich schon alles vorbei.

»Das sollte eine kleine Überraschung sein«, erklärte Ole in kollegialem Tonfall. »Damit Sie unsere Segelübungen einmal live erleben. Wie Sie gesehen haben, tun wir alles, um unsere Schüler auf den Ernstfall vorzubereiten.«

»Sehr beeindruckend, Herr Jansen, auch die Leistung Ihrer Schülerin! Sie sind …« Er warf einen kurzen Blick auf seine Unterlagen. »Frau Lehmann, nehme ich an?«

Ich räusperte mich. »Ja, genau.«

Ole überreichte ihm einige weitere Papiere, die der Prüfer eingehend studierte. Mir wurde ganz flau im Magen.

Herr Hofmann spitzte die Lippen. »Ich sehe, Sie sind aufgrund der theoretischen Prüfung eine Wackelkandidatin. Aber keine Sorge, Frau Lehmann!« Er rückte seine Brille zurecht und schenkte mir ein aufmunterndes Lächeln. »Nach dieser

Aktion, die Sie übrigens gekonnt gemeistert haben, bin ich von Ihren Fähigkeiten so gut wie überzeugt. Damit haben Sie das Schlimmste schon überstanden.«

Ernsthaft? Ich konnte es kaum glauben. So etwas nannte man wohl Glück im Unglück.

»Legen Sie einfach ab, und beantworten Sie mir noch ein paar Fragen, dann haben Sie es geschafft. Die weiteren Manöver heben wir uns für die anderen Prüflinge auf.«

»Wird gemacht, Herr Hofmann!«, sagte ich zuversichtlicher, als ich mich fühlte.

Mein Blick fiel auf meine Mitschüler, die über diese plötzliche Wendung offenbar genauso überrascht waren wie ich. Sie starrten mich jedenfalls an, als hätte ich gerade Fische vom Himmel regnen lassen. Ich konnte mich gerade noch zurückhalten, entschuldigend mit den Schultern zu zucken.

Herr Hofmann und Ole musterten mich gespannt. Ich rief mir das Kapitel ›Ablegen unter Segeln‹ aus dem Handbuch ins Gedächtnis und ignorierte meine zittrigen Knie.

»Klar zum Setzen des Großsegels?«, rief ich.

»Ist klar!«, erhielt ich von meiner Mannschaft wie gewünscht zur Antwort.

»Heiß Großsegel!«

Ich atmete tief durch, klammerte mich am Ruder fest und dachte an Leonies Tipps.

»Stell dir einfach vor, da vorne ist ein Schuhladen, Sophie!«, raunte ich mir selbst zu und dachte an meine Traum-Manolo-Blahniks.

Wenn es schon mit der Liebe nicht klappte, dann wollte ich wenigstens diese Schuhe haben! Das war Frust-Shopping de luxe. Keine Ahnung, ob es an Leonies Assoziationshilfe oder meinem Können lag, doch ich wurde deutlich ruhiger, und das Ablegen klappte wie am Schnürchen.

Herr Hofmann nickte zufrieden. »Frau Lehmann, was machen Sie, wenn Sie jemand abschleppen will?«

»Erst mal lasse ich mich zum Essen einladen, und dann schauen wir einfach, wie der Abend sich entwickelt«, antwortete ich reflexartig – und schlug mir entsetzt die Hand vor den Mund. Das hatte ich nun davon, dass ich andauernd meine flapsigen Interpretationen gängiger Segelbegriffe zum Besten gab!

Herr Hofmann hatte wohl eine andere Art von Humor, denn er starrte mich konsterniert an. Aus den Augenwinkeln konnte ich sehen, wie Ole sich auf die Lippen biss, um nicht loszuprusten.

»Entschuldigung.« Ich räusperte mich. »Die korrekte Antwort ist natürlich, dass ich meine Schleppleine an seiner Achterleine festmache, und zwar mithilfe eines Schotsteks. Abschleppen dürfen jedoch nur Fahrzeuge, deren Manövrierfähigkeit beim Schleppen gewährleistet ist.«

Herr Hofmann notierte sich etwas, doch das zufriedene Nicken blieb dieses Mal aus. War meine Antwort etwa falsch? Mit einem Schlag kam meine Nervosität zurück, und ich spürte, wie sich Schweißperlen in meinem Nacken bildeten. Ich rief mir einen der Tipps von dem Handzettel ins Gedächtnis, den Ole gestern ausgeteilt hatte: *Jede Prüfung ist nervenaufreibend, doch ihr könnt eure Aufregung reduzieren, indem ihr mit dem Prüfer ganz normal redet und von Anfang an einen professionellen Eindruck macht.*

Sehr gut, die Sache mit dem Reden stellte überhaupt kein Problem dar. Schließlich war ich eine Frau, und laut meinem baldigen Exgatten verfügte ich über jede Menge Kommunikationsfreude.

»Wissen Sie, Herr Hofmann, ich mache ja diesen Segelschein, um mir einen langgehegten Traum zu erfüllen«, begann ich einfach drauflloszuquasseln. »Schon seit Kindertagen wollte ich auf einem Segelschiff die Weltmeere erkunden, und eigentlich hatte mein Ehemann versprochen, dass wir diesen Traum gemeinsam verwirklichen, sobald unsere Söhne aus dem Haus sind. Aber wie Sie auf Ihrer Kursliste sehen können, bin ich allein hier. Mein Ehemann hat sich nämlich geweigert ...«

Ohne Luft zu holen, erzählte ich ihm meine ganze Geschichte: angefangen bei Miesepeter-Felix, unseren nicht vorhandenen selbstgebastelten SM-Möbeln und der längst überfälligen Trennung. Dann vom Start in mein neues Leben in Form eines Segelkurses auf Rügen, meiner neuen Freundin Jutta, der UGLY-Frauengruppe und dem überraschenden Jobangebot. Natürlich vergaß ich auch nicht den ›sympathischen Rüganer‹ zu erwähnen, der mein Herz im Sturm erobert und sich dann leider als gefühlloser Idiot entpuppt hatte, weil er aus fadenscheinigen Gründen einen Rückzieher gemacht hatte.

Hier warf ich Ole einen Blick zu. Ha! Seiner verschlossenen Miene und angespannten Kiefermuskeln nach zu urteilen, wusste er genau, von welchem Idioten hier die Rede war. Herr Hofmann dagegen saß mit abwesendem Gesichtsausdruck neben uns auf einem Bänkchen. Als erfahrene Ehefrau erkannte ich sofort, dass ich ihn in zu kurzer Zeit mit zu vielen – und für einen Mann völlig uninteressanten – Informationen bombardiert hatte: Ich hatte Herrn Hofmann in ein Wachkoma gequatscht! In diesem Zustand schienen ihm die ein, zwei kleineren Fehler, die ich machte, gar nicht aufzufallen. Also, der Tipp vom Handzettel war wirklich Gold wert: Das Reden entspannte mich ungemein.

Als ich eine kurze Atempause einlegte, streckte Herr Hofmann mir hastig einen Zettel vors Gesicht. »Herzlichen Glückwunsch, Frau Lehmann. Hier ist Ihr Segelschein!«

Dabei war ich mit meiner Erzählung noch gar nicht fertig gewesen. Gerade wollte ich doch noch auf Ole und seine große Liebe Giulia eingehen, die Gerüchten zufolge sein Herz immer noch fest umklammert hielt.

»Ich habe bestanden? Wirklich?«

Ich war so überrascht, dass ich das Ruder losließ und ihm ehrfürchtig den Zettel aus der Hand nahm. Tatsächlich, da stand *mein Name!* Ich bekam am ganzen Körper Gänsehaut, und fassungslos stolperte ich zu der Bank, auf der eben noch Herr Hofmann gesessen hatte, während Ole zum führerlosen Ruder hechtete und meinen Platz übernahm.

Ich hatte es geschafft, trotz aller Hindernisse und Widrigkeiten. Obwohl mein Segeltalent eher bescheiden ausfiel und ich kurz vor der Prüfung von Ole einen Korb bekommen hatte. Ich hatte gekämpft, und mein Kindheitstraum war endlich Wirklichkeit geworden. Erst jetzt wurde mir so richtig klar, wie viel mir das bedeutete. Vielleicht hatte ich mich in den vergangenen Jahren tatsächlich irgendwo zwischen Haushalt und Familie verloren, doch nun hatte ich endlich Mut gezeigt und war belohnt worden. Wenn ich das schaffen konnte, dann würden mir auch noch ganz andere Dinge gelingen!

Obwohl ich nach wie vor eine Menge Probleme am Hals hatte und ich meinen Liebeskummer wegen Ole nur schwer ausblenden konnte, erfüllten mich gleichzeitig auch Zuversicht und Hoffnung. Die Zukunft, die vor mir lag, erschien mir plötzlich wie ein aufregendes Abenteuer, das ich mit ganzem Herzen und voller Elan bestreiten würde. Davon war ich überzeugt, selbst dann noch, als ich hörte, wie Ole betont beiläufig Herrn Hofmann fragte, ob er als Ausbilder eigentlich belangt werden konnte, wenn einer seiner ehemaligen Schüler bei einer Kollision einen Öltanker zum Kentern brachte. Pah!

31. Kapitel

»Willst du wirklich an diesem Segeltörn teilnehmen?«, fragte Jutta mich mit besorgter Miene. »Nach dem, was zwischen dir und Ole vorgefallen ist, würde ich mir das an deiner Stelle nicht antun. Auf dem Schiff wärst du andauernd mit ihm zusammen und hättest keine Fluchtmöglichkeit.«

Ich musste zugeben, dass das auch mein erster Gedanke gewesen war. Ole einfach aus dem Weg zu gehen und mir damit weiteres Leiden zu ersparen, war eigentlich naheliegend.

Ich nippte an meinem Wir-feiern-den-Segelschein-Sekt und blickte nachdenklich auf den Garten hinaus, der von einigen Solarlampen in warmes Licht getaucht war. Wir saßen an einem Tisch im Frühstücksraum direkt am großen Panoramafenster, da es an diesem Abend zu kühl war, um gemütlich draußen zu trinken. Jutta hatte mich aus meinem Zimmer geholt, nachdem ich mich nach der überstandenen Prüfung meinem Liebeskummer hingegeben hatte, und mich überredet, auf meinen Segelschein anzustoßen.

»Bleib lieber hier bei uns, und wir unternehmen in den drei Tagen ein bisschen was zusammen!«, schlug sie vor. »Ab dem späten Nachmittag ist in der Pension die meiste Arbeit erledigt, und ich könnte dir ein paar schöne Plätzchen auf Rügen zeigen.«

»Das ist so lieb von dir!« Ich drückte dankbar ihre Hand, doch ich hatte mich bereits entschieden. »Aber damit würde ich Ole nur in die Karten spielen. Wahrscheinlich sitzt er gerade zu Hause und hofft darauf, dass ich jeden Moment anrufe und absage. Dann müsste er kein schlechtes Gewissen haben und nicht mehr über mich nachdenken.« Ich schüttelte vehement den Kopf. »Nein, ich gehe morgen hocherhobenen Hauptes auf dieses Schiff und ziehe das durch! Schließlich habe ich den Kurs bei Ole gerade wegen dieses Törns gebucht. Hiddensee und Stralsund will ich mir nicht entgehen lassen.«

Jutta wirkte nicht ganz überzeugt.

»Es wird irgendwann nicht mehr so wehtun«, fügte ich daher leise hinzu. »Ich bin stark genug, das durchzustehen!«

Doch es würde schwer werden. Nach der Prüfung hatte Ole nicht mehr als einen höflichen Händedruck und ein unverbindliches Lächeln für mich übrig gehabt – genau wie für die anderen Teilnehmer des Kurses, die auch alle bestanden hatten. Als wäre nie etwas zwischen uns gewesen. Dabei hatte ich insgeheim gehofft, meine offenherzige Erzählung gegenüber Herrn Hofmann hätte ihn dazu gebracht, es sich noch einmal anders zu überlegen. Das, was zwischen uns gewesen war, hatte ich mir schließlich nicht eingebildet. Aber vielleicht liebte er seine Ex wirklich noch? Oder er hatte Angst, noch einmal so verletzt zu werden, und machte deshalb lieber Schluss, bevor es wirklich ernst wurde.

Leicht war es ihm auf jeden Fall nicht gefallen. Und dieser gemeinsame Törn würde für ihn vermutlich genauso schwierig werden wie für mich.

Jutta drehte nachdenklich das Sektglas zwischen ihren Fingern. »Ole weiß gar nicht, was für eine tolle Frau er aufgibt. Ich bewundere deinen Mut, Sophie. Ich würde an deiner Stelle keinen Fuß auf diese Yacht setzen.«

Besonders mutig kam ich mir nicht vor, ich folgte nur meiner inneren Stimme. Der Moment, in dem ich den Segelschein in Händen gehalten hatte, war eine Art Schlüsselerlebnis gewesen und hatte tief in mir drin etwas Entscheidendes verändert.

Ich atmete tief ein und stieß langsam die Luft aus. »Weißt du, ich habe mich gerade erst aus einer unglücklichen Ehe befreit«, erklärte ich ihr, »und werde jetzt nur wegen eines Mannes bestimmt nicht auf einen tollen Segeltörn verzichten. Ich habe hier auf Rügen gelernt, dass ich mehr bewältigen kann, als ich mir bisher zugetraut habe.«

Jutta hob feierlich ihr Glas. »Darauf sollten wir anstoßen!«

»Darauf – und auch auf dich!«, ergänzte ich. »Weil du so ein großes Herz hast und mindestens genauso mutig bist wie ich.«

Wir saßen noch ein paar Minuten zusammen, tranken unseren Sekt leer und plauderten über die Pension und Juttas Familie, doch schließlich erhob ich mich.

»Ich will noch Dr. Theis anrufen, ehe es zu spät dafür ist. Wenn sein Angebot noch steht, hat er ja vielleicht morgen Zeit, beim Frühstück darüber zu reden.«

Jutta erhob sich ebenfalls. »Ich drücke die Daumen. Ich würde mich wirklich freuen, wenn du herziehst.«

»Ich auch«, erwiderte ich und nahm sie spontan in den Arm. »Wir sehen uns morgen, Jutta!«

Ich lief den Flur entlang und schreckte zurück, als Leonie plötzlich aus einer Nische trat und sich mir in den Weg stellte.

Ich konnte nur mit Mühe einen Aufschrei unterdrücken und fasste mir erschrocken an die Brust. »Himmel, Leonie, willst du, dass ich einen Herzinfarkt bekomme?«

»Ich habe auf dich gewartet«, erklärte sie und setzte vorwurfsvoll hinzu: »Euer Gequatsche hat ja echt ewig gedauert!«

»Entschuldigung, das tut mir wirklich unglaublich leid«, sagte ich trocken.

Sie holte tief Luft. »Ich brauche einen Rat, Sophie.«

»Gerne!«, entgegnete ich, hilfsbereit wie immer. »Ein sehr nützlicher Ratschlag, den ich dir aus meinem reichen Erfahrungsschatz anbieten kann, ist: Probiere niemals direkt vor einem wichtigen Event einen neuen Selbstbräuner fürs Gesicht aus.«

Wie zum Beispiel der Party des Ehemannes zum zehnjährigen Bestehen seiner Steuerkanzlei. Gott, war das ein schrecklicher Abend!

Leonie verdrehte entnervt die Augen. »Nein, ich brauche einen Rat wegen Finn.«

Um ein Haar hätte ich ebenfalls entnervt die Augen verdreht. Nicht schon wieder dieser Teenager-Casanova.

»Ich weiß nicht, ob ich Finn nach einem Date fragen soll. Weil meine Freundin Tine mir doch geschworen hat, dass sie dann kein Wort mehr mit mir redet.«

Ich nickte verständig. So weit war ich schließlich schon informiert.

»Aber da Tine mir den Grund nicht sagen will, sehe ich eigentlich gar nicht ein, mich von ihr erpressen zu lassen. Ich glaube, ich werde Finn trotzdem schreiben. Was meinst du?«

»Was sagt dir denn dein Gefühl?«

Leonie nagte an ihrer Unterlippe. »Tine gegenüber habe ich schon ein schlechtes Gewissen«, gab sie zu. »Aber wenn ich dann an Finn denke ...« Sie stieß einen sehr tiefen Seufzer aus, und in ihre Augen trat ein sehnsüchtiges Strahlen.

»Für mich sieht es so aus, als hättest du deine Entscheidung bereits gefällt.« Auch wenn ich ihr diesen Entschluss am liebsten ausgeredet hätte. Bei diesem Finn hatte ich ein ungutes Gefühl in der Magengrube. Aber wenn sie verknallt war, war sie verknallt, und dagegen war kein Kraut gewachsen. Da halfen auch keine altklugen Ratschläge. »Hör auf dein Herz!«

Sie nickte entschlossen. »Okay, ich schreibe ihm. Danke, Sophie!«

Aufgeregt lief sie den Flur zurück, und für einen Moment fragte ich mich, ob ich mir mehr Zeit für sie hätte nehmen sollen. Ob ich nicht doch hätte versuchen sollen, ihr diesen Finn auszureden. Der Beziehung zu ihrer besten Freundin hatte ich mit meinem Ratschlag wohl den Todesstoß versetzt. Insgeheim hoffte ich, dass Finn einfach nicht auf ihre Nachricht reagierte, dann würde sich das Problem von allein erledigen.

Ich hastete den Steg entlang, und mein tonnenschwerer Rucksack hüpfte auf meinem Rücken auf und ab. Ich war zehn Minuten zu spät, denn mein Besuch bei Dr. Theis hatte länger gedauert, als ich geplant hatte. Als ich gestern Abend bei ihm angerufen hatte, war er sofort von meiner Idee, eine Weiterbildung zur Heilpraktikerin zu machen, begeistert gewesen, und noch ehe ich ihn um ein Treffen bitten konnte, hatte er mich schon zum Frühstück eingeladen. So hatten mich heute in seiner gemütlichen Küche frische Brötchen, Wurst, Käse, selbstgemachte Erdbeermarmelade von Gertrud und ein großer Stapel medizinischer Fachbücher zum Thema Heilkräuter erwartet. Bei einer Kanne aromatischem Schwarztee besprachen wir, wie wir uns unsere Zusammenarbeit vorstellten, wie sich der Ablauf in der Praxis besser organisieren ließ und welche Ziele wir gemeinsam verfolgen wollten. Dr. Theis schien über mein starkes Interesse an alternativen Heilmethoden überglücklich zu sein, und ich hätte mich nicht willkommener fühlen können. Als wir uns schließlich voneinander verabschiedeten, hatten wir alle Details geklärt – und ich hatte einen neuen Job.

Mein zukünftiger Arbeitgeber hatte mir direkt einige seiner Fachbücher ausgeliehen, was auch der Grund dafür war, dass mein Rucksack nun so unglaublich schwer war. Ich bog keuchend um die Ecke und war erleichtert, als ich den Liegeplatz der ›Seeadler‹ noch nicht verwaist vor mir sah. Sie hatten auf mich gewartet, zum Glück! Nur noch Ole stand am Steg; die anderen waren offenbar schon an Bord gegangen.

Als sich unsere Blicke trafen, glaubte ich, Freude in seinen Augen aufblitzen zu sehen, aber bevor ich ihn erreicht hatte, war das Funkeln schon wieder verschwunden.

»Schön, dass du gekommen bist!«, sagte er in neutralem Tonfall.

»Ich konnte mir doch nicht die Chance entgehen lassen, mit deiner Yacht aufs Meer zu fahren und dort einen Öltanker zum Kentern zu bringen«, sagte ich mit einem kühlen Lächeln.

Er wirkte ertappt. »Dann werde ich schon mal die Umweltbehörde informieren, dass sie sich für eine Naturkatastrophe bereithalten sollen«, versuchte er die Situation mit einem Scherz aufzulockern.

Leider war mir nicht besonders nach Lachen zumute. Meine Gesichtsmuskeln waren wie erstarrt, und nicht einmal meine Mundwinkel waren bereit, sich aus Höflichkeit ein wenig anzuheben.

Ole räusperte sich und wurde wieder ernst. »Jedenfalls bin ich froh, dass du an unserem Törn teilnimmst. Nach unserem Gespräch gestern hätte ich das nicht erwartet.«

Ich zuckte mit den Schultern. »Wieso denn? Wir sind doch erwachsene Menschen, und zwischen uns ist alles geklärt. Nachdem ich eine Nacht darüber geschlafen habe, muss ich auch zugeben, dass du wahrscheinlich recht hast. Eine Beziehung zwischen uns hätte nicht funktioniert.«

Gut, ich gebe zu, diesen coolen Spruch hatte ich gestern vor dem Zubettgehen noch vor dem Spiegel eingeübt. Nun klang er so überzeugend, dass ich ihn fast selbst geglaubt hätte. Gespannt musterte ich ihn, doch an seiner unbewegten Miene konnte ich nicht erkennen, was er von meinen abgeklärten Worten hielt.

»Hast du dein Ölzeug eingepackt?«, brummte er lediglich. »Es soll Regen geben, und die Fahrt nach Hiddensee wird etwas ungemütlich werden.«

Ich warf einen prüfenden Blick zum Himmel, der mit dichten grauen Wolken bedeckt war. »Na toll!«, murmelte ich. »Bei Regen zu segeln macht bestimmt unglaublich Spaß.«

Es sollte sogar noch schlimmer werden, als ich es mir vorgestellt hatte. Kaum hatten wir abgelegt und waren auf See, brach eine Sintflut über uns herab. Die eiskalten Regentropfen klatschten uns ins Gesicht, rannen in Sturzbächen an unserem Ölzeug herab und verwandelten das Deck in eine gefährliche Schlitterbahn.

Schnell wurde mir klar, dass ich mir ein äußerst nasses Hobby ausgesucht hatte. Natürlich wusste ich schon vorher, dass man beim Segeln nicht knochentrocken bleibt, doch das Wasser kam nicht nur von oben, sondern auch von vorne in Form von Gischt oder von der Seite, wenn eine besonders vorwitzige Welle über die Reling schwappte. Das verdammte Wasser fand seinen Weg selbst durch mein Ölzeug, und es drang durch jede noch so kleine Ritze. Wir hatten noch nicht mal die Hälfte des Weges geschafft, und ich fühlte mich schon vollgesogen wie ein Schwamm. Als wäre das der Feuchtigkeit noch nicht genug, pinkelte ich mir vor Schreck auch noch ein bisschen ins Höschen, als ich auf dem feuchten Deck ausrutschte und um ein Haar über Bord gegangen wäre.

Meinen Mitschülern machte jedoch am meisten der Wellengang zu schaffen, der unser Schiff nicht nur von einer Seite auf die andere, sondern auch auf und ab schaukeln ließ.

»Immer auf den Horizont schauen!«, empfahl Ole den Männern. »Das hilft gegen die Übelkeit.«

Nur leider war wegen des vielen Regens überhaupt kein Horizont zu sehen. Jammernd und stöhnend standen und saßen meine männlichen Kollegen herum, klammerten sich irgendwo fest und machten ganz grundsätzlich den Eindruck, sterben zu wollen.

»Ich weiß gar nicht, was die haben«, hörte ich Ole murmeln. »Die sollten mal einen richtigen Sturm erleben. Dagegen ist das heute der reinste Vergnügungsausflug.«

Die Einzige, die von der Seekrankheit verschont blieb, war ich. Welch Ironie! Ausgerechnet die Katastrophen-Seglerin der Gruppe erwies sich als absolut seetauglich.

Wir mussten uns an Deck auf jeden unserer Schritte konzentrieren, da der schwankende Untergrund zu unseren Füßen unberechenbar wurde. Es ähnelte dem unguten Gefühl, wenn man beim Treppenlaufen plötzlich ins Leere trat. Jedes Mal bekam ich einen Riesenschreck und wedelte unbeholfen mit den Armen.

»Bewegt euch im Rhythmus des Schiffes«, riet Ole uns jetzt. »Werdet eins mit der See und ...«

Helmuth hastete mit bleichem Gesicht zur Reling und kotzte sich die Seele aus dem Leib. Offensichtlich war er ungeheuer eins mit der See.

Eine gefühlte Ewigkeit später tauchten die Umrisse von Hiddensee vor uns auf, und wir setzten Kurs auf Vitte, dem größten Ort der Insel mit ungefähr sechshundert Einwohnern.

»Land!«, rief Björn mit letzter Kraft. »O mein Gott, was bin ich froh!«

»Ich will nur noch runter von diesem schaukelnden Ding«, murrte Helmuth. »Heute habe ich Schiffe hassen gelernt.«

Carsten schüttelte immer wieder verständnislos den Kopf. »Bisher ist mir noch nie schlecht geworden. Selbst als wir es auf einem Törn mal mit zehn Meter hohen Wellen zu tun hatten.«

Zehn Meter hohe Wellen? Carsten musste einfach immer übertreiben.

Kaum hatten wir angelegt, schloss der Himmel seine Pforten. Nach ein paar letzten Tropfen hörte der Regen schlagartig auf. Im ersten Moment wollte ich Petrus für diese Boshaftigkeit verfluchen, doch auf der anderen Seite würde das Sightseeing ohne Ölzeug und Schirm weitaus angenehmer werden. Ich brannte darauf, die bei Touristen so beliebte Insel zu erkunden. Nachdem wir von Bord gegangen waren, liefen die Herren der Schöpfung jedoch zielstrebig auf eine Hafenkneipe namens ›Fischerklause‹ zu. Anscheinend war es nach überstandener Seekrankheit dringend notwendig, den Kreislauf mit einem wärmenden Schnaps in Schwung zu bringen.

Während ich ungeduldig an meinem Tee nippte, kehrte der Rest der Crew wieder zur gewohnten Form zurück, und die Stimmung am Tisch wurde immer besser, denn natürlich blieb es nicht bei einem einzigen Schnaps. Besorgt sah ich zu Björn, dessen Wangen sich schon verdächtig röteten. Ob ich ihn bremsen sollte? Ach was, er war schließlich erwachsen.

Da sich das Gespräch der Jungs jetzt auch noch um Fußball drehte, wandte ich mich gelangweilt ab und beobachtete durch das Fenster das Treiben im Hafen. Gerade lief die Fähre ein, die mehrmals pro Stunde die Insel anlief und selbst an einem regnerischen Tag wie heute einen nicht enden wollenden Besucherstrom ausspuckte.

»In der Hochsaison kommen pro Tag bis zu siebentausend Touristen«, sagte eine tiefe Stimme neben mir. »Dabei hat die Insel gerade mal tausend Einwohner.«

Ein Schauer lief mir über den Rücken, und ich verfluchte meinen Körper, dass er so intensiv auf Oles Nähe reagierte.

Anscheinend hatte er mein Memo ›Gefühle abstellen und unter allen Umständen cool bleiben!‹ nicht erhalten.

»Das würde mir an deren Stelle ganz schön auf die Nerven gehen«, sagte ich, ohne den Blick von der Fähre abzuwenden. »Sobald man vor seine Haustür tritt, wird man von Touristen überrannt.«

Er lachte leise. »Nun ja, bis jetzt ist zum Glück noch kein Einheimischer zu Tode getrampelt worden.«

Mir wurde klar, dass es lächerlich war, derart angestrengt aus dem Fenster zu starren, und ich mich zu Ole umdrehen musste. Doch ich würde es schaffen, ganz normal und locker mit ihm umzugehen! Ich musste mich nur für die Dauer von drei Tagen zusammenreißen und mein blutendes Herz ignorieren.

Ich wandte mich um – und sofort blieb mein Blick an seinen Lippen hängen, die mich so wundervoll zärtlich geküsst hatten. Nein, ich war wohl doch noch nicht so weit, normal mit ihm umzugehen. Um wenigstens äußerlich die Fassung zu wahren, fixierte ich lieber einen Punkt über seiner linken Schulter.

Er deutete auf den Rest der Gruppe. »Die anderen wollen etwas zu essen bestellen. Möchtest du auch was?«

Ich schüttelte den Kopf. »Eigentlich wollte ich mir Hiddensee ansehen und nicht die ganze Zeit in einer Hafenkneipe herumlungern. Hunger habe ich auch keinen.«

»Geht mir genauso. Wenn du willst, kann ich für dich den Fremdenführer spielen und dir ein bisschen die Insel zeigen.«

»Wir beide? Allein?« Meine Stimme überschlug sich fast, und meine Panik war unüberhörbar.

»Wenn es dir unangenehm ist, kannst du natürlich auch allein los.« Er hob irritiert die Augenbrauen. »Aber da du heute Morgen gesagt hast, dass du es auch für besser hältst, wenn wir nur miteinander befreundet sind, dachte ich, du freust dich über das Angebot.«

Toll, das hatte ich nun von meinem coolen Spruch! Hätte ich doch nur meine Klappe gehalten. Ole sah mich fragend an, und ich konnte in seinem offenen Blick leichte Sorge erkennen.

»Es ist mir nicht unangenehm«, versicherte ich ihm hastig. »Es … es hat mich im ersten Moment nur überrascht, dass du auch so locker damit umgehst.« Okay, das klang etwas lahm.

»Na, dann würde ich sagen, wir machen uns vom Acker.« Er lächelte mich fröhlich an. »Kommst du?«

Ich wusste, dass ich mich von ihm fernhalten sollte und es eine ganz und gar dämliche Idee war, mitzugehen. Vielleicht konnte Ole seine Gefühle einfach abstellen, aber mir fiel das nicht so leicht. Bei dem Gedanken, Zeit mit ihm zu verbringen, schlug mein Herz prompt schneller. Dass Ole es gestern gebrochen hatte, schien das dämliche Ding vergessen zu haben.

Allerdings wollte mir auf die Schnelle partout keine glaubhafte Ausrede einfallen, und mit einem kostenlosen Fremdenführer an meiner Seite würde meine Inseltour sicherlich um einiges interessanter werden.

»In Ordnung«, murmelte ich schicksalsergeben und stand auf. »Gehen wir!«

Wir verabschiedeten uns von den anderen, ich raunte Björn wegen des mittlerweile vierten Schnaps vor seiner Nase eine freundschaftliche Warnung zu und lief dann voraus zum Ausgang. Ole holte mich mit wenigen Schritten ein und legte seine warme Hand auf meinen Rücken. Musste das denn sein? Sofort lief ein Kribbeln durch meinen Körper, und seine Berührung brachte mich so durcheinander, dass ich fast über meine eigenen Füße stolperte.

Draußen hatte sich der Himmel aufgehellt, und uns erwartete sogar ein wenig Sonnenschein. Leider war es trotzdem noch recht frisch.

»Erst einmal müssen wir uns für ein Fortbewegungsmittel entscheiden«, sagte Ole und deutete auf eine Fahrradvermietung, bei der es außer Fahrrädern aller Art auch noch dazu passende Anhänger gab. »Da auf Hiddensee Autos verboten sind, können wir die Kutsche nehmen, mit dem Rad fahren oder zu Fuß gehen.«

Nach unserer turbulenten Überfahrt entschied ich mich spontan fürs Laufen. Die Wege in Vitte waren breit und großzügig gehalten, sodass die Masse an Besuchern kaum auffiel und wir gemütlich an den Gästehäusern, kleinen Läden und Gaststätten vorbeischlendern konnten. Am Süderende des idyllischen Dörfchens gab es viele reetgedeckte Häuser und liebevoll gepflegte Gärten, die wie Oasen der Ruhe und des Friedens zum Müßiggang einluden. Das Norderende bestach durch die Fischerhäuser und seinen maritimen Charme, aber natürlich gab es auch sonst viel zu sehen: die Villa ›Karusel‹, in der früher eine berühmte Stummfilm-Schauspielerin gelebt hatte, ein Zeltkino, das noch aus DDR-Zeiten stammte, und die alte Vitter Windmühle, die unter Denkmalschutz stand. Während Ole mich herumführte und mir von der Geschichte des Dorfes erzählte, verflüchtigte sich die verkrampfte Stimmung zwischen uns immer mehr. Wir unterhielten uns und lachten miteinander, als wäre nichts geschehen. Ole war mir wieder so vertraut und nah, dass ich einmal um ein Haar nach seiner Hand gegriffen hätte.

Wir standen inzwischen vor der ›Blauen Scheune‹, in der die Künstlerin Henni Lehmann 1922 den Hiddenseer Künstlerinnenbund gegründet hatte, was dem ebenfalls auf Hiddensee lebenden Literaturnobelpreisträger Gerhart Hauptmann damals offenbar sehr missfiel. Leider befand sich das Häuschen mit dem auffälligen blauen Anstrich heute in Privatbesitz, und ein Schild am Zaun machte unmissverständlich klar, dass keine Besichtigungen möglich waren.

»Schade«, sagte ich enttäuscht. »Das wäre bestimmt interessant gewesen.«

»Soviel ich weiß, bewohnt das Haus ein Künstler«, meinte Ole. »Hiddensee war schon immer eine Künstlerkolonie und hat Freidenker magisch angezogen.«

Der Gedanke gefiel mir: eine Freidenker-Insel. Das klang nach interessanten Gesprächen, kreativem Schaffen und leidenschaftlichen Diskussionen über Musik, Literatur und Malerei. Leider hatte ich nie eine Begabung für die schönen Künste gezeigt, was mich für die Künstlerkolonie wohl disqualifizierte.

Ich sah Ole erwartungsvoll an. »Und was machen wir jetzt?«

»Das Beste kommt zum Schluss«, verkündete er. »Jedenfalls gehe ich davon aus, dass es dir am besten gefallen wird.«

Da wir bisher nur ein Sandwich gegessen hatten, kauften wir uns unterwegs ein Eis. Mit der Waffel in der Hand bogen wir auf einen Weg aus Kopfsteinpflaster ab, und als mit jedem Schritt der Sand unter unseren Füßen lauter knirschte, ahnte ich, wo Ole mich hinführen wollte. »Lass mich raten: Wir gehen zum Strand?«

Er seufzte auf. »Du kannst aber auch jede Überraschung vermiesen.«

Oles Worte erinnerten mich unwillkürlich an seine letzte Überraschung: das romantische Picknick unter dem Sternenhimmel. Sofort krampfte sich mein Herz schmerzhaft zusammen. Anscheinend war es doch nicht so einfach, das Geschehene auszublenden und ganz normal weiterzumachen. In Gedanken verfluchte ich Giulia. Was war so Besonderes an dieser Frau? Was hatte sie, was mir fehlte? Wie ein unsichtbarer Geist stand sie zwischen uns – ein Geist, den ich weder bekämpfen noch besiegen konnte. Sicher, Ole hatte Gefühle für mich, doch offensichtlich empfand er für Giulia viel, viel mehr. Deswegen stand auch immer noch dieses Familienfoto aus längst vergangenen Tagen auf seinem Schreibtisch. Welcher Mann wollte seine Ex denn sonst die ganze Zeit vor Augen haben, wenn nicht deshalb, weil er sie noch liebte? Und für mich blieb nur seine Freundschaft übrig.

Wir erreichten das Ende des Weges, und hinter der Kuppe bot sich mir ein atemberaubender Ausblick. Ich hatte geglaubt, Glowes Strand wäre unschlagbar, doch dieser hier schien direkt einem Urlaubstraum entsprungen zu sein. Ich hatte noch nie einen so breiten Strand gesehen, der sich über eine solche Weite erstreckte. So weit das Auge reichte, sah man nur den feinen fast schon goldfarbenen Sand und das tiefe Blau des Meeres. Neben uns endete der Strand in den sanften Hügeln und Tälern der Dünen, auf denen in grünen Büscheln Strandhafer wuchs.

»Hier ist es wunderschön!«

Ole lächelte. »Ich wusste, dass es dir gefallen wird.«

Wegen des Wetters hatte es heute nicht viele Badegäste ans Meer gezogen, was die Idylle noch bezaubernder machte. Ole und ich suchten uns eine Bank, damit wir gemütlich unser Eis essen konnten. Ich hatte keine Ahnung, wer von uns beiden dafür verantwortlich war, doch nachdem wir Platz genommen hatten, saßen wir so dicht beieinander, dass sich unsere Schultern und Oberschenkel berührten. Verwirrt starrte ich auf den Horizont und überlegte, ob ich meinem Selbsterhaltungstrieb nachgeben und unter irgendeinem Vorwand von ihm abrücken sollte. Leider fiel mir auf die Schnelle kein besonders guter Vorwand ein, außer: ›Igitt, wann hast du eigentlich das letzte Mal geduscht?‹. Das wäre allerdings eine haarsträubende Lüge gewesen, denn von Oles angenehm frischem Duft nach Meer und Urlaub konnte ich gar nicht genug bekommen. Schon jetzt atmete ich deutlich länger und tiefer ein als notwendig. Bestimmt würde ich vom Sauerstoffüberschuss gleich ohnmächtig werden und wie ein nasser Sack von der Bank kippen. Damit hätte ich dann auch meinen Selbsterhaltungstrieb zufrieden gestellt.

Ich war so in meine Gedanken versunken, dass ich aufschreckte, als plötzlich etwas Kaltes über meine Hand lief. Mein Eis begann zu schmelzen.

»Oh verdammt!«, fluchte ich und beugte mich schnell nach vorn, damit mir das Eis nicht auf die Hose tropfte.

Ole grinste breit. »Bei deinem Tempo solltest du dich besser nicht auf ein Eis-Wettessen mit Emma einlassen.«

»Ha, alles nur eine Frage des Trainings«, behauptete ich.

Eilig fing ich mit der Zunge das geschmolzene Eis auf, das über meine Waffel lief. Mir fiel auf, dass Oles Augen wie hypnotisiert den Bewegungen meiner Zungenspitze folgten. Anscheinend war er nicht der Einzige, der hier jemanden aus der Fassung bringen konnte. Mit völlig unschuldiger Miene verfolgte ich einen Tropfen bis nach oben und leckte betont genießerisch über die Kuppe.

»Ist was, Ole?«

Mühsam riss er sich von meinem Anblick los. »Was? Nein. Alles super.« Er räusperte sich.

Anscheinend folgte er nun seinem Selbsterhaltungstrieb, denn er rückte etwas von mir ab, starrte mit brütender Miene aufs Meer hinaus und ignorierte mich so lange, bis ich das letzte Waffelstückchen verputzt hatte.

Ich grinste zufrieden. Hatte ich nicht prophezeit, dass dieser gemeinsame Segeltörn für ihn genauso schwer werden würde wie für mich?

32. Kapitel

Am Abend saß unsere ganze Truppe in einer urigen Fischerkneipe. An den Wänden hingen Bleistiftzeichnungen von Schiffen, von der Decke baumelten rustikale Schiffslampen, und die hölzerne Eckbank, die wir belegt hatten, wurde erst nach einem Sanddorn-Grog so richtig gemütlich. Wider besseren Wissens hatte ich mich von meinen Mitschülern wieder zu einem Trinkspiel überreden lassen, doch dieses Mal nahm es für mich ein besseres Ende: Da die fünf Herren schon den ganzen Tag an ihrem Alkoholpegel gearbeitet hatten, verloren sie haushoch, während ich dieses Mal nur leicht angetrunken davonkam. Björn hatte sich mittlerweile in eine stille Ecke verzogen und schnarchte selig vor sich hin. Ole saß am gegenüberliegenden Teil des Tisches und unterhielt sich gerade mit Carsten, Helmuth und Ben. Seit unserem Strandbesuch war er wieder deutlich auf Abstand zu mir gegangen, woraus ich schloss, dass unser heutiger Feldversuch, eine rein platonische Freundschaft zu führen, auch von seiner Seite aus gescheitert war. Keine Ahnung, ob das nun ein negatives oder eher positives Zeichen war.

Enrico wiederum lehnte sich mit glasigen Augen an mich und schüttete mir sein Herz aus. »Wasch soll ich nur tun? Ich muss immer an die schööönе Meike denken. Die Frau is' schpitze! Aber für sie bin ich Luft. Einfach Luft.«

Meiner Meinung nach konnte er sich glücklich schätzen, dass er nicht Meikes Beuteschema entsprach, doch ich ersparte mir einen Kommentar und tätschelte nur seinen Arm.

Er sah mich mit seinen großen braunen Augen treuherzig an. »Kannst du mir sagen, woran dasch liegt? Meinst du, ich ...«, er schluckte schwer, ehe er eine Spur leiser fortfuhr, »ich bin ihr zu klein?«

»Du bist zwar ein bisschen klein geraten, aber das machst du durch deinen Charme wieder wett, Enrico«, versicherte ich ihm.

Er dachte einen Moment darüber nach, dann nickte er eifrig. »Eigentlich bin ich ein gaaanz Großer, jedenfalls wasch die Herzensdinge betrifft«, bestätigte er und stieß einen tiefen Seufzer aus. »Warum sind nich alle Frauen so wie du, Sophie? Du bist sooo nett, verständnisvoll und weise.«

Ich grinste in mich hinein. »Das hast du gut erkannt, Enrico. Du bist ein ganz Cleverer.«

Er nahm einen Schluck von seinem Rotwein und richtete sich dann abrupt auf. »Weischt du was? Wir beide würden großartig zusammenpassen. Du bis' zwar ein bisschen alt für mich, und dein Busen ist für meinen Geschmack zu klein, aber das macht mir nix aus.«

Ich prustete los. »Du weißt wirklich, wie man Komplimente macht!«, sagte ich trocken. »Da kann keine Frau widerstehen.«

Enrico schien jedoch nicht mehr in der Lage zu sein, ehrlich gemeinte Worte von Ironie zu unterscheiden. Er kam mir mit leuchtenden Augen näher und spitzte die Lippen. Wollte er mich etwa küssen? Enrico? Ich hatte noch nie mit einem Italiener geknutscht, und einen Moment lang beschäftigte mich die Frage, ob sich der südländische Charme wohl positiv auf die Kusstechnik auswirken würde. Skeptisch sah ich auf Enricos Mund, an dem noch ein brauner Soßenrest vom Abendessen klebte. Bäh! Aus seinem schielenden Blick schloss ich, dass er immense Schwierigkeiten hatte, sein Ziel – in diesem Fall also mich – anzuvisieren. Mein Abenteuergeist erlosch schlagartig, und ich hob die Hand, um ihn sanft, aber bestimmt zurückzudrücken. Doch ehe es dazu kam, packte jemand mein Handgelenk und zog mich in die Höhe.

»Du solltest besser zurück aufs Schiff gehen, Sophie.«

Ich blickte Ole völlig überrumpelt an. »Was?«

Bevor ich wusste, wie mir geschah, zerrte er mich hinter sich her und knallte im Vorbeigehen einen Zwanzig-Euro-Schein auf den Tresen, während Enrico völlig perplex zurückblieb und den leeren Platz anstarrte, auf dem ich mich noch vor wenigen Sekunden befunden hatte. Wahrscheinlich fragte er sich gerade, wie ich mich wie von Zauberhand in Luft auflösen konnte.

Als wir draußen waren und sich die Kneipentür hinter uns geschlossen hatte, verwandelte sich meine Überraschung in Ärger. Ich erwartete eine Erklärung von Ole, doch er lief einfach stur in Richtung Hafen.

»Was soll denn das?«, keifte ich und versuchte mich seinem Griff zu entwinden. »Kannst du mir mal sagen, warum du mich so durch die Gegend zerrst?«

»Du bist betrunken«, behauptete er. »Du weißt nicht mehr, was du tust, und deshalb muss ich mich um dich kümmern. Wieder einmal.«

»Du spinnst ja wohl! Ich bin überhaupt nicht betrunken.«

Zum Beweis wollte ich meinen Zeigefinger an die Nase führen, doch das war bei diesem Lauftempo gar nicht so einfach, und ich piekste mir direkt ins Auge. »Aua!«

Er warf mir einen Blick zu, der besagte: ›Siehst du!‹

»Gut, ich bin nicht mehr ganz nüchtern«, räumte ich ein. »Aber ich weiß sehr wohl, was ich tue. Außerdem wüsste ich nicht, was dich das überhaupt angeht. Du hast mir schließlich überdeutlich klargemacht, dass wir nichts weiter sind als Schülerin und Segellehrer.«

Darauf schien er keine Antwort parat zu haben. Er presste wütend die Lippen zusammen und zog mich wortlos weiter. Ich stolperte hinter ihm her, schimpfte wie ein Rohrspatz und verpasste ihm einige üble Schimpfnamen, die überlaut durch Vittes nächtliche Straßen hallten.

Erst als wir die Segelyacht erreicht hatten, wurde er langsamer und ließ meine Hand los. Er verschränkte die Arme vor der Brust und musterte mich säuerlich. »Bist du jetzt fertig, Sophie?«

»Fertig? Ich habe gerade erst angefangen.« Ich funkelte ihn angriffslustig an. »Erst servierst du mich ab, und dann verhältst du dich wie ein eifersüchtiger Freund. Vielleicht könntest du dich mal entscheiden, was du willst?!«

Er schnaubte verächtlich auf. »Das eine hat mit dem anderen überhaupt nichts zu tun.«

»Doch, das beweist nämlich, dass du etwas für mich empfindest.« Ich trat noch näher an ihn heran. »Du warst eifersüchtig auf Enrico, deswegen hast du mich von ihm weggezogen.«

Auch wenn er meinem Blick auswich, leugnete er die Wahrheit nicht. »Ich habe nie behauptet, dass ich nichts für dich empfinde.« Mit einem Seufzer fuhr er sich über das Gesicht. »Nur, dass es für eine ernsthafte Beziehung nicht ausreicht. Und bei diesem Entschluss bleibe ich.«

Ich schüttelte frustriert den Kopf. »Dann verhalte dich auch so!«

Eine kühle Brise strich über mein Gesicht und spielte mit meinen Haaren. Fast schon reflexartig hob Ole seine Hand und strich mir eine verirrte Strähne hinter die Ohren.

Sein Blick wurde weicher. »Ich weiß nicht, ob ich das kann.

Aber glaub mir, es ist besser, wenn wir nicht zusammen sind. Für uns beide.«

»Nein, das glaube ich nicht.« Ohne weiter darüber nachzudenken, schlang ich ihm die Arme um den Hals und küsste ihn.

Er versteifte sich und griff nach meinen Schultern, als wolle er mich von sich wegdrücken. Sanft berührten meine Lippen die seinen, und ich legte all meine Gefühle in diesen Kuss. Ein warmes Kribbeln lief durch meinen Körper, und ich stellte mich auf die Zehenspitzen, um ihm noch näher zu sein. Oles Griff lockerte sich, sein Widerstrand bröckelte. Meine Hand strich seinen Nacken entlang hinunter zu seiner Brust, und ich spürte, wie sich sein Herzschlag unter meinen Fingern beschleunigte. Um ihn zu einer Reaktion zu bewegen, öffnete ich meinen Mund und neckte ihn mit der Zungenspitze.

»Nicht, Sophie!«, raunte er mit gepresster Stimme. »Ich kann mich sonst nicht mehr beherrschen.«

Sanft fuhr ich mit der Zunge über seine Lippen und genoss Oles frischen, verführerischen Geschmack, von dem ich nie genug bekommen würde.

Seine Hände glitten nach oben, er umfasste mein Gesicht und zwang mich, ihm in die Augen zu sehen. »Sophie, ich will dir nicht wehtun. Bitte hör ...«

Ich reckte mich ihm entgegen und erstickte seine Worte mit meinem Mund. Es war mir einfach nicht möglich, auf seine Warnung zu hören, denn die Sehnsucht nach ihm schmerzte mich fast schon körperlich. Ich konnte nicht mehr zurück.

Nun war es auch um Oles Selbstbeherrschung geschehen, er zog mich an sich, seine Hände fuhren verlangend über meinen Körper, und ich konnte keinen klaren Gedanken mehr fassen. Wir verloren uns in unseren Küssen und leidenschaftlichen Berührungen, sodass ich im Nachhinein nicht einmal mehr hätte sagen können, wie wir aufs Schiff gekommen waren, doch irgendwann standen wir in meiner engen Kajüte. Während wir uns küssten, wanderten Oles Hände unter mein T-Shirt, und mit seinen Fingerspitzen zog er zärtliche Kreise über meinen Bauch, meine Hüfte und meinen Rücken. Ich erschauderte, mir entwich ein erwartungsvolles Seufzen, und ich schmiegte mich noch näher an ihn. Seine Finger wanderten höher und machten sich geschickt am Verschluss meines BHs zu schaffen, aber ehe er ihn öffnen konnte, unterbrach ich abrupt unseren Kuss. Er sah mich fragend an, doch ich brauchte einen Moment, um wieder zu Atem zu kommen.

»Bevor wir weitermachen, muss ich dir noch etwas sagen.« Ich nahm all meinen Mut zusammen und gestand ihm: »Ole, ich bin nicht mehr jung und knackig.«

Er schien sich ein Schmunzeln verkneifen zu müssen. »Das weiß ich, Sophie. Und ich finde das sehr beruhigend. Ich bin nämlich auch nicht mehr jung und knackig.«

Ich schnaubte ungläubig auf. »Davon habe ich bisher noch nichts bemerkt.«

»Stimmt aber. Guck mal!« Er zog sein Hemd in die Höhe. »Hier ist zum Beispiel der Ansatz eines Bierbauches und kein Sixpack. Und meine Brusthaare sind mehr weiß als schwarz.«

Ich betrachtete seinen Oberkörper, der durch das Bullauge vom Mondlicht beschienen wurde, und zog eine übertriebene Grimasse. »Das schreckt mich jetzt schon etwas ab, wenn ich ehrlich bin.«

In seinen Augen funkelte es amüsiert. »Na warte!«

Ole packte mich blitzschnell an der Taille, und ich kreischte lachend auf. Er warf mich auf die Koje, schon eine Sekunde später lag er über mir, und ich spürte deutlich jeden Zentimeter, wo sich unsere Körper berührten.

Oles Blick glitt mit einem weichen, liebevollen Ausdruck über mein Gesicht, als wolle er sich jedes Detail genau einprägen. »Ein Teil von mir hasst mich dafür, was ich jetzt tue, aber ...« Er stockte.

»Aber was?«

Er sah mit ernster Miene auf mich herab. »Wir sollten nicht weiter gehen. Auf die Gefahr hin, dass ich mich wiederhole, aber ich möchte dir nicht wehtun.«

Ich verdrehte genervt die Augen. »Schon klar, ich habe es mittlerweile kapiert: keine Beziehung.«

Ich zappelte unruhig herum, weil ich wieder seine Hände auf meiner Haut spüren und in seinen Küssen ertrinken wollte. Obwohl mir eine innere Stimme zuraunte, dass er recht hatte, wollte ich nicht darauf hören. Ich schob die Zweifel und Bedenken einfach beiseite. »Und was ist, wenn ich trotzdem weitermachen will?«

»Bist du dir wirklich sicher?«

»Ja, das bin ich«, sagte ich entschlossener, als ich mich fühlte. »Am Anfang meines Urlaubes hat mir meine Freundin Annika geraten, dass ich mir einen netten Typen für einen One-Night-Stand suchen soll. Damit mir die seit Jahren angestaute Lust nicht den Verstand vernebelt, wenn ich wieder auf Partnersuche gehe. Da du für Letzteres nicht zur Verfügung stehst, wäre es wohl das Mindeste, dass du mir bei dieser Sache mit dem Lust-Abbau hilfst!«, fügte ich so vorwurfsvoll wie möglich hinzu und nickte nachdrücklich.

Ole stieß hörbar den Atem aus. Seine ernste Miene fiel in sich zusammen, und er schüttelte grinsend den Kopf. »Du bist so herrlich verrückt, Sophie, das liebe ich so an dir!«

Er wirkte selbst erstaunt über die Worte, die ihm über die Lippen gekommen waren, doch er nahm sie nicht zurück. Natürlich wäre es mir lieber gewesen, wenn er auch andere

Dinge an mir geliebt hätte, wie zum Beispiel *mich*, aber für den Anfang war ich zufrieden.

Er beugte sich zu mir herab, um mich zu küssen, und ich reckte mich ihm entgegen. Und dann stellte mein Gehirn ohnehin das Denken ein. Ich genoss nur noch die Nähe und die Berührungen des Mannes, in den ich mich so rettungslos verliebt hatte.

33. Kapitel

Als ich am nächsten Morgen aufwachte, schien die Sonne durch das Bullauge, und die vom Wasser reflektierten Strahlen zeichneten funkelnde Lichtflecken an die Decke.

Wie Sonnensterne, dachte ich glücklich, hob meinen Kopf an und sah zu Ole, dessen ruhige Atemzüge verrieten, dass er noch tief und fest schlief.

Unsere Abmachung war klar, und Oles Worte unmissverständlich gewesen: Die vergangene Nacht würde nichts an unserer Beziehung beziehungsweise Nicht-Beziehung ändern. Obwohl mir mein Verstand sagte, dass ich einen Fehler begangen und mein Herz nun voll und ganz an Ole verloren hatte, konnte ich es beim besten Willen nicht bereuen. Meine Erinnerung hatte mich tatsächlich getrogen: Mein letzter Sex mit Felix war wirklich nicht gut gewesen, nicht einmal annähernd. Mit Ole war es einfach nur … wow! Mein Körper fühlte sich entspannt und auf wunderbare Weise erschöpft an, während ich auf meiner Haut immer noch Oles unzählige Küsse zu spüren glaubte. In seinen Armen hatte ich mich wie die schönste, atemberaubendste und wundervollste Frau auf der Welt gefühlt. Weshalb hatte ich mir eigentlich Sorgen um meine körperliche Attraktivität gemacht? Pah, ich sollte sofort meine Bewerbungsunterlagen für die nächste Victoria's-Secret-Show zusammenstellen!

Ich kuschelte mich wieder enger an ihn, ließ meine Finger durch sein graumeliertes Brusthaar gleiten und stahl mir einen letzten Moment der Zweisamkeit und Vertrautheit, ehe er aufwachte und wir aufstehen mussten. Der Wunsch, jeden Morgen auf diese Weise zu erwachen, keimte in mir auf, doch ich verdrängte ihn schnell und schloss mit einem Seufzen die Augen. Ich würde mir den Augenblick nicht mit sinnlosen Hoffnungen kaputtmachen, lieber wollte ich Oles Nähe und Wärme genießen! Doch schon bald hörte ich von draußen ein Rumpeln, und es klopfte verhalten an meine Tür.

»Sophie?«, klang Björns Stimme gedämpft durch das Holz. »Bist du wach?«

Besorgt blickte ich auf Ole, aber er schlief ruhig weiter. Björn in Gedanken verfluchend, schälte ich mich aus der Decke und ging zur Tür. »Ich komme gleich raus«, rief ich leise.

»Okay«, ertönte es, und Björns schlurfende Schritte entfernten sich.

Ich schlüpfte schnell in meine Kleider und ging hinaus zu Björn, der am Tisch saß und seinen Kopf in den Händen vergraben hatte.

Ich schaute ihn mitleidig an. »Lass mich raten: Du willst mich nach einer Kopfschmerztablette fragen?«

»Nein, nach zwei.« Er sah mich mit blutunterlaufenen Augen an. »Weshalb, Sophie? Weshalb lasse ich mich nur jedes Mal von den Jungs zu so etwas überreden? Normalerweise habe ich keine Probleme damit, nein zu sagen.«

»Das liegt bestimmt an Carstens blödem Geschwätz«, mutmaßte ich und durchsuchte meine Handtasche, die ich gestern Abend in der Messe blindlings in die Ecke gepfeffert hatte. »Das kann man in nüchternem Zustand einfach nicht ertragen.«

»Stimmt. Carsten ist an allem schuld.« Dankbar nahm er die Tablettenpackung entgegen, die ich ihm hinhielt. »Du bist meine Lebensretterin, Sophie! Wenn der Törn vorbei ist, nehme ich dich einfach mit nach Hause.«

»Ich glaube, es würde deinen Sven ziemlich irritieren, wenn du mit einer Frau im Schlepptau auf der Matte stehst.«

Hinter uns erklang Stöhnen, und Enrico schlurfte wie ein Zombie auf den Tisch zu. Ihm ging es wohl noch schlechter als Björn, jedenfalls nach seinem Aussehen zu urteilen. Seine Haare standen in alle Richtungen ab, er trug nur eine karierte Unterhose und an seinem rechten Fuß eine rote Socke.

»*Mio dio,* mein armer Kopf!«, jammerte er. »Ich kann mich an kaum etwas erinnern. Habe ich gestern irgendetwas Dummes gemacht?«

Björn schob ihm in einer kollegialen Geste die Tabletten rüber. »Keine Ahnung.«

Ich verkniff mir eine Bemerkung, auch wenn ich zu gerne gewusst hätte, was Enrico wohl in nüchternem Zustand von seiner gestrigen Anmache hielt. Bestimmt würde er vor Scham im Boden versinken.

»Ruht euch noch ein bisschen aus«, befahl ich, »und ich gehe in der Zwischenzeit zum Bäcker, um für unser Frühstück zu sorgen. Irgendwelche Wünsche?«

Zur Antwort erhielt ich nur ein Brummen von Björn und einen undefinierbaren Grunzlaut von Enrico, aber ich ließ mich nicht entmutigen. Heute konnte mir nichts so schnell die Laune verderben.

Draußen erwartete mich strahlender Sonnenschein in Kombination mit einem kühlen Wind, der an meiner dünnen Bluse zerrte und mir eine Gänsehaut auf den Armen bescherte. Auf dem Weg zum Bäcker rief ich Annika an, doch leider ging sie nicht ans Telefon: »Hier ist die Mailbox von Annika. Ich bin gerade mit meinem Mann in die zweiten Flitterwochen gefahren, und es ist völlig zwecklos, eine Nachricht zu hinterlassen.«

Dann war ihr HIM-Plan wohl tatsächlich aufgegangen.

Zwar hätte ich nach meiner Nacht mit Ole dringend einen Ratschlag gebrauchen können, aber das war nun zweitrangig. Ich freute mich so sehr für Annika und Henning, dass ich noch bis über beide Ohren grinste, als ich die Bäckerei betrat. Vorsichtshalber kaufte ich von allem etwas, damit die Herren auf der ›Seeadler‹ sich für den anstehenden Segeltag stärken konnten. Ein gutes Frühstück sollte dabei helfen, ihren Kater zu vertreiben. Auf dem Rückweg beschloss ich, einen Anruf zu erledigen, den ich eigentlich schon viel früher hätte machen sollen.

»Sag mal, spinnst du?«, fuhr mich meine Schwester Jule an, ohne sich mit einer Begrüßung aufzuhalten. »Da meldest du dich monatelang nicht bei mir, und dann rufst du an meinem freien Tag um *diese Uhrzeit* an?«

Ich verdrehte die Augen. Das war typisch Jule: Sie nahm kein Blatt vor den Mund, und Höflichkeit hielt sie für eine verschleierte Form der Lüge. In ihrem Job allerdings war sie den Gästen gegenüber die Freundlichkeit in Person. Ich vermutete, dass sie das in ihrer Freizeit irgendwie kompensieren musste.

»Und woher soll ich das bitte schön wissen? Bei deinen wechselnden Arbeitszeiten im Hotel weiß man ja nie, wann es gerade passt.«

Das schien sie als Argument wenigstens gelten zu lassen. »Was gibt's denn so Dringendes?«

»Ich wollte nur mal ein bisschen mit dir quatschen. Mal hören, wie es dir geht und was du so treibst.«

»Ehrlich?« Die Überraschung in ihrer Stimme war unüberhörbar.

Sofort regte sich mein schlechtes Gewissen. In den letzten Jahren hatte ich mich tatsächlich viel zu wenig um meine kleine Schwester gekümmert.

»Ich kann mich nicht beklagen. Im Job läuft es super, und zwischen Lars und mir ist auch alles in Ordnung. Und bei dir? Wie geht es Kühlschrank-Felix?«

»Du sollst ihn doch nicht so nennen!«, entfuhr es mir aus purer Gewohnheit.

»Aber es beschreibt ihn so treffend«, verteidigte sich Jule mit albernem Kichern. Sie hatte deutlich mehr Spaß als ich an diesem bereits Jahrzehnte währenden Streit. Wie gut, dass ich endlich aufhören konnte, Felix zu verteidigen. »Wenn ich nächsten Sommer zu Besuch komme und mir wird zu heiß, setze ich mich einfach neben deinen Mann. Seine eisige Ausstrahlung ist besser als jede Klimaanlage.«

Ich grinste. So ein Spruch war typisch für meine Schwester. Kein Wunder, dass Felix, dem Höflichkeit und korrektes Verhalten über alles ging, genauso wenig für meine Schwester übrighatte wie sie für ihn.

»Auf die Klimaanlage wirst du in Zukunft verzichten müssen. Ich habe mich nämlich von Felix getrennt.«

In der Leitung herrschte Stille. Dann stieß Jule einen Jubelruf aus. »Schwesterherz, das ist die beste Nachricht seit Langem. Das war aber auch längst überfällig. Meine Güte, deine unglückliche Ehe mit anzusehen, hat mir fast körperlich wehgetan.«

Ich zog eine Grimasse. »Und warum hast du mir das nicht schon früher gesagt?«

»Habe ich, Sophie! Du hast gesagt, ich hätte keine Ahnung von festen Beziehungen und solltе erst mal lernen, was Verantwortung heißt.«

»Stimmt, ich erinnere mich«, gab ich kleinlaut zu. »Tut mir leid! Dass man keine gute Ehe führt, gehört wohl zu den Dingen, die man selbst herausfinden muss.«

Ich lief um die nächste Straßenecke und stand wieder am

Hafen. Von hier aus konnte ich schon unsere Segelyacht erkennen, auf deren Deck mehrere Gestalten apathisch herumschlurften. Es wurde Zeit, dass ich meinen Mitseglern das Frühstück brachte! Allerdings würde ich dann auch auf Ole treffen, und wahrscheinlich würde meine morgendliche Liebesblase im gleichen Augenblick mit lautem Knall zerplatzen. Sicherlich bereute er unsere gemeinsame Nacht – in diesem Punkt brauchte ich mir gar nichts vorzumachen. Mein Magen krampfte sich zusammen.

Ich räusperte mich. »Apropos: Wie geht es Langweiler-Lars?«

Nun war es Jule, die gereizt reagierte. »Nenn ihn nicht so!«

Wenn meine Schwester völlig offen sein durfte, dann stand mir das ja wohl ebenfalls zu, oder? Und ihr fader Freund Lars war in meinen Augen eindeutig der Falsche für sie.

»Aber es beschreibt ihn so treffend«, verteidigte ich mich mit ihren Worten. »Wenn du mal keine Schlaftabletten zur Hand hast, kannst du dich einfach neben deinen Freund setzen, und schon dämmerst du weg. Das ist wirklich praktisch.«

Für einen Augenblick herrschte Schweigen. Ich war gespannt, wie gut Jule Ehrlichkeit verkraftete, wenn sie ihr eigenes Leben betraf.

»Ich nehme deine Meinung zur Kenntnis, Sophie«, erwiderte meine Schwester ruhig, »und ich akzeptiere sie. Aber ich habe dadurch weder einen Moment der Erleuchtung erlebt, noch ändert es etwas an meinen Gefühlen.«

»Du klingst wie ein Guru, Jule.« Ich konnte mir nur mit Mühe das Lachen verkneifen.

»Nicht wahr? Wenn man mich so hört, könnte man meinen, die Weisheit dringt mir aus jeder Pore.«

Wir prusteten beide los, und die angespannte Stimmung zwischen uns war verflogen. Wir plauderten noch ein paar

Minuten miteinander und verabschiedeten uns mit dem gegenseitigen Versprechen, in Zukunft mehr Kontakt zu halten.

Als ich das Schiff erreichte, war niemand mehr an Deck. Stattdessen saßen schon alle wartend am Frühstückstisch. Ganz automatisch sah ich zu Ole, der mir einen wissenden Blick zuwarf und grinste. Sofort durchlief mich ein heißes Kribbeln, meine Wangen begannen in Erinnerung an letzte Nacht zu glühen, und Oles Grinsen wurde noch eine Spur breiter. Seine Reaktion fiel so ganz anders aus, als ich erwartet hatte. In seinem Gesicht konnte ich jedenfalls keine Reue finden.

»Na endlich!« Ben riss mir ungeduldig die Brötchentüten aus der Hand. »W-wir verhungern gleich.«

»Sophie, du bist heute der Smut«, sagte Carsten bestimmend. »Koch mal eine große Kanne Kaffee!«

Wie bitte? Da holte ich schon Brötchen, und die Herren konnten in der Zwischenzeit nicht mal Kaffee machen? Mir lag eine gepfefferte Erwiderung auf der Zunge. Leider verriet mir ein schneller Blick auf den Einteilungsplan, dass Carsten heute Morgen tatsächlich unser Skipper und Widerspruch somit zwecklos war. Im Stillen schwor ich ihm jedoch Rache: Bei der nächsten Gelegenheit würde ich Carsten den Job als Latrinenputzer zuweisen.

Nach dem Frühstück verzogen sich mit Ausnahme von Ole alle auf Deck und machten klar Schiff, während ich mit dem dreckigen Geschirr zurückblieb.

»Warum gibt es an Bord eigentlich keine Spülmaschine?«, beschwerte ich mich.

»Wenn du willst, helfe ich dir«, bot Ole an. Er schlang von hinten seine Arme um meine Taille und zog mich an sich.

»Pass auf!« Ich sah hastig zum Niedergang und atmete erleichtert auf, da keiner meiner Mitschüler in Sichtweite war. »Sonst erwischen die anderen uns noch.«

»Das ist mir total egal«, murmelte er und küsste mich sanft in den Nacken.

Mein Körper reagierte prompt auf seine zärtliche Berührung, doch ich zwang mich, seinen Annäherungsversuch zu ignorieren. Ich drehte mich um, damit ich Ole in die Augen sehen konnte. »Dir war es doch immer so wichtig, dass die anderen nichts mitbekommen. Wie kommt es, dass du deine Meinung geändert hast?«

Eigentlich hatte ich erwartet, dass wir heute Morgen ein recht peinliches Gespräch führen würden, bei dem ich Ole versichern musste, dass er sich nichts vorzuwerfen brauchte, wir beide erwachsen waren und es meine freie Entscheidung gewesen war, mit ihm zu schlafen. Ich wollte diese wundervolle Erfahrung tatsächlich um keinen Preis missen, obwohl es die Trennung noch schmerzhafter für mich machte. Oles plötzlicher Sinneswandel brachte mich jedoch völlig durcheinander.

»Du hast die Prüfung bestanden und bist nicht mehr meine Schülerin«, erklärte er und zog eine Spur aus federleichten Küssen von meiner Schläfe in Richtung meiner Lippen. »Ich denke, die anderen werden es verkraften, wenn ich ihnen nicht mehr meine volle Aufmerksamkeit schenke. Ich konzentriere mich lieber darauf, dass du mir nicht entwischst.«

»Wie bitte?«, fragte ich verwirrt. Und da hieß es immer, Frauen seien sprunghaft und würden permanent ihre Meinung ändern!

»Ich habe vor, jeden Augenblick dieses Törns mit dir gemeinsam zu genießen und nicht mehr von deiner Seite zu weichen. Jedenfalls wenn du damit einverstanden bist.«

»Und wenn ich mal auf die Toilette muss?«

Er legte grinsend den Kopf zur Seite. »Wenn es dich glücklich macht, komme ich auch dorthin mit und reiche dir taktvoll das Klopapier.«

Ich zog eine Grimasse. »Nein danke.«

Er lachte leise und fing an, an meinen Lippen zu knabbern, was mich erheblich beim Nachdenken störte. Wie sollte ich denn bitte schön eine rationale Entscheidung treffen, wenn seine Finger sich geschickt unter meine Bluse schoben und zärtlich meine Haut streichelten?

Ich war davon ausgegangen, dass letzte Nacht eine einmalige Sache sein würde. Ole sah das offensichtlich anders. Und nun? Wäre es wirklich klug, das hier fortzuführen? Andererseits: Wenn man bedachte, dass ich den eigentlichen Fehler schon begangen hatte – nämlich überhaupt mit Ole zu schlafen –, wäre es eigentlich gar nicht so dramatisch, wenn ich damit weitermachte, oder? Im Grunde wäre es nur ein Wiederholungsfehler, und wie jeder wusste, zählten die nicht. Ach, was soll's! Ich streckte die Waffen, schlang ihm meine Arme um den Nacken und drückte mich an ihn.

»N-neptun steh uns bei!«, ertönte es da vom Niedergang. Ben war mit Björn im Schlepptau heruntergekommen. »Jetzt haben wir auch noch ein L-liebespaar an Bord. Genau deshalb waren Frauen früher auf Schiffen verboten. Das gibt nur böses Blut!«

Verlegen grinsend ließen Ole und ich voneinander ab.

»Müssen wir uns jetzt die ganze Zeit ansehen, wie ihr euch gegenseitig abschlabbert?«, frotzelte Björn.

»Du bist nur neidisch«, erwiderte ich und streckte ihm die Zunge raus, »weil du dieses Sahneschnittchen nicht abbekommen hast.«

Er taxierte Ole mit Kennerblick. »Du hast ja so recht,

Schätzchen. Es war hundsgemein von dir, ihn mir einfach vor der Nase wegzuschnappen.«

Ole setzte eine selbstgefällige Miene auf. »Macht ruhig weiter. Es tut meinem Ego gut, wenn um mich gekämpft wird!«

»Willkommen in den modernen Zeiten, mein Junge!«, sagte ich lachend zu Ben. »Heutzutage streitet man sich an Bord nämlich nicht mehr um die Frauen, sondern um die männlichen Besatzungsmitglieder.«

An diesem Tag hatten wir gutes Segelwetter, und unsere Mannschaft war mittlerweile ein eingespieltes Team, selbst mit Carsten als Skipper. Ohne Probleme erreichten wir unsere nächste Station: Rügens sogenannte kleine Schwester, die Insel Ummanz. Jeder Heranwachsende unter zwanzig Jahren wäre hier vor Langeweile vermutlich gestorben, doch mir gefiel es. Wer Ruhe, Frieden und die Nähe zur Natur suchte, war hier genau richtig. Da Ummanz an der höchsten Stelle nur drei Meter über dem Meeresspiegel lag, konnte man die Insel als durchgehend platt bezeichnen, und der größte Ort Waase zählte gerade mal einhunderteinundachtzig Einwohner. Ole führte uns in eine umgebaute Pfarrscheune, wo wir zu Mittag aßen, und beim anschließenden Sightseeing kaufte ich mir in einer Töpferei eine leuchtend weiße Vase, die kunstvoll mit blauen Kranichen bemalt war. Im Herbst konnte man in Ummanz nämlich Tausende von Kranichen auf ihrem Weg zum Udarser Wiek beobachten.

»Vor ein paar Jahren hat man über 53 000 Kraniche gezählt«, berichtete Ole, während er von hinten seine Arme um mich schlang. »Es ist ein atemberaubender Anblick! Diesem Zauber kann sich kaum einer entziehen.«

Nachdem wir noch einen Blick auf einen spätgotischen Schnitzaltar in der St.-Marien-Kirche geworfen hatten, mussten wir auch schon wieder zurück aufs Schiff, da wir Stralsund noch vor Einbruch der Dunkelheit erreichen wollten. Obwohl ich auf diesem Teilstück als Skipper eingeteilt worden war, gab es keinen unerwarteten Zwischenfall, und einen Öltanker rammte ich ebenfalls nicht. Kurz vor dem Stralsunder Hafen überließ ich Ole jedoch das Steuer und ignorierte großmütig das erleichterte Aufatmen, das meine Mannschaft dabei kollektiv ausstieß. Bei Carsten hatte ich dafür sogar Verständnis, denn sein Job als Latrinenputzer war offenbar eine einschneidende Erfahrung für ihn gewesen.

In Stralsund fühlte ich mich sofort wohl, auch wenn der Trubel und Lärm der Stadt ein starker Kontrast zur Abgeschiedenheit und Ruhe von Ummanz waren. Zum ersten Mal seit fast zwei Wochen setzte ich wieder einen Fuß auf das Festland, was von dem Gefühl begleitet wurde, zurück in der Zivilisation gelandet zu sein.

»Mit wem schreibst du denn da so eifrig?«, fragte Ole, zog mich an sich und warf einen neugierigen Blick auf mein Handy.

Bisher hatte er Wort gehalten und war den ganzen Tag nicht von meiner Seite gewichen. Er schien nicht genug von mir bekommen zu können, und mein Kumpel Björn war ein bisschen eingeschnappt, weil ich ihn ziemlich vernachlässigte. Auf meiner rosaroten Liebeswolke war momentan eben nur Platz für zwei – und für ein Handy.

»Eifersüchtig?«, fragte ich Ole mit einem koketten Lächeln. »Keine Sorge, ich leiste einem nervösen Teenager nur seelischen Beistand.«

Leonie hatte mir nämlich geschrieben, dass Finn und sie sich tatsächlich verabredet hatten und heute Abend endlich der gemeinsame Kinobesuch anstand. Wie zu erwarten herrschte nun Funkstille zwischen ihr und ihrer besten Freundin Tine, sodass ich einspringen und Leonie beraten musste, ob wohl eine Röhrenjeans oder ein Minirock das bessere Outfit wäre. Da ich für die Jeans war, riet ich ihr eindringlich zum Minirock und hoffte inständig, dass meine umgekehrte Psychologie Wirkung zeigte.

Da meinen Crewmitgliedern der Alkoholexzess von gestern noch in den Knochen steckte, flanierten wir heute alle gemeinsam durch die Stadt und sahen uns die restaurierten Speicher am Hafen, die Kanäle und natürlich die berühmte Altstadt an. Stralsund war aus gutem Grund zum UNESCO-Weltkulturerbe ernannt worden, denn insbesondere die mittelalterlichen Giebelhäuser am Alten Markt und das Rathaus mit der prunkvollen Schaufassade waren beeindruckend. Man musste einfach innehalten, um diese architektonische Pracht, die so viele Jahrhunderte überdauert hatte, zu bewundern. Ich bezweifelte stark, dass unsere modernen Bauten in den kommenden Generationen ebenso viele Bewunderer anziehen würden.

Hand in Hand schlenderten Ole und ich hinter den anderen her, und ich genoss die Besichtigungstour in vollen Zügen. Jedenfalls soweit es mir möglich war. Ausgerechnet immer dann, wenn Ole mich an sich zog oder mir einen zärtlichen Kuss gab, erinnerte ich mich daran, dass wir in weniger als zwölf Stunden nach Rügen zurücksegelten.

»Morgen um diese Zeit sind wir schon wieder in Glowe«, sagte ich leise. Und dort würden Ole und ich dann wieder ›Freunde‹ sein. Toll!

»Denk jetzt nicht daran, Sophie!«, bat er, und in seinen Augen lag ein seltsam flehentlicher Ausdruck.

Sein widersprüchliches Verhalten irritierte mich immer stärker. Oles charmante Komplimente, sein liebevoller Blick und seine sanften Berührungen standen in krassem Widerspruch zu dem gefühlskalten Beziehungsmuffel, der er ebenfalls vorgab zu sein. Und das rief bei mir ebenfalls widersprüchliche Gefühle hervor. Einerseits wollte ich in seiner Nähe sein, den Abend in Stralsund und die letzte Nacht mit ihm auskosten. Andererseits kam es mir so vor, als würde mir die Zeit zwischen den Fingern zerrinnen und ich könnte nichts tun, um das unausweichliche Ende aufzuhalten.

Als wir kurz vor Mitternacht alle gemeinsam aufs Schiff zurückkehrten, hatte ich das Gefühl, vor einem Abgrund zu stehen, und mein Glücksgefühl war einer schrecklichen Leere gewichen.

»Ole, es tut mir leid, aber …« Ich stockte und kämpfte das quälende Bedürfnis nieder, mich schutzsuchend in seine Arme zu werfen, »aber ich gehe jetzt in meine Kajüte. Allein. Ich bin müde und brauche dringend etwas Schlaf.«

Ole ließ sich in keiner Weise anmerken, ob er darüber enttäuscht war. Sicherlich hatte er längst bemerkt, dass ich mich in den vergangenen Stunden innerlich von ihm zurückgezogen hatte und auch körperlich auf Distanz gegangen war.

»Ich wünsche dir eine gute Nacht«, sagte er mit rauer Stimme und gab mir einen Kuss auf die Wange.

Kaum hatte ich die Tür zu meiner Kajüte hinter mir geschlossen, vermisste ich ihn schon wieder, und am liebsten hätte ich meine Entscheidung gleich wieder rückgängig gemacht. Aber dieses Mal hörte ich auf die Stimme der Vernunft. Ich legte mich ins Bett, obwohl ich hellwach war und wusste, dass ich so schnell keinen Schlaf finden würde.

Anfangs drangen noch das Lachen und Fluchen der Jungs durch die Tür, die in der Messe offenbar zusammen Karten spielten. Doch auch als es ruhig auf der ›Seeadler‹ wurde, lag ich noch stundenlang wach und starrte in die Dunkelheit, bis meine Augen tränten.

34. Kapitel

Müde und erschöpft schleppte ich mich durch den nächsten Morgen. Wir statteten dem Ozeaneum in Stralsund noch einen kurzen Besuch ab und bewunderten die Gorch Fock, das Segelschulschiff der Deutschen Marine. Gerade als die Jungs mal wieder blöde Witze rissen, wie lange ich wohl brauchen würde, um das große Schiff zu versenken oder wenigstens manövrierunfähig zu machen, erhielt ich eine Nachricht von Leonie: *»Hätte ich doch nie auf dich gehört! Am liebsten wäre ich tot. Das ist alles deine Schuld, Sophie!!!«*

Oh Mist! Anscheinend war ihr Date mit Finn nicht gut gelaufen. Was konnte denn so Schreckliches passiert sein? Natürlich schrieb ich Leonie sofort zurück, doch bis wir uns am frühen Nachmittag mit der ›Seeadler‹ auf den Rückweg machten, hatte ich von ihr noch keine Antwort bekommen.

Der Himmel war wolkenverhangen, und laut Wetterbericht sollte es gegen Abend einen schweren Sturm geben. Schon jetzt hatte der Wellengang zugenommen, und an Deck war es unangenehm kühl. Trotzdem saß ich vorne am Bug, meiner traditionellen Grübelecke, um der Enge auf dem Schiff zu entgehen und meinen Gedanken nachzuhängen. Der frische feuchte Wind blies mir ins Gesicht, und jedes Mal, wenn ich mit der Zunge über meine Lippen fuhr, schmeckten sie nach Salz.

Ich fühlte mich seltsam taub. Ich wusste, dass ich etwas hätte empfinden müssen, doch weder Wut, Trauer, Selbstzweifel oder Schmerz stellten sich ein. Vielleicht war mein

›emotionaler Stromkasten‹ wegen Überlastung einfach durchgebrannt, ich konnte es nicht sagen.

Wenn man es positiv betrachtete, hatte ich in den letzten Tagen einiges über mich selbst gelernt, nämlich dass die *neue* Sophie nicht zu den Menschen gehörte, die sich selbst etwas vormachen konnte. Jedenfalls nicht auf Dauer. Obwohl Ole offenbar dazu bereit gewesen war, während dieses Törns zu seinen Gefühlen zu stehen und seine Beziehungsphobie für kurze Zeit abzulegen, fehlte mir dazu die Kaltschnäuzigkeit. Immerhin akzeptierte er stillschweigend, dass ich mich von ihm zurückgezogen hatte, und ließ mir meinen Freiraum. Wenn wir uns an Bord begegneten, gingen wir betont höflich miteinander um und taten so, als wäre nichts zwischen uns geschehen.

»Hey, Sophie!« Björn kam zu mir und legte sanft eine Hand auf meine Schulter. »Ich wollte dir nur sagen, dass meine Schicht vorbei und Helmuth nun der Skipper ist.«

Ich blickte müde zu ihm auf. »Lass mich raten: Ich soll Kaffee kochen?«

»Stimmt. Aber bleib sitzen, ich übernehme das für dich.«

»Du bist ein Schatz! Wenn man mit einem Haufen Hetero-Männer segeln geht, hat man wirklich das Gefühl, die Frauenbewegung sei um Jahrzehnte zurückgeworfen worden.«

Offensichtlich entschied er sich, Helmuths Anweisung noch für eine Weile zu ignorieren. Er setzte sich neben mich und zog fröstelnd den Reißverschluss seines Designer-Norwegerpullis hoch. »Das ist in der Tat traurig, aber ich schätze, das ist nicht der Grund für deine niedergeschlagene Stimmung, oder?«

Ich zuckte halbherzig mit den Schultern und schwieg.

»Gestern Morgen warst du noch unglaublich glücklich, und jetzt sieh dich an – es zerreißt mir das Herz, Süße!« Björn blickte mich so mitleidig an, dass ich immerhin ein flüchtiges Lächeln zustande brachte.

Ich wandte den Kopf ab und sah wieder auf das aufgewühlte Meer hinaus. Graue Wolkenberge hatten sich vor die Sonne geschoben, sodass alles in ein fahles Zwielicht getaucht war.

»Aber das Glück von gestern war nicht echt, Björn«, sagte ich leise.

»Doch, das war es«, widersprach er mir mit ernster Miene. »Ich habe es in deinen Augen gesehen. Und nicht nur in deinen, Sophie!«

Ich schluckte schwer. »Das macht auch keinen Unterschied«, entgegnete ich kraftlos. »Gegen Oles blöde Ex kann ich ohnehin nicht ankommen.«

Er versuchte noch ein paar Minuten, mich vom Gegenteil zu überzeugen, doch als aus meinen einsilbigen Antworten schließlich dumpfes Schweigen wurde, stand er entschlossen auf. »Ich mache jetzt Kaffee und schicke Ole zu dir.«

Ruckartig blickte ich zu ihm auf. Mit dieser Ankündigung hatte er es zumindest geschafft, mich aus meiner bleiernen Apathie zu reißen. »Was? Nein, auf keinen Fall. Wieso denn? Ich will nicht mit ihm reden. Zwischen uns ist alles gesagt.«

Mein Widerspruch interessierte ihn offenbar kein bisschen. »Ist es nicht. Und ich sehe mir das nicht länger an. Da war mir ja eure verliebte Knutscherei noch lieber.« Er lief davon, doch dann hielt er inne und wandte sich noch einmal zu mir um. »Bei eurer Hochzeit will ich übrigens dein Trauzeuge sein, das habe ich mir redlich verdient.«

Ich schnaubte bitter. Da es nie eine Hochzeit geben würde, konnte ich ihm dieses Versprechen leicht geben. »Von mir aus.«

Während ich noch panisch überlegte, ob ich über die Reling klettern und mich wie ein Geheimagent außen ans Boot klammern sollte, kam Ole auch schon zu mir. Nun blieb mir nur noch, einen Schwimmring zu packen und bei voller Fahrt eine

Arschbombe in die Ostsee zu machen. Ich behielt mir das als Notlösung vor.

»Du willst mit mir reden?«

Ich sah zu ihm auf. Ole wirkte ungewohnt nervös und verkrampft, allerdings stand mir wohl ebenfalls nicht die Freude ins Gesicht geschrieben. Er ließ sich umständlich und mit deutlichem Abstand neben mir nieder.

»Nein, eigentlich nicht«, gab ich offen zu. »Björn war nur der Meinung, dass wir uns aussprechen sollten.«

Es kam mir vor wie ein Déjà-vu. Da saßen wir also mal wieder am Bug seines Schiffes beieinander und starrten schweigend aufs Meer hinaus.

Ich wandte ihm den Kopf zu. »Oder möchtest du noch etwas bereden, bevor wir zurück in Glowe sind und sich unsere Wege trennen?«

Beim Gedanken an unsere Ankunft zog sich mein Magen zu einem schmerzhaften Knoten zusammen.

»Ich denke, es ist schon alles gesagt.« Ole sah mich entschuldigend an. »Was wir miteinander geteilt haben, war großartig, wundervoll und einzigartig, Sophie. Aber du weißt, dass ich meine Meinung nicht geändert habe. Deswegen wollte ich dich in Vitte aufhalten, bevor wir miteinander ...«

Ich brachte ihn mit einer Geste zum Schweigen. Ich wusste, dass ich mir diesen Schlamassel selbst eingebrockt hatte.

Oles Blick fiel auf das Buch in meiner Hand, das ich mitgenommen hatte, um mich abzulenken. Es war eines von Dr. Theis' Heilkräuter Büchern, doch leider hatte ich bisher nicht mehr als den Titel gelesen.

»Dein Entschluss steht also fest?«, fragte Ole. »Du nimmst den Job an und wirst eine Rügenerin?«

»Sieht so aus. Natürlich werde ich erst einmal nach Hause fahren, um alles zu regeln. Ich muss im Krankenhaus kündigen, mit Felix den Haushalt auflösen, den Umzug organisieren und all diese Dinge. Natürlich werde ich auch Prinz Charles mitnehmen.«

Er nickte verständnisvoll. »Vor dir liegt eine aufregende Zeit.«

»Das bin ich schon gewöhnt. Es ist schließlich nicht so, dass die letzten Wochen langweilig gewesen wären.«

Da Björn diese Aussprache nun mal eingefädelt hatte, gab ich mir einen Ruck. Wenn mir schon das Herz gebrochen wurde, wollte ich wenigstens den wahren Grund kennen. »Es ist wegen Giulia, oder? Du empfindest immer noch etwas für sie. Deswegen möchtest du keine Beziehung.«

»Giulia?« Seine Augen weiteten sich vor Überraschung. »Wie kommst du denn darauf?«

Ich hatte schon den Mund geöffnet, bremste mich aber gerade noch rechtzeitig. Dass ich das von seiner Mutter und Jutta wusste, wollte ich ihm lieber nicht auf die Nase binden. Sonst hielt er die beiden noch für Tratschweiber.

»Na, weil ... weil ich so einiges gehört habe«, druckste ich herum. »Zum Beispiel, dass du noch nicht über Giulia hinweg bist und deswegen keine andere Frau für dich in Frage kommt.«

Er stieß ein ungläubiges Schnauben aus. »Das erzählt man sich im Dorf?«

»Unter anderem. Aber du hast auch noch euer Familienfoto auf dem Schreibtisch stehen«, fügte ich als schlagkräftiges Argument hinzu. »Wer über seine Ex hinweg ist, möchte sie normalerweise nicht ständig vor Augen haben.«

Er schwieg einen Moment und fuhr sich müde über das Gesicht. »Das Foto steht dort aus einem bestimmen Grund, Sophie, und der hat nichts mit Giulia zu tun.«

»Ah ja?«

»Es wurde an dem Tag aufgenommen, als uns der Arzt bei einer Nachuntersuchung gesagt hat, dass Emma seiner Meinung nach den Krebs besiegt hat. Für mich war das der glücklichste Tag meines Lebens.«

Ich fühlte mich, als hätte jemand einen Eimer eiskalten Ostseewassers über mir ausgekippt. Ich war ja so doof! Nie im Leben wäre ich auf diese Idee gekommen.

Ole schüttelte entschieden den Kopf. »Nein, ich empfinde nichts mehr für Giulia. Die Sache zwischen uns ist ein für alle Mal vorbei.«

Ich war völlig perplex, denn mit so einer klaren Aussage hatte ich nicht gerechnet. War das die Wahrheit? Oder machte Ole sich nur etwas vor? Doch ich konnte in seinem Gesicht nicht den Hauch eines Zweifels entdecken. Er wirkte vollkommen überzeugt von dem, was er gesagt hatte.

»Aber dann verstehe ich nicht, weshalb du einer Beziehung so ablehnend gegenüberstehst.« Ich schüttelte frustriert den Kopf. »Weshalb sträubst du dich dagegen, uns auch nur eine Chance zu geben? Es ist ja nicht so, als würde ich dich vor den Traualtar zerren wollen.«

Schlagartig setzte er eine abweisende Miene auf. »Das habe ich dir doch schon erklärt.«

Björn hatte vorhin gesagt, dass nicht nur ich gestern glücklich und verliebt ausgesehen hatte, was mir den Mut gab, weiterzubohren. »Nein, du hast mir fadenscheinige Ausreden präsentiert, Ole.« Ich ballte die Fäuste. »Ich weiß, dass du sehr wohl Gefühle für mich hast, also bitte sag mir den wahren Grund! Das habe ich verdient.«

Wir fochten einen stummen Kampf mit den Augen aus, bis plötzlich etwas in ihm nachgab und Ole sich mit einem resignierten Seufzen abwandte, um brütend aufs Meer zu starren.

»Kurze Zeit nachdem dieses Foto aufgenommen wurde, hat

Giulia uns verlassen«, begann er schließlich zu erzählen. »Für sie war Emmas überstandene Krankheit anscheinend das Signal, dass sie von ihrer moralischen Verpflichtung entbunden war und wieder ihr eigenes Leben führen durfte. Die Trennung traf mich wie ein Blitz aus heiterem Himmel, ich stand damals unter Schock. Ich hatte Giulia vertraut, ich hatte sie geliebt. Ich dachte, das würde auf Gegenseitigkeit beruhen.« Nun lag eindeutig Verbitterung in seiner Stimme. »Erst im Nachhinein sind mir die Warnzeichen aufgefallen.«

»Was für Warnzeichen denn?«, hakte ich vorsichtig nach.

»Emmas Krankheit hat ihr schwer zu schaffen gemacht. Sie hatte kaum noch Zeit zum Malen, und sie musste sich um vieles allein kümmern. Natürlich habe ich Giulia entlastet, so gut es ging, aber ich musste eben auch Geld verdienen. Sie wurde immer gereizter, unzufriedener, und wir stritten uns oft. Ich hatte geglaubt, das wäre ganz normal in unserer Situation und es würde sich geben, sobald Emma gesund wäre.«

Ich warf ihm einen mitfühlenden Blick zu. »Es wurde aber nicht besser?«

Er schüttelte den Kopf. »Du hattest recht damit, als du gesagt hast, dass jeder anders mit so einem Schicksalsschlag umgeht. Manche Eltern schweißt es zusammen, andere entfremden sich. Bei uns war es Letzteres. Das habe ich allerdings erst erkannt, als sie mit gepackten Koffern vor mir stand und mir von dem Galeristen aus Berlin erzählt hat, mit dem sie nun zusammen sei.« Er stieß ein bitteres Lachen aus, das so gar nicht zu dem Ole passen wollte, den ich kennen- und lieben gelernt hatte. »Ich dachte, wir würden eine gesunde Beziehung führen, doch anstatt offen und ehrlich unsere Probleme anzusprechen, hat Giulia mich mit einem anderen Mann betrogen und die Trennung geplant. Sie hat mich schließlich vor vollendete Tatsachen gestellt.«

Diese Szenerie mit den gepackten Koffern kam mir leider nur allzu bekannt vor. Ich kratzte mich verlegen am Hals und beschloss, lieber nichts dazu zu sagen. Wobei ich zu meiner Verteidigung hätte vorbringen können, dass ich im Gegensatz zu Giulia tatsächlich versucht hatte, mit Felix unsere Eheprobleme zu lösen. Dass mein Mann daran kein Interesse gehabt hatte, war schließlich nicht meine Schuld.

»Diese plötzliche Trennung hat mir den Boden unter den Füßen weggezogen«, fuhr Ole leise fort. Ich spürte, dass er in Gedanken weit weg war und Bilder der Vergangenheit vor Augen hatte. »Was für eine Ironie, oder? Während Emmas Chemotherapie war ich wie ein Fels in der Brandung, ich wusste, dass es meine Aufgabe war, stark zu sein und meiner Familie Halt zu geben. Und dann war das Schlimmste vorbei, und ich wurde zu einem jämmerlichen Häufchen Elend, weil meine Frau mich verlassen hatte.«

Ich musste dem Impuls widerstehen, nach seiner Hand zu greifen. »Das ist doch ganz normal. Du hast Giulia von ganzem Herzen geliebt.«

Er machte nicht den Eindruck, dass mein Verständnis ihn tröstete, im Gegenteil. Er fuhr zu mir herum und starrte mich mit rotgeränderten Augen an. »Das war *nicht* normal, Sophie«, schnauzte er mich an. »Ich war ein Arschloch. Und was noch viel schlimmer ist: Ich war Emma ein schlechter Vater. Ich war im Grunde gar kein Vater. Wenn ich nicht arbeitete, ging ich in die Kneipe, um mich zu betrinken. Es war mir gleichgültig, wie sie zur Schule kam, ob im Kühlschrank etwas zu essen war oder wie sie es verkraftete, dass ihre Mutter weg war. Wenn meine Eltern nicht gewesen wären, hätte sich niemand um sie gekümmert.«

Er zitterte vor unterdrückter Wut, und für einen winzigen Moment machte mir dieser Gefühlssturm Angst. Ich schluckte schwer, doch der Kloß in meinem Hals wollte sich nicht vertreiben lassen. Ich begann zu ahnen, weshalb diese Trennung so tiefe Narben bei ihm hinterlassen hatte: Ihm war nicht nur sein Herz gebrochen worden, Ole war auch voller Schuldgefühle. Er glaubte, auf ganzer Linie versagt zu haben. Als Ehemann und als Vater.

Wir schwiegen eine Weile, und der Fahrtwind rauschte in meinen Ohren, während hinter uns das unbeschwerte Lachen der anderen zu hören war.

»Entschuldige, Sophie«, murmelte Ole und fuhr sich durchs Haar. Er war wieder ruhiger, als hätten sich seine Gefühle wie bei einem Gewitter entladen. »Ich wollte dich nicht so anfahren. Du kannst schließlich nichts dafür.«

»Ist schon okay«, versicherte ich ihm hastig.

»Ich weiß gar nicht, weshalb ich dir das alles erzählt habe.« Er warf mir einen unsicheren Seitenblick zu. »Ich habe noch nie mit jemandem so offen darüber gesprochen, nicht einmal mit meiner Mutter.« Er stieß einen tiefen Seufzer aus. »Meine Tochter steht für mich einfach an erster Stelle. Und deswegen will ich keine Beziehung eingehen.«

Ich runzelte die Stirn und hatte Mühe, all die Informationen, die auf mich eingeprasselt waren, zu ordnen. Wenigstens wusste ich jetzt, weshalb ich die ganze Zeit über so widersprüchliche Signale von Ole empfangen hatte. »Du … du hast Angst, oder? Du willst verhindern, dass dir so etwas noch einmal passiert?«

Kein Mann wollte als Angsthase bezeichnet werden, und Oles gereizter Gesichtsausdruck verriet mir, dass er in diesem Punkt keine Ausnahme machte. »Es hat ewig gedauert, bis ich mein seelisches Gleichgewicht wiedergefunden habe. Ich bin es Emma schuldig, ein ruhiges und stabiles Leben zu führen, das ihr ein sicheres Umfeld bietet. Du hast doch mitbekommen, wie sehr es sie aus der Bahn geworfen hat, dass ihre

Mutter so unzuverlässig und wankelmütig ist. Wenigstens ein Elternteil sollte Emma Halt geben.«

»Oookay«, sagte ich gedehnt, um etwas Zeit zu gewinnen. Natürlich war es schlimm, dass Giulia sein Vertrauen missbraucht hatte und er eine Zeit lang total von der Rolle gewesen war. Aber wollte er ernsthaft für immer auf die Liebe und eine erfüllte Partnerschaft verzichten? Im ersten Moment kam mir das reichlich bescheuert vor. Nein, auch bei längerem Nachdenken hielt ich es immer noch für völlig schwachsinnig.

Und in diesem Moment fand auch ein anderes Puzzlestück seinen Platz, das mich bisher verwirrt hatte. »Für dich wäre eine Fernbeziehung deshalb in Frage gekommen, weil du dadurch auch emotional Abstand zu mir hättest halten können und nicht so verletzbar gewesen wärst?«, fragte ich ungläubig.

Unter meinem bohrenden Blick wurde Ole sichtlich unwohl zumute, und er sah über seine Schulter nach hinten, vermutlich in der Hoffnung, dass Helmuth seine Hilfe benötigte. Doch der Rentner stand zufrieden hinter dem Ruder und plauderte mit Enrico, Ben und Carsten.

»Nun?«, hakte ich nach.

»Das ist zwar etwas drastisch formuliert, aber im Großen und Ganzen trifft es zu«, gab Ole zu. »Ich will gar nicht leugnen, dass ich sehr viel für dich empfinde, Sophie, aber ich muss an Emma und mich denken.«

Der Mann, den ich liebte, stellte mir also eine gemeinsame Zukunft in Aussicht, aber nur, wenn ich am anderen Ende von Deutschland wohnen blieb. Na toll! Am meisten ärgerte mich, dass ich einen winzigen Augenblick lang tatsächlich in Erwägung zog, genau das zu tun – so sehr sehnte ich mich nach ihm.

»Ich verstehe, dass du Probleme damit hast, einer Frau wieder zu vertrauen«, erklärte ich vorsichtig. »Ich kann auch akzeptieren, dass du dir Sorgen machst, noch einmal die Kontrolle über dich zu verlieren und Emma zu vernachlässigen.«

Er zog fragend eine Augenbraue in die Höhe. »Aber?«

»Aber man kann nicht nur mit halben Herzen oder einfach mal zur Probe jemanden lieben. So funktioniert das nicht.«

Nun griff ich doch nach seiner Hand und hielt sie fest, als könnte ich ihm dadurch einen Teil meiner Hoffnung und Zuversicht geben. »Und das Ende darf auch nicht die ganze Beziehung definieren. Giulia und du hattet doch bestimmt auch glückliche Zeiten miteinander. Und ihr habt zusammen ein Kind in die Welt gesetzt. Würdest du das alles wirklich rückgängig machen, wenn du könntest?«

»Natürlich nicht.« Sanft, aber entschlossen machte er sich von mir los. »Doch man kann nicht alles auf die guten Dinge reduzieren und einfach so tun, als ob das Negative nie geschehen wäre.«

Vor Kurzem erst stand ich vor einer ähnlichen Entscheidung: Gibt man sich zufrieden mit dem, was man hat, oder wählt man die Möglichkeit auf ein neues Glück, auch wenn man dabei alles riskieren muss? Für mich war die Antwort eindeutig, und ich funkelte Ole herausfordernd an. »Nur wenn du den Mut hast, dich mit ganzem Herzen auf jemanden einzulassen, kann die Art von Liebe entstehen, die die Zeit überdauert und durch Hindernisse nur noch stärker wird.«

Er stand kopfschüttelnd auf. »Ich dachte, dass du mich verstehen würdest, aber anscheinend habe ich mir geirrt.«

»In 20 Jahren wirst du mehr enttäuscht sein über die Dinge, die du nicht getan hast, als über die Dinge, die du getan hast. Also löse die Knoten, laufe aus aus dem sicheren Hafen. Erfasse die Passatwinde mit deinen Segeln. Erforsche. Träume«, griff ich das Zitat vom Anfang des Kurses auf. Ich bemühte mich gar

nicht erst, den Schmerz in meiner Stimme zu verbergen. »Ich kann nur hoffen, dass du deine Entscheidung nicht irgendwann bereust, Ole. Oft bemerkt man erst, was man hatte, wenn man es verloren hat.«

Er sah mit verschlossener Miene auf mich herab und ging ohne ein weiteres Wort zu den anderen zurück.

35. Kapitel

Wir hatten uns ein letztes Mal in der Segelschule versammelt. Ole händigte jedem von uns ein Zertifikat aus, das unsere Teilnahme an dem zweiwöchigen Segelkurs bescheinigte, und hielt eine Abschiedsrede, der ich jedoch nur mit halbem Ohr folgte. Ich wollte nur noch weg. Weg von Ole, weg von dem Mann, der mein Herz in kleine Stücke zerfetzt hatte, weil er glaubte, dass er damit seine Tochter und sich selbst beschützte. Seine fixe Idee und die Sturheit, mit der er sich daran festklammerte, machten mich unglaublich sauer. Wie konnte er sich nur so einen Mist einreden?

Die ersten Ausläufer des Sturms hatten inzwischen die Küste erreicht. Schon jetzt ließen der Wind, die aufgewühlte See und der düstere Himmel erahnen, dass es eine sehr unruhige Nacht werden würde. Doch wenn ich wirklich eine Rügenerin werden wollte, musste ich auch mit einem etwas heftigeren Sturm klarkommen.

Huch, was war denn das? Vor den Fenstern des Schulungsraumes flog ein topmodernes Drei-Mann-Zelt in Richtung Ostsee vorbei. An sich schon ein denkwürdiger Anblick, doch als zehn Sekunden später noch zwei junge Männer sichtlich außer Atem am Fenster vorbeijagten, fingen wir alle an zu lachen.

»Das kriegen die nie und nimmer«, prophezeite Carsten grinsend.

Dann war die Zeit des Abschieds gekommen. Wir tauschten E-Mail-Adressen und Telefonnummern aus, umarmten uns und versprachen uns gegenseitig hoch und heilig, Kontakt zu halten. Ich konnte mir nicht verkneifen, Ben darum zu bitten, zu seinen Eltern etwas freundlicher zu sein.

»Wenn du ehrlich bist, hat dir der Kurs tatsächlich gutgetan«, sagte ich. »Du hast dich verändert, bist offener geworden und hast viel mehr Selbstbewusstsein.«

Seine Wangen röteten sich vor Freude. »Ich h-habe sogar vor, in den nächsten Monaten zu Hause auszuziehen. Enrico und ich gründen eine Männer-WG, und ich mache mich endlich selbstständig. Und bis die ersten Aufträge reinkommen, helfe ich ihm beim ›Pizza-Lieferservice unter Segeln‹. Jedenfalls b-bis er besser segeln kann.«

»Das ist eine tolle Idee!« Da Ben nach Carsten der beste Segler im Kurs war, konnte Enrico mit seinem eher mäßigen Talent für Bens Unterstützung mehr als dankbar sein.

Besonders bei Björn fiel mir der Abschied schwer, und auch er kämpfte mit den Tränen. Er drückte mich noch einmal fest an sich. »Du meldest dich, okay?«

»Natürlich!«, versprach ich und setzte ein schiefes Grinsen auf. »Allein schon aus völlig eigennützigen Gründen. Du musst mir noch die Info schicken, wie diese sensationelle amerikanische Feuchtigkeitscreme heißt.«

Er hob mit gespielt ernster Miene den Zeigefinger. »Mach darüber keine Witze! Du wirst sehen: Damit siehst du schon nach einer Woche fünf Jahre jünger aus!«

Ich blinzelte meine Tränen weg. »Sobald ich im Kino nicht mehr in die Über-18-Filme komme, werde ich dir schreiben!«, schniefte ich.

Ich schulterte meinen Rucksack, klemmte mir meine Vase aus Ummanz unter den Arm und lief in Richtung Tür. Ganz bewusst ignorierte ich dabei Ole, weil ich es einfach nicht über mich brachte, noch einmal mit ihm zu sprechen. Doch im

Gegensatz zu den anderen würde ich ihn wahrscheinlich schon bald wiedersehen, vielleicht bei einem Dorffest oder in der Warteschlange beim Bäcker. Dann würden wir uns zunicken und ein beklommenes Hallo über die Lippen bringen.

Kaum war ich im Freien, musste ich die Augen zusammenkneifen, und der Wind zerrte an meinen Kleidern.

»Sophie?«, hörte ich da Oles Stimme hinter mir.

Obwohl mir hundeelend war, riss ich mich zusammen und drehte mich zu ihm um. Der Blick in seine strahlend blauen Augen schmerzte fast schon körperlich.

Er stand in der Tür mit seinen breiten Schultern, an denen ich mich so perfekt anlehnen konnte, und wirkte so ruhig und selbstsicher wie immer. »Mach's gut, Sophie!« Der Wind schien ihm die Worte aus dem Mund zu reißen, sodass ich sie fast nicht gehört hätte.

Das war alles? Sein ›Mach's gut!‹ konnte er sich sonst wohin stecken! Die Haare meines Pferdeschwanzes peitschten mir ins Gesicht. Plötzlich kochten Wut und Zorn in mir auf – auf ihn und seine blödsinnigen Überzeugungen. Am liebsten hätte ich meine Kranich-Vase nach ihm geworfen.

»Feigling!«, presste ich zwischen bebenden Lippen hervor.

Ole wich einen Schritt zurück. Er sah so aus, als hätte ich ihm gerade eine Ohrfeige verpasst.

Ich wandte mich ab und ließ ihn einfach stehen. Nun war tatsächlich alles gesagt.

Wie in Trance lief ich zurück in die Pension, und als ich vor dem Haus stand, hätte ich nicht mehr sagen können, wie ich hierhergekommen war. Auf den Stufen zur Eingangstür hatte sich trotz des schlechten Wetters ein junges Mädchen mit einer frechen Kurzhaarfrisur zusammengekauert. Sie presste ihr Handy ans Ohr und wippte nervös mit den Füßen. Ob das eine Freundin von Leonie war?

Als ich mich an ihr vorbeischob, bekam ich mit, wie sie gerade eine Mailbox-Nachricht hinterließ.

»Mensch, Leonie, geh bitte an dein Handy!«, flehte sie. »Finn ist der letzte Mistkerl, und ich mache mir echt Sorgen um dich. Das tut mir alles so leid. Ich bin gerade bei dir zu Hause und warte auf dich. Melde dich, okay?«

Ich hatte die Hand schon auf der Türklinke, aber ich hielt inne. Misch dich nicht immer in fremde Angelegenheiten ein, Sophie!, hörte ich Felix' genervte Stimme in meinem Kopf. Aber dafür war es längst zu spät. In dieser Geschichte steckte ich schon viel zu tief drin.

»Bist du Tine?«, fragte ich.

Misstrauisch sah das Mädchen zu mir hoch. »Kann sein. Warum?«

Sie war offenbar genauso ein Charmebolzen wie Leonie. Kein Wunder, dass die beiden so dick befreundet waren.

»Ich bin Sophie Lehmann«, stellte ich mich vor. »Leonie hat mir Segelunterricht gegeben.«

»Ach, Sie sind das.« Tine nickte. »Die Sophie, die die Jolle im Bodden versenkt hat.«

»Äh, ja.« Ich zog eine Grimasse, wurde dann jedoch wieder ernst. »Ich weiß von eurem Streit wegen Finn, und heute Morgen hat mir Leonie eine ziemlich beunruhigende Nachricht geschrieben. Hat sie dir erzählt, was gestern Abend bei dem Date passiert ist?«

»Keine Ahnung!« Tine zuckte müde mit den Schultern und fingerte an den Strasssteinen ihrer Handyhülle herum. »Mir hat sie auch eine Nachricht geschrieben, in der stand, dass ich eine schreckliche Freundin bin und sie mich nie mehr sehen will.«

Mein Instinkt sagte mir, dass Tine mir noch nicht alles verraten hatte. Umständlich stellte ich meinen Rucksack und die Vase ab, setzte mich neben sie auf die Treppe und warf ihr einen fragenden Blick zu.

Tine rutschte unruhig hin und her. »Allerdings kann ich mir denken, was passiert ist«, gab sie zu. »Bei meinem Date mit Finn hat er mich schon im Kino echt andauernd befummelt. Zuerst fand ich das noch okay, weil ich dachte, er findet mich eben total hübsch und so. Aber später am Strand ist es richtig schlimm geworden, und er hat gesagt, wenn ich nicht mitmache, erzählt er in der Schule, dass ich eine verklemmte Zicke bin.«

Ich hielt den Atem an. »Und dann?«

Sie warf mir einen kurzen Seitenblick zu. »Ich habe ihm mein Knie zwischen die Beine gerammt und bin gegangen.«

Ich lächelte erleichtert. »Das war sehr mutig von dir. Super gemacht!«

Das Glockenspiel über uns schaukelte aufgeregt im Wind, und ein vergessener Sonnenschirm aus dem Garten hatte sich selbstständig gemacht und am Zaun verkeilt. Es war nicht der beste Zeitpunkt, um hier draußen auf der Treppe herumzusitzen, allerdings wollte ich nicht riskieren, dass Tine dichtmachte, wenn wir zu Jutta hineingingen. »Wahrscheinlich hat Finn gestern bei Leonie die gleiche Masche versucht. Das denkst du doch auch, oder?«

Tine ließ unglücklich die Schultern hängen. »Ich hätte ihr schon viel früher die Wahrheit sagen sollen, aber ich war ...« Sie stockte und schluckte schwer.

»Zu stolz?«, half ich ihr. »Weil du nicht zugeben wolltest, dass Finn sich nur deswegen mit dir getroffen hat?«

Tine nickte verschämt.

So ein Mist! Ich ballte die Fäuste. Mein Gefühl hatte mir die ganze Zeit über gesagt, dass mit diesem Finn etwas nicht stimmte, doch ich war zu sehr mit meinen eigenen Problemen beschäftigt gewesen, um etwas zu unternehmen. Hätte ich Leonie doch nur von diesem Date abgehalten!

»Glauben Sie, Leonie hat sich von ihm überreden lassen?«, fragte Tine so leise, dass ich sie fast nicht gehört hätte. »Ich meine, sie hat doch noch nie mit einem Jungen … Vielleicht ist sie deswegen so sauer auf mich.«

»Ich hoffe nicht.« Ich dachte noch einmal darüber nach und schüttelte entschlossen den Kopf. »Nein, dafür ist sie zu selbstbewusst. Aber es wird sie ziemlich verletzt haben, schließlich war sie bis über beide Ohren in Finn verliebt. Es ist hart, wenn man erkennt, dass der Traumprinz in Wahrheit ein Arschloch ist. Es bricht einem nicht nur das Herz, man kommt sich gleichzeitig auch noch unglaublich dumm vor.«

Tine warf mir einen Blick zu, als würde sie mich erst jetzt zum ersten Mal richtig ansehen. »Leonie hat recht: Sie sind ganz okay.«

»Das nehme ich mal als Kompliment.« Gegen meinen Willen musste ich schmunzeln. »Hast du mit Leonies Mutter über die Sache mit Finn gesprochen?«

Sie sah mich so schockiert an, als hätte ich sie gerade gefragt, ob sie gerne zwanzig Kilo zunehmen würde. »Leonie würde mich umbringen! Frau Plümer hat mir nur gesagt, dass sie Leonie seit dem Mittagessen nicht mehr gesehen hat, aber mehr wusste sie auch nicht. Sie meinte, ich soll mir keine Sorgen machen und das mit unserem Streit würde sich bestimmt bald wieder einrenken. Es hat mich ein bisschen gewundert, dass sie darüber Bescheid wusste, denn Leonie erzählt ihrer Mutter so was normalerweise nicht. Sie zoffen sich ohnehin schon über alles Mögliche.«

Es gefiel mir nicht, Jutta im Dunkeln zu lassen, allerdings

wollte ich sie und Mattes auch nicht unnötig in Aufregung versetzen. Mit hoher Wahrscheinlichkeit saß Leonie just in diesem Augenblick bei einer Schulfreundin zu Hause oder kaufte sich in einem Kiosk mehrere Tafeln Schokolade.

»Ich suche jetzt nach Leonie!«, beschloss ich. »Irgendwo muss sie doch stecken. Sie hat bestimmt ein paar Lieblingsorte, die du kennst – und die klappere ich ab.« Vielleicht würde es mein schlechtes Gewissen ihr gegenüber zum Schweigen bringen, wenn ich sie fand und sie über ihren Kummer hinwegtrösten konnte.

»Ich komme mit«, sagte Tine aufgeregt.

»Nein, du bleibst hier! Dann kannst du mir Bescheid sagen, falls Leonie nach Hause kommt«, bestimmte ich so resolut, dass Tine keinen Widerspruch wagte. »Du rufst inzwischen all eure Freundinnen an! Vielleicht schüttet sie gerade jemand anderem ihr Herz aus, weil wir beide so kläglich versagt haben.«

Tine nickte eifrig, offenbar froh, dass ich die Führung übernommen und sie eine Aufgabe bekommen hatte.

»Falls ich in einer Stunde noch nicht zurück bin, will ich, dass du Leonies Eltern informierst! Und zwar ganz egal, ob dir deine beste Freundin deswegen den Kopf abreißen wird.« Ich warf ihr einen eindringlichen Blick zu und wartete auf ihr Einverständnis.

Schließlich seufzte Tine ergeben und nickte erneut. »Okay, mach ich!«

Mit dem Fahrrad klapperte ich im Eiltempo alle Orte ab, die Tine mir noch schnell aufgeschrieben hatte: eine Pferdekoppel, ein Spielplatz in der Nähe, ein In-Café und eine abgelegene

Bank an der Strandpromenade, die angeblich ein Treffpunkt für Jugendliche war. Heute entdeckte ich dort allerdings weit und breit keinen Menschen. Ohnehin schienen sich die meisten Einwohner und Touristen in Erwartung des kommenden Unwetters in ihren Häusern und Hotels verkrochen zu haben. Nur noch ein paar vereinzelte Hundehalter stemmten sich tapfer dem Wind entgegen. Ratlos stieß ich die Luft aus und rief Tine auf ihrem Handy an. Es dauerte allerdings ein paar Minuten, bis ich sie an den Hörer bekam, da ständig besetzt war.

»Hast du etwas erreicht?«, fragte ich sie und hielt mir mein freies Ohr zu, damit ich sie über das Tosen des Windes hinweg verstehen konnte.

»Nein, nix. Und Sie?«

»Leider keine Spur von Leonie, aber ich suche weiter.« Obwohl ich mir so langsam ernsthafte Sorgen machte, wollte ich Tine Mut machen. »Bestimmt finden wir sie bald, du wirst sehen!«

Ich legte auf und überlegte, ob ich nun auf gut Glück durch die Gegend radeln sollte, als etwas in meinem Hirn Alarm schlug. Es verlangte vehement nach meiner Aufmerksamkeit, doch jedes Mal, wenn ich danach greifen wollte, entwischte mir der Gedanke wieder. Es ging um Leonie ... eine Stelle, an die sie sich zurückzog ... wenn sie allein sein wollte, um nachzudenken ...

Der Findling im Meer, den sie mir gezeigt hatte! Um Himmels willen, sie war doch wohl nicht bei diesem Wetter mit ihrer Jolle rausgefahren? Allerdings hatte Jutta gesagt, dass Leonie gleich nach dem Mittagessen das Haus verlassen hatte, und zu dem Zeitpunkt war es lediglich bewölkt und die See etwas rau gewesen. Hätte Leonie sich nicht bei den allerersten Anzeichen eines Wetterumschwungs auf den Rückweg gemacht? Weshalb war sie dann noch nicht zurück?

Unsicher nagte ich an meiner Unterlippe. Wenn sie tatsächlich zu ihrem Findling gefahren war, musste ihr etwas zugestoßen sein, sodass sie nicht mehr zurücksegeln konnte. Es half nichts: Ich musste diesem Verdacht nachgehen, ansonsten würde ich keine Ruhe finden!

So schnell wie möglich fuhr ich zum Hafen, ließ mein Rad achtlos zu Boden fallen und rannte zu den Anlegestellen der Jollen. Ein leichter Nieselregen hatte eingesetzt, was den Steg verflixt rutschig machte und meine Suche nicht gerade erleichterte. Wie ein aufgescheuchtes Huhn lief ich hin und her, doch ich konnte die ›Viktoria‹ nirgends entdecken. Vor Schreck wurden meine Knie weich, und hilflos sah ich mich im menschenleeren Hafen um. Was sollte ich jetzt machen? Nicht einmal das Schiff der Seenotrettung war noch da; vermutlich war es gerade zu einem Einsatz gerufen worden. Aber vielleicht war Ole noch in der Segelschule? Er wusste bestimmt, was zu tun war!

So schnell mich meine Beine trugen, spurtete ich zurück in Richtung Segelschule und verfluchte meine mangelnde Kondition, denn schon nach den ersten Metern bekam ich Seitenstechen. Unterwegs versuchte ich mehrmals, Ole auf seinem Handy zu erreichen, doch er ging nicht ran. Ich hinterließ ihm einige atemlose, vermutlich ziemlich konfuse Nachrichten auf der Mailbox. Ob er meine Anrufe absichtlich ignorierte? Immerhin hatte ich ihn bei unserem Abschied als Feigling beschimpft. Doch ich bereute es nicht, denn ich war nach wie vor sauer auf Ole und seine dumme Sturheit. Dieser Idiot! Wie konnte man nur so blind in sein Unglück rennen?

Der Regen wurde von Minute zu Minute schlimmer, und als ich bei der Segelschule ankam, war ich durchnässt bis auf die Knochen. Da tatsächlich noch Licht brannte, hämmerte ich mit den Fäusten gegen die Tür, bis mir endlich Meike öffnete.

Ehe sie mich abwimmeln konnte, drängte ich mich an ihr vorbei ins Trockene. »Ist Ole da? Es handelt sich um einen Notfall.«

Sie warf sowohl mir als auch der Pfütze, die sich um mich herum im Flur bildete, einen abschätzigen Blick zu. »Ole ist schon gegangen. Ich mache gerade die Buchhaltung fertig und möchte dann auch so schnell wie möglich nach Hause.«

Damit wollte sie mir wohl durch die Blume zu verstehen geben, dass ich gefälligst verschwinden sollte. Den Gefallen würde ich ihr jedoch nicht tun. »Es ist wirklich dringend! Ich habe den Verdacht, dass Leonie Plümer mit ihrer Jolle draußen auf dem Meer ist. Jetzt. In diesem Augenblick.«

»Sind Sie sicher?«, fragte Meike in ungläubigem Tonfall, als wäre ich geistig zurückgeblieben oder dafür bekannt, mir abstruse Geschichten auszudenken. »Das Mädchen wäre niemals so dumm, bei diesem Wetter segeln zu gehen.«

»Aber ich kann ihre Jolle nirgends finden!«, erwiderte ich gereizt. »Ihre Mutter hat sie seit dem Mittag nicht mehr gesehen, und an ihr Handy geht Leonie auch nicht. Es gibt da diesen großen Findling, zu dem sie immer fährt, wenn es ihr schlecht geht – und heute fühlt sie sich garantiert richtig mies. Sie ist dort, das weiß ich!«

Meine Argumente prallten genauso an Meike ab wie Enricos italienischer Charme. »Selbst wenn das Mädchen heute mit der Jolle rausgefahren ist, dann wird sie beim Aufkommen des Sturms einfach irgendwo anders festgemacht haben, in einem näheren Hafen oder einer kleinen Anlegestelle.«

Okay, ich gebe zu, dass ich daran nicht gedacht hatte. Aber …

»Glowe *ist* der nächste Hafen, und eine andere Anlegestelle habe ich dort auch nicht gesehen!«, beharrte ich störrisch.

Mein Gefühl sagte mir einfach, dass Leonie in Gefahr schwebte. Wenn es eine so harmlose Erklärung gäbe, dann hätte sich das Mädchen inzwischen gemeldet. Sie war vernünftig, wenn es darauf ankam, und sie wusste, dass wir bei diesem Wetter Todesängste um sie ausstehen würden.

»Versuchen Sie weiter, Leonie auf dem Handy anzurufen«, empfahl mir Meike. »Mehr können Sie nicht tun! Wenn sie nicht rangeht, könnte ich mir auch gut vorstellen, dass sie schlicht und einfach nicht mit Ihnen reden will.«

Natürlich war Letzteres als boshafte Spitze gemeint, dummerweise hatte Meike nicht ganz unrecht. Tine und ich mussten tatsächlich davon ausgehen, dass Leonie nicht mit uns reden wollte.

Die Fakten sprachen nicht für mich. Ich hatte keine brauchbaren Beweise zur Hand, sondern nur meinen Instinkt. Und selbst im Falle einer Rettungsaktion hätte ich nicht einmal eine besonders hilfreiche Wegbeschreibung abgeben können: ›Nach dem Hafen fahren Sie erst mal in Richtung dieser einen Fahrwassertonne, die ich bei meinen Übungen als imaginären Schuhladen benutzt habe. Dann geht es parallel zur Küste, bis Sie am Ufer einen Baum sehen, der aussieht wie ein Besoffener, der sich an seinen Kumpel anlehnen muss … Wie, Sie wissen nicht, wo der ist?‹

Verzweiflung überflutete mich. Niemand würde mir helfen, das wurde mir nun klar. Aber genauso wenig konnte ich jetzt mit den Schultern zucken und einfach zurück in die Pension gehen.

Meike musterte mich ungeduldig. »Ich möchte jetzt wirklich mit meiner Büroarbeit weitermachen!«

Ich fuhr mir übers Gesicht, das immer noch feucht vom Regen war. »Ja, okay«, sagte ich leise.

Unwillig wandte ich mich zur Tür, als mir hinter Meike an

der Wand das hölzerne Schlüsselbrett in Form eines Fischerboots ins Auge fiel, das ich schon so oft im Vorbeigehen gesehen hatte. Der blaue Schlüssel war für die Yacht, der gelbe war klar und deutlich mit ›Jolle‹ beschriftet. Es war die einzige Jolle, die Ole hier im Hafen hatte, die restlichen lagen in Breege vor Anker.

Ganz blöde Idee, Sophie!, raunte mir meine innere Stimme zu – diesmal meine eigene, nicht die von Felix. Trotzdem ignorierte ich sie.

Ich wandte mich noch mal an Meike. »Was mir gerade einfällt: Ich wollte Ihnen unbedingt mal sagen, wie sehr ich Ihren Kleidergeschmack bewundere.« Zu meiner eigenen Überraschung bekam ich sogar ein schleimiges Lächeln zustande. »Ich wünschte, ich hätte so einen guten Stil.«

Sofort wurde Meikes Miene freundlicher, und sie strich sich selbstbewusst über ihr Stretchoberteil mit dem tiefen Ausschnitt. »Ja, das höre ich oft. Man muss natürlich die Figur haben, um solche Sachen tragen zu können.«

»Und Ihre Schuhe sind ein Traum!«, sagte ich völlig entzückt. »Ich könnte auf so hohen Absätzen ja gar nicht laufen. Da müsste ich jede Treppe auf dem Hintern runterrutschen, um mir nicht den Hals zu brechen. Nur schade, dass an Ihrem rechten Schuh ein Brandfleck ist.«

»Was?«, kreischte Meike, und ich bildete mir ein, dass selbst ihre dicke Make-up-Schicht vor Schreck ein wenig an Farbe verlor. Sofort beugte sie sich vor, um ihren Schuh zu untersuchen. »Das kann nicht sein! Wissen Sie, wie viel die gekostet haben?«

Ich nutzte den Moment, um unbemerkt den gelben Schlüssel vom Haken zu nehmen.

»Ich sehe nichts«, jammerte Meike. »Wo soll denn der Brandfleck sein?«

»Tut mir leid, da habe ich mich wohl verguckt«, rief ich ihr über die Schulter hinweg zu. Und schon war ich weg und sauste zurück zum Hafen.

36. Kapitel

Aufgrund meiner messerscharfen Beobachtungsgabe fand ich Oles Jolle schneller als erwartet: Ich bestieg das kleine Boot, öffnete das Vorhängeschloss, zog mir die Rettungsweste an, band mich fest und setzte die Segel. Schnell wurde mir klar, weshalb im Handbuch empfohlen wurde, bei Sturm die Segel einer Jolle zu bergen und vor Anker zu gehen.

Obwohl ich das Segel wohlweislich gerefft hatte, war das kleine Boot kaum manövrierfähig und die Schräglage so stark, dass ich mit dem Hintern fast im Wasser hing. Es dauerte eine Ewigkeit, bis ich das Hafengebiet endlich verlassen hatte, doch meine Erleichterung wich schnell blankem Entsetzen. Draußen auf See erwartete mich die reinste Hölle. Dabei wurde der Höhepunkt des Sturms erst in zwei bis drei Stunden erwartet.

»Okay, das war tatsächlich eine blöde Idee«, fluchte ich, während mir zugleich Gischt und Regen ins Gesicht spritzten. Meine Ohren waren erfüllt von dem wütenden Rauschen der Wellen und dem Brüllen des Sturms. In Anbetracht des hohen Wellengangs kam mir meine Jolle winzig vor, und es wunderte mich, dass mich das Meer nicht längst mit Haut und Haar verschlungen hatte. So hatte ich die See noch nicht kennengelernt – dunkel, gewaltig und so gefährlich, dass man sich vor Angst fast in die Hose pinkelte. Aber verdammt noch mal, sie würde mich nicht kleinkriegen!

»Mir kannst du keine Angst einjagen!«, schrie ich dem Meer entgegen. »Ich fahr zu Leonie, und du kannst mich nicht davon abhalten!«

Als Antwort platschte mir eine Ladung Gischt in den geöffneten Mund, und ich schnappte hustend nach Luft.

Es kostete mich alle Mühe, die Küste trotz der schlechten Witterungsverhältnisse im Auge zu behalten und wenigstens halbwegs auf Kurs zu bleiben. Den nächsten Urlaub verbrachte ich in der Sahara! Mir war speiübel, und hätte ich etwas im Magen gehabt, wäre ich es jetzt garantiert wieder losgeworden. Ich klammerte mich so sehr an der Pinne fest, dass meine Finger schmerzten, und um mich nicht von meiner Furcht überwältigen zu lassen, fing ich an, Kinderlieder zu summen: *Alle meine Entchen ... schwimmen auf dem See ...*

Jedes Mal, wenn die Jolle von einer Welle wie ein Spielzeug in die Höhe gehoben wurde, schnürte es mir jedoch die Kehle zu, und ich war für einen Moment nicht mehr imstande zu atmen. Musste ich nicht langsam da sein?

Ich kniff die Augen zusammen. War das dort an der Küste nicht der besoffene Baum? Bei dem Geschaukel und dem Regen konnte ich es nicht mit Bestimmtheit sagen, und so verließ ich mich einfach auf mein Gefühl. Ich steuerte von der Küste weg, und nur einen Moment später richtete ich mich schlagartig auf. Das war doch der Mast einer Jolle, den ich da zwischen den Wellenbergen sah, oder?

»Leonie?«, brüllte ich gegen den Sturm an. »Hörst du mich? LEONIE?«

Obwohl ich es nicht für möglich gehalten hätte, ging mein Puls noch weiter in die Höhe – und prompt ließen mich meine Segelkünste mal wieder im Stich. Anstatt der Jolle näher zu kommen, schien ich mich immer weiter von ihr zu entfernen. Mein Prüfer Herr Hofmann hätte wahrscheinlich völlig entnervt den Kopf geschüttelt. Aber vermutlich wäre ich schon für die dumme Idee, bei Sturm aufs Meer zu fahren, durch die Segelprüfung gefallen.

Endlich konnte ich direkt vor mir die ›Viktoria‹ ausmachen! Das Großsegel war zerrissen, und die Fetzen flatterten im Wind, doch Leonie konnte ich weder auf dem Findling noch auf dem Boot entdecken.

»O Gott«, hauchte ich.

Kaltes Entsetzen packte mich. Kam ich etwa zu spät? Anstatt seitlich an die ›Viktoria‹ anzulegen, rammte ich sie unkontrolliert. Aber zumindest brachte das meine Jolle zum Halten, und ich barg hektisch die Segel. Ich griff mir die Vorleine und hechtete mit einem waghalsigen Sprung auf die ›Viktoria‹.

»Leonie? Um Himmels willen, was ist mit dir?«

Das Mädchen lag bewusstlos unter dem Mast und rührte sich nicht. In meiner Hast, zu ihr zu kommen, hätte ich beinahe die Vorleine fallen gelassen, doch dann erinnerte ich mich gerade noch rechtzeitig, dass Oles Jolle unsere einzige Chance war, hier wieder wegzukommen. Mit vor Sorge fahrigen Fingern knotete ich die Vorleine an der ›Viktoria‹ fest.

Dann konnte ich endlich neben Leonie in die Knie gehen und sie mit routinierten Handgriffen untersuchen. An ihrem Hinterkopf entdeckte ich eine üble Wunde, ihre Haare waren blutverklebt. Zum Glück ging ihr Puls normal und regelmäßig, auch wenn ihr Körper schon stark unterkühlt war.

»Leonie, kannst du mich hören?« Ich schaltete mein Mitleid für einen Moment ab und zwickte sie fest in den Oberarm. »Ich bin hier bei dir, aber du musst aufwachen. Ohne dich werde ich den Rückweg nicht schaffen.«

Sie stöhnte gequält auf, und zitternd hoben sich ihre Augenlider. »Sophie?«, wisperte sie.

»Wie geht es dir? Erinnerst du dich, was passiert ist?«

Im ersten Augenblick sah sie sich orientierungslos um, doch dann schien ihr wieder einzufallen, was geschehen war. Ihre Augen weiteten sich vor Schreck. »Mein Kopf tut so weh!« Sie schluckte schwer, als könnte sie nur mit Mühe die Übelkeit zurückhalten. »Der ... der Sturm ist aufgekommen. Ich wollte nach Hause und ... bin auf dem feuchten Findling ausgerutscht. Ich habe es noch auf die ›Viktoria‹ geschafft, aber dann ... wurde alles schwarz.«

Das Sprechen schien ihr schwerzufallen, und meine Hoffnung schwand, dass sie tatsächlich fit genug war, um mich beim Segeln zu unterstützen. Leonie musste unbedingt ins Krankenhaus!

Sie versuchte sich aufzurichten, doch ich drückte sie sanft zurück. »Bleib liegen! Deine Kopfverletzung sieht nicht besonders gut aus, Leonie.«

Über uns flatterte das zerstörte Großsegel, und eine herankommende Welle ließ Oles Jolle in die ›Viktoria‹ krachen, sodass die Boote beinahe übereinandergeschoben wurden. Ich warf mich auf Leonie, und wir pressten uns auf den Boden, bis die Gefahr vorüber war.

»O Gott, Sophie, wir werden sterben!« Ihre Augen füllten sich mit Tränen.

»Quatsch, wir schaffen das!«, widersprach ich, doch meine Stimme zitterte. Ich drückte aufmunternd ihre Hand. »Du willst mir wohl alles nachmachen, was?«, neckte ich sie, obwohl mir nicht nach scherzen zumute war. »Ich kann dir sagen, dass die Kopfschmerzen nach so einem Schlag auf den Hinterkopf nicht lustig werden. Mach dich morgen schon mal auf etwas gefasst!«

»Meine Eltern ... und Jonas«, schluchzte sie. »Ich werde sie nie mehr wiedersehen. Und das bloß wegen Finn, diesem blöden Arsch!«

»Denk jetzt nicht an Finn, das ist er nicht wert. Lass uns lieber überlegen, was wir jetzt machen!«

Sie wimmerte leise vor sich hin, sodass ich mir ohne die

Hilfe des jungen Segelgenies einen waghalsigen Rettungsplan ausdenken musste. Das war allerdings nicht allzu schwer, da die Auswahlmöglichkeiten äußerst gering waren.

»Okay, hör zu: Du musst jetzt die Zähne zusammenbeißen! Wir müssen dich irgendwie auf die andere Jolle schaffen.«

»Aber die ›Viktoria‹ ...«

»Wir müssen sie zurücklassen! Es geht um unser Leben, Leonie.«

Ich rechnete mit Widerstand, doch sie schien sich der Gefahr bewusst zu sein. »Okay, bringen wir es hinter uns!«, sagte sie tapfer.

Mit meiner Hilfe kämpfte sie sich auf die Beine, und irgendwie schafften wir es gemeinsam auf die andere Jolle, ohne dass eine von uns im aufgewühlten Meer landete.

»Mir ist kotzübel, und alles um mich herum dreht sich«, keuchte sie.

Ihr Gesicht war kreidebleich, und sobald wir auf dem anderen Boot standen, fiel sie kraftlos auf die Knie. Zum Glück bemerkte sie nicht, wie ihr das Blut vom Hinterkopf seitlich am Hals herunterlief.

Ich zog schnell meine Jacke aus und knüllte sie zu einem Kissen für Leonie zusammen. »Dein Part ist geschafft, du kannst dich ausruhen. Ich bringe uns jetzt heim!«

Sie sank sofort zurück, und ihr fielen die Augen zu, während der Regen auf ihr Gesicht prasselte. Vorsichtig brachte ich sie in die stabile Seitenlage, auch wenn die Gefahr, in der Ostsee unterzugehen, wohl weitaus höher war als die, an Erbrochenem zu ersticken. Zusätzlich schnallte ich sie mit einem Karabiner an der Jolle fest, damit sie nicht über Bord gespült wurde.

Obwohl ich jetzt nur noch ein T-Shirt und die Schwimmweste trug, brach mir der Schweiß aus. Nur dank des Findlings wusste ich noch, wo ungefähr die Küste lag und welche Richtung ich einschlagen musste. Bei diesem Wetter standen unsere Chancen, den Hafen zu erreichen, wahrscheinlich fast bei null. Trotzdem nahm ich all meinen Mut zusammen und machte die Jolle startklar. Ich klammerte mich stur an der Pinne fest, und wir ließen den Findling und die manövrierunfähige ›Viktoria‹ hinter uns.

Genau wie vorhergesagt nahm der Sturm von Minute zu Minute zu, die Sicht wurde immer schlechter, und innerhalb kürzester Zeit hatte ich die Orientierung verloren. Meine Welt bestand nur noch aus dem Heulen des Windes, einem düsteren Himmel und hohen Wellenbergen, die uns zu verschlingen drohten. Noch nie in meinem Leben hatte ich mich so einsam, verloren und hilflos gefühlt. Ich biss mir auf die Unterlippe, um das Schluchzen, das mir in der Kehle saß, zu unterdrücken.

Moment mal! Hatte Ole uns nicht dazu genötigt, die Nummer der Seenotrettung einzuspeichern? Mit klammen Fingern griff ich nach meinem Handy und … Mir entfuhr ein bitteres Lachen. Kein Empfang! Was hatte ich auch erwartet? Die Verzweiflung übermannte mich, und am liebsten hätte ich das Handy in die tosende See geworfen. Aber etwas lenkte mich ab. War das nicht das Licht eines Leuchtturms, das ich gerade aus den Augenwinkeln gesehen hatte? Ich starrte auf die Stelle, ohne zu blinzeln, weil ich sie auf keinen Fall aus den Augen verlieren wollte. Erneut blinkte für eine Sekunde das Leuchtfeuer auf. Ich hatte wieder ein Ziel!

Mit neuer Hoffnung fuhr ich darauf zu, doch das Meer kannte kein Erbarmen. Es schleuderte unsere Jolle zwischen den Wellenbergen hin und her, als würde es mit uns spielen. Zum Glück bekam Leonie nichts davon mit! Wären wir nicht festgeschnallt gewesen, wären wir bestimmt längst über Bord gegangen. Wieder geriet das Schiff in starke Schräglage, das Segel wurde von einer starken Böe erfasst und aus seiner Verankerung gerissen.

»Scheiße!«, fluchte ich. »Scheiße, scheiße, scheiße.«

Was konnte ich jetzt noch tun? Die Jolle war manövrierunfähig – es hatte also keinen Sinn mehr, das Ruder zu halten. Stattdessen durchsuchte ich das Schiff panisch nach Leuchtraketen, und zu meiner Überraschung wurde ich fündig. »Ole, du bist ein Schatz!«, murmelte ich leise.

Meine Finger waren steif vor Kälte, doch ich schaffte es irgendwie, die Rakete abzufeuern. Mit einem Zischen stieg sie wie eine kleine Sternschnuppe in die Höhe und erhellte für einen wunderbaren Moment den düsteren Himmel. Auch wenn ich wenig Hoffnung hatte, dass das Leuchtsignal jemanden erreichte. Bestimmt war kein anderes Boot mehr hier draußen, und ich hatte keine Ahnung, wie weit wir mittlerweile vom Land entfernt waren. Ich sank auf die Knie, und die Verzweiflung ließ mich am ganzen Körper zittern.

Ausgerechnet jetzt kam Leonie zu sich. Sie blinzelte die Regentropfen weg und hob leicht den Kopf an. »Sophie? Sind wir schon da?«, fragte sie benommen.

Ich fuhr mir mit dem Handrücken über die Nase und robbte zu ihr. »Ja, Leonie, gleich … gleich sind wir da«, sagte ich mit erstickter Stimme. »Es dauert nicht mehr lange.«

»Mein Kopf tut so weh«, stöhnte sie.

»Ich weiß, aber … aber wir haben es bald geschafft.« Ich nahm sie in die Arme und presste sie an mich, während unsere Jolle von den gewaltigen Wellen hin und her geworfen wurde. Es war nur noch eine Frage der Zeit, bis unsere Schräglage so stark wurde, dass sich das Boot nicht mehr aufrichten konnte. Wir waren verloren.

Leonie schien ihre Umgebung gar nicht mehr richtig wahrzunehmen, und dafür war ich dankbar. Sie warf mir einen hoffnungsvollen Blick zu. »Bringst du mich dann zum Arzt?«

»Natürlich mache ich das.« Ich strich ihr die klatschnassen Haare aus dem Gesicht, und sie schloss beruhigt die Augen. »Alles wird wieder gut, Leonie, du wirst sehen.« Meine Tränen vermischten sich mit dem Regen.

Mit erschreckender Klarheit wurde mir bewusst, dass ich all die Menschen, die mir wichtig waren, nie mehr wiedersehen würde: meine Söhne, meine Eltern, meine Schwester, Annika und ihre Familie, Jutta und Björn. Und natürlich Ole.

Der Gedanke an ihn zog mir vor Schmerz und Sehnsucht das Herz zusammen. Vielleicht hätte ich mehr um ihn kämpfen sollen? Mein doofer Stolz! Bei unserer letzten Begegnung hatte ich ihn einen Feigling genannt und ihn einfach stehen lassen. Ich schluchzte auf. Gott, wie sehr ich das jetzt bereute! Was hätte ich darum gegeben, mich nur noch ein einziges Mal in seine warme, sichere Umarmung flüchten zu können. Egal, wie wir auseinandergegangen waren, ich wünschte mir so sehr, Ole noch einmal zu sehen und ihn zu ... hey, was war das? War da vorne etwa ein Licht? Ich wischte mir hastig über die Augen, um die Tränen und den Regenschleier zu vertreiben.

»Das ist doch nicht möglich«, wisperte ich ungläubig.

Ich war mir sicher, ein Schiff zu sehen, das auf uns zusteuerte. War das etwa eine Fata Morgana? Ach nein, die gab es ja nur in der Wüste.

Vorsichtig machte ich mich von Leonie los und stand schwankend auf. Es war tatsächlich Oles Segelyacht! War er denn verrückt geworden, bei diesem Sturm aufs Meer zu fahren? Das war wohl mindestens so bescheuert wie meine Rettungsaktion von Leonie. Wahrscheinlich fühlten wir uns deswegen so stark zueinander hingezogen: Wir waren zwei Idioten, die sich gesucht und gefunden hatten.

Auch wenn ich mir total dämlich dabei vorkam, hielt ich mich an ›Signale bei Seenot, Schritt 5: Langsames Heben und Senken der seitlich ausgestreckten Arme‹.

Zwar versuchte ich mich zu bremsen, doch mit dem langsamen Heben und Senken wurde es leider nichts. Ich wedelte so panisch mit den Armen, als würde ich jeden Moment wie ein Vogel in die Luft abheben wollen.

»OLE!«, brüllte ich über das Tosen des Meeres hinweg. »OLE! HIER SIND WIR!«

Tatsächlich kämpfte sich die ›Seeadler‹ immer näher an uns heran. Jeden Moment würde Ole uns erreichen! Die Erleichterung, die mich dabei durchströmte, war unbeschreiblich. Erneut kamen mir die Tränen, doch dieses Mal vor Glück.

»Leonie, wach auf! Wir müssen von der Jolle runter.«

Unwillig schlug sie die Augen auf. »Aber ich bin doch eben erst reingeklettert. Das war sooo anstrengend.«

»Ich weiß, aber Ole nimmt uns gleich an Bord seiner Yacht.« Ich hob ihren Oberkörper an. »Dort gibt es ein richtiges Bett, und unter Deck ist es trocken. Du bist jetzt schon völlig unterkühlt.«

»Na schön«, stöhnte sie. »Wenn es sein muss.«

Nur mit meiner Hilfe schaffte sie es, sich aufzurichten und hinzuknien. Als ich aufsah, war die ›Seeadler‹ nur noch wenige Meter von uns entfernt, und Ole eilte mit ernster Miene an die Reling. Gerne hätte ich ihm irgendetwas zugerufen, doch selbst ich wusste, wann es Zeit war, die Klappe zu halten. Jetzt mussten wir alle konzentriert bleiben, und uns durfte kein Fehler unterlaufen! Bei diesem starken Wellengang von der Jolle auf die Yacht überzuwechseln, würde nicht leicht werden.

Ole wartete einen günstigen Augenblick ab, dann warf er mir die aufgerollte Leine zu – und meine Hand griff ins Leere.

Stattdessen knallte mir das blöde Ding direkt ins Gesicht, und ich zuckte zurück, doch bevor die Leine im Meer landete, hielt Leonie sie mit ihrer freien Hand geistesgegenwärtig fest. Okay, das war jetzt schon ein wenig peinlich: Eine Schwerverletzte fing besser als ich.

Ich machte die Leine an der ›Viktoria‹ fest, und Ole zog unser Boot zur Yacht heran. Es dauerte eine halbe Ewigkeit, doch mit vereinten Kräften gelang es uns schließlich, Leonie an Bord zu schaffen. Mit allerletzter Kraft zog ich mich an der Reling hinauf und ließ mich keuchend und prustend wie ein Seehund an Deck fallen. Zwar befanden wir uns nach wie vor in Gefahr, trotzdem löste sich schlagartig die bleierne Todesangst von mir, und ich fühlte mich auf dem großen Schiff herrlich geborgen.

Ich hätte ewig so liegen bleiben können, doch noch ehe sich mein Atem wieder normalisiert hatte, war Ole auch schon wieder zurück. »Ich habe Leonie unter Deck gebracht. Du solltest nach ihr sehen und ihr aus den nassen Klamotten helfen.«

Ole streckte die Hand aus, und ich ließ mich mit einem Ruck in die Höhe ziehen. »Mach ich.« Ich verschränkte fröstelnd die Arme vor meiner Schwimmweste. Der Adrenalinschub ebbte so langsam ab, und damit kamen auch die Erschöpfung und die Kälte zurück.

»D-danke, Ole!«, sagte ich mit klappernden Zähnen. »Auch wenn es total verrückt war, dass du bei diesem Wetter rausgefahren bist, um uns zu suchen.«

»Besser verrückt als feige, oder?«

Ich zuckte bei seinen Worten zusammen, doch sein Blick war zugleich besorgt und liebevoll.

»Eigentlich haben wir dafür im Moment überhaupt keine Zeit, aber …« Er zog mich fest in seine Arme. »Ich hatte solche Angst um dich«, raunte er mir ins Ohr. »Ich dachte, ich hätte dich für immer verloren. Bitte jag mir nie wieder so einen Schreck ein!«

Ich vergrub mein Gesicht an seiner Brust, atmete seinen Duft ein und hätte ihn am liebsten für immer festgehalten. Noch vor wenigen Minuten hatte ich mir genau diese Umarmung ein allerletztes Mal gewünscht. Ich sah mit einem schiefen Lächeln zu ihm auf. »Ich ... ich wollte mich nur mal von dir abschleppen lassen.«

»Aha«, sagte er schmunzelnd. »Wenn ich mich richtig erinnere, muss ich dich jetzt zum Abendessen einladen, und dann schauen wir, wie die Sache sich entwickelt, oder?«

»Das weißt du noch?«, entgegnete ich überrascht. Schließlich war die Stimmung zwischen Ole und mir recht angespannt gewesen, als ich Herrn Hofmann gegenüber diesen Spruch losgelassen hatte.

»Natürlich!« Er machte sich sanft von mir los. »Ich bringe uns schnell zurück an Land, denn hier draußen werden wir wohl kaum ein Restaurant finden.«

Er zwinkerte mir zu, doch mir entging nicht die Anspannung in seiner Miene. Der Rückweg würde selbst für ihn mit seinem Können und seiner Erfahrung alles andere als leicht werden.

»Ole?«, hielt ich ihn zurück, als er sich schon abwenden wollte.

Er drehte sich mit fragendem Blick zu mir um. »Ja?«

»Ich muss dir etwas Wichtiges sagen.« Ich holte tief Luft, um mir Mut zu machen, trotzdem zitterte meine Stimme, als ich fortfuhr: »Du solltest wissen, dass du mir sehr wichtig bist. Die Sache mit uns bedeutet mir unglaublich viel, und es wäre schön, wenn du mir vertrauen würdest. Also, was ich eigentlich sagen will: Ich ... ich habe mich in dich verliebt.«

So, jetzt war es raus! Nicht besonders eloquent und romantisch, aber in dieser Situation weigerte sich mein Gehirn, mir mit poetischen Liebeserklärungen zu Diensten zu sein. Bevor Ole etwas erwidern konnte, fuhr ich mit wild pochendem Herzen herum und lief hastig unter Deck zu Leonie.

Sie hatte sich schon mitsamt Schwimmweste und ihren nassen Kleidern in eine der Kojen gelegt, und auch wenn ich mir grausam vorkam, musste ich sie wieder aufwecken.

»Komm schon, Leonie, raus aus den Klamotten!«

Sie öffnete nicht mal die Augen, versuchte aber, meine Hände wegzuschlagen. »Hau ab! Du nervst.«

»Du bist noch genauso unhöflich wie immer, was für ein Glück.« Ich nahm mir das andere Ende von Leonie vor und zog ihr erst einmal die durchweichten Chucks aus. »Und ich hatte mir schon Sorgen um dich gemacht.«

Gerade als ich triumphierend ihre Socken in die Höhe hielt, kippte das Schiff abrupt zur Seite, ich verlor das Gleichgewicht, taumelte nach vorne und knallte mit dem Kopf voraus gegen die Wand. Mit einem Stöhnen ging ich neben der Koje zu Boden. Da das Schiff immer noch wie auf einer unberechenbaren Berg-und-Tal-Fahrt hin und her geschleudert wurde, blieb ich dort einfach liegen. Meinem Magen schien dieses extreme Geschaukel nicht besonders zu gefallen.

»Warum muss es denn immer meine Stirn erwischen«, jammerte ich und tastete mit den Fingern die Schwellung ab. »Ich bin doch erst seit Kurzem wieder beulenfrei.«

»Jetzt kannst du dich ja selbst ausziehen«, murmelte Leonie von der Koje aus und drehte mir den Rücken zu.

Ich schloss die Augen, atmete tief durch und klammerte mich an die Hoffnung, dass Ole dort oben alles im Griff hatte.

37. Kapitel

Als wir endlich den Hafen von Glowe erreichten, wurden wir dort schon sehnlichst erwartet. Anscheinend hatte Ole über Funk schon alle informiert, sodass ein Rettungswagen bereitstand und Dr. Theis in knallgelber Regenkluft sofort an Bord eilte, um nach Leonie zu sehen. Ihm folgten umgehend Jutta und Mattes, an deren Mienen ich ablesen konnte, dass sie ganz krank vor Sorge um ihre Tochter waren.

Auch Tine kam auf das Schiff, und ich musste gestehen, dass ich sie bei all der Aufregung komplett vergessen hatte. Sie kauerte sich unter einen gepunkteten Regenschirm und strahlte mich an. »Sie haben sie tatsächlich gefunden. Respekt!«

Ich zuckte gelassen mit den Schultern. »Ach, das war doch kein großes Ding«, sagte ich so cool wie möglich.

Ole zog neben mir eine Augenbraue in die Höhe und schüttelte wortlos den Kopf.

Tine zögerte kurz, dann streckte sie mir die Hand hin. »Danke. Sie sind echt klasse!«

Wir schüttelten uns kurz und knapp die Hände, für Teenagerverhältnisse ein wahrer Gefühlsausbruch, dann ging auch sie zu Leonie hinunter. Plötzlich waren Ole und ich wieder allein. Mit dem Anflug eines schlechten Gewissens erkannte ich, dass auch er völlig erschöpft wirkte und nass bis auf die Knochen war.

»Woher hast du eigentlich gewusst, dass wir in Gefahr sind?«

»Nun, es gab da einige dezente Hinweise, wie beispielsweise deine Mailboxnachrichten«, meinte er trocken. »Als mich dann noch Meike angerufen und erzählt hat, dass du den Schlüssel für die Jolle geklaut hast, um Leonie und ihren Findling zu suchen, konnte ich mir zusammenreimen, was du vorhast.« Er sah mich mit ernster Miene an. »Ich muss dir wohl nicht sagen, wie verantwortungslos und dumm diese Idee war. Du bist eine blutige Anfängerin, ohne jegliche Erfahrung! Ihr seid so weit vom Kurs abgekommen, dass ich euch nur dank der Leuchtrakete gefunden habe.«

Was hatte ich auch erwartet? Kaum war die Gefahr vorüber, war zwischen uns wieder alles beim Alten. Ich wich seinem bohrenden Blick aus, denn im Nachhinein wäre es vermutlich klüger gewesen, auf ihn zu warten oder die Seenotrettung anzurufen. Aber schließlich war er es gewesen, der meine Anrufe ignoriert hatte!

»Ich bin eine Eins-a-Seglerin«, sagte ich bockig. »Wenn man bedenkt, dass ich erst seit ein paar Tagen den Segelschein besitze und die Jolle trotzdem durch meterhohe Wellenberge gesteuert habe, grenzt meine Begabung fast schon an Genialität.«

Ole schwieg einen Moment, dann stieß er ergeben die Luft aus. »Anscheinend habe ich dich tatsächlich unterschätzt«, räumte er ein. »Wobei dein Notsignal mal wieder äußerst extravagant ausgefallen ist. Besonders die kleinen Hüpfer, die du synchron zum Armwedeln eingebaut hast, haben mir gut gefallen.«

»Pah!« Ich streckte ihm kurzerhand die Zunge raus, was er mit einem Schmunzeln erwiderte.

»Um dein Verhalten in Notsituationen zu verbessern, benötigst du leider noch sehr, sehr viele Einzelstunden, Sophie. Aber keine Sorge, ich mach dir einen guten Preis!«

Verwirrt starrte ich ihn an, doch ehe ich ihn fragen konnte, was er damit meinte, stürmte Jutta den Niedergang hoch.

Als sie mich erblickte, fiel sie mir um den Hals und drückte mich so fest, dass ich kaum noch Luft bekam.

»Ich weiß gar nicht, was ich sagen soll«, schluchzte sie. »Ein Danke reicht überhaupt nicht aus für das, was du getan hast. Sophie, du hast meinem kleinen Mädchen das Leben gerettet! Ohne dich ...« Der Rest ging in einem Weinkrampf unter.

Ich strich ihr beruhigend über den Rücken. »Ist ja gut. Leonie kommt sicher ganz schnell wieder auf die Beine. Du wirst sehen, schon bald sitzt sie wieder an der Rezeption und motzt eure Gäste an.«

Gegen ihren Willen musste Jutta lachen. »Ich wusste doch, dass du mich bei deiner Ankunft angeschwindelt hast. Leonie war überhaupt nicht höflich, oder?«

»Hey, ich habe gerade deine Tochter gerettet. Willst du mir wegen dieser kleinen Lüge jetzt etwa Vorwürfe machen?«, fragte ich gespielt beleidigt.

Dr. Theis kam nach oben und gab den Sanitätern ein Zeichen. »Sie muss umgehend ins Krankenhaus«, informierte er uns. »Leonies Kopfverletzung ist leider nicht ganz so harmlos wie bei Ihnen nach Ihrem Segelunfall, Frau Lehmann.«

Ich nickte, denn das hatte ich mir schon gedacht, doch Jutta neben mir erblasste und gab einen erstickten Laut von sich.

»In der Klinik ist sie in guten Händen, Jutta.« Ich drückte ihr beruhigend die Schulter, um zu verhindern, dass sie panisch wurde. »Bleib einfach bei deiner Tochter und gib ihr Kraft!«

Zum Glück war sie eine starke Frau, die es gewohnt war, Probleme anzupacken. Also schluckte sie ihre Tränen hinunter und nickte. »Okay.«

Ich schaute ihr hinterher, als sie Dr. Theis wieder nach unten folgte, und rieb fröstelnd über meine Arme. Meine Kleider pappten wie eine zweite, kalte Haut an mir, und meine Schuhe waren mit Wasser vollgesogen, sodass sie bei jedem Schritt platschende Geräusche machten.

Ole griff nach meiner Hand. »Jetzt habe ich lange genug gewartet. Du kommst mit!«

Völlig überrumpelt folgte ich ihm an Land. »Sollen wir nicht warten, bis Leonie abtransportiert wird?«

»Die schaffen das schon ohne uns, und Timo, der Hafenmeister, kümmert sich dann um das Schiff. Du kommst erst mal mit zu mir nach Hause, das ist näher als die Pension. Du brauchst eine warme Dusche, etwas zu essen und frische Kleider. Ich kann dir zwar nur ein T-Shirt und eine Jogginghose von mir anbieten, aber immerhin sind die Sachen trocken.«

Sprachlos stolperte ich hinter ihm her durch den Regen. Ich hatte nicht die geringste Ahnung, was ich von Oles Benehmen halten sollte. Auch die Aussicht, in Kürze Oles Klamotten zu tragen, brachte mich seltsamerweise völlig aus der Fassung, und in meinem Magen flatterte ein ganzer Schwarm Schmetterlinge fröhlich umher. Doch bei all den Fragen, die mir durch den Kopf schossen, wählte ich ausgerechnet die dümmste aus: »Du nimmst mich mit zu dir? Ins Haus hinein?«

Ich war mir wirklich nicht sicher, ob ich ihn richtig verstanden hatte. Sein Zuhause war ihm doch bestimmt heilig, denn das war die Welt von ihm und seiner Tochter.

»Meinst du vielleicht, ich lasse dich draußen im Garten stehen? Es wäre ohnehin am besten, wenn ich dich gleich bei mir behalte. Solange ich dich im Auge habe, kannst du dich wenigstens nicht in Lebensgefahr bringen.« Er warf mir einen nachdenklichen Seitenblick zu und fügte dann hinzu: »Zumindest nicht so einfach.«

Ich schluckte schwer. Er wollte mich bei sich behalten?

Hatte er das wirklich gesagt? Wahrscheinlich hatte ich noch Meerwasser in den Ohren.

»Jetzt hab ich's«, platzte es aus mir heraus. »Das hier ist gar nicht real, oder? In Wahrheit sitze ich immer noch mit Leonie auf der Jolle und halluziniere. Bestimmt gehen wir jeden Moment unter.«

Er drehte sich so abrupt um, dass ich ihm direkt in die Arme lief. Mitten auf der menschenleeren Strandpromenade und bei tosendem Sturm umfasste er zärtlich mein Gesicht und blickte mir tief in die Augen. In ihnen lag keinerlei Zurückhaltung. Da war keine Mauer mehr, die mir den Zugang zu seinem Innersten verwehrte.

Er beugte sich vor, und der Kuss, den er mir gab, war so voller Liebe, Mut und Zuversicht, dass ich mich darin verlieren wollte.

Viel zu schnell löste er sich wieder von mir und lehnte seine Stirn an meine. »Und wie fühlt sich die Halluzination an?«

»Sehr real.« Ich war froh, dass er mich so fest im Arm hielt, denn ich fühlte mich so glücklich und leicht, dass mich die nächste Sturmböe problemlos hätte fortwehen können. »Ich hoffe nur, das ist nicht wie bei einem meiner Sexträume, bei denen ich jedes Mal aufwache, bevor es so richtig gut wird«, murmelte ich.

Er lachte auf und schüttelte ungläubig den Kopf. »Wie konnte ich nur eine Frau wegschicken, die es schafft, mich in so gut wie jeder Lebenslage zum Lachen zu bringen? Heute ist mir klar geworden, wie langweilig mein Leben war, bevor ich dich kennengelernt habe. Ich hoffe nur, du kannst einem gefühllosen, feigen Idioten noch einmal verzeihen, dass er dich fast hätte gehen lassen.«

»Dann hast du deine Meinung geändert?«, fragte ich mit belegter Stimme, und mein Herz klopfte mir bis zum Hals.

»Du solltest dir wirklich sicher sein, Ole, denn ich empfinde verdammt viel für dich. Wahrscheinlich mehr als gut für mich ist. Und ich könnte es nicht ertragen, wenn du das alles nicht ernst meinst. Denn ich … ich …«

»… liebe dich!«, beendete er meinen Satz und küsste mich.

Epilog

Das Meer lag spiegelglatt und unschuldig vor uns. Nichts erinnerte mehr an die wütenden Wellen und die spritzende Gischt des Sturms vor ein paar Wochen. Doch ich würde diese Nacht und alles, was danach geschehen war, sicherlich niemals vergessen.

»So etwas machen echte Rüganer nicht«, brummte Ole. »Wir setzen uns nicht wie Touristen an den Strand und glotzen uns den Sonnenaufgang an. Den nehmen wir höchstens beiläufig wahr, wenn wir auf dem Weg zur Arbeit sind.«

»Als ob du um diese Uhrzeit schon arbeiten würdest«, höhnte ich.

»Nein, so früh stehe ich nur dir zuliebe auf.« Er wandte sich zu mir um und gab mir einen Kuss auf die Nasenspitze.

Wir saßen nebeneinander im feinen Sand und sahen zu, wie sich der dunkelblaue Horizont erhellte. Ich bewunderte die spektakulären Farbübergänge am Himmel. Das feurige Rot, das in ein warmes Orange überging und schließlich mit einem leuchtenden Himmelblau verschmolz, bis die ersten Strahlen der Sonne den Tau auf den Dünengräsern zum Funkeln brachten. Ich griff nach Oles Hand, und er verflocht seine Finger mit meinen. Ich glaubte fest daran, dass wir auch irgendwann einmal so perfekt miteinander harmonieren würden, zwei Menschen, die sich ergänzten und ein größeres Ganzes ergaben.

Die Sonne setzte sich immer weiter vom Horizont ab und warf eine Bahn aus goldenem Licht auf das Meer. Mitten in die friedliche Stille hinein rülpste jemand. Und dann gleich noch einmal.

»Mein Handy!«, entfuhr es mir genervt. »Tut mir leid.«

Als ich gestern die Plümers besucht hatte, wollte Leonie mir unbedingt einen cooleren Klingelton aufspielen. Als nachträgliches Dankeschön für ihre Rettung. Ich hätte gleich darauf kommen können, dass sie mir nur einen Streich spielen wollte.

Es war eine Nachricht meiner Schwester Jule, und in Anbetracht der Uhrzeit ging ich davon aus, dass sie heute schon früh zur Arbeit musste: *»Gestern Abend bin ich auf dem Sofa vor Langeweile in Tiefschlaf gefallen, während Lars mir von seinem Tag erzählt hat. Schon wieder!! Das ist eindeutig deine Schuld, Schwesterherz!«*

»Schlechte Nachrichten?«, fragte Ole.

»Nein, überhaupt nicht.« Ich grinste in mich hinein. »Es könnte allerdings sein, dass ich in nächster Zeit Besuch aus München bekomme. Ich scheine meiner Schwester die Augen geöffnet zu haben.«

»Es kommen noch mehr von deiner Sorte?« Er fasste sich in einer theatralischen Geste ans Herz. »Ob ich das verkrafte, bezweifle ich.«

»Reiß mal lieber keine Witze! Meine Schwester und ich bilden zusammen eine Art Hochleistungsmagnet, der Katastrophen magisch anzieht. Gemeinsam schaffen Jule und ich es bestimmt, Rügen zu fluten.«

Ole schluckte schwer. »Okay, jetzt hast du es geschafft, dass ich wirklich Angst bekomme.«

Davon wollte er sich anscheinend ablenken, denn er rückte näher an mich heran und ließ anzüglich seine Augenbrauen hüpfen. »Und? Machen wir jetzt rum?«

Ich versetzte ihm einen empörten Stoß. »Spinnst du? Wir

sind hier am Strand. Es könnte jeden Moment jemand kommen.«

Die Enttäuschung stand Ole ins Gesicht geschrieben. »Wo bleibt denn da der Spaß?«, beschwerte er sich. »Weshalb sollte ich dann überhaupt mitkommen?«

Ich verdrehte die Augen. Mein Freund, der Romantiker! »Weil ich gehofft habe, dass du mich endlich packst und mitsamt meiner Klamotten ins Wasser wirfst«, antwortete ich trocken. Schmunzelnd erinnerte ich mich daran, wie enttäuscht er damals bei unserem ersten Date ausgesehen hatte, als ich es ihm verboten hatte.

»Dein Wunsch sei mir Befehl, meine Göttin!«, rief er begeistert. Ole war schneller auf den Beinen, als ich gucken konnte, und packte mich an der Taille. Ich kreischte und zappelte, doch schon hatte er mich zum Wassersaum getragen.

»Darf ich wirklich?«

Ich seufzte ergeben. »Na schön, wenn es dich glücklich macht, dann ...«

Platsch! Schon lag ich im Wasser.

Sobald ich aus dem kalten Meer auftauchte und nach Luft schnappte, zog Ole mich an sich und gab mir einen leidenschaftlichen Kuss. Seine Hände fuhren unter Wasser verlangend über meinen Körper, und die Hitze, die in mir aufstieg, vertrieb umgehend die Kälte. Ich schlang meine Beine um ihn und drückte mich noch näher an ihn, was ihm ein Stöhnen entlockte.

»Das gefällt mir!«, murmelte ich lächelnd. »Hätte ich das vorher gewusst, hätte ich mich schon viel früher von dir ins Wasser werfen lassen.«

Er sah mir tief in die Augen. »Habe ich dir schon einmal gesagt, wie toll du bist?«

Ich grinste. »Ein oder zwei Mal.«

»Das war eindeutig zu wenig.« Zärtlich strich er mir eine nasse Haarsträhne aus dem Gesicht. »Du bist wunderschön, witzig, sexy, mutig, hilfsbereit und ein ganz kleines bisschen verrückt. Du bist die großartigste Frau, die mir je begegnet ist.«

Das fand ich zwar etwas übertrieben, aber man wollte einem Mann ja auch nicht permanent widersprechen.

»Denkst du, die Sache mit dem Verrücktsein geht dir irgendwann auf die Nerven?«, fragte ich. Meinen Exmann hatte ich schließlich ganz gehörig genervt.

Ole dachte einen Moment darüber nach, ehe er antwortete. »Ich kann dir nichts versprechen, aber jemand Kluges hat mir einmal gesagt, dass man den Mut haben muss, sich mit ganzem Herz auf jemanden einzulassen, damit die Art von Liebe entstehen kann, die die Zeit überdauert und durch Hindernisse stärker wird. Und ich für meinen Teil bin bereit, dir alles von mir zu geben.«

»Ich glaube, das reicht mir vollkommen aus«, flüsterte ich glücklich und küsste ihn.

Liebe ist das, was dir passiert, während du noch danach suchst

Petra Hülsmann
GLÜCK IST, WENN MAN TROTZDEM LIEBT
Roman
416 Seiten
ISBN 978-3-404-17364-8

Es gibt Dinge, die Isabelle absolut heilig sind: ihre Daily Soap. Ihre Arbeit in einem schönen Blumenladen. Und das tägliche Mittagessen im Restaurant gegenüber. Überraschungen in ihrem geregelten Leben kann sie gar nicht leiden. Doch dann wird »ihr« Restaurant von dem ambitionierten Koch Jens übernommen - und der weigert sich nicht nur, ihr Lieblingsgericht zuzubereiten, sondern sorgt auch sonst für Chaos in Isabelles wohlgeordneter Welt. Während sie alles wieder in ruhige Bahnen zu lenken versucht, ahnt sie aber schon bald, dass es vielleicht gerade die Überraschungen sind, die ihr Leben reicher machen ...

W. N.